Jule Gölsdorf

Tödliche Vorstellung

atb aufbau taschenbuch

JULE GÖLSDORF ist Moderatorin beim Nachrichtensender n-tv und präsentiert die tägliche ARD-Nachmittagssendung »Mein Nachmittag« in NDR-Fernsehen. Von 2003 bis 2012 war die Journalistin das Gesicht der ZDF-Kindernachrichten-Sendung »logo!«, die 2012 mit dem Deutschen Fernsehpreis ausgezeichnet wurde.

Im Aufbau Taschenbuch ist bisher »Mörderisches Monaco« erschienen. Mehr Informationen unter www.jule-goelsdorf.com und www.monaco-krimi.com

JULE
GÖLSDORF

TÖDLICHE VORSTELLUNG

EIN MONACO-KRIMI

atb aufbau taschenbuch

MIX
Papier aus verantwortungsvollen Quellen
FSC® C083411
www.fsc.org

ISBN 978-3-7466-3265-0

Aufbau Taschenbuch ist eine Marke
der Aufbau Verlag GmbH & Co. KG

1. Auflage 2016

Umschlaggestaltung www.buerosued.de, München
unter Verwendung eines Fotos von
© Flirt / F1 online
Autorenfoto auf der Rückseite © Marius Rittmeyer
Gesetzt aus der Whitman durch Greiner & Reichel, Köln
Druck und Binden CPI books GmbH, Leck, Germany
Printed in Germany

www.aufbau-verlag.de

Für meinen Vater,
der mich immer inspiriert.

Der Blick in die Tiefe löste eine diffuse Todessehnsucht in ihr aus. Das knallblaue Wasser des Mittelmeers lag still und friedlich, fast unbeweglich unter ihr, nur ein paar kleine, harmlose Wellen formierten sich kurz vor dem Ufer und liefen leise an der felsigen Küste auf. Die Wasseroberfläche war von hier oben, diesem geschichtsträchtigen Ort, von dem aus sie hinabsah, rund achtzig Meter entfernt. Ein tiefer Sturz. Wie lange würde sie wohl fallen?

Wie oft schon hatte sie in letzter Zeit auf Brücken oder Balkonen gestanden und sich gefragt, wie es sich anfühlen würde, wenn sie hinabstürzen und weit unten auf dem Erdboden oder der Wasseroberfläche aufschlagen würde. Hätte sie starke Schmerzen oder würde der Rausch der Geschwindigkeit, der Schock des tiefen Falls ihre Sinne trüben?

Ein starker Wind zerrte an ihren langen roten Haaren. Jeder Versuch, sich die Strähnen aus dem Gesicht zu streichen, scheiterte, legten sich die Haare doch immer wieder durch den Wind, der ein Gefühl von Freiheit und den Geschmack des Meeres hoch auf den berühmten Felsen des Fürstentums von Monaco trug, erneut widerspenstig vor ihre Augen. Trotzdem versuchte sie es erneut, spürte gleichzeitig ein schmerzhaftes Gefühl von Sehnsucht, einer Sehnsucht, die von nichts und niemandem erfüllt werden konnte: den verzweifelten Wunsch nach einer Erlösung in der Unendlichkeit. Wenn sie dort unten sterben würde, in den unergründlichen Tiefen des blau-grünen Wassers der Côte d'Azur, im Reich des Poseidon und seiner Gefährten, hätte das nicht sogar eine gewisse Form der Schönheit, des Glanzes, etwas Dramatisch-Romantisches? Sie verlor sich in diesen schwermütigen und von kitschigen Bildern überlagerten Gedanken und blickte ins Leere.

War es die Sehnsucht nach dem Tod oder ihr Schicksal, das sie in diesem kurzen Moment zu erahnen wähnte? Sie dachte an den Ehemann, den sie nie kennenlernen würde, an die Kinder, die sie nie bekommen würde, an eine glückliche Zukunft, die sie nie haben würde. Eine tiefe Melancholie erfasste sie und das Gefühl trauriger Gewissheit, dass ihr Leben früh zu Ende gehen würde. Zu früh.

1

Kommissar Valeri dachte über das Böse nach. Was war das eigentlich genau? War das Böse einfach die Quelle allen Übels? Ließ es sich kausal erklären und genau definieren? Als das Gegenteil des Guten? Oder trug jedes Individuum einen gewissen Anteil des moralisch Falschen in sich? Die Gedanken über die menschlichen Abgründe machten sich in Valeris Kopf breit, während er mit seinem Kumpel Stéphane durch die Berge der Côte d'Azur wanderte. Neben den Gedanken über Licht und Schatten, die Sollbruchstellen der Seele und den Hang zu einer dunklen Seite fesselte ihn immer noch der weite Blick über die Küste, auch wenn er bestimmt schon an die hundert Mal hier gewesen war und hinabgeschaut hatte. Er sah die riesigen Felsen, die gewaltig vom Festland aus ins Mittelmeer hineinragten, das knallblaue Wasser, das so glasklar unter ihm lag, dass er den Meeresboden von hier oben aus erkennen konnte, die vielen Schattierungen von Blautönen, die sich durch die unterschiedlichen Wassertiefen wie eine gemalte Landkarte vor ihm abzeichneten, Palmen, die aus einem Wald von Nadelbäumen stolz herausragten und deren Wedel sich zart und elegant im Wind hin und her bewegten, in der Ferne ein einsames Schiff, das vor Anker lag. Es war ein strahlender, mediterraner Wintertag wie aus dem Bilderbuch: Die Januarsonne war hell genug, um die Küste in ein atmosphärisches Licht zu tauchen, aber nicht so stark, dass sie wärmte. Es war ruhig, nur das leise Plätschern eines Gebirgsbaches und das Knirschen der kleinen Schottersteine, die unter ihren Fußsohlen wegrutschten, unterbrachen die Stille.

Henri Valeri und sein Freund Stéphane Roux, der monegassische Tierarzt, den er schon seit Ewigkeiten kannte, waren ganz alleine unterwegs in den Bergen der Seealpen. Es gab keine lästigen Touristen wie in der Hauptsaison, die ihnen mit ihrem aufgeregten Geschnatter die Laune verdarben. Sie hatten sich für einen leichten Wanderweg entschieden, den Sentier Friedrich Nietzsche, der vom berühmten Hotel Château de la Chèvre d'Or, hoch oben in dem winzigen Örtchen Èze Village, hinab in den Küstenort Èze-Bord de Mer führte. Angeblich war Friedrich Nietzsche, der deutsche Philosoph, dem der Wanderweg seinen Namen verdankte, die Strecke in den Jahren 1883/84, als er hier Teile seines Werkes *Also sprach Zarathustra* schrieb, regelmäßig entlanggelaufen. Der etwa halbstündige Spazierweg war nicht besonders anspruchsvoll, aber genau das Richtige für ein wenig Bewegung an einem solchen Wintertag. Valeri liebte das Bergdörfchen Èze Village mit all seinen mittelalterlichen Gässchen, den steinernen Torbögen, der historischen Kirche und dem Kakteengarten, von dem aus man mindestens bis zum Cap Ferrat, an einem klaren Wintertag wie diesem sogar bis nach Korsika hinüberblicken konnte. Es war ein friedlicher Ort, still, weise, erhaben, zumindest in den Monaten außerhalb der Sommersaison. Er war oft mit Inés, seiner Ehefrau, hierhergekommen: Gemeinsam hatten sie am frühen Abend oder am Wochenende bei einem Glas Wein im Schatten auf einer der kleinen Terrassen gesessen. Inés, mittlerweile eine erfolgreiche Schriftstellerin, die an ihrem neuen Roman schrieb, und er, seit Ewigkeiten Hauptkommissar bei der Sûreté publique, der monegassischen Polizei, vertieft in eine seiner geliebten Tageszeitungen, den *Monaco-Matin* oder *Nice-Matin*, um auf dem neuesten Stand zu bleiben. Auch an diesem Morgen hatte er die Zeitung studiert, aber da sein Freund Stéphane ihn nicht lange hatte warten lassen, nur die Kurzmeldungen überflogen: Touristen mussten in Nizza zukünftig in vielen Museen wieder Eintritt bezahlen, in den Seealpen war ein 47-jähriger Mann bei einem Lawinenunglück ums Leben gekommen, im Fürstentum gab es anlässlich des berühmten Zirkusfestivals von Monte Carlo Proteste von Tierschützern gegen die Haltung und Dressur von Wildtieren. Außerdem war in Nizza eine Frau vor den Augen ihrer Kinder mitten auf der Straße erschossen worden, der mutmaßliche Täter war flüchtig – Motiv unklar.

Da war sie wieder: die Existenz des Bösen. Valeri war froh, dass er von ähnlichen Ereignissen, die sich am Abend häufig in den Boulevardnachrichten wiederfanden, im Fürstentum in der Regel verschont blieb. Unmöglich, in Monaco auf offener Straße jemanden zu erschießen angesichts der elektronischen Augen von über sechshundert installierten Überwachungskameras. Der Täter würde innerhalb von Minuten gefasst werden und im Knast landen. Aber würde das etwas ändern? War der Drang zum Lügen, Betrügen oder gar Töten nicht so fest eingebrannt in manche menschliche Seele, dass sich selbst hinter den dicken Mauern eines Gefängnisses keine Reue zeigen und die Täter zwangsläufig rückfällig werden würden? Immer und immer wieder?

Valeri strich sich mit der Hand über seinen mittlerweile etwas zu lang gewordenen, graumelierten Bart und blickte in die Ferne. Stéphane war ebenfalls stehengeblieben, schob mit der für ihn so typischen Bewegung seine Brille mit dem rechten Zeigefinger ein Stück auf der Nase nach oben und warf einen Blick auf das Schild, das hier am Wegesrand aufgestellt war, um Besuchern den Zusammenhang zwischen Wanderweg und Dichter zu erklären.

»Angeblich ist Nietzsche den Weg im Sommer täglich rauf und runter gegangen. Ihm soll die Mittagshitze so zu

Kopf gestiegen sein, dass er halluziniert hat und dadurch zu seinen berühmtesten Werken inspiriert wurde. Wusstest du das?«, fragte er schmunzelnd.

»Nein. An seiner Stelle hätte ich mich lieber von ein paar Flaschen Rosé inspirieren lassen«, entgegnete Valeri trocken. »In der prallen Sommersonne wandern, das kann auch nur so einem völlig vergeistigten Dichter einfallen!«

»Ein bisschen verschwurbelt sind seine Thesen in der Tat. Wobei … Apropos: Hast du was von Inés gehört?«

»Wieso apropos? Wie kommst du denn jetzt von Nietzsche auf Inés?«, antwortete Valeri mit einer Gegenfrage und setzte sich wieder in Bewegung. Er hatte wenig Lust, sich über seine von ihm getrennt lebende Ehefrau zu unterhalten. Und im Grunde wollte er auch gar nicht wissen, wie es ihr ging. Zumindest dann nicht, wenn es ihr ohne ihn besser ging als zuvor mit ihm. Wenn er nur an sie dachte, stieg wieder eine Wut in ihm auf, die er zuvor so noch nicht gekannt hatte. Gleichzeitig vermisste er sie, ihre offene und positive Art, die lautstarken, aber inspirierenden Diskussionen mit ihr, den eigensinnigen, aufregenden Blick ihrer katzengrünen Augen, das Streichen durch ihre rotbraunen Locken, die ihr wild und ungebändigt in alle Richtungen vom Kopf abstanden. Aber das würde er hier und heute niemals zugeben. Ärgerlich strebte er vorwärts und geriet ins Stolpern, in diesem einen Moment der Unaufmerksamkeit, in dem er nicht auf die Unebenheiten des Wanderweges geachtet, sondern seinen düsteren Gedanken freien Lauf gelassen hatte.

»Jetzt warte doch mal!«, rief ihm Stéphane hinterher, der ihn schnellen Schrittes eingeholt hatte.

»Ist das der Grund, warum du plötzlich diese Leidenschaft fürs Wandern entdeckt hast? Weil du wusstest, dass ich deiner Fragerei hier oben nicht entgehen kann?«, schnaufte Valeri unwirsch.

»Ach was! Und jetzt sei nicht so empfindlich! Nietzsches Thesen aus *Zarathustra* haben mich nur gerade an dich erinnert: *Drei Verwandlungen nenne ich euch des Geistes …*«, zitierte Stéphane grinsend. »*Wie der Geist zum Kameele wird, und zum Löwen das Kameel, und zum Kinde zuletzt der Löwe*. Und weißt du, wofür das Kamel steht? Für Leidensfähigkeit. Der Löwe für die Macht des Stärkeren. Allerdings agiert der Löwe nicht besonders konstruktiv, im Gegenteil, er ist destruktiv, deshalb braucht es eine dritte Verwandlung, die Neuerschaffung einer moralischen Wertewelt in Gestalt des Kindes. Du befindest dich leider noch auf der Ebene des Löwen!«

»Also, ich weiß nicht, was ich schlimmer finden soll: dass du Nietzsche zitieren kannst oder dass du mich in diesem Unsinn wiederfindest.« Valeri schüttelte den Kopf und stapfte weiter.

»Ist doch logisch: Erst hast du wegen Inés' Fehltritt gelitten, dann hast du deinem Kontrahenten gezeigt, wer, zumindest dem Anschein nach, der Stärkere ist, und jetzt musst du ihr nur noch verzeihen und …«

»Pah!«, unterbrach Valeri seinen Freund. Er musste dringend das Thema wechseln. Er tat sich immer noch mehr als schwer damit, dass Inés und er eines der Ehepaare sein sollten, die es wie im allerschlechtesten Hollywoodstreifen nicht geschafft hatten, zusammenzubleiben. Dass er, Henri Valeri, ein gehörnter Ehemann sein sollte, der von seiner Frau mit einem Jüngeren betrogen worden war. Und doch hatte es sich genauso abgespielt: Als er mit seinem letzten Fall beschäftigt war, dem gewaltsamen Tod der Ehefrau und des Sohnes eines berühmten Formel-1-Fahrers, hatte er seiner Frau an diesem so schicksalhaften Abend hinterherspionieren müssen, weil sie als Zeugin in diesem Mordfall gebraucht wurde. Es war um Leben oder Tod seiner neuen Kollegin Coco Dupont gegangen, so dass er damals, nachdem er Inés nicht hatte erreichen können, ihr Mobiltelefon geortet und sie in einem Restaurant im nahegelegenen Roquebrune-Cap-Martin gefunden und gleichzeitig erwischt hatte: bei einem Tête-à-Tête mit ihrem jungen Lover! Es hatte sich zwar, so versicherte ihm seine Frau mehrfach, nur um eine kurze Romanze gehandelt, nichts Ernstes, doch für Valeri war eine Welt zusammengebrochen. Sicher, er wusste, nach einer so langen Zeit konnte es in der besten Ehe Probleme geben, und er hatte sicher auch seinen Teil dazu beigetragen, Inés zu wenig unterstützt, als sie es nach jahrelanger mühevoller Arbeit als Schriftstellerin endlich geschafft hatte, einen Bestseller zu landen. Doch war das Grund genug, gleich ihre langjährige Ehe aufs Spiel zu setzen? Davonzulaufen? Und dann auch noch mit diesem jungen, angestrengt dynamischen und übereifrigen Lektor aus Paris? Genaugenommen war sie gar nicht mit ihm durchgebrannt, hatte sogar versucht, um ihre Ehe und um ihn zu kämpfen, doch seine Gefühle waren zu sehr verletzt worden, er war zu schwer in seinem Stolz gekränkt. So war Inés, nachdem er – entgegen seinem sonst eher friedfertigen Naturell – diesem jungen Schnösel in aller Öffentlichkeit einen kräftigen Kinnhaken verpasst hatte, zumindest übergangsweise zu einer Freundin in Monaco gezogen. Das war nun mittlerweile gut sechs Monate her, doch ihm war, als wäre es gestern gewesen: Da stand dieser elende Wicht in Valeris Lieblingslokal, im Les Perles de Monte Carlo im beschaulichen Hafen des neueren monegassischen Viertels Fontvieille. Das Les Perles war ein kleines, auf den ersten Blick unscheinbares Restaurant ganz am Ende des schmalen Hafenstegs, wo man an einfachen Stehtischen, mit Blick auf das Wasser, meeresfrische Austern zu einem anständigen Preis bekommen konnte, die, da war Valeri sich sicher, dieser Idiot bestimmt nicht geordert hatte, weil er deren Geschmack und besondere Qualität zu schätzen wusste, sondern weil er es wohl schick fand, sich bei einem Glas Champagner in Monaco zu zeigen und seine wichtigtuerischen Plattitüden unter die Leute zu bringen. Valeri war von einer Sekunde zur anderen die Wut zu Kopf gestiegen, und er hatte seinen Kontrahenten niedergestreckt, mit einem einzigen Schlag. Stéphane, der mit ihm unterwegs gewesen war, hatte ihn mit einem beherzten Griff und einem knappen »Zeit zu gehen, mein Freund!« zur Seite gezogen und ihn aus der Schusslinie befördert. Inés hatte wenig später ihre Sachen gepackt, Valeri selbst war in ihrem gemeinsamen Zuhause, einem kleinen Haus in dem an Monaco angrenzenden französischen Örtchen Cap-d'Ail, zurückgeblieben und wurde nun jeden Tag aufs Neue daran erinnert, dass Inés nicht mehr Teil seines Lebens war. Aber das war nicht seine Schuld. Und er wollte nicht darüber diskutieren.

»Ein Kamel war ich mit Sicherheit«, brummte er. »Weil ich nicht gemerkt habe, dass meine Frau mir Hörner aufsetzt.«

»Ach, nun hör auf, dich selbst zu bemitleiden. Solche Geschichten passieren. Meine Güte, Henri, ihr kennt euch seit der Studienzeit! Über die Jahre hat sich Inés ein bisschen vernachlässigt gefühlt, wollte mehr Aufmerksamkeit, und als du sie ihr nicht gegeben hast, da hat sie halt …«

»Ach, jetzt bin ich auch noch schuld!?«, unterbrach Valeri Stéphane ärgerlich.

»So habe ich das doch gar nicht gemeint! Aber wenn du nicht so stur wärst … Du solltest wirklich mal mit ihr reden.« Stéphane hielt inne und biss sich auf die Lippe.

»Wieso? Was meinst du?«

»Ich hab versprochen, nichts zu sagen, aber ich weiß mir oder besser ihr doch auch nicht mehr zu helfen.« Valeri sah seinen Freund fragend an. Der schob erneut die Nickelbrille hoch und blickte ihn ernst an. »Ach, Henri. Sie war so oft bei uns oben in Èze, verzweifelt, wollte reden. Aber so langsam habe ich das Gefühl, sie findet sich mit eurer Trennung ab.«

»Hat sie etwa einen Neuen?«, brach es aus Valeri heraus.

»Nein! Um Gottes willen, nein! Jedenfalls weiß ich nichts davon. Aber Henri! Du liebst sie doch! Wirf doch nicht alles hin, nur weil du gekränkt bist! Du musst dein Ego überwinden! Sonst ist sie weg!«

»Ego? Schluss jetzt damit!« Valeri hatte sich wieder in Bewegung gesetzt und folgte dem Weg, der sich in unregelmäßigen Windungen, hier und da von ein paar Treppenstufen unterbrochen, bergab schlängelte. Stéphane marschierte schweigend hinterher. Als er Valeri eingeholt hatte, legte er ihm kurz eine Hand auf die Schulter. Er kannte seinen Freund, wusste, wann es besser war, eine Diskussion zu beenden.

»Ich musste gestern einen bekifften Hund behandeln«, sagte er, um das Gespräch in eine andere Richtung zu lenken. »Stell dir das vor! Ein Hund im Cannabis-Rausch!« Valeri schüttelte den Kopf und schmunzelte. Er wusste es zu schätzen, dass sein Freund sofort erkannte, wann es Zeit für einen Themenwechsel war.

»Wie konnte das denn passieren?« Valeri war immer wieder überrascht von den verrückten Geschichten aus dem Alltag eines Tierarztes. Es war nicht nur der Hund des verstorbenen Fürsten Rainier, den Stéphane behandelt und der ihn über die Grenzen des Fürstentums hinaus bekannt gemacht hatte. Mittlerweile war sein Freund sogar regelmäßig in einer Radioshow zu Gast, in der er Haustierbesitzern Ratschläge gab und ihnen Hilfestellung bei der Erziehung ihrer Lieblinge leistete.

»Das Übliche halt. Die jungen Leute haben sich zugedröhnt, die Reste vom Dope auf dem Couchtisch liegen lassen, und der Hund muss es gefressen haben.«

»Und wie verhält sich ein Hund auf Droge?«, fragte Valeri interessiert.

»Ist unterschiedlich, je nach Menge. Manche sind überaktiv, andere produzieren übermäßig viel Speichel, es gibt aber auch Fälle, in denen die Tiere erbrechen oder Kreislaufprobleme bekommen.«

»Klingt so, als käme das öfter vor.«

»Na ja, seit in den USA Cannabis-Cookies für Hunde auf den Markt gekommen sind, die bei älteren Tieren schmerzlindernd wirken sollen, spielen sich die Leute als Hobby-Tierärzte auf und verabreichen ihren Hausgenossen gerne mal hier und da so ein Hunde-Leckerli. Sozusagen als Dessert, so wie sich manch Zweibeiner einen Joint nach dem Dinner gönnt.«

Valeri konnte es nicht fassen. »Das ist nicht dein Ernst!«

»Doch. Ich hatte neulich einen …« Ehe Stéphane seine Geschichte weitererzählen konnte, griff Valeri in seine Hosentasche, in der sein Mobiltelefon vibrierte. Es war seine Kollegin Coco Dupont, wie er überrascht feststellte. Um diese Uhrzeit und dann auch noch am Wochenende? Das war kein gutes Zeichen. Er machte eine entschuldigende Geste in Stéphanes Richtung und nahm den Anruf an.

»Coco? Das ist jetzt wirklich ein schlechter Zeitpunkt. Ich hätte mein Telefon längst ausgeschaltet, aber diese Geschichte mit dem bekifften Hund …«, setzte er an, dann unterbrach er sich. »Vergessen Sie's!«

»Haben Sie jetzt einen Hund?«, fragte Coco verwirrt. Das passte so gar nicht zu ihrem Kollegen. »Und wieso bekifft? Haben Sie denn …?«

»Mais non! Natürlich nicht! Was kann ich für Sie tun? Ich bin beim Wandern und daher beschäftigt.«

»Tut mir leid. Aber ich glaube, das sollten Sie wissen: Im Hafen schwimmt eine Leiche. Weiblich. Und ich denke nicht, dass es sich um einen Unfall handelt.«

»Sacre bleu!«, entfuhr es Valeri. »Port Hercule? Vielleicht ist da jemand im Vollrausch von einer der Yachten gefallen und ertrunken?« Der Port Hercule war der zentral gelegene Hafen von Monaco, der Ort, an dem die Yachten der Reichen und der Schönen anlegten und von dem aus die Skipper und ihre Damen zu Fuß zum Shoppen oder Dinieren gehen konnten. Direkt im Business-Viertel La Condamine gelegen, bot der Hafen Platz für bis zu siebenhundert Boote. Da konnte schon mal jemand über Bord gehen, wenn er zu viel Champagner intus hatte.

»Nein«, entgegnete Coco. »Im Hafen von Fontvieille. Und es sieht so aus, als wäre die Leiche angeschwemmt worden. Möglicherweise ist die Frau schon länger tot.«

»Ich bin auf dem Weg.« Hektisch beendete Valeri das Gespräch. »Stéphane, es tut mir leid, wir haben eine Tote im Hafen. Wir müssen zurück.«

2

Die frühmorgendliche Sonne tauchte den kleinen Hafen von Fontvieille, dem jüngsten Stadtbezirk des Fürstentums von Monaco, in ein glitzerndes Licht. Es war still, noch waren nur wenige Menschen unterwegs. Das kleine Austernrestaurant Les Perles de Monte Carlo war noch geschlossen, so dass lediglich das leise Plätschern des Wassers zu hören war, das in leichten Wellen auf den steinigen Strand vor dem Bistro auflief. Das Wasser schimmerte glasklar, das helle Sonnenlicht spiegelte sich auf der Oberfläche. Ein idyllischer Anblick, auf groteske Weise gestört durch die Leiche einer Frau, die am Rande des Hafenbeckens im Wasser trieb.

Nikolai Schweizer ging unruhig den Steg vor seiner kleinen Yacht auf und ab und wartete darauf, dass endlich die Polizei anrücken und ihn aus der Verantwortung entlassen würde. Der Steg, an dem sein Boot festgemacht hatte, war zu Fuß nicht zu erreichen. Er lag direkt gegenüber dem Hauptanleger des kleinen Hafens, vielleicht zweihundert Meter entfernt, so dass die Bootseigner entweder mit dem eigenen Tender hinüberfahren oder den Shuttle-Service des Hafens nutzen mussten, um zu ihren Yachten zu gelangen. Nikolai hatte auf seinem Boot übernachtet und war frühmorgens um kurz vor halb acht eben mal schnell mit seinem Tender auf die andere Seite hinübergefahren, um in einer kleinen Konditorei ein paar noch lauwarme Croissants, zwei Becher frisch gepressten Orangensaft und Kaffee zu holen.

Warum er die Tote auf der Hinfahrt nicht gesehen hatte,

war ihm schleierhaft. Vermutlich lag es an seiner Müdigkeit nach einer langen Nacht, und er wünschte sich, der Anblick der Leiche wäre ihm auch auf der Rückfahrt zu seiner Yacht erspart geblieben. Doch als er langsam auf den Anleger zugesteuert war, hatte er aus den Augenwinkeln heraus etwas im Wasser gesehen, das dort nicht hingehörte. Er hatte den Motor gedrosselt und für einen Moment mit zusammengekniffenen Augen hinübergestarrt. War das tatsächlich ein Mensch, der dort im Wasser trieb? Er hatte gerufen, in der Hoffnung, dass sich vielleicht jemand einen Scherz mit ihm erlauben wollte, doch es kam keine Antwort. Mit einem mulmigen Gefühl im Bauch hatte Nikolai den Tender gewendet und war langsam auf die im Wasser dümpelnde Gestalt zugefahren. Je näher er kam, desto klarer war ihm geworden, dass er tatsächlich einen Menschen vor sich hatte, und aller Wahrscheinlichkeit nach war dieser Mensch tot. Soweit er es erkennen konnte, handelte es sich um eine Frau. Sie trieb mit dem Gesicht nach unten im Meer, und der Stoff ihres langen, grün-goldenen Abendkleides wogte sanft in den Wellen hin und her. Fast wie in Zeitlupe schwebte das zarte Gewebe auf dem Wasser, die nackten Arme der Frau schaukelten langsam auf und ab, und das durch das Wasser gebrochene Sonnenlicht zauberte ein wildes Schattenmuster auf die blasse Haut ihres Rückens, ein Funkeln, das Nikolai sofort in seinen Bann gezogen hatte. Durch den leichten Wellengang wirkte es so, als würde die Tote einem anderen, geheimnisvollen Wesen in der Tiefe des Meeres zuwinken. Ihr langes rotes Haar hatte sich wie ein Fächer um ihren Kopf ausgebreitet. Sie sah aus wie eine Nixe, eine Meerjungfrau, verstörend schön.

Nikolai hatte noch niemals einen toten Menschen aus der Nähe gesehen, und es graute ihm davor, die Frau anzufassen, doch falls es noch einen letzten Funken Hoffnung auf Rettung gab, blieb ihm keine andere Wahl. Er fröstelte, zögerte einen Moment, dann griff er vorsichtig nach der linken Hand der Frau. Sie war eiskalt und erstaunlich schwer. Wie erwartet fühlte er keinen Pulsschlag, nicht ein winziges Anzeichen dafür, dass hier ein Herz noch Blut durch einen lebendigen Körper pumpte. Schnell ließ er den Arm wieder ins Wasser gleiten. Um ganz sicher zu sein, dass die Frau tatsächlich tot war, entschied er, auch noch einen Blick in ihr Gesicht zu werfen. Es kostete ihn die größte Überwindung, ihren Kopf an den Haaren nach oben zu ziehen, aber er wusste sich einfach nicht anders zu helfen und blickte der Frau nun ins Gesicht: Ihre Augen waren weit geöffnet und starrten blicklos ins Leere. Schnell ließ er den Kopf los, dessen Anblick er nun nicht mehr ertragen konnte. Innerhalb von wenigen Sekunden überkam ihn eine heftige Übelkeit, und er erbrach sich ins Hafenbecken. Diese Frau war mit Sicherheit tot.

Auch jetzt, eine Viertelstunde später, kehrte die Übelkeit sofort zurück, wenn er an diese stumpfen, toten Augen dachte. Er sah hinüber zu der Stelle, an der die Tote noch immer im Wasser trieb. Was für ein Albtraum! Als er Geräusche aus dem Inneren seines Bootes vernahm, wandte er den Blick ab und sah zur Yacht hinauf. Das Mädchen vom vergangenen Abend, eine dralle Blondine aus Amsterdam, war offenbar aufgewacht und trat, nur mit einem Handtuch bekleidet, an Deck. Es war ein Fehler gewesen, sie auf dem Boot übernachten zu lassen, dachte er genervt und wollte nur eines: sie so schnell wie möglich wieder loswerden. Seine morgendliche Euphorie, die dazu geführt hatte, sie mit einem Frühstück überraschen zu wollen, war verflogen. Es hatte ihn sowieso gewundert, dass er am Abend zuvor das Bedürfnis gehabt hatte, neben ihr einzuschlafen. In den meisten Fällen suchte er sofort nach dem Sex das Weite. Seit der Scheidung von seiner Frau, einer amerikanischen Country-Sängerin, die ihn schon nach kurzer Zeit betrogen und ihn mit ihrer gemeinsamen Tochter alleingelassen hatte, war der Wunsch nach Verbindlichkeit, nach einer Beziehung von Bedeutung, endgültig verflogen. Hier und da ein kleines Abenteuer, ein wenig Ablenkung, Spaß für eine Nacht, das reichte ihm. Doch nun musste er sich mit der Frau vom Abend zuvor beschäftigen, mit ihr und mit der Toten im Wasser, ob er wollte oder nicht.

»Guten Morgen!«, rief die Blonde ihm munter zu und fasste ihre langen Haare mit einem Gummiband zusammen. »Kommst du wieder ins Bett? Es ist doch noch so früh!«

»Nein, danke! Mein Bedarf an Frauen ist für heute gedeckt!« Etwas irritiert kam die Blonde barfuß über die Gangway zu ihm hinab auf den Steg und gab ihm einen Kuss auf die Wange. Langsam strich sie ihm über die Brust, dann wanderte ihre Hand etwas tiefer. Nikolai wich zurück und schnauzte:

»Lass das! Da drüben schwimmt eine Leiche!«

3

Als Kommissar Henri Valeri den Hafen von Fontvieille erreichte, herrschte dort schon reges Treiben. Die Wasserwacht war angerückt, und der Wagen eines Rettungsdienstes stand mit rotierendem Blaulicht am Ende des Stegs, zwei Polizeiwagen daneben, ein Hubschrauber schwebte in der Luft. Zwei Beamte standen vor dem Hauptanleger bis zum Bauch im Wasser. Vor ihnen dümpelte ein kleines Boot, von dem aus ein weiterer Beamter offensichtlich versuchte, die angeschwemmte Leiche in Richtung des Stegs und zu seinen Kollegen zu schieben, um so eine Bergung zu ermöglichen. Auf der schräg gegenüberliegenden Seite, einem schmaleren Steg, an dem ein paar kleinere Yachten lagen, konnte Valeri zwei Rettungssanitäter sehen. Einer der beiden beugte sich über eine Person, die auf den Holzplanken lag, der andere stand zu ihren Füßen und hielt ihre Beine im Dreißig-Grad-Winkel nach oben. Daneben ging ein Mann mit einem Handy am Ohr auf und ab und gestikulierte mit ausholenden Bewegungen. Hatte dort ein Kampf stattgefunden, oder war da einfach jemand umgekippt? Valeris Blick kehrte zurück zu den Beamten, die mit der Bergung der Leiche beschäftigt waren. War das dort drüben seine neue Kollegin Coco Dupont? Skeptisch kniff er die Augen zusammen. Und wie sah die Dame heute aus? Sie trug eine enganliegende, kniekurze Hose, ein rotes Achselhemd und Sportschuhe, um den Kopf ein Stirnband, die Sonnenbrille steckte im Hemdausschnitt. Er beobachtete Coco noch einen Moment und musste sich eingestehen, dass er sie eigentlich kaum kannte. Sie arbeiteten zwar schon ein gutes halbes Jahr lang gemeinsam bei der Sûreté publique de Monaco, doch insgeheim nahm er es ihr immer noch ein wenig übel, dass sie die Stelle angetreten hatte, die eigentlich für seinen Kollegen Frédéric hätte freigehalten werden müssen. Sein langjähriger Partner und Freund war bei einem Skiunfall schwer am Kopf verletzt worden und lag seitdem im Wachkoma. Über Monate war er im monegassischen Krankenhaus in Behandlung gewesen, aber offenbar hatten die Ärzte aufgegeben und ihn nach Hause entlassen, wo er nun von seiner Ehefrau und einer Pflegekraft versorgt wurde. Ein Warten auf den Tod? Es war furchtbar! Valeri besuchte ihn regelmäßig und hoffte immer noch auf ein Wunder, eine Heilung, die ihm seinen Kollegen zurückbringen würde. Er ahnte natürlich, dass dies wohl ein Wunschtraum bleiben würde, und im Grunde hatte er nichts gegen seine neue Kollegin, obwohl sie überhaupt nicht seinem Naturell entsprach: Coco Dupont entstammte einer deutsch-französischen vermögenden Familie, die seit Jahrzehnten ein schickes Appartement in Monaco besaß, das sie nun bewohnte. Für ihn hatte es manchmal den Anschein, als betrachte sie die Polizeiarbeit nur als Hobby, auch wenn das natürlich Unsinn war und sie das auch vehement bestritt. Allerdings ließ Coco sich zu Alleingängen hinreißen, das hatte der letzte Fall rund um den Mord im Formel-1-Milieu gezeigt, eine Eigenart, die er von seinem Expartner Frédéric überhaupt nicht kannte und mit der er nur schwer umgehen konnte. Seine Frau Inés hatte ihn immer wieder ermuntert, Coco doch mal zum Abendessen in ihr Häuschen nach Cap-d'Ail einzuladen, als Zeichen der Gastfreundschaft und des Entgegenkommens, doch nachdem Inés nun das Haus verlassen hatte, war das natürlich kein Thema mehr.

Valeri seufzte und war froh, von weitem nun auch seinen Kollegen Niki zu erkennen, den Rechtsmediziner aus

Nizza, der immer dann hinzugezogen wurde, wenn es Anlass dazu gab, von einem unnatürlichen Tod auszugehen – und offenbar hatte Coco Dupont ihn sofort zum Fundort der Leiche gerufen. Niki hieß eigentlich Louis-Stéphane Marchand, verdankte seinen Spitznamen aber der Tatsache, dass er sich bei einem früheren Motorradunfall ähnliche Verletzungen zugezogen hatte wie der ehemalige Formel-1-Fahrer Niki Lauda 1976 auf dem Nürburgring. Sein knallrotes Basecap, sein Markenzeichen, das einen Teil der Narben am Kopf verdeckte, stach zwischen den dunkel gekleideten Beamten hervor. Valeri ging zügig den Steg entlang und blieb vor seiner Kollegin stehen.

»Guten Morgen«, sagte er knapp und wies auf Cocos Outfit. »Sieht ja fast so aus, als hätten wir etwas gemeinsam.«

»Ich war joggen, als mein alter Freund mich angerufen hat. Er hat die Leiche gefunden.« Sie wies mit dem Kinn auf die gegenüberliegende Seite.

»Wir sollten beide lernen, unsere Mobiltelefone auszuschalten, wenn wir sportlichen Aktivitäten nachgehen«, entgegnete Valeri. »Das hätte uns eine Leiche zum Frühstück erspart.« Er warf einen kurzen Blick auf die Frau, die von den Kollegen mittlerweile aus dem Meer gezogen und auf den Steg gelegt worden war. Die Tote sah nicht so aus, als hätte sie besonders lange im Wasser gelegen. Ihr Gesicht war noch deutlich zu erkennen, zeigte keine Fäulnisspuren, und sie war auch nicht besonders aufgedunsen. »Lassen wir Niki erst mal seine Arbeit machen und befassen uns mit dem Mann, der die Leiche gefunden hat.« Valeri winkte einen Kollegen von der Wasserrettung heran. »Können Sie uns mal eben zur anderen Seite fahren?« Ohne eine Antwort abzuwarten, stieg er in das kleine Boot und forderte Coco mit einer knappen Kopfbewegung dazu auf, ihm zu folgen.

Nachdem Coco auf dem Bootsrand Platz genommen hatte, warf der Beamte den Außenbordmotor an und setzte den Tender in Bewegung. Geschickt manövrierte er rückwärts vom Anleger weg, drehte dann das Boot und fuhr zielstrebig auf die andere Hafenseite zu.

»Was ist denn da drüben los?«, wunderte sich Valeri.

»Seine …« Coco hielt einen Moment inne. »… seine Freundin hat wohl einen Schock erlitten und ist zusammengeklappt. Nichts Ernstes. Wird schon wieder.«

Valeri nickte und stieg, auf der anderen Seite angekommen, mit einem großen Schritt aus dem Boot, noch bevor der Bootsmann den Tender vertäut hatte. Coco folgte Valeri, und gemeinsam blieben sie vor der jungen Frau stehen, die immer noch am Boden lag.

»Geht es wieder?«, fragte Coco mit Blick auf das immer noch leichenblasse Gesicht des Mädchens. Der Sanitäter nickte.

»Wir haben ihr ein Kreislaufmittel gegeben.«

»Gut.« Coco warf Nikolai, der immer noch das Handy am Ohr hatte, einen mahnenden Blick zu, der ihn dazu aufforderte, das Gespräch zu beenden. Valeri und Coco traten ein paar Schritte zu Seite, außer Hörweite der blonden Frau und der Sanitäter, als Nikolai zu ihnen herüberkam. Valeri hielt ihm seine Hand entgegen.

»Henri Valeri, Sûreté publique.«

»Nikolai Schweizer. Mir gehört das Boot hier.«

»Schweizer?« Valeri zog eine Augenbraue hoch. »Waren Sie nicht schon in unseren letzten Fall verwickelt?«

»Verwickelt ist wohl das falsche Wort. Wenn ich mich richtig erinnere, habe ich Ihnen einen entscheidenden Hinweis gegeben«, erwiderte Nikolai. »Und daraufhin haben Sie den Täter doch wohl geschnappt.«

»Sie haben also die Leiche entdeckt?«, fragte Valeri, den überheblichen Kommentar ignorierend, und fuhr sich mit der Hand über seinen Bart.

»Das ist richtig. Ich war mit meinem Tender unterwegs, als ich sie im Wasser treiben sah.«

»Und wie kam sie dahin?«

»Woher soll ich das wissen?! Hierher geschwommen ist sie bestimmt nicht.«

»Ach nein?«

»Gehen Sie vielleicht in Abendkleidung schwimmen?« Nikolai lächelte süffisant. Valeri sparte sich eine Antwort.

»Kennst du die Frau?«, mischte sich Coco, an Nikolai Schweizer gewandt, in das Gespräch ein.

»Bevor du gleich wieder sauer wirst: Nein, kann mich nicht erinnern, sie jemals gesehen zu haben. Und nein, ich hatte demzufolge auch nichts mit ihr.«

Valeri schaute irritiert zwischen den beiden hin und her. Die Spannung, die hier herrschte, gefiel ihm ganz und gar nicht. Zu viel Privates für seinen Geschmack.

»Also: Sie haben die Frau vorher noch nie gesehen?«, hakte er daher nach.

»Nein. Ich denke nicht. Ich habe sie aber nur kurz angesehen, um mich davon zu überzeugen, dass sie wirklich tot ist. Puls, Gesicht, was man eben so macht, wenn man sich nicht auskennt. Kein schöner Anblick am Morgen. Ich hab noch nie 'ne Tote angefasst. Also nageln Sie mich nicht darauf fest.«

»Was haben Sie denn um die Zeit hier zu tun gehabt?«, fragte Valeri.

»Wird das ein Verhör?«

»Nein, reine Routine. Also beantworten Sie bitte meine Frage!«

»Ich habe auf meinem Boot übernachtet.« Er wies mit dem Kinn auf die junge Frau, die sich mittlerweile aufgesetzt hatte. »Sie wissen schon …«, fügte er mit einem Grinsen hinzu.

»Nein. Weiß ich nicht. Kann die Dame das bestätigen?«

»Natürlich!«

»Gut.« Valeri seufzte. »Haben Sie heute Nacht etwas Auffälliges bemerkt?«

»Nein. Nichts. Wir waren zu beschäftigt. Und heute Morgen wollte ich nur eben ein paar Croissants holen.«

»In Ordnung. Falls wir noch Fragen haben, melden wir uns. Vielen Dank!« Dann wandte er sich an Coco: »Ich nehme an, Sie haben die Telefonnummer von Herrn Schweizer? Lassen Sie uns wieder rüberfahren. Vielleicht hat Niki schon erste Erkenntnisse.« Er nickte Nikolai noch einmal zu, setzte sich in Bewegung und lief zum Tender hinüber.

»Wahnsinnig sympathisch, dein Kollege«, knurrte Nikolai.

»Ja. Und seit seine Frau ihn verlassen hat, ist er noch viel öfter schlecht gelaunt.« Coco schwieg einen Moment und pustete sich ihren goldblonden Pony aus dem Gesicht. Dann wies sie auf die beiden Becher mit Orangensaft, den Kaffee und die Tüte mit den Croissants, die vor der Gangway auf dem Boden standen. »Immerhin: Es gibt Frauen, denen du Frühstück bringst.« Nikolai mit einer anderen Frau zu sehen, versetzte Coco einen Stich, auch wenn ihr eigenes Privatleben so kompliziert war, dass sie sich sowieso nicht ernsthaft mit einem Mann einlassen konnte. Coco hatte sich von ihrem Ehemann getrennt, bevor sie die Stelle als Kommissarin in Monaco angetreten hatte. Und obwohl sie wusste, dass diese Entscheidung richtig gewesen war, hatte die Trennung Wunden hinterlassen, die immer noch nicht verheilt waren. Ihr Lebensplan schien gescheitert, die Gegenwart überschattet von gegenseitigen Schuldzuweisungen, Versagensängsten und immer wiederkehrendem Streit. Daher war das Letzte, was sie jetzt wollte, eine neue Beziehung. Und dennoch ließ sie dieses unverhoffte Wiedersehen mit Nikolai nicht kalt. Nikolai war einst ihre erste große Liebe gewesen. Kennengelernt hatten sie sich mit Anfang zwanzig, als Coco mit ihren Eltern häufig in Monaco den Sommer verbracht hatte. Sie erinnerte sich noch ganz genau an ihre erste Begegnung: Mit zwei Koffern in den Händen hatte er Coco nach dem Weg zu einer ganz bestimmten Bank gefragt. Ihre scherzhafte Frage, ob er sein Schwarzgeld etwa in Koffern mit sich herumschleppe, hatte er tatsächlich mit einem Ja beantwortet. So waren sie darüber ins Gespräch gekommen, dass das Klischee vom koffertragenden Millionär hier tatsächlich der Realität entsprach. An den Namen des Geldhauses konnte sich Coco beim besten Willen nicht mehr erinnern, wohl aber daran, dass im selben Moment ein deutscher Reisebus mit Touristen aus Nikolais Heimat, einem kleinen Kaff bei München, an ihnen vorbeigefahren war und er sich unglaublich darüber echauffierte, dass ihn seine schnöde Vergangenheit anscheinend sogar noch im elitären Monaco wieder einholte. Coco hatte das damals arrogant gefunden, sich aber dennoch in den jungen Selfmade-Millionär verguckt. Ein kurzes, intensives Abenteuer, das sie nicht vergessen hatte. Als sie nun ein gutes halbes Jahr zuvor ihre neue Stelle bei der Sûreté publique angetreten hatte, war Nikolai einer der ersten alten Freunde gewesen, die sie wiedergetroffen hatte. Und die Faszination von damals war noch immer da. Nach dem Abschluss ihres ersten Falls hatte sich ein kurzes Tête-à-Tête ergeben. Doch Nikolai war bekanntlich kein Mann für eine ernsthafte Beziehung. Und obwohl auch auf ihrer Seite keine tiefergehenden Gefühle im Spiel gewesen waren, hatte Coco sich über das Ende dieser Affäre geärgert. Seitdem waren sie sich nur hier und da zufällig über den Weg gelaufen.

»Coco, wir haben uns viel zu lange nicht gesehen! Lass uns doch mal wieder etwas essen gehen!«

»Danke, keine Zeit!«

»Ach komm. Bist du etwa immer noch sauer? Meine Güte, warum müsst ihr Frauen immer gleich den ganzen

Kuchen haben? Auch ein Stückchen von der Torte kann doch lecker sein!«

»Super Spruch!«, entgegnete Coco und imitierte ein Gähnen. »Ich entscheide nur gerne selbst, wann und wie viel Torte ich esse!«

»Torte ist ein gutes Stichwort.« Nikolai grinste. »Ich habe einen Tisch im Cipriani heute Abend, und der Laden ist für seine Törtchen bekannt. Als Dessert, im doppelten Wortsinne!« Coco verdrehte die Augen. »Cécile kommt auch mit. Und die würde sich sicher freuen, dich wiederzusehen.« Cécile war eine gemeinsame Freundin, und Coco musste zugeben, dass sie sich wochenlang nicht mehr getroffen hatten. Coco hatte fast den Eindruck, Cécile ginge ihr aus dem Weg. Cécile kannte sie ebenfalls schon seit langer Zeit, und nach ihrer Rückkehr nach Monaco war sie erneut zu einer guten Freundin geworden.

»Ich sehe, was ich machen kann. Ich muss los«, antwortete Coco knapp, winkte kurz und wies auf die blonde Frau, die immer noch am Boden saß. »Du hast dich wirklich nicht verändert. Kümmere du dich lieber mal um dieses Törtchen hier!« Coco lief eilig davon und folgte Valeri, der ihr einen vorwurfsvollen Blick zuwarf. Er wartete nicht gerne, das wusste sie.

»Dann wollen wir mal«, sagte er knapp. Zurück auf der anderen Hafenseite gingen sie zu Niki, der immer noch über die Leiche gebeugt am Boden kniete.

»Haben wir schon was?«, fragte Coco.

»Die Frau ist tot, da kann man nichts machen«, konstatierte Niki trocken. »Also lasst uns doch lieber da drüben ein paar Austern schlürfen!«

»Was du nicht sagst«, erwiderte Coco. »Aber, wie du weißt, mag ich die glibberigen Dinger nicht besonders!«

»Banausin!«, knurrte Niki.

Valeri warf einen bedauernden Blick in Richtung der

Austernbar, und ihm lief bei der Vorstellung, bei einem Glas Rosé ein Dutzend Austern zu verspeisen, das Wasser im Mund zusammen. Zu schade, dass ihnen die Tote einen Strich durch die Rechnung machte.

»Nun sag schon: Woran ist die Dame hier gestorben? Und vor allem, wann?«, hakte er nach.

»Im Moment kann ich nur Vermutungen anstellen. Grün ist sie noch nicht, keine Fäulnis, das heißt: Besonders lange ist sie noch nicht tot. Werfen wir mal einen Blick auf die deutlich sichtbaren Fakten: Die Waschhautbildung hat gerade erst begonnen, Nägel haben sich noch nicht abgelöst, wenig Fischfraß, also lag sie nicht besonders lange im Wasser.«

»Aber wie lange denn?«, fragte Valeri ungeduldig.

»Wir haben eine Wassertemperatur von vierzehn Grad, die Körpertemperatur ist noch nicht ganz angepasst – das geschieht spätestens nach zwei Tagen. Ich tippe, dass sie nicht länger als zwölf Stunden tot ist.«

»Und weiter?«

»Sie trägt ein Abendkleid, beim Baden ertrunken ist sie jedenfalls nicht!«

»Ja, danke. Das habe ich heute schon mal gehört«, murrte Valeri und warf erneut einen verärgerten Blick auf die andere Seite des Hafens in Richtung Nikolai Schweizer. Dann wandte er sich wieder Niki zu. »Hast du noch mehr?«

»Ich gehe nicht davon aus, dass sie ertrunken ist. Kein Schaumpilz vor Mund und Nase. Es geht um die sogenannten Vitalzeichen, also darum, ob der Betreffende bei suffizienter Kreislauffunktion im Wasser ums Leben gekommen ist«, dozierte er. »Oder einfach gesagt: Hat derjenige noch gelebt, als er ins Wasser gefallen ist? In diesem Fall würde ich sagen: Nein.«

»Du meinst, die Frau war schon tot, bevor sie im Wasser gelandet ist?«, fragte Coco.

»Jein! Eine andere Person muss hier nicht zwingend involviert gewesen sein. Keine Würgemale, keine Schusswunden.« Niki zeigte auf das Gesicht der Toten. »Diese oberflächlichen Hautabschürfungen kommen vermutlich von den Steinen hier. Da ist sie durch die Bewegung des Wassers dran entlanggeschrammt. Aber – und jetzt wird es interessant: Die spärlichen Totenflecken sprechen für einen großen Blutverlust. Es gibt aber wenig äußerliche Verletzungen, daher gehe ich von inneren Blutungen aus, Stichwort Polytrauma! Genau kann ich das aber noch nicht sagen, wir brauchen eine gerichtlich angeordnete Leichenöffnung. Aber wenn ihr mich fragt: Die ist irgendwo runtergefallen, hart aufgeschlagen und dann ins Wasser gerutscht.« Niki stand auf. »So viel fürs Erste.«

»Wo soll sie denn runtergefallen sein?«

»Wie gesagt, sie ist nicht lange im Wasser gewesen, also irgendwo hier in der Nähe.« Niki wies mit dem Kinn auf den großen Fürstenfelsen, auf dem der Palast und das Ozeanographische Museum thronten. »Von da oben? Vielleicht ist sie ja auch gar nicht gefallen, sondern gesprungen.«

»Du tippst auf Selbstmord?«

»Möglich. Auf den ersten Blick sieht es jedenfalls nicht nach Fremdeinwirkung aus.« Coco nickte, blickte nach oben und kniff die Augen zusammen. »Springt da freiwillig jemand runter?«

»Da kannst du jedenfalls sicher sein, dass du anschließend tot bist. Kennst du nicht die Geschichten von all den verschuldeten Zockern, die sich nach einem Casino-Besuch vom Felsen gestürzt haben, nachdem sie in einer einzigen Nacht ihren gesamten Besitz verspielt hatten?« Coco schüttelte den Kopf, aber Valeri nickte wissend.

»In Monaco ist bekanntlich alles möglich. Und Probleme gibt es hier wahrhaftig genug!«

4

Er wusste, sie wollten ihm an den Kragen. Es war jedes Jahr das Gleiche. Und mit jedem Schritt, den er vor den anderen setzte, kochte die Wut mehr in ihm hoch. Er würde nicht klein beigeben, nicht aufgeben, selbst wenn er dabei kaputtginge! In seinem Alter wäre das noch nicht einmal besonders tragisch. Die anonymen E-Mails in seinem Posteingang, die wüsten Beschimpfungen und die unangemessenen Vorwürfe, weil er immer noch als Mit-Organisator für das Zirkusfestival von Monte Carlo verantwortlich war, ärgerten ihn maßlos. Das würde er sich nicht mehr bieten lassen! Nicht so! Nicht nach alldem, was er für das Festival getan hatte.

Alexandre Denaux hatte gerade das Marriott-Hotel im Hafen von Cap-d'Ail verlassen, in dessen Räumen während des Festivals eine Ausstellung rund um die Geschichte des Zirkus zu sehen sein sollte und die er sich vorab angeschaut hatte, als er erneut von diesen ärgerlichen Gedanken heimgesucht wurde. Er wollte sich sein liebstes Hobby, und im Grunde war es ja viel mehr als das, auf keinen Fall vermiesen lassen. Vor ihm lagen zwei anstrengende Wochen: Zehn Tage lang würden sich die besten Artisten der Welt in der Manege messen und um eine der begehrten Auszeichnungen, den bronzenen, silbernen oder goldenen Clown, kämpfen. Es waren nur noch wenige Tage, bis die erste Vorstellung beginnen sollte, Ausnahmezustand rund um das berühmte Chapiteau de Fontvieille, das fest installierte Zirkuszelt, das zwischen dem Heli-Airport und dem Rosengarten von Prinzessin Grace gelegen war. Er liebte den Zirkus mehr als alles andere, er war seine größte Leidenschaft. Und hätte es in der Mitte des vergangenen Jahrhunderts, als er noch ein junger Mann gewesen war, schon Zirkusschulen gegeben, wäre er selbst als Artist in der Manege gelandet. Doch damals musste man schon in eine Artistenfamilie hineingeboren werden, um ein solches Abenteuerleben führen zu können. Er musste lächeln bei der Erinnerung an den Tag, an dem Fürst Rainier, zu dem Denaux' Zirkusleidenschaft damals durchgedrungen war, ihn gefragt hatte, ob er ihn bei der Gründung und Organisation eines Zirkusfestivals unterstützen wolle. Und seit mehr als vierzig Jahren war er nun als künstlerischer Berater für das Festival tätig, so dass die Leute in ihm so eine Art Zirkusdirektor sahen. Es war so viel passiert seit damals: Er hatte Artisten kommen und gehen sehen, Karrieren, die nach der Auszeichnung mit dem Goldenen Clown richtig in Fahrt gekommen waren, wieder andere Künstler, die nach einem großen Erfolg mächtig abstürzten, Familien, die gegründet wurden, Beziehungen, die in die Brüche gingen. Doch was auch immer passierte, es blieb das Gefühl, dass sie alle eine große Familie waren. Eine Familie von Künstlern, die sich trennten und wiedertrafen, immer und immer wieder. Er liebte seine Aufgabe noch so wie an seinem ersten Tag. Jedes Jahr entdeckte er neue Talente, junge Künstler, oft von einer erfrischenden Naivität. Wie sie so vor ihm standen, voller Ehrfurcht, hier in Monte Carlo einmal auftreten zu dürfen. Er konnte sich darüber kaputtlachen, wie er erst am Tag zuvor einen von ihnen sprichwörtlich in den April geschickt hatte: ein junger Bursche, ein talentierter Diabolo-Künstler aus der Schweiz, der mit seinen neunzehn Jahren beeindruckend gut im Umgang mit dem Doppelkegel war, der auf ein Seil gesetzt und hochgeschleudert wurde. Alexandre hatte ihm eine Weile dabei zugesehen, wie er geschickt mit vier Diabolos gleichzeitig auf dem

Seil spielte. Doch als er ihn dann nach dem Chapiteau-Schlüssel gefragt hatte, war der Junge völlig aus dem Konzept geraten. Denaux musste erneut lachen. Es war ein alter Scherz unter Zirkusleuten, junge Artisten zu fragen, ob sie den Chapiteau-Schlüssel hätten, um zu sehen, wie grün sie noch hinter den Ohren waren. Ein Schlüssel für ein Zelt! Dass doch immer wieder junge Hüpfer darauf hereinfielen, fand er zum Bersten komisch. Der Gedanke an dieses amüsante Erlebnis verbesserte seine Laune schlagartig. Er beschloss, an diesem strahlenden Wintertag nicht den direkten Weg über die Avenue des Guelfes zum Festivalgelände zu nehmen, sondern lieber durch den kleinen Hafen von Cap-d'Ail zu spazieren, vorbei an den Booten, die still im Wasser lagen, ein kleiner Marsch, auch wenn er in seinem Alter nicht mehr besonders gut zu Fuß war. Vom Hotel bis zu dem von außen eher unscheinbaren kleinen Bistro La Cambuse, das sich direkt in einer Ecke des kleinen Hafens befand, von der aus man über eine Treppe mit wenigen Stufen hinauf nach Monaco gehen konnte, waren es nur wenige Meter, und er beschloss, bevor er gleich bei der offiziellen Pressekonferenz des Festivals auftreten und einige der diesjährigen Teilnehmer vorstellen würde, noch einen kurzen Stopp an der Bar des Bistrots einzulegen und einen Kaffee zu trinken. Es war ein kleiner Laden, der nur draußen über Tische verfügte. Der Innenraum, in dem sich eine Bar mit drei oder vier Hockern befand, war winzig, hatte aber seinen ganz eigenen Charme: An den Wänden standen diverse hölzerne Weinkisten übereinander, darin die unterschiedlichsten feinen Tropfen, dazwischen thronte zur Dekoration eine riesige Glasflasche, die mit alten Korken gefüllt war. Hinter der Theke an der Wand hingen einfache Holzregale, auf denen Spirituosen und Gläser standen, daneben eine gigantische Uhr. Vergnügt lehnte Denaux sich auf den Tresen und hob die Hand.

»Alexandre!«, begrüßte ihn Fabio, sein alter Freund hinter der Bar. »Wie immer?« Ohne eine Antwort abzuwarten, nahm er eine der weißen Tassen von der Conti-Espressomaschine und bereitete den Kaffee zu. Denaux nickte nur, ließ sich auf einem der Holzhocker nieder und warf einen Blick in Richtung Hafenbecken. Es war noch nicht viel los um diese Uhrzeit, er konnte nur einen einzigen Yachtbesitzer entdecken, der schon an Deck hantierte, und auch das Bistrot, an dessen braunem Holztresen er nun saß, war noch leer.

»Tut mir leid, das mit dem Festival«, sagte Fabio. »Ich weiß ja, wie wichtig dir das ist. Was ist denn bloß passiert?« Verwundert blickte Alexandre Denaux seinen alten Freund an, während er die Kaffeetasse in die Hand nahm und vorsichtig einen Schluck der heißen, dampfenden Flüssigkeit trank.

»Worauf willst du hinaus?« Er konnte sich keinen Reim darauf machen, was Fabio soeben gesagt hatte.

»Na, das Festival! Es ist doch abgesagt!«

»Wie bitte?« Denaux stellte die Tasse ab und warf seinem Freund einen belustigten Blick zu. »Was redest du da?«

»Ihr habt doch die ganzen Plakate überklebt. Wozu denn sonst der ganze Aufwand?«

»Überklebte Plakate? Was meinst du denn bloß?« Denaux runzelte die Stirn.

»Na, die Ankündigungen für das Festival! Ich bin vorhin noch an der Werbung in Fontvieille vorbeigelaufen. *Abgesagt* stand da drauf!« Jetzt war es Fabio, der seinen Freund verwundert anblickte. »Weißt du denn gar nichts davon?«

»Hör mal, mein Alter, es ist noch zu früh für solche Scherze«, murmelte Denaux und nahm einen weiteren Schluck Kaffee.

»Das meine ich ernst, Alexandre. Das Festival ist abgesagt, alle Plakate sind überklebt. Parbleu, hast du das denn nicht gewusst?«

»Gewusst? Zut! Was redest du denn da? Natürlich wüsste ich davon, wenn dem so wäre! Das ist doch Schwachsinn!« Nun wurde er doch etwas nervös und zog sein Mobiltelefon aus der Tasche seines dunkelgrauen Jacketts. Der Blick auf das Display zeigte ihm bevorstehenden Ärger an. »Merde!«, entfuhr es ihm. Siebenundzwanzig Anrufe in Abwesenheit! Er hatte vergessen, den Ton wieder anzustellen, als er am Morgen das Haus verlassen hatte. Das durfte doch nicht wahr sein! Eine Nachricht war von der Prinzessin. Geschwind checkte er seine Mailbox, um zu hören, was sie zu sagen hatte. Die Tochter des verstorbenen Fürsten klang ziemlich aufgebracht. Auch sie konnte sich nicht erklären, warum sämtliche Plakate, die das berühmte Zirkusfestival in Monaco ankündigten, mit einer Absage überklebt worden waren.

»Das gibt es doch gar nicht!«, platzte er heraus. »Du hast recht!« Grimmig blickte er seinen Freund an.

»Habt ihr das Festival tatsächlich abgesagt?«, fragte Fabio verwundert.

»Natürlich nicht! Da stecken bestimmt diese verfluchten Tierschützer dahinter!«

Das Fotoalbum liegt aufgeschlagen auf dem kleinen Holztisch: ein schon etwas abgegriffener Einband mit Seiten aus leichtem Karton, dazwischen die obligatorischen Blätter aus Pergamentpapier, mit einem Muster, das an Spinnenbeine erinnerte. Das Klappenschloss, das die beiden reich verzierten Lederdeckel zusammenhalten soll, steht offen. In dem Familienalbum zu blättern, weckt Erinnerungen, gute und schlechte. Das erste, schon leicht vergilbte Foto zeigt einen Wanderzirkus, der auf einem kleinen, mit weißen Zäunen abgesperrten Platz steht. Das Zelt ist bunt, die vielen Fähnchen wehen im Wind, da-

neben stehen die Wohnwagen in Reih und Glied. Ein kleines Mädchen mit langen Zöpfen und ein Junge mit dunklen Locken stehen in einem der Gänge zwischen den Wagen neben einer angeketteten Ziege. Doch wo sind die anderen Geschwister? Sie sind zu sechst, ein Mädchen und fünf Buben, das Mädchen ist das Nesthäkchen. Vier der Brüder fehlen auf dem Foto. Wahrscheinlich machen sie sich gerade für ihren Auftritt zurecht. Denn immer dann, wenn andere Schulkinder in den Sportverein gehen oder sich mit Freunden treffen, müssen Zirkuskinder in die Manege. Und das von klein auf: Die Buben üben sich im Jonglieren, das Mädchen wird in eine Trapeznummer eingebunden. Ein Leben im Rampenlicht, mit vielen guten Zeiten. Besonders der abgebildete Platz ist schön: Er liegt in Deutschland, in Frankfurt. In der Nähe gibt es eine Kirmes, auf der sie oft in Schokolade getauchte Bananen essen. Ab und zu besuchen sie die Verwandten, eine Großtante besitzt ein Fahrgeschäft, ein Kettenkarussell, in dem sie manchmal mitfahren dürfen, wenn sie brav sind und fleißig trainieren. Nur selten haben sie das Gefühl, so wie die anderen Kinder zu sein, eine ganz normale Kindheit zu erleben. Denn das Aufwachsen im Zirkus ist nicht nur abenteuerlich, sondern auch rastlos und unstet.

5

Nachdem die Frauenleiche in die Rechtsmedizin transportiert worden war, bestiegen Coco Dupont und Henri Valeri ein kleines Polizeiboot, um die Umgebung rund um den großen Felsen, auf dem der Fürstenpalast und die Altstadt thronten, zu inspizieren und herauszufinden, von welcher Stelle aus die Frau ins Wasser hinabgestürzt sein konnte. Der Bootsführer warf den Motor an, und sie setzten sich langsam in Bewegung.

»Es ist ein zu schöner Tag, um sich auf die Suche nach einem Tatort zu machen!«, sagte Valeri, während er in die Sonne blinzelte und dann in Richtung des kleinen Bistros schielte, auf dessen Terrasse sich schon Louis, einer der Kellner, zu schaffen machte, um seinen Gästen innerhalb der nächsten Stunden frisch geerntete Austern servieren zu können.

»Da haben Sie recht!« Coco nickte und genoss einen Moment lang das herrliche Wetter. Die Sonne strahlte vom Himmel, das Meer war still und zeigte einen grünblauen Farbverlauf. Der Blick hinauf zum Grimaldi-Felsen war atemberaubend schön. Die Felswand präsentierte sich zum Teil sattgrün bewachsen, dazwischen sah man den für diese Region typischen hellen Stein. Oben, am Rande des Felsens, standen Bäume in den Gärten von St. Martin, deren Wege sich auf der Südostseite des Felsens den Kamm entlangschlängelten. Coco wies mit der Hand nach oben.

»Glauben Sie, die Frau könnte sich vom Garten aus in die Tiefe gestürzt haben?«, rief sie laut, um das Knattern des Motors zu übertönen.

Valeri schüttelte den Kopf. »Unwahrscheinlich«, rief er. Dann senkte er die Stimme, weil der Beamte den Motor drosselte. »Niki vermutet ja, dass die Frau seit maximal zwölf Stunden tot ist. Das hätte dann ja am Abend oder in der Nacht passiert sein müssen. Aber da sind die Gärten geschlossen.«

»Kommt man denn nicht trotzdem hinein?«

»Wenn jemand unbedingt will, sicherlich. Die Zäune sind nicht besonders schwer zu überwinden.« Valeri schmunzelte und dachte an einen ganz bestimmten Abend mit seiner Ehefrau Inés zurück. Sie waren damals noch blutjung gewesen und hatten sich, einen Korb mit Wein, Käse und Baguette im Gepäck, am späten Abend in die Gärten geschlichen. Seitlich des vorderen Eingangs war es kein Problem gewesen, über den schmalen Zaun zu klettern. Es kam ihm vor, als wäre es gestern gewesen: eine Vollmondnacht im Sommer, so mild, dass man auch mitten in der Nacht noch draußen sitzen konnte. Sie waren wie verliebte Teenager die schmalen Pfade der Gärten entlanggelaufen und hatten sich dann auf einer kleinen, versteckten Bank auf der Meerseite niedergelassen, gegessen, getrunken, sich geküsst und über das Meer geschaut. Valeri dachte wehmütig an jene Zeit zurück, als sie so glücklich gewesen waren, und konnte nicht begreifen, dass sie am Ende dennoch gescheitert waren. Er schob die unangenehmen Gedanken beiseite und konzentrierte sich wieder auf seine Arbeit. »Wenn die Frau tatsächlich von den Gärten aus gefallen ist, dann haben wir das vielleicht im Bild. Der Garten wird ja zum Teil von Kameras überwacht. Apropos …« Er zückte sein Mobiltelefon und hatte Sekunden später ihre gemeinsame Assistentin Noelle Raviller am Ohr. Noelle war der gute Geist des Reviers, obwohl sie etwas ganz anderes gelernt hatte, war sie ehrgeizig und fleißig und unterstützte Valeri und Coco, wo sie nur konnte.

»Noelle! Gut, dass ich Sie erwische. Die Kollegen von der Kameraüberwachung sollen sich mal die Kameras auf dem Felsen vornehmen. Möglicherweise hat sich unsere Tote von dort oben hinabgestürzt …« Valeri hörte einen Moment zu, dann nickte er. »Ganz genau. In den Gärten von St. Martin, rund um das Ozeanographische Museum und am Ende der Avenue de la Quarantaine, Sie wissen schon, da wo die Straße die Kurve macht … Genau. Ja. Danke, Sie sind ein Schatz!« Coco blickte Valeri überrascht an. Der konnte ja richtig nett sein. Warum er ihr gegenüber immer so mürrisch sein musste? Anscheinend hatte Noelle einen deutlich besseren Draht zu ihrem griesgrämigen Kollegen. Obwohl sie jetzt schon ein gutes halbes Jahr zusammenarbeiteten und er ihr bei ihrem letzten Fall quasi das Leben gerettet hatte, richtig warm geworden miteinander waren sie dennoch nicht.

Coco seufzte und warf einen Blick zurück zum Hafen. Sie hatten gerade den Steg passiert, an dem Nikolai Schweizers Boot lag und fuhren nun auf der Meerseite langsam an der steilen Wand des Fürstenfelsens entlang.

»Das ist doch, wie eine Nadel im Heuhaufen zu suchen«, murmelte Coco, während sie auf den Felsen starrte, der steil vor ihnen aufragte und kurz über der Wasseroberfläche etwas breiter wurde. »Was sollen wir denn hier finden? Müsste da nicht eher die Spurensicherung ran?«

»Natürlich«, entgegnete Valeri. »Aber ich will mir zuerst selbst einen Eindruck verschaffen. Vielleicht finden wir ja doch etwas.« Er schaute nach oben. »Genau über uns ist die große Aussichtsplattform in den Gärten von St. Martin. Theoretisch könnte man von dort relativ gut in den Tod springen. Aber praktisch? Waren Sie mal da oben?«

»Sicher!« Coco nickte und ärgerte sich über die Frage. Valeri tat immer noch so, als sei sie eine Besucherin, der das Fürstentum noch völlig fremd war.

»Tagsüber wimmelt es da nur so von Touristen«, fuhr Valeri fort. »Dieses ewige Geknipse, nur um ein Foto zusammen mit dem alten Seebären zu ergattern. Ist mir schleierhaft, warum alle Leute sich neben der Statue von Prinz Albert I. ablichten lassen. Und dann diese Selfies. Die Leute sind so sehr mit dem Fotografieren beschäftigt, dass sie sich später an die Situation an sich gar nicht mehr erinnern können. Geschweige denn, den Moment genießen. Was ist nur los mit unserer Gesellschaft?«, echauffierte er sich. Valeri schüttelte den Kopf, dann starrte er erneut nach oben und kniff die Augen zusammen. »Also, wenn da tagsüber jemand herunterspringt, bleibt das nicht unbemerkt. Aber wenn sich jemand nachts unerlaubt Zugang zu den Gärten verschafft hätte, wäre das ein guter Ort, um sich von da aus hinabzustürzen.« Er runzelte die Stirn und suchte den Felsen nach Spuren ab. »Aber hier unten ist in der Tat nichts zu entdecken.«

»Sind Sie sich sicher, dass man hier wirklich etwas sehen könnte?«

»Wenn ein Körper von da oben herunterfällt, ob gesprungen oder gestoßen, entwickelt er im freien Fall eine mächtige Geschwindigkeit. Das geht nicht ohne Spuren ab. Lassen Sie uns den gesamten Felsen langsam abfahren. Es gibt noch andere Stellen, die in Frage kommen.« Der Skipper setzte das Boot erneut in Bewegung, und sie schipperten langsam am Rand der Felswand entlang. Mittlerweile hatten sie den Teil des Felsens, über dem die Gärten lagen, hinter sich gelassen und fuhren auf den Abschnitt zu, auf dem sich die Maison d'Arrêt, das Gefängnis von Monaco, befand. Dort saßen hauptsächlich harmlose Ganoven ein, Wirtschaftskriminelle, Betrüger oder Trickdiebe. Mord und Totschlag gab es im Fürstentum relativ selten. Valeri musste grinsen: Die Gauner, die dort den Gang in den Knast antreten mussten, hatten zumindest einen unfassbar schönen Blick auf das Mittelmeer. Die meisten Touristen, die oberhalb der Gefängnismauern über den Felsen flanierten, hatten nicht die geringste Ahnung, dass sie über den Köpfen der eingesperrten Kriminellen herumspazierten.

Mittlerweile wurde das Boot wieder langsamer, und Coco warf erneut einen Blick nach oben, wo jetzt das Gebäude des Musée Océanographique de Monaco über ihnen aufragte. Das Museum, einst von Fürst Albert I. errichtet, war recht imposant und beeindruckte schon von weitem. Es war direkt an der Steilküste der Halbinsel in den Fels hineingebaut worden, und von der Seeseite aus wirkte es so, als hätten sich die Felsen in das Gebäude hineingefressen, da ein Teil der Fassade hinter dem Naturstein verschwand.

»Wow!«, entfuhr es Coco. »Ich habe das Museum noch nie von der Wasserseite aus gesehen!«

»Beeindruckend, nicht wahr?«, bekräftigte Valeri. »Ein Palast der Wissenschaft, der hier oben thront, als würde er über die Weltmeere wachen. Wirklich ein monumentales Schmuckstück!«

»Wahnsinn!« Coco hielt den Blick weiterhin nach oben gerichtet und betrachtete das Gebäude noch einen Moment. Etwa hundert Meter lang und achtzig Meter hoch, dominierte der Prachtbau die Felsklippe von Monaco-Ville. Die blassgraue Patina der Quadersteine aus La Turbie schien zu leuchten, und in den aufwendig gestalteten Rundbogenfenstern brach sich das Sonnenlicht. Coco hätte das Ozeanographische Museum noch stundenlang ansehen können, doch Valeri unterbrach ihre Betrachtung laut.

»Da liegt etwas!«, rief er. »Sehen Sie doch mal! Da!« Er zeigte auf einen schmalen Felsvorsprung, der zum Wasser hin immer breiter wurde. »Ist das eine Handtasche?« Valeri kniff die Augen zusammen und starrte hinüber. »Gehen Sie näher ran!«, drängte er. Der Beamte der Wasserschutzpolizei drosselte den Motor erneut und ließ das Boot nun in Richtung der Felsen gleiten.

»Wir müssen vorsichtig sein, das Wasser wird hier sehr flach!«, rief der Bootsführer ihnen zu. »Ich möchte hier nicht auf Grund laufen, weiter als bis zu der Boje dort können wir auf keinen Fall ran!« Valeri nickte. Hier wurde das Wasser immer heller und schimmerte grünblau, und direkt unter der Oberfläche zeichneten sich schon die Felsen ab. Kurz bevor es zu gefährlich wurde, stoppte der Fahrer das Boot. Nun konnte auch Coco erkennen, was Valeri gesehen hatte: Direkt unterhalb des mittleren Teils des Gebäudes gab es ein schmales Treppchen, das auf einen etwa neun Quadratmeter großen Felsvorsprung führte. Direkt neben der letzten Treppenstufe lag eine Damenhandtasche.

»Sie meinen die Clutch?«, fragte Coco.

»Die was?« Valeri sah sie irritiert an.

»Die Clutch. So nennt man diese Art von Tasche.«

»Ach so, ja, genau die. Die liegt sicher nicht zufällig dort. Ich weiß nicht einmal, ob man diesen Felsvorsprung vom Inneren des Gebäudes aus heute noch betreten kann. Und selbst wenn, Besucher dürfen es mit Sicherheit nicht. Wahrscheinlicher ist, dass die Frau hier aufgeschlagen und dann im Wasser gelandet ist. Die Tasche könnte dabei auf dem Vorsprung liegengeblieben sein.«

»Vom Stil her passen würde sie.« Coco betrachtete die Tasche genauer und erkannte das Modell. Es handelte sich um die goldene Knot-Clutch von Bottega Veneta. Diese kleine, elegante Damenhandtasche ohne Henkel war aus metallischen Litzen geflochten, überzogen mit einer Goldschicht und mit einem goldenen Knotenverschluss versehen. Cocos Mutter hatte seit jeher ein Faible für teure Damenhandtaschen und besaß jedes aus ihrer Sicht erstrebenswerte Modell. Eine Vorliebe, die Coco nicht unbedingt teilte. Sie hatte nie verstanden, warum es nötig sein sollte, zu jedem Paar Schuhe auch noch die passende Tasche zu besitzen. Aber da ihr Vater ein vermögender Mann gewesen war und seiner Familie bis zu seinem Tod ein Leben im Luxus ermöglicht hatte, war Coco überflüssige Geschenke von ihren Eltern gewöhnt. Sie wandte den Blick von der Tasche ab und sah erneut nach oben.

»Ist es denn überhaupt möglich, dort oben die Fenster zu öffnen? Das müsste doch aus Sicherheitsgründen verboten sein?«

Valeri nickte. »Da haben Sie recht. Ich glaube nicht, dass da jemand mal so eben ein Fenster öffnen und hinausspringen kann. Zumal wir ja immer noch von einem Todeszeitpunkt in der Nacht oder am frühen Morgen ausgehen. Aber es gibt da oben eine Dachterrasse. Vielleicht wäre es möglich, von dort hinabzuspringen. Sehen Sie den Giebel dort oben? Genau dahinter liegt die Terrasse. Das sollten wir uns ansehen. Aber es bleibt die Frage, wie man sich dort nachts Zutritt verschaffen sollte. Vielleicht liegt die Tasche ja auch nur zufällig hier und hat mit dem Unglück gar nichts zu tun. Auch wenn ich an Zufälle nicht glaube, aber man weiß ja nie.« Valeri wandte sich an den Bootsführer: »Funken Sie die Spurensicherung an. Die sollen sich das ansehen. Wenn hier ein Körper aufgeschlagen ist, werden die Kollegen das nachweisen können. Und wir beide sollten uns mal auf den Weg nach oben machen.« Coco, die vorne im Boot gekniet hatte, um besser sehen zu können, erhob sich.

»Lassen Sie uns noch den Rest des Uferfelsens abfahren, dann haben wir alles gesehen und können uns im Port Hercule absetzen lassen. Von dort können uns die Kollegen vom Wasserschutz dann auf den Felsen bringen. Ich bezweifle allerdings, dass wir dort oben etwas entdecken. Aber vielleicht hat einer der Museumswärter etwas bemerkt und kann uns erklären, wie man mitten in der Nacht in das Museum hineinkommt.«

6

Der Löwe würdigte ihn keines Blickes. Er lag einfach nur seelenruhig da, hatte seine großen Pfoten halb im Sägemehl vergraben und beobachtete etwas in der Ferne, das ihn ganz offensichtlich fesselte. Alexandre Denaux war von der ganz eigenen Schönheit der Raubtiere immer wieder fasziniert. Und dieses hier war ein besonders schönes Exemplar: Die imposante Mähne, die bezeugte, dass es sich bei diesem Tier um ein Männchen handelte, das gepflegte, goldbraune Fell und der sehnige und muskulöse Körper wirkten auf ihn geradezu elegant. Das Tier hatte nun das Interesse an seinem Zielobjekt verloren, riss beherzt das Maul auf, um zu gähnen, und entblößte seine langen spitzen Zähne, mit denen es sein Opfer in Sekundenschnelle zerfleischen konnte. Denaux bewunderte den Wagemut der Dompteure, sich mit einer Horde gefährlicher Raubtiere in eine kleine Manege zu wagen und die Wildkatzen dazu zu bringen, genau das zu tun, was von ihnen verlangt wurde. In diesem Jahr war seit langer Zeit endlich mal wieder eine Frau mit einer Raubtiernummer beim Zirkusfestival von Monte Carlo dabei: Es war Karolina Kaczmarek, die den Künstlernamen Tigerwoman trug, obwohl sie eine gemischte Raubtiernummer hatte und sowohl mit Tigern als auch mit Löwen in der Manege arbeitete. Auch sie würde sich die Anfeindungen der Tierschützer gefallen lassen müssen, die gegen die Haltung und Dressur von Wildtieren im Zirkus protestierten. Denaux schüttelte gereizt den Kopf. Sein Ärger über diese radikalen Aktivisten, die immer wieder Grenzen überschritten, kehrte nun mit einem Schlag zurück. Natürlich war er dafür, dass etwas dagegen getan werden musste, wenn Tiere nicht anständig gehalten und behandelt wurden. Und er konnte die Wut und Fassungslosigkeit der Aktivisten natürlich verstehen, wenn Tiere gequält wurden. Schwarze Schafe gab es leider immer wieder, auch im Zirkus. Aber mussten diese Leute deshalb grundsätzlich gegen jede Tiernummer vorgehen und ihnen immer und immer wieder das Leben schwermachen? War es nötig, das Kulturgut Zirkus komplett zu sabotieren, das Auftreten von Wildtieren im Zirkus grundsätzlich zu verdammen? War es denn tatsächlich sinnvoller, statt den Löwen zum Beispiel Hunden Kunststücke beizubringen? Oder ging es Springpferden in einem Parcours besser als Tigern in der Manege? War es nicht vielmehr so, dass die Pferde von ihren Besitzern nur als Sportgeräte benutzt wurden, während die Wildtiere im Zirkus von ihren Dompteuren geliebt und verehrt wurden und eine Aufgabe bekamen? Und die Wildtiere im Zoo? Die sahen jeden Tag nur dasselbe Gehege, starrten ihr Leben lang auf Gitterstäbe und langweilten sich, weil sie nichts zu tun hatten. Für Zootiere gab es keine Herausforderung, nichts zu lernen. Dabei waren Wildkatzen doch ausgesprochen intelligente Tiere, lernfähig, wissbegierig und aufmerksam. Waren die Raubtiere in der Manege nicht genauso stolz wie ihr Dompteur, wenn eine Nummer funktionierte, das Publikum applaudierte und sich zu Beifallsstürmen erhob? Konnten Tiere die Begeisterung der Menschen, die Bewunderung, den Respekt und die Ehrfurcht nicht ebenso spüren und sogar genießen?

Hier in Monaco waren die Tiere in provisorischen Gehegen untergebracht, die sich direkt neben dem Zelt auf dem Zirkusgelände befanden. Links und rechts des schmalen Weges, der vom Zelt aus in Richtung Rosengarten verlief, gab es mehrere eingezäunte Reviere, so dass die Besucher die Gelegenheit hatten, die Wildkatzen zu beobachten, wenn sie nicht gerade zur Vorstellung in der Manege waren. Die einzelnen Parzellen, in denen sich immer mehrere Tiere befanden, waren relativ groß, der Boden mit Sägemehl bedeckt, und um den Tieren die Möglichkeit zu geben, sich zu beschäftigen, waren einige erhöhte Liegeflächen als Beobachtungsplattformen geschaffen worden. Es gab Baumstämme, um daran die Krallen zu schärfen, viele Pflanzen und einen großen Gummireifen zum Spielen, außerdem eine große Badewanne. Ging es den Tieren hier denn nicht gut? Die Raubkatzen waren weder nervös noch aufgebracht, einige von ihnen spielten und balgten miteinander, andere lagen einfach nur da und genossen die Sonne. Natürlich ging es den Katzen in freier Wildbahn besser. Aber die Tiere hier waren doch in Gefangenschaft geboren worden. Sie hatten den Dompteur als ihr Rudeloberhaupt, als Alphatier akzeptiert, sie kannten es nicht anders, waren an das Leben in der Manege gewöhnt. Musste man deshalb über ihn, Alexandre Denaux, herfallen, ihn fertigmachen und verurteilen, nur weil er als Berater für das Festival tätig war?

Raubtiere gehörten seiner Meinung nach unbedingt zum traditionellen Zirkus. Die Manege war doch eine Welt voller Zauber und Magie: Die waghalsigen Artisten, lustigen Clowns und wilden Tiere, das machte die Faszination doch aus. Hier hatten die Menschen die Möglichkeit, auf ganz eigene, urtümliche Art und Weise für ein paar Stunden den Alltag zu vergessen. Und es war völlig egal, woher man kam, welcher Nationalität und Religion man angehörte, welche Hautfarbe jemand hatte, ob man vermögend war oder arm, jung oder alt, hier saßen alle miteinander auf einfachen Bänken, Holz- oder Plastikstühlen, selbst die Fürstenfamilie nahm in einer der Logen Platz, genau wie andere Besucher, die Tickets für die ersten Reihen gekauft hatten – ohne Absperrung oder eine besonders luxuriöse

Ausstattung. Sie alle einte einfach die Begeisterung für den Zirkus, für die Artisten, die aus den entferntesten Ländern dieser Welt hergekommen und bereit waren, alles dafür zu geben, die Aufmerksamkeit der Besucher zu gewinnen, ihnen ein Lächeln ins Gesicht zu zaubern, die Bewunderung in ihren leuchtenden Augen zu sehen. Die Artisten wollten ihre Geschichte erzählen, eine Geschichte von Leidenschaft, Freundschaft und vor allem von Authentizität, denn genau das war es, was den Zirkus in den Augen von Alexandre Denaux ausmachte: authentisches Auftreten, echt sein, real. Im Zirkus gab es keinen Filter wie im Fernsehen, der die Menschen schöner machte, kein Programm, das Makel wegretuschierte. Eine Zirkusvorstellung war live, eine Begegnung von Angesicht zu Angesicht – und das war etwas, was es in der schnellen, medialen Welt von heute ohnehin kaum noch gab.

Denaux beobachtete die Tiger und Löwen noch ein paar Minuten, als die Katzen plötzlich, von einer Sekunde auf die andere, aufsprangen und aufgeregt hin und her liefen. Er drehte sich um und sah den Bruder von Karolina, der mit einer großen Wanne voller Fleischstücke am Rande des Geheges stand: Raubtierfütterung. Einem Tier nach dem anderen schob er mit Hilfe eines Stabes ein ordentliches Stück Fleisch hin. Es war faszinierend zu beobachten, wie die Raubtiere sich auf die Brocken stürzten, sie zur Seite trugen und sich dann genüsslich darüber hermachten. Der Tiger, der sich direkt vor Denaux befand, blickte ihm, über sein Futter gebeugt, direkt in die Augen. Er blinzelte einmal, dann fletschte er die Zähne und gab ein grollendes Geräusch von sich. Dann machte er sich wieder über das große Stück Fleisch her und riss beherzt einige Fetzen heraus. Es war ein archaischer Anblick, der Denaux erneut deutlich machte, welche Gefahr von diesen mächtigen Tieren ausgehen konnte. Karolinas Bruder lächelte ihn an.

»Raubkatzen mit Fleisch, das ändert alles«, sagte er und winkte Denaux zu. Der lächelte zurück, genoss noch diesen letzten Moment bei den Tieren, die Ruhe vor dem Sturm, bevor er bei der ersten Pressekonferenz vor die Journalisten treten musste – und Stellung beziehen zu den überklebten Plakaten und der falschen Ankündigung, das Festival sei abgesagt worden. Er war zuvor einmal durch das ganze Fürstentum gefahren, um sich persönlich davon zu überzeugen, dass tatsächlich auf sämtlichen Plakaten ein quer gedrucktes *Abgesagt* prangte. In Windeseile hatte er ein Team zusammengestellt, das diese Absage nun wieder überkleben musste. Was für eine unnötige Arbeit! Dann war er einmal über das Festivalgelände gelaufen, um sich davon zu überzeugen, dass sonst alles reibungslos ablief. Er hatte zuerst eine Runde durch das Chapiteau gemacht, wo der Elefantendompteur gerade seine Nummer mit den Dickhäutern probte. Dann war er zwischen den großen Verkaufsständen mit Popcorn, Zuckerwatte, Pommes, Crêpes und anderen Leckereien hindurchspaziert, die schon jetzt, ein paar Tage vor dem offiziellen Beginn des Festivals, geöffnet waren, weil schon viele Eltern mit ihren Kindern auf dem Gelände herumliefen, um die Tiere anzuschauen, eine Kleinigkeit zu essen oder einen Blick auf einen der Artisten oder sogar die Prinzessin zu erhaschen, die sich, in der Regel ganz privat und ohne Bodyguards, immer wieder hier aufhielt. In einfachen Jeans und mit Turnschuhen, meistens ungeschminkt und ohne jegliche Attitüde, fiel sie mit ihrer sympathisch-bodenständigen Art zwischen den Besuchern und Touristen nicht besonders auf. Alexandre mochte ihre unprätentiöse Art, schätzte ihre große Liebe zum Zirkus und den Willen, immer und überall selbst mit anzupacken. Über welche Prinzessin dieser Welt konnte man das schon sagen?

Nach seinem kurzen Aufenthalt am Gehege der Löwen

und Tiger verließ er das Zirkusgelände durch den hinteren Ausgang und lief durch den Rosengarten zum Columbus Hotel, das einst von dem britischen Formel-1-Fahrer David Coulthard gebaut worden war und in dem nicht nur viele Artisten während des Festivals logierten, sondern auch die Pressekonferenzen stattfanden.

Als er den holzvertäfelten Konferenzraum des Hotels betrat, war dieser bereits gut gefüllt. Etliche Journalisten aus unterschiedlichen Ländern hatten auf den hellen Stühlen, die in mehreren Reihen hintereinander aufgestellt worden waren, Platz genommen und blickten neugierig nach vorne, wo sich schon zwei Dolmetscher eingefunden hatten, die das Gesagte aus dem Deutschen, Italienischen oder Russischen, je nachdem woher die Artisten kamen, ins Französische und Englische übersetzen sollten. Nun traten auch die ersten Artisten hinzu, die auf der Pressekonferenz vorgestellt werden sollten: Zwei Mitglieder einer chinesischen Artistenfamilie, ein Schweizer Jongleur, der damit bekannt geworden war, mit Zigarrenschachteln und Zylindern zu jonglieren, und Tigerwoman, die polnische Raubtierdompteuse.

Denaux nickte freundlich in die Runde und begrüßte anschließend den wohl berühmtesten Clown der Welt, den man ohne seine abstehenden Haare und sein rot-goldenes Kostüm kaum erkennen konnte, so unscheinbar wirkte er außerhalb der Manege. Der Italiener, der aus einer traditionsreichen und weit verzweigten Zirkusfamilie stammte, verbrauchte jeden Abend mindestens eine halbe Dose Haarspray, um seine Manegenfrisur in Form zu bringen. Und mit den Haarspitzen gingen auch automatisch die Mundwinkel in die Höhe, auch wenn ihm das in letzter Zeit nicht mehr so leicht fiel wie früher.

»Schön, dass du wieder mit dabei bist!«, sagte Denaux und nahm seinen alten Kumpel kurz in den Arm. Dieser trug schwer an seinem Schicksal, war über ein Jahr lang nicht in sein Kostüm gestiegen, weil es einen Todesfall in seiner Familie gegeben hatte. Doch irgendwann war auch er wieder in die Manege zurückgekehrt. Ein wahrer Zirkusmann konnte einfach nicht anders. Als Denaux sich von ihm löste, lächelte der Clown ihn wehmütig an.

»Sie hätten es so gewollt!« Denaux nickte und blieb noch einen Moment stehen. Das war der Zirkus, wie er ihn liebte: eine große Familie, die zueinanderhielt, Menschen, die füreinander da waren, sich halfen, in guten wie in schlechten Zeiten. Er strich sich noch einmal über seine Glatze, dann nahm er das Mikrofon zur Hand und räusperte sich, bevor er die Pressekonferenz eröffnete.

»Wie die meisten von Ihnen vielleicht schon mitbekommen haben, wurden all unsere Plakate mit dem Vermerk *Abgesagt* überklebt. Das ist eine ganz ungeheuerliche, kriminelle Sabotage unseres Festivals, das natürlich stattfinden wird.« Ehe er weitersprechen konnte, begannen die Journalisten und Besucher frenetisch zu klatschen.

»Wissen Sie schon, wer dahintersteckt?«, rief ihm einer der Journalisten aus der vorderen Reihe zu. Erst als es wieder völlig still war, antwortete Denaux: »Wir vermuten, dass es militante Tierschützer sind, aber Genaueres wissen wir leider noch nicht. Wir werden der Sache aber nachgehen und natürlich auch Anzeige erstatten. Es ist ja nicht das erste Mal, dass wir mit diesen radikalen Aktivisten zu kämpfen haben«, seufzte er und fuhr dann fort: »Wir wollen uns davon aber nicht beirren lassen. Ich bin sehr stolz auf das, was wir in den letzten Jahrzehnten auf die Beine gestellt haben, und bestrebt, die Tradition des Zirkus nach wie vor zu bewahren und zu schützen. Daher wünsche ich mir, dass wir jetzt nach vorne schauen. Wir werden das Festival wie gewohnt stattfinden lassen, allen Unkenrufen zum Trotz. Deshalb möchte ich mich jetzt auch auf das konzentrieren, was uns in den nächsten Tagen erwartet. Wir haben auch in diesem Jahr wieder großartige Artisten zu Gast. Und einige werde ich Ihnen jetzt vorstellen. Begrüßen Sie bitte mit einem doppelten Applaus Karolina Kaczmarek, unsere Tigerwoman! Sie ist zum ersten Mal beim Festival dabei.« Unter großem Jubel kam die mittlerweile siebenundvierzigjährige Karolina zu Denaux herüber und begrüßte ihn mit zwei gehauchten Wangenküssen. Dann drehte sie sich um und wandte sich an die Medienvertreter.

»Ich freue mich sehr, hier zu sein, aber es macht mich auch ein wenig traurig, dass das Festival in diesem Jahr von den Protestaktionen der Zirkusgegner überschattet wird. Natürlich sollen die Menschen ihre Meinung sagen, aber wenn sie uns das Festival kaputtmachen, geht das zu weit!«, rief sie in die Menge, die nun wieder applaudierte. Die Tigerwoman lächelte kurz, dann fuhr sie fort: »Die Zeiten sind hart für uns Dompteure, und ich möchte den Teufel wirklich nicht an die Wand malen. Ich bin Realistin, keine Pessimistin, und ich glaube an Raubtiere im Zirkus. Aber es ist schwierig. Ich weiß selbst am besten, dass es gute und schlechte Dompteure gibt. Aber ich setze mich dafür ein, dass die Tiere gut behandelt werden und …«

»Aber die Tiere sind doch eingesperrt!«, unterbrach sie eine Journalistin aus einer der hinteren Stuhlreihen. »Können Sie nicht verstehen, dass Tierschützer dagegen vorgehen wollen?« Die Journalistin hatte sich nun erhoben und sah Karolina provozierend an. Sofort ging ein Raunen durch den Raum.

»Natürlich sind sie eingesperrt, aber sie kennen es doch nicht anders! Ich fahre doch nicht nach Afrika oder Indien, fange Tiger oder Löwen ein und nehme den Tieren ihre gewohnte Freiheit! Niemand von uns würde ein Tier aus freier Wildbahn im Zirkus einsetzen! Unsere Raubkatzen sind hier geboren, in unserer Obhut! Meine Tiere stammen alle von denen meiner Familie ab. Und ich liebe sie über alles! Der Tierschutz ist ein großes Thema, natürlich! Und das ist gut so! Diskussionen sind richtig. Aber die Aktivisten sollten uns nicht einfach nur verurteilen, sondern lieber genauer hinschauen, was wir machen. Den Einzelfall betrachten! Wir lieben unsere Tiere doch!«

»Sie behaupten also, Ihren Tieren ginge es gut? Sie können doch nicht in ihre Köpfe schauen«, hakte die Journalistin nach.

»Sie fragen doch schon total voreingenommen, das meine ich eben! Schauen Sie sich doch erst mal an, wie ich mit ihnen arbeite! Die Tiere sind mein Leben! Wissen Sie, ich bin mit den Tieren aufgewachsen, sie waren meine ersten Begleiter! Als ich noch ein ganz kleines Mädchen war, haben mir meine Eltern ein Löwenbaby mit in den Kinderwagen gelegt! Die Tiere waren einfach immer bei mir! Sie sind meine engsten Freunde. Eigentlich sind sie wie meine Geschwister!« Sie hielt einen Moment lang inne und blickte traurig zu Boden, dann fuhr sie fort. »Ich kann gar nicht so gut mit Menschen umgehen, die meisten sind ganz anders als ich. Ich war als Kind oft alleine, ständig in wechselnden Schulen, die anderen Kinder haben mich meistens gemieden. Aber bei meinen Tieren fand ich Trost! Ich lebe für meine Raubtiere, das ist eine große, grenzenlose Liebe! Schauen Sie sich die Menschen doch an: Viele sind aggressiv, böse und gefühllos! Sie lügen, betrügen und morden aus Habgier. Das ist bei den Raubkatzen anders. Sie sind einfach göttliche Wesen, und ich kümmere mich gut um sie. Die Tiere vertrauen mir, haben mich akzeptiert ...«

»Fragt sich nur, mit welchen Methoden Sie arbeiten«, unterbrach sie die Journalistin erneut.

»Was wollen Sie damit sagen? Sie meinen, mit Zwang und Gewalt? Das glauben Sie doch selber nicht! Glauben

Sie im Ernst, ich könnte mich in ein Rudel aus fünfzehn bis zwanzig Tieren stellen und darauf hoffen, dass ich ihnen nur genug Angst machen muss, damit sie mir gehorchen? Nein! Die Tiere vertrauen mir, und ich vertraue ihnen! Wie es in einer Familie üblich ist. Und ich würde alles für sie tun, bis zu ihrem Ende. Wir sind Freunde auf Leben und Tod. Ich kenne jedenfalls keinen Dompteur, der seine Tiere zum Schlachthof gebracht hätte. Ganz im Gegensatz zu vielen Bauern und Viehzüchtern. Die sollten Sie sich mal vornehmen und nicht uns Dompteure! Wir leben für unsere Tiere. Wir machen nie Urlaub, wir sind immer für unsere Raubtiere da. Jeden Tag. Von früh bis spät. Die Beziehung zwischen mir und meinen Tieren ist etwas Besonderes, etwas Einzigartiges. Das sollten sich diese Tierschützer hinter die Ohren schreiben. Und ich hoffe, das tun Sie auch!«

»Richtig! Das Rumposaunen von Vorurteilen muss aufhören«, warf Denaux dazwischen. »Bilden Sie sich Ihre eigene, objektive Meinung. Es gibt zu viele Tierschützer, die Lügner sind. Lügner!«, rief er aufgebracht. Erneut ging ein Raunen durch den Raum, auch einige der Journalisten aus den ersten Reihen waren aufgestanden und begannen lauthals zu diskutieren.

»Gehen Sie doch erst mal in die Manege und schauen Sie sich die Arbeit dort an, bevor Sie hier Kritik üben!«, rief einer von ihnen der Journalistin zu, die sich mittlerweile wieder gesetzt hatte. Offenbar war ihr der Tumult, den sie mit ihren Fragen ausgelöst hatte, etwas unangenehm.

»Man wird ja wohl noch fragen dürfen«, sagte sie leise.

»Ja, fragen sollen Sie auch«, entgegnete Denaux nun wieder beschwichtigend. »Aber die meisten der rabiaten Tierschützer fragen eben nicht. Sie kennen oft nicht mal den Grund dafür, warum sie überhaupt auf die Straße gehen. Viele von ihnen werden dafür bezahlt, nur um uns

Ärger zu machen. Die wissen gar nicht, was sie anrichten. Das sind Krawallbrüder!«, echauffierte sich Denaux erneut, während ein Großteil der Anwesenden begann, ihm zu applaudieren. Angestachelt von dieser Unterstützung, geriet Denaux mehr und mehr in Rage.

»Tierschützer sind Terroristen!«, brüllte er laut.

7

Valeri und Coco betraten das Ozeanographische Museum durch den Haupteingang, und Coco war überrascht, wie viele Touristen hier außerhalb der Saison unterwegs waren. Das Gebäude wirkte innen ebenso beeindruckend wie von außen. In der mit Mosaikfliesen ausgelegten Eingangshalle, von der aus links und rechts pompöse Marmortreppen nach oben führten, deren Geländer jeweils eine große Muschel zierte, hing das Modell eines lebensgroßen Hais an einer der Wände.

Nachdem Valeri bei einem der Museumswärter nach dem Direktor gefragt hatte, gingen sie hinauf in die erste Etage, von der aus man mit einem Fahrstuhl auf das Dach des Museums fahren konnte. Auch auf dem prächtig gestalteten Mosaikfußboden im ersten Stock fanden sich Motive aus der Meereswelt wieder: Krebse, Seesterne und Fische waren sorgfältig und detailgenau aus winzig kleinen Steinchen gelegt worden. Coco betrachtete die Motive einen Moment lang: Einige der fischähnlichen Tiere auf dem Boden erinnerten sie ein wenig an Leviathan, ein Seeungeheuer, das Züge eines Krokodils, eines Drachens, einer Schlange und eines Wals trug. Wenn sie sich richtig erinnerte, stand der Leviathan unter anderem auch für die vernichtende Kraft des Meeres und schien auf tragische Weise zu dem Grund ihres Besuches zu passen. Coco schluckte kurz, dann sah sie sich weiter um. Unter der Decke des Raumes hing ein zehn Meter langer präparierter Riesenkrake, nicht das einzige gigantische Ausstellungsstück: Im angrenzenden Raum konnte Coco das riesige Skelett eines Wals hängen sehen. Auch Valeri war stehengeblieben und bewunderte die verschiedenen Exponate. Sein Blick war an einer Vitrine hängengeblieben, in der das uralte Original eines Taucheranzuges aus der Pionierzeit des Tauchsports ausgestellt war.

»Damit hätte ich mich nicht einen Meter weit unter Wasser getraut«, murmelte er. »Und schauen Sie sich mal dieses Ding an!« Er wies auf eine Figur, die sich in einem Glaskasten gleich neben dem alten Taucheranzug befand: eine Art skelettierte oder mumifizierte Meerjungfrau, eine Kreatur mit einem menschlichen Schädel und verkürzten Armen, deren Körper aber dem eines Fisches ähnelte und in einer Schwanzflosse endete.

»Die hier scheint mir doch eher der Fantasie ihres Schöpfers entsprungen zu sein«, entgegnete Coco lachend. »Wobei die Menschen ja früher über Jahrhunderte an die Existenz von Meermenschen geglaubt haben. Es gab doch diese sogenannte Wasseraffen-Theorie, wonach die Vorfahren des modernen Menschen eine amphibische Phase durchgemacht haben sollen.«

»Nie davon gehört! Aber das Museum ist definitiv einen Besuch wert. Ich war schon viel zu lange nicht mehr hier«, fuhr Valeri ein bisschen wehmütig fort. »Als die Kinder noch klein waren, sind wir oft hierhergekommen ...«

»Sie haben Kinder?«, fragte Coco überrascht. Die Tatsache, dass ihr Kollege offenbar glücklicher Vater mehrerer Kinder war, versetzte ihr einen Stich. Gleichzeitig erkannte sie, dass sie kaum etwas über das Privatleben ihres Kollegen wusste. Hatte sie ihn aufgrund ihrer eigenen traurigen Familiengeschichte nicht danach gefragt? Oder hatte er nie etwas über seine Kinder erzählt, weil er wusste, dass er damit ein sensibles Thema anschneiden würde?

Coco war nur ein einziges Mal schwanger gewesen. Damals war sie in ihrer alten Dienststelle, in Toulouse, einem Serienmörder auf der Spur gewesen. Als sie die Leiche eines kleinen Jungen in einem Flussbett entdeckt hatten, war Coco an dem durch den vielen Regen rutschig gewordenen Hang abgeglitten und so unglücklich gefallen, dass es Komplikationen gegeben und sie ihr ungeborenes Kind verloren hatte. Ein schlimmer Verlust, den sie nie ganz verwunden hatte und für den sie sich noch bis an ihr Lebensende Vorwürfe machen würde.

»Ja, zwei!«, antwortete Valeri knapp und setzte sich wieder in Bewegung, um den Aufzug zur Dachterrasse noch zu erreichen, dessen Tür sich gerade geöffnet hatte. Coco folgte ihm und versuchte, das flaue Gefühl in ihrem Magen zu ignorieren, als sich der Aufzug in Bewegung setzte.

»Wie alt sind die beiden denn?«

»Catherine ist sechsundzwanzig, Pierre vierundzwanzig. Ich sehe sie viel zu selten. Pierre studiert Musik in Paris. Meine Tochter volontiert bei einer Zeitung. Ebenfalls in der Hauptstadt.«

»Ach nein!« Coco schmunzelte. Sie wusste, wie sehr ihr Kollege mit Journalisten auf Kriegsfuß stand. »Eine angehende Journalistin also?«

»Das habe ich auch gedacht. Aber lassen wir das. Wenn rauskommt, dass hier eventuell jemand vom Dach des Museums gefallen ist, wird es nicht lange dauern, und wir haben die Aasgeier schon wieder am Hals!«, platzte er ärgerlich heraus. Auf dem Dach angekommen, verließ Valeri schnellen Schrittes den Aufzug und trat in die Sonne hinaus. Im gleichen Moment klingelte sein Mobiltelefon. Alexandre Denaux, der Zirkusdirektor. Valeri kannte ihn gut. Doch im Moment hatte er keine Zeit für ihn.

»Alexandre? Im Moment passt es ganz schlecht«, eröffnete er das Gespräch ohne lange Begrüßung.

»Tut mir leid, Henri, aber wir müssen dringend miteinander reden! Die Tierschützer haben schon wieder zugeschlagen! Und ich muss Anzeige erstatten!«

»Anzeige? Gegen wen?«

»Unbekannt. Diese Bastarde haben uns die Zirkusplakate mit *Abgesagt*-Schriftzügen überklebt. Das ist übelste Sabotage! Wir müssen etwas unternehmen!«

»Was? Welche Plakate?«, entgegnete Valeri etwas verwirrt.

»Alle. Und das ist kein Witz! Im ganzen Fürstentum! Auf jedem Plakat prangte der Schriftzug *Abgesagt*! Weißt du, was das für eine Heidenarbeit war, das wieder zu überkleben? Die müssen heute Nacht zugeschlagen haben. Gestern war jedenfalls noch alles in Ordnung.«

»Alexandre, ich kümmere mich später darum. Ich muss jetzt hier weitermachen. Wir haben eine Leiche gefunden, und die hat leider Priorität. Kannst du morgen früh zu mir aufs Revier kommen?« Valeri verabschiedete sich von Alexandre Denaux und hinterließ dann noch eine Nachricht bei Noelle, die er bat, weitere Videoaufzeichnungen von der vergangenen Nacht anzufordern, um so herauszufinden, wer für die Sabotage verantwortlich war. Dann wandte er sich wieder Coco zu. »Entschuldigen Sie, es gibt Ärger beim Zirkusfestival. Tierschützer. Mit denen hatten wir im vergangenen Jahr auch schon zu tun. Damals haben sich einige von ihnen ans Zirkuszelt gekettet. Jetzt haben sie offenbar die Zirkusplakate überklebt. Aber darum kümmern wir uns später.«

»Was wollen die denn? Warum randalieren die ausgerechnet in Monaco?«

»Wegen der Tiernummern. Weltweit gibt es ja immer weniger davon, die meisten Zirkusse verzichten inzwischen auf die Dressur von Wildtieren. Aber hier in Monaco werden diese Tiere noch gezeigt: Raubkatzen und Elefanten. Für die Dickhäuter setzt sich insbesondere die Prinzessin ein. Sie hat vor einiger Zeit sogar zwei Elefanten adoptiert. Haben Sie nicht davon gehört?«

»Ehrlich gesagt, nein!« Coco schüttelte den Kopf und sah sich auf der Terrasse um.

»Damit steht die Prinzessin voll in der Tradition ihres Vaters. Aber unter den Tierschützern hat sie sich damit ganz schön viele Feinde gemacht.«

»Hm«, murmelte Coco etwas abwesend, als sie vor einer riesigen Skulptur ankamen, die auf dem Dach des Museums thronte. Die über drei Meter hohe Plastik stellte eine Schwangere dar, zur Hälfte ohne Haut, so dass ihre Muskelstränge offenlagen. Und auch in ihren halb geöffneten Bauch konnte man hineinsehen, in dem ein voll ausgebildeter Fötus, schon mit dem Kopf nach unten, zu sehen war. Coco schluckte schwer. »Echt hart, dieser Damien Hirst.«

»Wer?«, fragte Valeri.

»Die Skulptur! Sie ist von Damien Hirst, dem britischen Bildhauer und Konzeptkünstler!« Coco schwieg einen Moment. Sie war vor einigen Jahren mit ihrem Exmann André nach London gefahren. Was waren das für unbeschwerte Zeiten gewesen. Zeiten, in denen sie noch gedacht hatte, dass André der einzig Richtige für sie wäre. Wie naiv sie doch gewesen war! Coco mochte nicht weiter darüber nachdenken und wandte sich wieder Valeri zu. »Das wäre wirklich makaber, sollte die Frau ausgerechnet von hier aus ins Meer gestürzt sein! Bei diesem Künstler! Der Tod ist ja ein zentrales Thema seiner Arbeit. Sie kennen doch sicher seinen mit Diamanten überzogenen Totenschädel. Übrigens stammt auch der in Formaldehyd eingelegte Hai von ihm, der da in der Eingangshalle zu sehen ist.«

»Ach, das war gar kein Exponat des Museums, sondern Kunst? Ach ja, jetzt erinnere ich mich! Ich glaube, ich habe im *Monaco-Matin* etwas darüber gelesen. Natürlich! Er stellt hier gerade aus, nicht wahr? Na, das ist ja ein Ding!« Valeri begutachtete die Skulptur einen Moment lang, dann ging er quer über die Terrasse zur Meerseite hinüber.

»Kommen Sie, wir sollten herausfinden, von welcher Stelle es möglich ist, hinabzustürzen oder zu springen.« Coco folgte Valeri und blieb neben ihm vor dem Dachgiebel stehen, den sie schon von unten gesehen hatten. Von hier oben konnte man weit über das Meer sehen. Die steinerne Brüstung war breit, aber nicht besonders hoch, knappe anderthalb Meter. Coco stellte sich auf die Zehenspitzen und beugte sich ein wenig vor. Der Blick war atemberaubend schön und beängstigend zugleich. Die Wasseroberfläche schien von hier oben endlos weit entfernt.

»Also, wer hier runterfällt, ist definitiv tot.« Coco schüttelte sich. »Ich könnte niemals den Mut aufbringen, mich hier hinunterzustürzen.«

»Das hängt ja immer von den jeweiligen Umständen ab. Ich glaube, wenn es einem gutgeht, wird man solche Pläne nicht nachvollziehen können. Aber wenn einen die düsteren Gedanken immer und immer wieder jagen, man wieder und wieder in ein schwarzes Loch fällt, das Leben zu hart zu sein scheint, um es zu ertragen …«

»Ich weiß nicht, das überzeugt mich nicht. Es gibt doch immer eine Lösung, alles ist besser als der Tod.«

»Sind Sie sich da so sicher?«, fragte Valeri nachdenklich. »Wissen Sie, warum Sie den Job überhaupt bekommen haben?«

»Sie meinen den Job von Ihrem Freund und Kollegen Frédéric?« Valeri nickte.

»Mein ehemaliger Partner stand in der Blüte seines Lebens, als der Skiunfall ihn von einer Sekunde zur anderen aus dem Leben katapultiert hat. Er hat nur für einen Moment lang nicht aufgepasst, ist unglücklich gefallen. Nun siecht er vor sich hin, liegt seit über einem Jahr im Wachkoma, muss künstlich ernährt werden, bekommt, soweit wir das wissen, so gut wie nichts mit, muss von seiner Frau hin- und hergedreht werden, damit er sich nicht wundliegt, tagein, tagaus. Und ob er jemals wieder das Bewusstsein erlangen wird, weiß niemand, geschweige denn, ob er dann wieder klar im Kopf wäre. Es ist furchtbar! Und ich weiß nicht, so hart das jetzt klingen mag, ob Sterben da nicht die bessere Alternative gewesen wäre.«

»Es gibt doch aber immer ein Fünkchen Hoffnung. Und in unserem Fall hier war Krankheit ja wohl kein Motiv.«

»Das wissen wir noch nicht«, entgegnete Valeri. »Aber vielleicht ist sie ja gar nicht gesprungen, sondern gestoßen worden. Möglich wäre es jedenfalls.« Valeri blickte sich um. Der Bereich, in dem sie standen, war relativ gut vor fremden Blicken geschützt, weil sich direkt hinter ihnen das Treppenhaus und der Fahrstuhlschacht befanden. »Das hier ist ein toter Winkel. Und ich sehe keine Kameras. Merde!«, fluchte er. »Das wird nicht einfach. Aber wir können froh sein, dass wir überhaupt hier ermitteln dürfen, und können von Glück reden, wenn unser reizender Kollege von der französischen Polizei nicht auftaucht«, brummte Valeri.

»Sie meinen Deneuve?« Vince Deneuve war ein leitender Beamter der französischen Kriminalpolizei, mit dem sie bei der Lösung ihres letzten Falles zusammenarbeiten mussten, weil die Ermittlungen rund um den Mord sowohl auf monegassischem als auch auf französischem Boden stattgefunden hatten. In solchen Fällen mussten sie in aller Regel kooperieren. »Aber diesmal befinden wir uns doch eindeutig auf monegassischem Terrain, oder etwa nicht?«

»Kann man so nicht sagen, weil das Museum den Franzosen gehört«, antwortete Valeri.

»Wieso das denn?«

»Eine alte Geschichte: Fürst Albert I., der das Museum gegründet hat, war ein alter Seebär. Eigentlich war er ständig als Forschungsreisender unterwegs und hat Monaco quasi über Funk regiert«, sagte Valeri und lachte. »Ganz anders als sein Sohn Louis II., der eine Militärlaufbahn im Sinn hatte. Offenbar hatte Albert I. Angst, dass der Sohn sein Lebenswerk nicht angemessen fortführen würde, daher hat er das Museum kurzerhand den Franzosen geschenkt. Deshalb stehen wir hier offiziell nicht auf monegassischem Grund und Boden …« Valeri stockte und fuhr herum, weil ihm jemand von hinten auf die Schulter tippte.

»Die Geschichte stimmt so nicht ganz«, sagte ein Herr um die fünfzig. »Ich bin verantwortlich für das Museum. Und das gehört definitiv Monaco. Allerdings sitzt die Administration in Paris. Aber die Legende klingt natürlich besser.«

»Stimmt es denn wenigstens, dass hier im Ozeanographischen Museum der Grundstein für Interpol gelegt wurde?«

»Das ist richtig. Das war kurz vor dem ersten Weltkrieg. Da hat Albert I. Vertreter aus fünfundzwanzig Ländern zu einem kriminalpolizeilichen Kongress eingeladen. Wir befinden uns hier also auf historischem Boden, was Ihren Job angeht. Aber deshalb sind Sie sicher nicht gekommen.«

»Nein, aber sagen Sie mal«, wandte sich Coco an den Direktor, »seit wann läuft eigentlich diese Ausstellung von Damien Hirst hier im Museum?«

»Seit heute«, antwortete der Direktor mit sichtlichem Stolz. »Gestern Abend war die Eröffnung, allerdings nur für geladene Gäste.«

»Ach, das ist ja interessant!« Coco nickte Valeri zu. »Das heißt, die Leute konnten das Museum gestern Abend außerhalb der normalen Öffnungszeiten betreten?«

»Richtig. Aber wie schon gesagt, war die Vernissage nur für besondere Gäste und ging bis etwa zwei Uhr früh.«

»Das ist es!«, rief Valeri. »Das erklärt, wie die Frau von hier aus hinunterstürzen konnte!«

»Was?«, rief der Direktor entsetzt. »Was sagen Sie da?«

»Wir haben den begründeten Verdacht, dass einer Ihrer Gäste gestern Nacht über diese Brüstung hier gestürzt ist. Wir haben im Hafen eine Leiche gefunden und vermuten, dass sie aus großer Höhe ins Wasser gefallen ist. Möglicherweise genau von hier oben.« Der Direktor erbleichte und sah sie schockiert an.

»Das ist ja furchtbar! Das kann doch nicht sein! Hier ist noch nie etwas Derartiges passiert!«

»Einmal ist immer das erste Mal«, entgegnete Valeri trocken. »Wir brauchen die Gästeliste. Wie viele Besucher waren denn ungefähr da?«

»Genau kann ich Ihnen das nicht sagen. Aber es werden sicherlich um die fünfhundert Gäste gewesen sein!«

»Und Ihnen ist gestern Nacht nichts Besonderes aufgefallen?«

»Gott behüte, nein! Quel malheur! Ich kann das gar nicht glauben!« Nun beugte sich auch der Museumsdirektor über die Brüstung und sah in die Tiefe. »Kann das nicht an einem anderen Ort geschehen sein?«

»Wir haben unten am Fuß des Felsens eine Tasche gefunden.« Valeri zog sein Handy aus der Tasche und rief in der Sûreté an, um die Spurensicherung auch ins Ozeanographische Museum zu bestellen. »Die Terrasse muss gesperrt werden. Und der Bereich da unten natürlich auch. Können Sie uns dorthin führen?«

»Ja, sicher, aber wir müssen dazu Helme tragen. Denn manchmal fallen kleine Felsbrocken herab, das kann sehr unangenehm werden. Folgen Sie mir.« Sie fuhren mit dem Fahrstuhl ins Erdgeschoss, um aus dem Büro des Direktors Schutzhelme zu besorgen. Dann gingen sie über die Treppe eine Etage tiefer in das Aquarium.

»Wir müssen auf die andere Seite des Museums, sonst kommen wir nicht nach ganz unten.« Belustigt schüttelte er den Kopf. »Dieses Gemäuer wird mir ewig ein Rätsel bleiben. Es gibt so viele geheimnisvolle Türen, Treppen und Gänge. Wissen Sie, ich arbeite zwar schon seit fünf Jahren hier, aber trotzdem entdecke ich jeden Tag etwas Neues. Es ist verrückt!« Als sie das Aquarium fast durchquert hatten, wies er auf eine Vitrine, die bis zum Boden reichte und in der das Modell eines großen Kraken über einem Loch im Boden saß. »Sehen Sie die kleine Treppe, die hinter dem Kraken im Boden verschwindet? Hier, wo wir das Glas eingesetzt haben, war bis vor kurzem noch eine dicke Wand. Die haben wir herausgebrochen und sind dabei auf eine verborgene Treppe gestoßen. Sie führt durch sämtliche Etagen hinab bis zum Wasser.«

»Vielleicht ein geheimer Fluchtweg von früher«, murmelte Coco.

»Ja, die Wege hier sind unergründlich.« Der Museumsdirektor führte sie von einem Fahrstuhl in den nächsten, durch ungenutzte Etagen und dunkle Gänge, bis sie endlich aus einem weiteren Fahrstuhl heraustraten, dessen Ausgang sich auf der Wasserseite befand.

»Von hier aus führt eine Treppe nach unten. Seien Sie vorsichtig, das ist hier alles renovierungsbedürftig und eigentlich nicht für Besucher zugelassen.«

»Wir sind ja nicht zum Spaß hier«, brummelte Valeri, während sie dem Museumsdirektor folgten. Sie trippelten über einen schmalen, mit Geröll bedeckten und nur mit einem wackeligen Geländer gesicherten Weg die Felswand entlang nach unten, bis sie ein kleines Stück oberhalb jener Plattform ankamen, die sie vom Boot aus schon gesehen hatten. Coco warf einen Blick nach oben zu der Stelle, von der die verunglückte Frau möglicherweise hinabgestürzt war.

»Dort könnte es passiert sein«, sagte sie und wies mit dem Finger auf die Dachterrasse. »Wenn sie von hier aus links vom Giebel heruntergefallen ist, müsste sie hier auf dem Felsen aufgeschlagen und dann ins Wasser gefallen sein.« Der Direktor seufzte und schüttelte den Kopf.

»Kein schöner Tod.«

»Ganz bestimmt nicht«, sagte Valeri und beobachtete ein paar Möwen, die kreischend an ihnen vorbeiflogen. Ehe er noch etwas sagen konnte, begann sein Mobiltelefon zu vibrieren. Schnell nahm er das Gespräch an und lauschte angestrengt. »Wir haben den Namen der Toten«, sagte er und steckte sein Handy wieder ein. »Sie wohnte hier auf dem Felsen. Da müssen wir jetzt hin.« Dann wandte er sich an den Museumsdirektor. »Die Kollegen von der Spurensicherung müssten gleich hier sein. Würden Sie das Team bitte hierher begleiten?«

»Sicher. Wir können froh sein, dass das Wetter mitspielt. Wenn es stürmt und wir Wellengang haben, wird der ganze Bereich hier überspült. Dann kann man hier nicht mehr stehen. Dies ist ein sehr gefährlicher Ort. Trotzdem klettern immer wieder Jugendliche vom Parkhaus aus hier herab, um sich zu betrinken und zu feiern. Es grenzt an ein Wunder, dass im Hafen nicht schon viel mehr Leichen angespült wurden!«

8

Es war ein kalter Morgen in Monaco, und die Raubtierdompteuse Karolina Kaczmarek fröstelte ein wenig. Obwohl die Sonne schon am Himmel stand, wärmten sie die Sonnenstrahlen nicht. Aber auch an diesem Tag hatte sie natürlich nicht länger im Bett liegen bleiben können, unter der warmen Decke in ihrem Zirkuswagen, in dem sie all ihr Hab und Gut auf wenigen Quadratmetern untergebracht hatte. Dabei lebte sie im Vergleich zu anderen Artisten relativ komfortabel. Ihre Raubtiershow hatte sich etabliert, und so konnte sie sich nun einen großen Wagen leisten, der über eine eigene Dusche, eine Toilette und sogar eine Wohnküche verfügte. Als sie noch eine blutjunge Anfängerin gewesen war, lebte sie in einem klitzekleinen Wagen, in dem es nicht einmal einen Schrank für ihre Klamotten gegeben hatte. Ihre Kleider hatte sie damals einfach über eine Wäscheleine gehängt, die quer über das Bett gespannt war. Wenn sie auf die Toilette musste, war sie gezwungen, den großen Toilettenwagen aufzusuchen, den tagsüber auch die Zuschauer der Zirkusvorstellung benutzten. Doch im Lauf der vergangenen Jahre war Karolina Kaczmarek quer durch Europa getourt, dadurch immer bekannter und erfolgreicher geworden und musste nicht mehr von der Hand in den Mund leben. Besonderen Luxus leistete sie sich trotzdem nicht. Für sie war es das Größte, mal eine Stunde Zeit nur für sich selbst zu haben. Ihre Tiere erforderten ihre volle Aufmerksamkeit, mussten täglich trainiert werden, waren auf sie angewiesen, Tag für Tag, Stunde für Stunde – ein Leben nur für ihre Löwen und Tiger.

Sie wollte die Nummer, die sie beim Zirkusfestival von Monte Carlo zeigen würde, einmal vollständig proben, mit allem, was dazu gehörte, und so hatte sie auch schon ihr Manegen-Make-up aufgelegt: Ihre blau-grünen Augen waren mit dunklem Lidschatten und einem dicken Lidstrich umrandet, der sich über die Lider hinaus bis hin zur Schläfe zog. Die verlängerten Wimpern und die aufgemalten Streifen, die vom äußeren Augenwinkel fast bis zum Haaransatz reichten, glichen den langen Schnurrhaaren ihrer Raubkatzen. Um den Hals trug sie ein Band, an dem ein in Gold gefasstes ovales Tigerauge hing, ein Glücksbringer, den sie einst von ihrer Großmutter bekommen hatte, die ebenfalls Raubtierdompteuse gewesen war. Der Stein sollte die Intuition stärken und ihr Sicherheit geben – zwei nicht ganz unwichtige Faktoren, wenn man sich zusammen mit diversen Raubtieren in einer Manege befand. Über ihr knappes Kostüm, das aus einem roten, mit glitzernden Steinen besetzten bauchfreien Bustier und einem knappen Wickelrock bestand, der kaum die Oberschenkel bedeckte, hatte sie jetzt noch einen Jogginganzug gezogen. Sie durfte sich nicht erkälten, denn Krankheit war ein Luxus, den sie sich nicht leisten konnte. Sie musste fit sein, jeden Tag, denn Unsicherheit und Schwäche konnten sie im Umgang mit ihren Raubtieren im wahrsten Sinne des Wortes den Kopf kosten.

Noch befand sie sich außerhalb der Manege im Sattelgang, einer Schneise hinter dem großen roten Vorhang, und kontrollierte noch einmal den Gehegetunnel, durch den die Raubkatzen von ihrem Käfig aus in die Manege gelangten. Es war ungeheuer wichtig, dass jeder Handgriff saß. Eine feste Routine sorgte dafür, dass sich keine Fehler einschlichen, dass man nicht nachlässig wurde und womöglich begann, die Tiere zu unterschätzen. Das konnte tödlich enden. Die Raubkatzen blieben immer gefährlich, sie waren schnell und stark, und wenn sie wollten, konnten sie innerhalb weniger Sekunden töten. Es gab durchaus kritische Situationen, jeder Raubtierdompteur hatte solche während seiner Laufbahn schon erlebt. Die Angst war ein ständiger Begleiter, aber man durfte den Tieren niemals zeigen, dass man sie fürchtete: Die Raubtiere mussten den Menschen als Herrn und Leittier akzeptieren, nur so war es möglich, sicher mit ihnen zu arbeiten. Die Löwen und Tiger mussten in dem Glauben bleiben, dass der Mensch der Stärkere und sie ihrem Meister unterlegen waren. Auf diesem schlichten Grundsatz fußte im Grunde jede Dressur, eine fälschliche Annahme der Großkatzen, die sozusagen die Lebensversicherung ihrer Dompteure war.

Karolina Kaczmarek betrat nun die Manege, kontrollierte, ob die unterschiedlich hohen Podeste und alle Requisiten, der Feuerreifen, die Hindernisse, die Peitsche und die Stange, mit deren Hilfe sie die Tiere zur Belohnung mit Fleischstückchen fütterte, an der richtigen Stelle standen.

Danach ging sie zufrieden wieder hinaus, zog ihren Jogginganzug aus und nahm einen großen Schluck Limette-Kaktus-Saft der polnischen Marke Tymbark, von dem sie immer einen kleinen Tetrapak am Rande der Manege stehen hatte. Sie liebte dieses Getränk. Es war wie ein Stück Heimat für sie, das sie auf ihren Tourneen immer dabeihatte, ein Schlückchen Zuhause, eine Gewohnheit, auf die sie nicht verzichten wollte, so dass sie, immer wenn sie in ihrer polnischen Heimat gastierten, große Mengen davon einkaufte und in einem Schrank in ihrem Wohnwagen stapelte.

Sie atmete noch einmal tief durch, schickte ein letztes Gebet zum Himmel, dann betrat sie erneut die Manege. Wenig später liefen die Tiere durch den Gehegetunnel ebenfalls ins Innere des Chapiteaus. Als Erstes dirigierte Karolina die Tiger und Löwen auf ihre Podeste. Nur einer der Tiger blieb auf dem Boden sitzen, ihn forderte sie mit einem Schnalzen dazu auf, auf den Hinterbeinen stehend rückwärts zu laufen.

»Super! Yes!«, lobte sie das riesige Tier und ließ es dann ebenfalls auf seinem Podest Platz nehmen. Einen zweiten Tiger ließ sie von einem Podest zum anderen über zwei Löwen hinwegspringen. Sie hielt einen Moment lang inne, verspürte eine leichte Müdigkeit. Hatte sie in der Nacht zu wenig geschlafen? Nun entzündete die Dompteuse mit einer Fackel, die sich seitlich in einem Ständer befunden hatte, den Feuerreifen und ließ zwei der Löwen hindurchspringen. Obwohl die Tiere normalerweise große Angst vor Feuer hatten, zeigten sie keine Scheu und ließen sich ohne Probleme dazu bringen, dem Feuer zu trotzen und den Sprung zu wagen. Sie belohnte die beiden Löwen mit je einem kleinen Stück Fleisch, das sie auf einen etwa zwanzig Zentimeter langen Holzstab gespießt hatte, den sie mit ihren Zähnen festhielt. Die Tiere zogen das Fleisch auf der anderen Seite vorsichtig mit den Zähnen ab, wobei sie mit ihren riesigen Mäulern Karolinas Gesicht gefährlich nahe kamen. Sie lächelte, dann spürte sie erneut einen Anflug von Müdigkeit. Sollte sie die Probe abbrechen? Sie hatte genug Erfahrung, um zu erkennen, wenn etwas nicht in Ordnung war. Doch sie ignorierte ihr Bauchgefühl und begann mit der Nummer, die sie besonders auszeichnete: Sie stellte einige Hürden zu einem kleinen Hindernis-Parcours zusammen, den nicht nur die Löwen und Tiger passieren sollten. Auch sie selbst reihte sich in die Gruppe ein, lief mit ihren Tieren und sprang ebenfalls über die Hürden. Bei den ersten beiden Hindernissen funktionierte alles reibungslos, doch in der nächsten Sekunde merkte sie, dass sie einen tödlichen Fehler gemacht hatte: Ihre Beine wollten ihr nicht mehr gehorchen, fühlten sich plötzlich bleischwer an. Sie war nicht mehr in der Lage, hoch genug zu springen, blieb an der dritten Hürde mit dem linken Fuß hängen und stürzte kopfüber zu Boden. Und sie wusste, dass einer ihrer Tiger unmittelbar hinter ihr war. *Das ist mein Tod*, schoss es ihr durch den Kopf. Der Tiger würde einfach das tun, was ihm sein Instinkt befahl: Ging sie zu Boden, sah er sie als Beute an. Schon war das riesige Tier über ihr und holte mit einer seiner riesigen Pranken zum Schlag aus. Die Krallen waren lang und scharf. Der Tiger umfasste sie mit der zweiten Pranke und setzte zum tödlichen Biss in ihr Genick an. *Hoffentlich tun sie meinen Katzen nichts, die können doch nichts dafür,* war ihr letzter Gedanke.

9

Das Appartement der Toten, einer 37-jährigen Schwedin namens Freya Olsson, befand sich in einer der interessantesten Immobilienlagen: Die meisten Häuser in der Rue de Remparts hoch oben auf dem Fürstenfelsen waren so schmal, dass sich auf jeder Etage kaum mehr als zwei Räume unterbringen ließen, dafür waren sie direkt an den Rand des Felsens gebaut, so dass man von dort einen fantastischen Blick über den großen Hafen des Fürstentums und auf das Meer hatte. Insbesondere im Mai, wenn das berühmte Formel-1-Rennen von Monte Carlo stattfand und die Boliden direkt unterhalb des Felsens durch den Port Hercule rasten, war die Lage derart exklusiv, dass sich Appartements mit Balkon und Blick auf die Rennstrecke für mehrere zehntausend Euro in der Woche vermieten ließen. Ein lukratives Geschäft für Monegassen, die das Fürstentum wegen der vielen Touristen, der überteuerten Preise und der gesperrten Straßen während des Formel-1-Wochenendes sowieso mieden wie der Teufel das Weihwasser.

Nachdem einer der Kollegen ihnen die Haustür geöffnet hatte, stiegen Coco und Valeri über ein schmales Treppchen in den ersten Stock, in dem sich eine offene Wohnküche und ein kleiner Wohnraum befanden. Schweigend zogen sie sich Handschuhe über und sahen sich um. Der Raum war schlicht und zurückhaltend eingerichtet. An einer Wand befand sich ein Bücherregal, in dem etliche Bildbände lagen, und über einem hellen Ledersofa hingen sechs gerahmte Modezeichnungen, die Coco aufmerksam betrachtete.

»Wow, die müssen ein Vermögen gekostet haben!«, sagte sie staunend.

»Die Bilder? Wieso?«, fragte Valeri, der nun neben sie trat.

»Das sind Originalzeichnungen von Karl Lagerfeld aus seiner frühen Zeit bei Tiziani, dem italienischen Label. Das muss in den 60er-Jahren gewesen sein.«

»Und was soll an dem Gekritzel so besonders sein?«, fragte Valeri interessiert.

»Na ja, die Zeichnungen geben einen Einblick in den kreativen Schaffensprozess des Designers. Und gerade Lagerfeld hat schon immer auf die kleinsten Details geachtet. Der ist schon anders als die anderen Modemacher. Sehen Sie mal, die kleinen Ohrringe hier, der passende Lidschatten, die feinen Kanten der Jacke. Und das bei einer einfachen Skizze«, sagte Coco. »Heutzutage gibt sich keiner mehr so viel Mühe mit einem Entwurf, der nur grob eine Idee wiedergeben soll. Das hier sind wahre Schmuckstücke. Denn Lagerfeld hat immer schon gern nach vorn geschaut und nie zurück. Und dementsprechend hat er die meisten seiner Skizzen auch schnell weggeworfen, so dass von denjenigen aus früheren Tagen nur noch ganz wenige existieren. Das heißt mit anderen Worten: Hier hängen bestimmt Zigtausende Euro an der Wand!« Coco seufzte. »Ich mag Lagerfeld irgendwie, weil er einfach immer er selbst ist. Wie sagte er mal so schön: *Persönlichkeit ist da, wo der Vergleich aufhört*. Da ist doch was Wahres dran.« Valeri grunzte nur und sah sich weiter um. Auf einem Schreibtisch vor dem Fenster standen mehrere Fotos. Die meisten davon zeigten die Tote selbst, meistens ziemlich aufgedonnert und mit viel Schmuck behangen. Auf zweien der gerahmten Bilder war sie in männlicher Begleitung zu sehen.

»Ob das wohl ihr Freund ist? Oder gar ihr Ehemann? Ich kann mich nicht daran erinnern, ob die Tote einen Ring getragen hat.« Coco trat hinzu und schaute sich die Fotos an. Auf einem davon stand Freya Olsson neben einem Mann, der exakt die gleiche Haarfarbe hatte wie sie selbst: ein helles Rot, das in der Sonne schimmerte. Auch hatte er, ebenso wie Freya, viele Sommersprossen und ziemlich buschige Augenbrauen, die bei Freya Olsson allerdings in Form gezupft waren.

»Ich tippe eher auf einen Bruder. Sehen Sie die Ähnlichkeit? Das könnten sogar Zwillinge sein.« Valeri betrachtete das Bild noch mal, dann nickte er.

»Sicher haben Sie recht. Aber auf diesem Foto hier ist ein anderer Mann zu sehen«, sagte er und hielt ihr das zweite Foto hin. Freya Olsson trug auf diesem eine weiße Tunika, einen schwarzen Sonnenhut und eine dunkle Brille. Im Arm gehalten wurde sie von einem Mann, der ebenfalls hell gekleidet war. Die kinnlangen Haare hatte er hinter die Ohren gestrichen, und eine Sonnenbrille mit violettem Spiegelglas zierte sein Gesicht, das dem Betrachter ein breites Grinsen zeigte. »Und hier hat sie ein Kind auf dem Arm«, kommentierte Valeri ein weiteres Foto. »Ich glaube aber nicht, dass das ihr eigenes ist«, bemerkte er, nachdem er den Blick noch einmal durch das Appartement hatte schweifen lassen. »Zumindest sieht es nicht so aus, als würde sich hier häufiger ein Kleinkind aufhalten. Dazu ist es viel zu aufgeräumt. Es gibt kein Spielzeug, keine Farbstifte, gar nichts!« Ehe Coco antworten konnte, hatte Valeri schon das Interesse an den Fotos verloren und nahm ein paar Rechnungen zur Hand, die auf dem Schreibtisch gelegen hatten. Eine davon stammte von einer Klinik in Nizza.

»1489 Euro für Hyaluronsäure! Was zum Henker soll das denn sein?«

»Ist ein Mittel zur Faltenunterspritzung«, antwortete Coco gelassen. »Für viele Leute hier so selbstverständlich wie für andere ein Friseurbesuch.«

Valeri verdrehte die Augen. »Und im Sass Café ging sie wohl auch ein und aus«, sagte er kopfschüttelnd, während er eine der Quittungen eingehend studierte. »798 Euro für ein Abendessen! Das muss ja eine illustre Runde gewesen sein. Mon Dieu! Hundert Euro allein für eine Wasserpfeife! Diese Leute sind doch wirklich nicht ganz bei Trost!« Coco warf ebenfalls einen Blick auf die Rechnung jenes Restaurants, das weit über die Grenzen von Monaco hinaus für seine wilden Partys bekannt war. Das Sass Café, von dem es mittlerweile einen Ableger in Dubai gab, verdankte seinen Namen dem Inhaber Samy Sass, der das Restaurant vor über zwanzig Jahren eröffnet hatte. Das Etablissement war mondän eingerichtet, verfügte über eine gemütliche und gut ausgestattete Bar, und es gab immer Live-Musik. Vor allem aber war das Lokal für sein gut betuchtes und prominentes Publikum bekannt. Einst hatte Bono, der Sänger der Band U2, das ganze Restaurant gemietet, um mit Fürst Albert, Brad Pitt, Angelina Jolie und anderen Persönlichkeiten seinen Geburtstag zu feiern. Gerade an den besonderen Wochenenden, etwa wenn der Grand Prix in Monaco stattfand, konnte man sicher sein, an einem der Tische, die in den Sommermonaten draußen auf dem Bürgersteig standen, das eine oder andere bekannte Gesicht zu entdecken.

»Ich habe nie verstanden, warum die Wasserpfeifen in Monaco so teuer sind«, wunderte sich Coco. »In Frankfurt bekommt man die schon für sieben Euro«, sagte sie, und ihr wurde ein wenig wehmütig zumute. Sie war lange nicht mehr in Deutschland gewesen. Seit ihr Vater, der aus dem Frankfurter Raum stammte, überraschend an einem Herzinfarkt gestorben war, gab es für ihre französische Mutter und sie nicht mehr viele Gründe, in die hessische Heimat zurückzukehren. Verwandtschaft hatte Coco dort keine mehr. Sie war im Taunus, ganz in der Nähe von Frankfurt am Main, geboren worden und erst zum Studium in die

Heimat ihrer Mutter nach Frankreich gezogen. Und mittlerweile musste sie zugeben, dass sie sich in der *Grande Nation* wirklich zu Hause fühlte. Auch wenn sie manchmal die typisch deutschen Tugenden wie Fleiß, Ordnung und Pünktlichkeit vermisste, so klischeehaft das auch klang. Coco warf einen letzten Blick auf die gerahmten Fotos auf dem Schreibtisch, dann ging sie zu dem breiten, weißen Regal hinüber und studierte aufmerksam die Titel der Bücher, die dort lagen.

»Freya war anscheinend auf der Suche nach dem Glück«, sagte sie und fixierte einen Stapel Ratgeber, der sich auf einem der unteren Regalböden befand: *Die sieben Schlüssel zum Glück*, *Glück, das bleibt – wie Beziehungen gelingen*, oder *Glück – autogenes Training im Alltag*.

»Schauen Sie mal: *Vom Glück sich selbst zu lieben – Wege aus Angst und Depression*. Wunschlos glücklich war sie jedenfalls nicht.«

»Da würde ich keine voreiligen Schlüsse ziehen. Und ich möchte nicht wissen, was Sie alles in mein eigenes Bücherregal hineininterpretieren würden, wenn Sie es sehen könnten. Ich bin zum Beispiel ein großer Fan von Hunter S. Thompson. Und was sagt das bitte schön über mich aus? Nur weil man sich für ein bestimmtes Thema interessiert, muss das ja nicht heißen, dass es einen auch direkt betrifft«, dozierte Valeri, während er die Kühlschranktür öffnete. »Na, das nenne ich aber mal kulinarisches Understatement! Hier gibt es nur ein paar Dosen Cola light. Sonst nichts.«

»Wahrscheinlich auch eine von den typischen 3D-Mädchen.«

»Hm?« Valeri warf ihr einen fragenden Blick zu.

»Dünn, dumm, Doppel-D!«, erklärte Coco und lachte. Dann ging sie zurück in den Flur und über eine weitere schmale Treppe hinauf in die zweite Etage. Im Schlafzimmer befanden sich ein gigantischer Schrank sowie ein großes Bett mit roter, schimmernder Seidenbettwäsche. Die Vorhänge waren zugezogen, so dass nur wenig Licht in den Raum fiel. Coco betätigte den Lichtschalter und entflammte einen großen Kronleuchter, der in der Mitte des Zimmers an der Decke hing. Dann öffnete sie eine der vielen Schranktüren, hinter der sich Dutzende Schuhkartons türmten. Coco nahm nacheinander mehrere davon heraus und warf einen Blick hinein. »Christian Louboutin, Valentino, Manolo Blahnik, Jimmy Choo …«, murmelte sie. Die Frau hatte jedenfalls einen exquisiten Geschmack gehabt. Coco schloss die Schranktür wieder und öffnete die nächste. Dahinter verbargen sich diverse Taschen in der für die Marke Chanel typischen gesteppten Lederoptik in etlichen unterschiedlichen Farben und Größen. »Unglaublich! Die hat hier Chanel-Taschen im Wert von bestimmt hunderttausend Euro im Schrank! Also Geldsorgen hatte sie sicher nicht!«, rief Coco zu Valeri hinunter.

»Definitiv nicht«, echote der zurück. »Hier liegt ein Maserati-Schlüssel. Und das Appartement kostet bestimmt zehn Mille im Monat.«

Coco verließ das Schlafzimmer und ging ins Bad. Auf dem Waschtisch stand ein Becher mit nur einer Zahnbürste, und auch sonst gab es nichts, was auf einen festen Partner hätte schließen lassen. Im Spiegelschrank über dem Waschbecken befanden sich neben Tiegeln mit teuren Cremes, Tinkturen und Ampullen auch mehrere Medikamente: eine große Packung Paracetamol, Aspirin und andere Schmerzmittel, mehrere rezeptfreie Stimmungsaufheller, Tabletten gegen Sodbrennen, ein Migränemittel und eine Creme gegen Hämorrhoiden. Sie schloss den Schrank und ging wieder hinunter in die erste Etage.

»Da stehen ziemlich viele Medikamente im Schrank. Unter anderem 'ne Hämorrhoidencreme«, sagte Coco.

»Mon Dieu!« Valeri schüttelte sich. »Das will ich gar nicht wissen!«

»Nur nicht so voreilig! Es gibt Frauen, die schmieren sich Hämorrhoidencreme ins Gesicht. Hilft angeblich gegen Falten«, entgegnete Coco und lachte.

»So ein Quatsch! Außerdem hat sie dafür doch diese … Hyaluronsäure schon teuer bezahlt. Ich tippe eher auf zu viel Alkohol«, entgegnete Valeri. »Der weitet die Gefäße.« Er schwieg einen Moment. »Sonst noch irgendetwas Interessantes?«

»Stimmungsaufheller, Schlafmittel. Und nur eine Zahnbürste. Ich schätze, sie war Single. Es sieht nicht so aus, als hätten Reichtum und Konsum die Dame besonders glücklich gemacht.«

»Tja …«, Valeri hielt einen Moment inne. »Zum Reichtum führen viele Wege, und die meisten von ihnen sind schmutzig. Hat schon der alte Cicero gewusst.«

Es ist ein ganz besonderes Foto: Die Geschwister stehen gemeinsam in der Manege, und der Betrachter kann genau erkennen, wie stolz die Kinder sind. Die Aufnahme zeigt einen ihrer ersten großen Auftritte, für den sie lange schon trainiert haben. Jetzt stehen sie da, sind eins mit ihrer Nummer, denken nicht mehr über jede Kleinigkeit nach. Oben rechts im Bild sind die Scheinwerfer zu sehen, die einen Lichtkegel auf das Grüppchen werfen, einen grellen Lichtschein, der dafür sorgt, dass die Kinder das Publikum nicht sehen können. Erst als ihr Auftritt zu Ende ist, das Licht ihnen nicht mehr direkt in die Gesichter scheint, registrieren sie, dass sie es geschafft haben, sehen das Publikum und genießen den Applaus. Obwohl sie noch so jung sind, haben sie die Zuschauer in ihren Bann gezogen, es ihnen ermöglicht, für einen Moment abzuschalten, ein Stück bunte Zirkuswelt zu erleben. Ein Stück heile Welt, das die Zuschauer an ihre eigene Kindheit erinnert. Wahrscheinlich sind die Geschwister nach ihrem Auftritt nach draußen gelaufen, vor das Chapiteau, und haben den über allem schwebenden typischen Geruch von Popcorn, Zuckerwatte und Sägespänen eingeatmet.

10

Mittlerweile dämmerte es in Monaco. Die Sonne war bereits untergegangen, und Wolken hatten sich vor den blassen Mond geschoben, so dass nur noch wenig Licht den frühen Abend erhellte. Ein leichter Wind war aufgekommen, der das Wasser in Bewegung versetzte und die Wellen geräuschvoll am Ufer auflaufen ließ. Alexandre Denaux hatte sich dennoch entschieden, den Weg zu seinem Wagen, der noch am Marriott-Hotel geparkt war, zu Fuß und über den Hafen zurückzulegen. Er ging am Zelt direkt neben dem Heli-Airport vorbei, in dem während des Festivals die Elefanten untergebracht waren, und warf einen Blick auf den eingezäunten Bereich davor, doch weder Elefanten noch Menschen waren zu sehen.

Langsam spazierte er über den Weg vom Heliport hinüber zum Hafen von Cap-d'Ail. Nur das Geräusch der Wellen und seiner eigenen Schritte war in der hereinbrechenden Dunkelheit zu hören. Es war kälter geworden, und in diesem Moment fing es auch noch an zu regnen. Denaux bereute die Idee, zu Fuß zu seinem Auto zu gehen, als ihn die ersten dicken Regentropfen trafen. Ärgerlich wischte er sich über das Gesicht, als er ein Stück hinter sich ein ungewöhnliches Geräusch vernahm. Er stutzte, drehte sich um und starrte in die dichter werdende Dunkelheit. War dort jemand? Wurde er etwa verfolgt? Er hatte schon in den vergangenen Tagen gelegentlich das Gefühl gehabt, beobachtet zu werden, doch den Gedanken daran immer wieder beiseitegeschoben. Aber nun wurde er doch nervös. War an seiner fixen Idee doch etwas dran?

Er blieb einen Moment stehen, lauschte angestrengt in die Dunkelheit und strebte schließlich eilig weiter in Richtung Hafen. Da war das Geräusch wieder. Waren das Schritte hinter ihm? Oder war es doch nur der Wind, der diese Geräusche zu ihm herübertrug? Denaux beschleunigte seinen Schritt. Eigentlich hatte er sich in Monaco nie unsicher gefühlt, doch an diesem kurzen Straßenabschnitt am Rande des Hafens gab es keine Laternen, inzwischen war es stockfinster geworden, und außer ihm gab es keinen Menschen weit und breit.

Wieder vernahm er klappernde Geräusche hinter sich. Zielstrebig ging er nun noch schneller auf die Treppe zu, die wenige Meter vor ihm lag. Ohne sich noch einmal umzudrehen, sprang er die Stufen hinab und war froh, den Hafen von Cap-d'Ail zu erreichen. In dem kleinen Bistrot, in dem er am Morgen seinen Kaffee zu sich genommen hatte, war noch Licht. Erst als er den Eingang erreicht hatte, wagte er es, sich umzudrehen. Es schien ihm so, als wäre oben am Rande der Treppe ein dunkler Schatten vorbeigehuscht. Hatte dort wirklich jemand gestanden und ihm nachgeblickt, oder spielten ihm seine Augen einen Streich?

11

Coco fuhr gutgelaunt in ihrem alten knallgelben Karmann Ghia oberhalb des großen Hafens durch das Fürstentum. Ihr Appartement, das sie von ihren Eltern übernommen hatte, lag direkt in einem der großen Gebäude am Quai Albert 1er, so dass sie es nicht weit bis zu ihrer Verabredung hatte. Als junges Mädchen war sie oft gemeinsam mit ihren Eltern in den Ferien ins Fürstentum gereist, schon damals hatten sie die kleine Wohnung besessen. Coco erinnerte sich, wie sie schon als Kind am Fenster gestanden und sehnsüchtig zum großen Felsen hinübergeblickt hatte, auf dem der Fürstenpalast thronte. Die europäischen Königshäuser hatten sie schon immer fasziniert. Und das Haus der Grimaldis, die sich im Laufe der Jahrhunderte von den Nachfahren irgendwelcher Piraten zur Jetset-Familie gewandelt hatten, interessierte sie ganz besonders.

In den siebzigern, als ihr Vater das fünfzig Quadratmeter große Appartement gekauft hatte, war Wohnraum in Monaco noch einigermaßen bezahlbar gewesen. Heutzutage hätte sich Coco ein Zuhause in dieser exquisiten Lage nie und nimmer leisten können. So war sie froh, hier wohnen zu können, und konnte sich mittlerweile sogar an dem kleinen Oldtimer erfreuen, den sie von ihrem Vater geerbt hatte. Lange Zeit hatte sie Probleme damit gehabt, von ihm auch nur einen einzigen Cent anzunehmen. Er hatte einen anderen Berufsweg für sie im Auge gehabt, und sein größter Wunsch war immer gewesen, eine Richterin oder Anwältin zur Tochter zu haben, doch diesen Gefallen hatte Coco ihm nicht getan. Sie hatte stattdessen die Polizeilaufbahn eingeschlagen, was ihr Vater weit unter ihrem Niveau gefunden und ihr auch immer deutlich zu verstehen gegeben hatte. Als er dann so überraschend gestorben war, war Coco einerseits schockiert gewesen, andererseits aber auch erleichtert. Vorbei waren die Kämpfe, die Rechtfertigungen, die Diskussionen über das Berufsziel, das sie sich ausgesucht hatte. Vorbei die Vorwürfe, der Streit, das immerwährende Gefühl, nicht gut genug zu sein. Ein Befreiungsschlag, der letztendlich auch dazu geführt hatte, dass Coco alles, was sie zuvor wie in ein Korsett eingezwängt hatte, nun zurücklassen konnte: ihren Mann, ihre Ehe und ihren Job bei der Kriminalpolizei in Toulouse. Aber die Entscheidung war richtig gewesen: Der neue Lebensabschnitt fühlte sich gut an, und sie war durchaus zufrieden mit ihrer Aufgabe im Fürstentum.

Mittlerweile hatte sie das Ende des Hafens erreicht, wo sich der Verkehr ein wenig staute. Selbst jetzt im Winter fanden sich am Wochenende jede Menge Touristen oder Autofans hier ein, die ihre schicken Wagen zur Schau stellen oder einen Blick auf die hier versammelten Luxuskarossen werfen wollten. Leicht genervt von der Verzögerung trommelte sie mit der rechten Hand auf das braune Lederlenkrad. Diesen Wagen hatte sich ihr Vater noch kurz vor seinem Tod gekauft und es nicht mehr geschafft, ihn restaurieren zu lassen. Daher war der Oldtimer nicht besonders gut in Schuss, der gelbe Lack durch das Alter schon an vielen Stellen matt geworden, die Felgen mittlerweile rotbraun vom vielen Rost, und auch der Blick auf den Motor offenbarte, dass in absehbarer Zeit dringend eine Generalüberholung nötig war. Aber nachdem sie sich dazu durchgerungen hatte, den Wagen zu übernehmen, hatte sie sich sofort in die alte Rostlaube verliebt. *Die Basis ist top, der Rest braucht etwas Liebe, aus Zeitmangel abzugeben*, stand in der Verkaufsanzeige, die den Unterlagen ihres Vaters beigelegen hatte. Und: *Motor läuft*. Das ist ja schon mal was, hatte Coco damals gedacht und musste nun schmunzeln. Ihr kleiner, quietschgelber fahrbarer Untersatz war vier Jahre älter als sie selbst, Baujahr 1971, und hatte sie bisher relativ zuverlässig durch das Fürstentum gebracht. Und als sie jetzt den Tunnel Larvotto unter dem Fairmont-Hotel erreichte, der während der Formel-1 ein Teil der Rennstrecke war, auf der die Piloten in ihren Boliden mit knapp 290 km/h in Richtung Hafen schossen, ließ auch sie es sich nicht nehmen, einmal kräftig aufs Gaspedal zu treten, obwohl sie den Tunnel in entgegengesetzter Richtung zur Rennstrecke durchfuhr. Kurz vor dem großen Kreisel, an dem das Restaurant Cipriani lag, wo sie mit Nikolai und Cécile verabredet war, bremste sie ab, fuhr direkt vor dem Eingang an den Bürgersteig, stieg bei laufendem Motor aus und überließ ihren Wagen einem der Angestellten des Restaurants. Das *valet Parking* war in vielen Restaurants und Clubs in Monaco üblich, für ein Trinkgeld zwischen fünf und fünfundzwanzig Euro durfte man das Auto dem sogenannten *valet*, dem Diener, übergeben und sich später, wenn man das Lokal verließ, wieder vorfahren lassen. Ein Service, den Coco sehr zu schätzten wusste, denn die Parkplätze im Fürstentum waren knapp. Außerdem hatte es gerade angefangen zu regnen. Ein typischer Januartag an der Côte d'Azur: Von einer Stunde auf die nächste konnte das Wetter von strahlendem Sonnenschein in heftigen Regen umschlagen. Kurz hinter dem Eingang des Restaurants, gegenüber dem großen Tisch, an dem sich gewöhnlich Flavio Briatore, der ehemalige Formel-1-Teamchef und Inhaber des Cipriani, an seinem Stammplatz niederließ, befand sich die Bar, an der sich die Gäste, während sie auf ihren Tisch warteten, oft noch einen Bellini gönnten, einen Cocktail aus Prosecco oder Champagner, Pfirsichpüree und etwas Zuckersirup. Dort lief sie direkt einer alten Freundin ihrer Eltern in die Arme. Marlene Gräfin von Ebenhausen hatte Coco während der Ermittlungen in ihrem letzten Fall, dem gewaltsamen Tod der Ehefrau eines Formel-1-Fahrers, wiedergetroffen, weil Marlene das Anwesen direkt neben dem damaligen Tatort bewohnte. Die Gräfin war um die siebzig, ihr genaues Alter kannte Coco nicht, da die extravagante Dame alles dafür tat, selbiges geheim zu halten. Sicherlich hatte sie hier und da mit chirurgischer Hilfe etwas nachgebessert, aber so dezent, dass sie für eine Frau im fortgeschrittenen Rentenalter immer noch sehr gut aussah. Die Gräfin hatte eine gewisse Ähnlichkeit mit der Denver-Clan-Schauspielerin Joan Collins, trug die nussbraun gefärbten Haare in aufwendige Wellen gelegt, dazu zierten ein dramatisches Augen-Make-up und roter Lippenstift ihr Gesicht. Das schwarze Satinkleid, das sie an diesem Abend trug, war bodenlang, dazu trug sie Diamantohrringe und eine weiße Pelzstola.

»Coco, meine Liebste! Wie schön, dich zu sehen! Wie geht es dir?«, flötete sie, während sie ihr drei Wangenküsse entgegenhauchte.

Coco lächelte. Das französische Begrüßungsritual war eine Wissenschaft für sich, je nach Region wurde unterschiedlich oft geküsst, zwischen zwei und fünf Mal. Im Département Alpes-Maritimes, welches das Fürstentum Monaco umschloss, hieß es in der Regel zwei Mal *faire la bise*, aber die Freundin ihrer Eltern hatte in Montpellier studiert, wo normalerweise drei Küsschen ausgetauscht wurden, und diesem Ritual war sie über die Jahre treu geblieben.

»Gut geht es«, entgegnete Coco und setzte zur Gegenfrage an, doch Marlene winkte schon dem Kellner und orderte lautstark »Champagner für meine Freundin. Champaign, please!« Wenige Sekunden später hatte Coco schon ein Glas des prickelnden Getränks in der Hand, das viele als das Wasser der Côte d'Azur bezeichneten.

»Schön, dich wiederzusehen«, sagte Coco, und sie meinte das ehrlich. Denn obwohl die alte Dame hier und da ein wenig überkandidelt auftrat, hatte sie doch das Herz am rechten Fleck. »Wie geht es dir?«

»Ach, Schätzchen, wie soll es einer alten Schachtel wie mir schon gehen? Es ist viel zu warm in diesem Winter, man kommt ja kaum dazu, seine großen Pelze mal anständig auszuführen«, entgegnete sie trocken.

Coco verdrehte die Augen. »Du bist unmöglich!«

»Ich weiß«, kicherte die Gräfin.

Coco stieß mit ihr auf ihr Wiedersehen an, als sie Nikolai und Cécile entdeckte, die bereits an einem der Tische in der Mitte des Restaurants Platz genommen hatten. Das Cipriani war einst als Harry's Bar in Venedig von Giuseppe Arrigo Cipriani gegründet worden. Über vier Generationen hinweg hatte sich das Restaurant zu einer weltbekannten Marke entwickelt, ein beliebter Treffpunkt, der für seinen exzellenten Service berühmt war. In Harry's Bar war 1950 angeblich sogar das Carpaccio erfunden worden, eine italienische Vorspeise aus hauchdünn geschnittenem rohen Rinderfilet. Giuseppe Cipriani hatte es sich für eine seiner Stammkundinnen ausgedacht, die kein gegartes Fleisch zu sich nehmen sollte. Die Originalkreation, serviert mit einer Art Mayonnaise, war nach dem venezianischen Maler Vittore Carpaccio benannt, der mit seinen leuchtenden Rot-Weiß-Malereien bekannt geworden war. Mittlerweile wurde diese Vorspeise auf der ganzen Welt serviert.

Coco verabschiedete sich von Marlene Gräfin von Ebenhausen mit dem Versprechen, sie einmal zu Hause zu besuchen, und ging zu dem Tisch ihrer Freunde hinüber. Fröhlich nahm sie ihre alte Freundin Cécile in den Arm und freute sich tatsächlich riesig, sie endlich einmal wiederzusehen. Cécile trug ein langes Hippiekleid in bunten Blockfarben, darüber eine hellbraune Fellweste, dazu hatte sie ihre langen blonden Haare, die sie normalerweise offen und in einem trendigen Beachlook trug, mit einem dunkelbraunen Lederband lässig aus der Stirn gebunden. Coco mochte den Stil von Cécile, der so ganz anders war als der monegassische Einheitslook aus sündhaft teuren kurzen Partykleidchen, Stilettos und passenden Handtaschen, die die Frauen hier so demonstrativ zur Schau stellten wie die Männer ihre Luxuskarossen. Cécile kümmerte sich nicht um die Vorlieben und Gewohnheiten anderer Leute, und das schätzte Coco so an ihr. Ihre Freundin hatte Charakter und war ein ganz eigener Typ, der sich von der Schicki-Micki-Gesellschaft im Fürstentum nicht sonderlich beeindrucken ließ.

»Wir haben dir schon mal eine Vorspeise mitbestellt, ich habe nämlich einen Bärenhunger«, sagte Cécile. »Ich nehme an, du hast nichts gegen einen Monte-Carlo-Salat?«

»Überhaupt nicht, du kennst mich doch.« Coco liebte den Salat, der aus gekochten grünen Bohnen, Cherrytomaten, Avocado, Scampi und schwarzen Oliven bestand. Einfach, gesund und dabei wirklich gut. Sie nippte an ihrem Champagner und warf dabei einen Blick auf die Gläser ihrer beiden Freunde: Orangensaft und Wasser. Von Nikolai war sie es gewohnt, dass er gänzlich auf Alkohol verzichtete. Denn er fürchtete nichts so sehr wie den Kontrollverlust und wollte unter keinen Umständen in Situationen geraten, die er nüchtern tunlichst vermieden hätte. Aber von ihrer Freundin Cécile, die gemeinsam mit ihrem Lebensgefährten eine Boots- und Segelschule führte und eigentlich keine Party ausließ, war Coco anderes gewohnt. »Was ist denn mit dir los? Ich zitiere dich mal kurz: Stilles Wasser, ein Getränk für graue Mäuse, oder wie war das?« Coco grinste.

»Ich faste«, entgegnete Cécile schmunzelnd. »Kein Alkohol bis Ostern.«

»Ach! Hast du plötzlich die Religion für dich entdeckt?«

»Natürlich nicht. Aber ich habe Mitleid mit meiner Leber.«

»Respekt! Aber sag mal, was treibst du denn immer so? Wir haben uns ja ewig nicht gesehen.«

»Wir planen gerade ein paar neue Segeltouren für den Sommer und sind daher etwas im Stress. Wir wollen Sunset-Segeln und eine Piratentour anbieten.«

»Piraten?«, warf Nikolai süffisant ein. »Auf den Spuren der Grimaldis, oder was?«

»Du wirst lachen: Genau das. Die Story, wie Francesco Grimaldi sich als Mönch verkleidet in die Festung geschlichen und den Wachen dann mit dem Schwert die Köpfe abgeschlagen hat, um Monaco zu erobern, taugt hervorragend als Touristenattraktion. Das sind Geschichten, die die Leute lieben. Aber ich will euch nicht mit meinem Business langweilen. Die Leiche, die ihr da gefunden habt, die interessiert mich gerade viel, viel mehr. Nun komm schon, Coco, lass hören! Was habt ihr denn schon über sie herausgefunden?«

»Du weißt doch, dass ich darüber keine Auskunft geben darf.«

»Ach, jetzt hör aber auf! Immerhin war es unser Freund Niko hier, der die Tote entdeckt hat. Also, wer ist die Frau?« Coco zögerte einen Moment, doch würden die beiden ohnehin bald aus der Presse erfahren, um wen es sich bei der Toten handelte.

»Es ist eine Schwedin, die oben auf dem Felsen gewohnt hat. Eine gewisse Freya ...«

»Olsson?«, flüsterte Cécile. »Nicht im Ernst?«

»Du kennst sie?«, riefen Coco und Nikolai im Chor.

»Kennen wäre übertrieben, aber ich weiß zumindest, wer sie ist. Sie war doch mit dem schwedischen Unternehmer Olsson verheiratet, der übrigens da hinten in der Ecke sitzt. Das hier ist nämlich sein Stammlokal.«

Coco drehte sich unauffällig um und beäugte den Mann, der in einem tadellosen Anzug mit weißem Hemd und teurer Krawatte in einem der hellen Ledersessel am Fenster saß. Seine graumelierten, kinnlangen Haare hatte er sich mit viel Gel aus dem Gesicht gekämmt. Ein ziemlicher Schnösel mit sorgfältig gestutztem Bart und breiten, in Form gezupften Augenbrauen.

»Ich weiß nicht mal, ob der Gute schon über den Tod seiner Exfrau informiert ist. Darum wollten sich die Kollegen kümmern. Na ja, bin heute nicht mehr im Dienst. Was weißt du denn über die zwei?«, hakte Coco nach.

»Typisch, dass der hier rumhängt, obwohl seine Ex tot ist. Guck ihn dir doch bloß mal an! Hauptsache, der Schein bleibt gewahrt. Wahrscheinlich ist er sogar froh, dass sie nicht mehr lebt. Die hatten ziemlichen Ärger, soweit ich weiß. Die Scheidung ist ja noch nicht ganz durch.«

»Willst du damit sagen, er hätte einen Grund gehabt, sie umzubringen?«

»So weit würde ich nicht gehen, aber ihr Tod kommt ihm bestimmt nicht ungelegen. Ist sie denn umgebracht worden?«

»Das wissen wir noch nicht. Was hatten die beiden denn für eine Beziehung?«

»Soweit ich weiß, sind sie zusammen nach Monaco gekommen, aber er hat dann irgendwann angefangen, ein junges Ding nach dem anderen flachzulegen. Ist ja nichts Neues hier. Wo das Geld regiert, da merken die Typen schnell, dass sie damit so ziemlich alles haben können. Partys und hübsche Mädels gibt es ja wie Sand an unserer feinen Küste. Und wo sich so viele von den Reichsten und den Schönsten auf kleinstem Raum begegnen, da muss man schon Charakter haben, um all den Verlockungen standzuhalten. Aber manche Männer verlieren hier einfach die Bodenhaftung und verwechseln diese künstliche Welt mit der Realität. Und das hält wahrscheinlich keine Ehefrau auf Dauer aus. Olsson hat seine Frau nach Strich und Faden betrogen, bis sie schließlich die Reißleine gezogen hat. Und jetzt ist er mit irgendeiner Russin zusammen. Der Klassiker eben. Die Russin hält die Klappe, solange er sie bezahlt und ihr ein nettes Leben ermöglicht. Sie macht alles mit, was er will, und sieht dabei auch noch gut aus.«

»Also, ich finde das einfach nur schäbig«, empörte sich Nikolai und sah sich unauffällig nach dem schwedischen Unternehmer um. »Ist das die russische Tussi, die da neben ihm sitzt?«

»Denke schon, hab sie eine ganze Weile nicht gesehen. Doch, das ist sie. Freya kam auch oft hierher. Muss hart für sie gewesen sein, dem Ex und seiner Neuen ständig in die Arme zu laufen. Freya führte hier das typische Leben einer unglücklichen Singlefrau …«, sinnierte Cécile.

»Und wie muss ich mir das vorstellen?«, fragte Coco leicht pikiert, weil sie schließlich selbst auch zu diesen Singlefrauen in Monaco gehörte. Allerdings hatte sie bisher nie die Zeit gehabt, sich mit diesem gesellschaftlichen Sonderstatus näher zu beschäftigen.

»Na ja, eine Frau von Mitte dreißig hat es nicht gerade leicht hier. Die gutaussehenden Männer mit Geld nehmen sich eine Zwanzigjährige, und selbst die hässlichsten mit Geld haben es hier nicht nötig, sich auf eine Frau einzulassen, die schon auf die vierzig zugeht. Es gibt einfach zu viel junge Konkurrenz. Diverse hübsche, junge Dinger, denen es reicht, dass ein Mann Kohle hat, egal, wie er aussieht, ob er Charakter hat, ob er schlau oder doof ist.«

»Das ist doch wirklich ekelhaft«, echauffierte sich Nikolai. »Die reine Prostitution!«

»Na ja, der Übergang ist sicher fließend.« Cécile schwieg einen Moment, als der Kellner eine große Schale des georderten Monte-Carlo-Salats auf den Tisch stellte. »Freya war jedenfalls ziemlich frustriert. Geld hatte sie zwar genug, das Appartement gehörte, glaube ich, ihr, und sie kam wohl aus einer gutsituierten Familie. Aber es ist schon erstaunlich, dass du hier als alleinstehende, selbständige Frau trotzdem weniger wert bist als eine, die sich aushalten lässt, aber einen Mann an ihrer Seite hat. Das hat Freya natürlich gespürt, und es hat ihr verständlicherweise nicht gefallen. Und selbst für Außenstehende war das leider ziemlich deutlich zu erkennen. Sie kannte ihre Grenzen nicht, hat viel zu viel getrunken. Und zwar so viel, dass sie mehr als einmal aus der Rolle gefallen ist. Ich hab sie erst neulich noch im Sass gesehen, da saß sie völlig aufgelöst draußen auf der Fensterbank. Ich meine: auf der *Fensterbank*! Das geht doch gar nicht.« Cécile schüttelte entrüstet den Kopf, und Nikolai verdrehte wieder mal die Augen.

Coco sah die beiden fragend an. »Ich versteh nicht ganz. Was ist daran so schlimm, auf einer Fensterbank zu sitzen?«

»Es geht hier um die Fensterbank vor dem Sass! Als Frau von Welt setzt man sich niemals dorthin«, erklärte Cécile. »Da sitzen nur die Fünf-Sterne-Mädchen. Du weißt schon, die Edelnutten. Die warten da in ihren knappen Röckchen, tun so, als säßen sie nur zum Rauchen dort draußen, dabei ist jedem klar, dass sie nur darauf warten, von einem der Gäste angesprochen und mitgenommen zu werden.«

»Coco! Jetzt sag nicht, dass du das nicht gewusst hast?« Nikolai schüttelte wieder den Kopf und grinste breit. »Tu uns einen Gefallen und setze dich niemals auf diese Fensterbank!«

»Ich bin Nichtraucherin«, entgegnete Coco trocken. »Und ich glaube auch nicht, dass man mich jemals für eine Prostituierte halten würde«, sagte sie mit gespielter Entrüstung. »Guckt mich doch nur mal an!« Sie trug einen schlichten dunkelblauen Hosenanzug und flache Slipper von Tod's. In ihrem Kleiderschrank befanden sich durchaus ein paar hochwertige Teile, was aber daran lag, dass ihre Mutter ihr regelmäßig und ungefragt Pakete mit ausgesuchten Designerstücken schickte, ihre ganz spezielle Art der mütterlichen Fürsorge. Knappe Kleidchen gehörten allerdings nicht dazu. Ihr Stil ließ sich eher mit sportlich-leger und stilvoll-elegant beschreiben. »Ich bin doch viel zu schlicht gekleidet. So gehen die typischen Monaco-Damen noch nicht mal zum Einkaufen. In so einem kurzen Paillettenfummel käme ich mir geradezu verkleidet vor.«

»Zu Recht«, bekräftigte Cécile. »Aber um auf die Olsson zurückzukommen: Ich habe gehört, dass sie neulich wieder so betrunken war, dass sie von einem Barhocker gekippt ist. Einfach so. Wie ein Sack Mehl. Angeblich hat ihr Samy seitdem keinen Alkohol mehr ausgeschenkt. Und es gibt ein paar andere Läden, da hatte sie mittlerweile sogar Hausverbot!«

Während sie sich etwas Salat aus der Schale nahm und davon kostete, ließ Coco ihren Blick durch das Lokal schweifen. Ein Besuch im Cipriani war doch immer wieder ein Erlebnis. Promis gingen hier ein und aus, sehen und gesehen werden war hier die Devise, und das zu beobachten war durchaus unterhaltsam. Sie bemerkte drei Frauen und einen Mann, die gerade zur Tür hereingekommen waren und auf die Bar zusteuerten. Die drei Frauen trugen alle lange Pelzmäntel, waren aber barfuß. Der Mann hielt eine Reitgerte in der Hand. Was hatte das jetzt wieder zu bedeuten?, fragte sich Coco. War das etwa ein neuer Modetrend im Fürstentum? Ehe sie weiter darüber nachdenken konnte, hatte sich das Vierergespann in die Mitte des Raumes bewegt. Da holte der Mann plötzlich zu einem Schlag mit der Reitgerte aus und ließ diese immer wieder auf den Rücken einer der Frauen niedersausen. Diese fing daraufhin an zu schreien und warf sich auf den Boden. Der Mann schlug nochmal auf sie ein, bevor er die Gerte zur Seite schleuderte und an dem Pelzmantel der auf dem Boden Liegenden zerrte. Mit einer dramatischen Geste riss er ihr sozusagen das Fell vom Körper. Die Frau wand sich unter seiner Attacke, kreischte laut, und als er sie von ihrem Pelz befreit hatte, präsentierte sie ihren halbnackten Körper: Auf ihre Haut waren blutige Sehnen und Muskeln aufgemalt. Brutal riss der Mann ihr jetzt noch die Nylonstrumpfhose von den Beinen, als würde er sie häuten. Und die Frau schrie weiterhin wie am Spieß. Dann warf eine der anderen Frauen einen Farbbeutel auf die beiden, dessen blutroter Inhalt sich über deren Körper und auf den Fußboden ergoss.

»Pelz ist Mord! Pelz ist Mord!«, schrien die beiden anderen Frauen mit schriller Stimme, während sie ihre Mäntel abwarfen und den Blick auf ihre nackten, besudelten Körper freigaben. Eine der beiden hatte einen Stapel Flugblätter in der Hand, die sie nun auf die Tische warf, die andere Frau ließ über ihrem Kopf zwei weitere Farbbeutel platzen, dessen roter Inhalt im großen Bogen herausspritzte und auch die Gäste bekleckerte, die an der Bar standen, während der Peitschenschwinger zahlreiche Fotos von der ganzen Aktion schoss. Während sämtliche Gäste ebenso wie das Personal des Cipriani sich förmlich in einer Schockstarre zu befinden schienen, sah Coco, dass es sich bei einem der besudelten Gäste an der Bar um die Gräfin von Ebenhausen handelte, die nun laut zu schreien begann. Daraufhin brach Tumult und Chaos aus. Einige der Gäste sprangen panisch von ihren Stühlen auf, die Frauen kreischten, und die Kellner versuchten, die Aktivisten aus dem Lokal zu drängen, die sich jedoch heftig wehrten. Das ganze Cipriani glich einem Tollhaus. Auch Coco war aufgesprungen und eilte nun Marlene Gräfin von Ebenhausen zu Hilfe, die offenbar das Gleichgewicht verloren hatte und zu Boden gegangen war.

»Marlene!«, rief Coco erschrocken und half ihr wieder

auf die Beine. Die alte Dame schüttelte sich angeekelt und hielt sich mit einer Hand am Bartresen fest. Mittlerweile hatten die Kellner die drei Frauen und auch den Mann überwältigt und hielten alle vier im Schwitzkasten fest. Coco hatte Marlene ihren Arm um die Schultern gelegt und blickte ihr besorgt ins Gesicht.

»Ist alles in Ordnung? Bist du verletzt?«

»Nein, es geht schon wieder«, sagte die Gräfin, griff nach einem Stapel Papierservietten und begann, sich die rote Farbe abzuwischen, die ihr ins Dekolleté gelaufen war. »Diese Proleten!«, brach es plötzlich aus ihr heraus. »Sind die denn alle verrückt geworden? Guck dir nur mal mein schönes Kleid an! Alles voll mit diesem roten Zeug! Widerlich! Die werde ich zur Rechenschaft ziehen!«

Coco nickte nur und strich ihr beruhigend über den Arm. Dann zückte sie ihr Handy, um ihre Kollegen anzufordern. Was für eine Szenerie! Der Fußboden des Cipriani war mit roter Farbe verschmiert, und überall lagen Flugblätter herum: »Bei vollem Bewusstsein gehäutet!«, »Mord im Namen der Mode!«, »Gezüchtet, gequält, getötet!« oder: »Wer Pelz trägt, trägt den Tod!«

Einige der Gäste hatten sich schockiert in eine Ecke des Lokals zurückgezogen und fingen nun an zu diskutieren. Die Leute, die an der Bar gestanden hatten und über und über mit roter Farbe bespritzt waren, begannen nun, die Tierschützer lautstark zu beschimpfen, die von den tapferen Kellnern immer noch festgehalten wurden. Noch bevor es zu weiteren Handgreiflichkeiten kommen konnte, zückte Coco ihren Dienstausweis und ging auf die festgesetzten Aktivisten zu. »Sûreté publique!«, rief sie laut. »Meine Kollegen werden gleich hier sein und Sie mitnehmen!« Da wurde es schlagartig still im Raum, und erleichtert stellte Coco fest, dass der Höhepunkt der Krise wohl vorüber war.

»Alles in Ordnung, Coco?«, hörte sie Cécile besorgt fragen, die zusammen mit Nikolai und der Gräfin zu ihr getreten war.

»Ja, danke, alles unter Kontrolle«, antwortete sie, als ihr Handy klingelte.

»Coco, Sie müssen in den Zirkus kommen!«, brüllte ihr Valeri ins Ohr. »Wir haben …«

»Tut mir leid«, unterbrach Coco ihren Kollegen. »Ich kann hier nicht weg. Ein paar Aktivisten von den Tierschützern haben das Cipriani gestürmt. Hier ist die Hölle los, und ich bin mitten in einer Festnahme.«

»Auch das noch!«, dröhnte es aus dem Telefon. »Aber wir haben hier eine weitere Tote!«

12

Als Valeri das Zirkuszelt in Fontvieille erreichte, herrschte dort eine surreale, düstere Stille. Die Manege war noch vom Raubtierkäfig eingezäunt, ein Scheinwerfer warf einen blauen Lichtkegel auf jene Hälfte des Rondells, in der eine menschliche Gestalt auf dem Boden lag, zur Hälfte abgedeckt mit einer Plane. Direkt daneben kniete ein Mann, der sich die Hände vor das Gesicht geschlagen hatte und bitterlich weinte. Ein anderer saß auf einem der Raubtierpodeste und starrte völlig in sich zusammengesunken ins Leere, und auf den leeren Rängen hatte sich ein Grüppchen von Leuten zusammengefunden, die sich leise flüsternd unterhielten. Daneben, ein paar Meter entfernt, saß ein Mann alleine auf dem Fußboden, den Rücken an die Seitenwand der Loge gelehnt. Er trug einen roten Zylinder auf dem Kopf und hatte noch drei weitere neben sich aufgestapelt. Auch er starrte nur vor sich hin.

»Was für eine Katastrophe«, flüsterte Alexandre Denaux, der Valeri vor dem Eingang abgefangen hatte und ihn nun durch die Tür vor dem großen Vorhang in die Manege brachte. »Niemand kann sich erklären, wie es zu diesem Unglück kommen konnte. Es ist einfach furchtbar!« Denaux schüttelte den Kopf.

Valeri nickte und sah sich um. »Die Tiere sind alle wieder im Käfig?«, fragte er etwas beunruhigt.

»Natürlich«, antwortete Denaux knapp, dann wies er in Richtung des Mannes, der auf dem Podest saß. »Das ist Doktor Bérès, der Arzt, der während des gesamten Festivals hier Dienst tut.« Valeri ging hinüber und schüttelte dem Mann die Hand. »Und das ist Karolinas Bruder Szymon.« Valeri legte dem weinenden Mann kurz die Hand auf die Schulter.

»Mein Beileid. Es tut mir sehr leid.« Szymon antwortete nicht, sondern blieb zusammengesunken neben seiner toten Schwester sitzen. Dicke Tränen liefen ihm über die Wangen.

»Ich konnte leider nichts mehr für sie tun«, sagte der Arzt und seufzte schwer. »Der Tiger hat ihr mit seinen Reißzähnen die Halsschlagader durchtrennt, so dass sie mit Sicherheit sofort bewusstlos war.«

»Hätte man die Blutung denn nicht stoppen können?«, fragte Valeri.

»Dazu war es zu spät, weil wir wegen der Raubkatzen in der Manege nicht sofort an sie herankamen. Als ich sie endlich behandeln konnte, hatte sie schon zu viel Blut verloren, und dann …«

»Ich war nicht da!« Szymon schlug sich erneut die Hände vor das Gesicht und schluchzte. »Es ist meine Schuld! Ich muss doch auf sie aufpassen! Aber es ist doch noch nie etwas passiert!«

»Das heißt, Sie waren in der Nähe?«

»Natürlich! Ich war draußen am Gehegegang, um die Tiere vom Käfig in die Manege zu lassen. Für eine Raubtiernummer braucht es immer mehrere Menschen. Als alle Tiere drin waren, habe ich einfach einen Moment zu lange mit Levin geredet. Aber wir hatten uns so lange nicht gesehen. Er stand draußen und hat darauf gewartet, seine Nummer proben zu können.«

»Levin?«

»Levin Liskow, der Jongleur aus der Schweiz. Er macht sich auch solche Vorwürfe. Er ist dort drüben.« Er wies auf den Mann, der immer noch zusammengesunken vor den Logen saß.

»Das heißt, normalerweise sind Sie bei der Nummer immer mit dabei?«

»Nicht in der Manege, das macht Karolina alleine, aber für den Fall, dass etwas nicht rund läuft, muss immer jemand bereitstehen, mit Stöcken oder einem Feuerlöscher, um die Tiere notfalls zurückzudrängen. Aber, o Gott …« Er schluchzte wieder. »Karolina hat ihren Tigern und Löwen vertraut, und die Tiere vertrauten ihr! Sie war eins mit ihnen. Ich kann mir das nicht erklären. Ich war noch draußen, als ich plötzlich einen furchtbaren Schrei hörte. Da bin ich sofort rein. Ich weiß nicht, was passiert ist, aber da lag Karolina schon am Boden, und der Tiger hatte sie gepackt. Raubkatzen versuchen immer, die Halsgefäße zu treffen, und dann drücken sie das Opfer mit den Pranken nieder. Dabei wollen sie ihre Beute nicht einmal unbedingt fressen, sie wollen sie verstecken. Deshalb hat Sultan of Swing sie gepackt und versucht, sie in den Gehegetunnel zu ziehen, zurück in sein Revier.«

»Und was ist dann passiert?«, hakte Valeri vorsichtig nach.

»Louis, einer unserer Helfer, hat versucht, den Tiger mit dem Feuerlöscher zu vertreiben, aber er war auf der anderen Seite der Manege und viel zu weit weg. Und er traut sich ja nicht hinein. Ich bin dann sofort mit der Stange reingegangen und hab versucht, den Tiger von ihr wegzudrängen. Er hat dann auch erst mal von ihr abgelassen, aber ich konnte ihr nicht helfen, weil der Tiger mich fixierte, und ich wusste, sobald ich ihm den Rücken zudrehe, würde er mich ebenfalls angreifen. Ich konnte Karolina nur ein Stück zur Seite ziehen, um den Eingang zum Gehegetunnel freizumachen. Ich musste die Tiere ja raus aus der Manege bekommen!« Szymon war nun völlig aufgelöst. Ganz offensichtlich durchlebte er die schreckliche Geschichte gerade ein weiteres Mal.

»Es tut mir sehr leid«, versuchte Valeri den Mann zu beruhigen. »Aber es ist nun mal mein Job, herauszufinden, was genau geschehen ist.«

»Ich weiß«, entgegnete Szymon und schluchzte erneut. »Sultan hat versucht, auch mich anzugreifen. Ich hatte wirklich Angst. Und dann … Ach, ich wünschte, er hätte mich auch erwischt. Dann müsste ich hier jetzt nicht neben meiner toten Schwester sitzen.«

»Sagen Sie doch nicht so etwas. Sie haben doch alles versucht, um ihr zu helfen.«

»Aber es hat nicht gereicht! Als ich die Tiere endlich alle im Tunnel hatte, da waren bereits mehrere Minuten vergangen. Wertvolle Minuten.«

»Sie war schon tot, als ich endlich dazu kam, sie mir anzusehen«, erklärte Dr. Bérès traurig. »Ich konnte nur noch ihren Tod feststellen.«

»Wie oft kommt es denn vor, dass Dompteure von ihren Tieren angegriffen werden?«, fragte Valeri.

»Sehr, sehr selten«, seufzte Szymon. »Sonst würden wir das ja nicht machen. Und Karolina ist überhaupt noch nie etwas passiert. Das ist ja das Unbegreifliche«, fügte Szymon hinzu. »Louis meint, sie wäre gestürzt. Aber Karolina ist noch nie hingefallen, nicht dass ich wüsste. Sie muss gestolpert sein. Ich kann das alles gar nicht glauben.«

Valeri drückte ihm noch einmal mitfühlend die Schulter. »Dann werde mich jetzt mal mit diesem Louis unterhalten.« Er ging hinüber zu der kleinen Versammlung, wo schlagartig sämtliche Gespräche verstummten. Dort angekommen, stellte er sich kurz vor und schüttelte jedem Einzelnen die Hand.

»Ich würde gerne wissen, was Sie von dem traurigen Vorfall mitbekommen haben.«

»Annatina Steiner«, stellte sich eine Frau mit dunkelbraunen, kurzen Haaren und azurblauen Augen vor. »Ich bin ebenfalls Artistin und meine Freundin hier auch. Das ist Fanni Favelli!« Valeri warf einen Blick auf Fanni und war kurz irritiert: Sie hatte eine unglaubliche Ähnlichkeit mit seiner Frau Inés. Sie trug ihre dunklen Haare ebenfalls wild gelockt und hatte ein eher interessantes als klassisch schönes Gesicht. Die Frau weinte und wischte sich mit dem Handrücken die Tränen von den Wangen.

»Entschuldigen Sie«, sagte sie dann. »Wir haben von dem Unglück selbst gar nichts mitbekommen, aber Karolina war eine sehr enge Freundin von uns. Ich kann noch gar nicht fassen, dass sie tot sein soll«, schluchzte sie und legte den Kopf an die Schulter ihrer Freundin. Diese strich ihr mit einer zärtlichen Geste über das Haar.

»Wir waren draußen, aber wir haben die Aufregung natürlich mitbekommen, haben die Schreie gehört. Und dann sind wir auch ins Zelt …«

»Können Sie sich erklären, wie es zu dem Unglück kommen konnte?«

»Nein, wirklich nicht, ich habe nicht die geringste Ahnung«, antwortete Annatina Steiner.

»Ich schon«, mischte sich Louis, der Assistent von Karolina und Szymon, nun ein. »Ich habe alles mit angesehen. Karolina hatte ihren Hindernislauf gerade begonnen.« Er zeigte auf die Hürden, die noch in der Manege standen. »Das ist wirklich einzigartig, was sie da macht. Sie läuft … sie lief, ebenso wie ihre Tiere, selbst auch über die Hürden. Als wäre sie auch eine Raubkatze. Das ist ziemlich riskant, weil man dabei auf keinen Fall stolpern und hinfallen darf.«

»Aber anscheinend ist sie wohl doch gefallen«, warf Valeri fragend ein.

»Ja, ist sie. Ich habe es genau gesehen. Sie ist mit einem Fuß an der Hürde hängengeblieben, hat den Sprung darüber nicht geschafft und ist hingefallen. Und dann … dann nahm das Unglück seinen Lauf.«

»Ich habe da auch eine Mitschuld!« Der Mann, der bisher auf dem Fußboden gesessen hatte, erhob sich jetzt.

»Und Sie sind?«

»Levin Liskow. Ich ...« Der Mann zögerte und kniff sich mit Daumen und Zeigefinger an den Nasenrücken. »Entschuldigen Sie, können wir uns einen Moment setzen? Mir geht es nicht so gut.«

»Natürlich«, antwortete Valeri, dirigierte den Mann zur ersten Sitzreihe und ließ sich neben ihm nieder.

Eine ganze Weile saßen sie einfach nur schweigend da, bis der Mann von sich aus zu reden begann.

»Ich bin Jongleur und wollte gerade meine Nummer noch einmal proben. Denn Monte Carlo, das ist schon etwas anderes als irgendeine Vorstellung in der Provinz. Die Manege ist hier viel größer, und der Druck ist enorm. Hier werden Karrieren gemacht oder beendet. Alle haben dich im Blick. Und das ist nicht immer leicht auszuhalten.«

Der Mann war immer noch sehr blass um die Nase, und Valeri fürchtete schon, dass er gleich vom Stuhl kippen würde.

Aber dann fing er wieder an zu reden. »Ich bin ja schon ein alter Hase. War 1981 schon mal dabei. Damals habe ich sogar einen silbernen Clown gewonnen.« Bei der Erinnerung daran huschte der Hauch eines Lächelns über sein Gesicht. »Aber den habe ich nicht mehr.«

»Und warum nicht, wenn ich fragen darf?«

»Ach wissen Sie, ich wollte damals gar nicht hier auftreten. Ich mochte Festivals noch nie sonderlich. Die lassen einen von heute auf morgen um zehn Jahre altern. Das ist Stress pur. Aber dann hat der alte Denaux mich überredet. Daraufhin hab ich gesagt: Pass auf, falls ich gewinne, schenke ich dir meinen Clown. Er hat doch ein Zirkusmuseum.« Valeri nickte. Er wusste, dass Alexandre Denaux vollkommen zirkusverrückt war, hatte das besagte

Museum aber selbst noch nicht besucht. Er wollte soeben sein Bedauern darüber zum Ausdruck bringen, da fuhr Liskow schon fort.

»Denaux hat das natürlich für einen Scherz gehalten. Aber als ich dann tatsächlich gewonnen hatte, da hab ich ihm meinen Clown gleich in die Hand gedrückt. Aber es kursieren seitdem viele Gerüchte über meinen silbernen Clown. Es wird erzählt, ich hätte ihn zum Fenster hinausgeworfen, aus Wut, weil ich den goldenen nicht bekommen hätte.« Liskow lachte einmal rau. »So ein Blödsinn. Aber die Geschichte ist gut. Das waren ja sowieso noch andere Zeiten damals. Es gab kein anständiges Licht, keine richtigen Garderoben, nur ein unbeheiztes altes Zelt. Ich habe mir wollene Unterwäsche gekauft, so bitterkalt war das damals. Da war nicht alles so gut organisiert wie heute. Keiner wusste genau, wann er dran war, alles war ziemlich chaotisch. Ich weiß noch, da stand ein riesiges Podium, weil es Artisten gab, die das für ihre Nummern brauchten. Der Boden war uneben, ich bin fünf Mal gestolpert während meines Auftritts, weil irgendwo wieder ein Brett hochgekommen ist. Für einen Jongleur natürlich eine Katastrophe. Seitdem probe ich vorher in jeder Manege, damit ich jede Bodenwelle kenne, die kleinste Unebenheit, denn jeder Schritt muss sitzen, sonst verpatzen Sie alles, und dann können Sie Ihren Preis vergessen.«

»Ist der Preis denn tatsächlich so wichtig?«

»Preise sind nur dann wichtig, wenn man sie nicht bekommt«, antwortete er und lächelte matt. So langsam kehrte die Farbe in sein Gesicht zurück.

»Und deshalb waren Sie so früh schon hier?«

»Mir war einfach langweilig, deshalb habe ich Szymon in ein Gespräch verwickelt. Aber ich konnte doch nicht ahnen, dass …«

»Machen Sie sich bitte keine Vorwürfe«, sagte Valeri

und klopfte dem Mann auf die Schulter. Dabei blieb sein Blick an der Artistin hängen, die ihn so an Inés erinnerte. Sie lächelte ihm verhalten zu. Valeri fühlte sich von der Frau seltsam angezogen. Sie hatte einen ebenso eindringlichen wie verletzlichen Blick, und so erwiderte er ihr Lächeln, indem er ihr kurz zunickte, bevor er sich wieder dem Jongleur zuwandte.

»Haben Sie denn etwas von dem mitbekommen, was da drin passiert ist?«

»Nein, tut mir leid. Als Szymon nach dem Schrei ins Zelt gerannt ist, bin ich natürlich sofort hinterher und habe dann ebenfalls versucht, die Tiere durch lautes Rufen von Karolina abzulenken. Aber das ist nicht so einfach. Es dauert seine Zeit, bis man so ein ganzes Rudel wieder unter Kontrolle hat.«

»Haben Sie während Ihrer Zeit beim Zirkus schon vorher einmal etwas von Unfällen mit Raubkatzen mitbekommen?«

»Nein, ich selbst nicht. Aber es kommt wohl immer wieder mal vor. Die meisten Unfälle passieren aber eher in den Zoos, wenn die Tierpfleger nicht aufpassen. Steht ja in den Zeitungen. Aber die Pfleger arbeiten auch nicht mit den Tieren, das ist dann einfach deren Nachlässigkeit. Die vergessen dann zum Beispiel, eine Tür richtig zu schließen. Aber Sie kennen doch sicher die beiden deutschen Dompteure Siegfried und Roy. Da gab es ja auch einen Unfall, und das war knapp, einer der beiden wäre fast gestorben, und soweit ich weiß, ist er nie wieder in die Manege zurückgekehrt. Die Katzen bleiben eben Wildtiere, egal wie lange man mit ihnen arbeitet.«

Valeri nickte, dankte dem Jongleur und verabschiedete sich freundlich von ihm.

»Ich schätze, nach der Obduktion wissen wir mehr«, murmelte er im Weggehen. Er gähnte. Es war spät geworden, und morgen würde es ein langer Tag werden. Ein Tag, der hoffentlich besser werden würde als der vergangene. Zwei Leichen innerhalb von zwölf Stunden. So hatte er sich den Jahresanfang nicht vorgestellt.

13

Die tote Dompteuse war ebenfalls in die Rechtsmedizin gebracht worden, und die Kommissare warteten am nächsten Morgen in der Dienststelle auf Nikis erste Untersuchungsergebnisse, was die genaue Todesursache der Artistin sowie der Toten aus dem Hafenbecken anbelangte.

Coco hatte am Abend zuvor die vier Aktivisten aus dem Cipriani mit aufs Revier genommen und sie erkennungsdienstlich behandeln lassen. Bisher war noch keiner der vier aktenkundig geworden. Angezettelt worden war die Aktion allerdings von einer Tierschutzorganisation, über deren Aktivitäten häufig in der Presse berichtet wurde. Den Leiter dieser Organisation hatte Coco nun zu einer Befragung in die Dienststelle beordert. Den überaktiven Tierschützern aus dem Cipriani drohte eine Anzeige wegen Sachbeschädigung und Körperverletzung. Bei Letzterem ging es um Marlene Gräfin von Ebenhausen, deren eines Auge sich durch den Kontakt mit der roten Farbe entzündet hatte und die nun im Nebenzimmer auf Coco wartete.

»Guten Morgen, meine Liebe«, begrüßte Coco sie.

»Von einem guten Morgen kann nun wirklich keine Rede sein!«, echauffierte sich die Gräfin. »Schau dir nur mein Auge an! Knallrot! Ich sehe ja aus, als wäre ich auf Crystal Meth!«, entrüstete sie sich. Coco inspizierte das Gesicht ihrer alten Freundin: In der Tat sah das rechte Auge nicht gut aus. Geplatzte Äderchen durchzogen den Augapfel, und das Lid war blutunterlaufen.

»Ich habe eine handfeste Augenentzündung, das Schreiben vom Arzt habe ich dir gleich mitgebracht.« Die Gräfin wühlte in ihrer Handtasche und knallte dann das Dokument auf den Tisch. »Diese vermaledeiten Tierschützer! Ich lasse mir von denen doch nicht verbieten, meine Pelze zu tragen!«

»Setz dich doch erst mal«, sagte Coco und wies auf einen Stuhl. Sie konnte Marlenes Ärger durchaus verstehen, hatte aber grundsätzlich auch Verständnis für die Tierschützer.

»Das war wirklich eine unangenehme Situation. Und dass jemand bei so einem Auftritt verletzt wird, ist natürlich absolut inakzeptabel.«

»Das klingt nach einem Aber«, vermutete die Gräfin und funkelte Coco entrüstet an. »Sag mir jetzt nicht, dass du Sympathien für diese Tierschützer hegst. Ich kann deren Litaneien einfach nicht mehr hören!«

»Na ja …«, begann Coco.

»O nein! Diese ganze scheinheilige Pelzdebatte! Als ob wir keine anderen Sorgen hätten! Schau dir doch die Leute an: Farbbeutel schmeißen, weil jemand Pelz trägt, aber danach bei McDonalds einkehren, das habe ich gerne! Fragt hier eigentlich keiner nach den armen Rindern, die für die Hamburger getötet werden? Was? Nein, natürlich nicht, da geht es ja um unsere Nahrung! Das ist ja ganz was anderes! Da regt sich doch keiner auf. Ich bin Vegetarierin, bei mir liegt jedenfalls nicht jeden Tag ein totes Tier auf dem Teller. Und mal ganz abgesehen davon: Mein Pelz gestern war aus schlichtem Kaninchenfell, die Tierchen werden doch sowieso gegessen. Wieso darf man dann nicht auch das Fell verwenden? Das ist doch alles ausgemachter Blödsinn!«

»Ich verstehe, was du meinst, aber man könnte ja auch beides tun: weniger Fleisch essen *und* auf Pelz verzichten. Das wäre am besten für die Tiere. Oder wenigstens Kunstpelz tragen«, antwortete Coco.

»Wie bitte? Kunstpelz? Der ist nicht nur furchtbar hässlich, sondern auch katastrophal für unsere Umwelt! Acryl schadet unserem Planeten – verrottet nicht einmal. Tja, wie soll sich der Gutmensch jetzt entscheiden? Für die Tiere, für die Umwelt? Für seinen eigenen Vorteil? Es ist eben nicht immer alles schwarz oder weiß.«

Coco musste zugeben, dass sie sich bisher nie sonderlich mit diesem Reizthema beschäftigt hatte. Sie selbst besaß zwar keinen Pelzmantel, aber eine Jacke mit Fellkragen und auch eine Weste aus Kaninchenfell. Einfach weil sie es schön fand. War das ein Fehler? Wir alle sollten uns viel genauer informieren, mehr darüber nachdenken, was wir tragen, kaufen, nutzen, dachte sie und beschloss, sich später im Internet einen Überblick zu verschaffen.

»Du hast schon recht, einfach ist das alles nicht.« Sie legte Marlene das Formular für die Anzeige hin. »Du musst hier unterschreiben, dann geht das alles seinen Weg. Es tut mir so leid, dass ausgerechnet du die Leidtragende dieser verrückten Aktion geworden bist. Dabei hätte es ein so schöner Abend werden können.« Marlene stand auf und umarmte Coco.

»Du kannst doch nichts dafür. Ich bin nur froh, dass du in der Nähe warst und diese Gauner festnehmen konntest. Wer weiß, was sonst noch passiert wäre.«

Coco brachte die Gräfin noch bis zur Tür, verabschiedete sich herzlich, dann ging sie in den Vernehmungsraum, in dem Brioc Le Goff, der Leiter der Tierschutzorganisation, die für den Auftritt im Cipriani verantwortlich war, auf sie wartete. Als Coco den Raum betrat, saß der Mann bereits am Tisch und trommelte ungeduldig mit den Fingern auf der Tischplatte herum. Er trug Jeans, ein schwarzes T-Shirt und eine dunkle Bomberjacke, die ein Totenkopfsymbol auf der linken Brustseite zierte. Er war ein kräftiger Typ, fast stämmig, und seine grauen, lockigen Haare wirkten ungepflegt im Gegensatz zu seinem sehr exakt gestutzten grauen Bart. Als Coco ihm die Rechte entgegenhielt, warf er ihr einen grimmigen Blick zu und gab ihr widerwillig die Hand.

»Schön, dass Sie es so schnell einrichten konnten«, sagte er ironisch und warf demonstrativ einen Blick auf die Uhr.

»Tut mir leid, dass Sie so lange warten mussten. Aber gegen einige Mitglieder Ihrer Organisation liegt eine Anzeige wegen Körperverletzung vor. Ich habe gerade mit der Betroffenen gesprochen: Sie hat durch den Kontakt mit dem Inhalt eines der Farbbeutel eine ernstzunehmende Entzündung am Auge.«

»Was ist das schon im Vergleich zu dem, was die Tiere durchmachen müssen«, entgegnete Le Goff.

»Das mag sein, tut hier aber nichts zur Sache. Tatsache ist: Ihre Leute haben sich strafbar gemacht, Sachbeschädigung und Körperverletzung, und müssen dafür geradestehen. Ich kann Ihre Beweggründe ja durchaus nachvollziehen, aber …«

»Ach, können Sie das?«, unterbrach sie Le Goff. »Geben Sie es doch zu: Sie haben sich bis gestern nicht mal Gedanken darüber gemacht, welchen Stellenwert der Tierschutz hierzulande hat! Trotz Tierquälerei und Umweltverschmutzung ist der Pelz wieder in Mode. Pelzträger werden nicht mehr geächtet, Pelze gelten wieder als schick. Darf ich Ihnen mal ein paar Zahlen nennen?« Noch bevor Coco ihm Einhalt gebieten konnte, fing er an, ihr einen Vortrag zu halten, für den sie im Moment eigentlich gar keine Zeit hatte. »Über zehn Milliarden Euro Umsatz hat die globale Pelzindustrie gemacht, siebzig Prozent mehr als in den zehn Jahren davor. Im Norden Chinas, da stampfen sie die Nerzfarmen nur so aus dem Boden. Das Geschäft boomt, der Umsatz geht durch die Decke. Und für die Tiere dort ist es besonders schlimm: Sie fristen in kleinen Käfigen ein trauriges Dasein, und kein Gesetz der Welt schützt sie. Sie werden brutal umgebracht, wenn sie noch kein Jahr alt sind, bei lebendigem Leib wird ihnen das Fell abgezogen. Die Farmer töten nach eigenem Ermessen. Und hier in Europa ist es auch nicht viel besser: verstümmelte Tiere in verdreckten Käfigen, und dann heißt es immer: Wir sind für Tierschutz, ja, wir müssen die Käfige vergrößern, damit sie wenigstens besser leben, bevor sie krepieren. Von wegen! Das ist nicht wirtschaftlich, sagt dann die Pelzlobby, also wird auch nichts dran geändert«, dozierte er. »Und wer wird am Ende bestraft? Doch nicht etwa die Tierquäler? Nein! Wir, die Tierschützer! Ich sitze jetzt hier bei der Polizei und muss mich auch noch dafür rechtfertigen. Anstelle der schicken Ladies aus Monaco, die sich einen Scheiß darum scheren, dass sie da ein totes Tier am Körper tragen, das qualvoll gestorben ist! So sieht es nämlich aus!«

»Herr Le Goff, ich verstehe ja durchaus, was Sie meinen, aber mir sind da die Hände gebunden. So ist die Gesetzeslage nun mal. Und klar ist auch, dass Sie mit Ihren Aktionen niemandem schaden dürfen. Damit schaden Sie im Übrigen auch Ihrer eigenen Organisation.« Le Goff schnaubte nur. »Natürlich können Sie demonstrieren und Ihre Meinung sagen, aber Sie dürfen niemanden verletzen. Aber sagen Sie mal, was haben sie eigentlich vorgestern Abend gemacht?«

»Wird das jetzt ein Verhör?«

»Ich habe lediglich eine Frage gestellt.«

»Was werfen Sie mir denn vor?«

»Im gesamten Fürstentum wurden vorgestern Nacht die Plakate für das Zirkusfestival mit dem Vermerk *Abgesagt* überklebt. Stecken da vielleicht Sie dahinter?«

»Ich habe damit nichts zu tun«, antwortete Le Goff und unterstrich seine Aussage mit erhobenen Handflächen, die er ihr entgegenhielt.

»Dann können Sie mir doch wohl sagen, was Sie gemacht haben«, insistierte Coco.

»Nicht, dass Sie das etwas angehen würde, aber ich war mit einem Freund beim Abendessen. Seine Telefonnummer kann ich Ihnen gerne notieren. Fragen Sie ruhig bei ihm nach.«

»Das werde ich tun«, antwortete Coco. Sie seufzte. Der Mann war ihr irgendwie sympathisch. Er erinnerte sie an die alten Zeiten, als sie selbst noch für ihre Ideale gekämpft hatte und zu Demonstrationen gegangen war. Ihr gefiel es, wenn jemand ein klares Ziel vor Augen hatte. Nur hatte sie als Polizistin einfach keine Zeit mehr für solche Aktionen und stand, wie sie mit Bedauern feststellte, durch ihren Job quasi immer auf der anderen Seite.

Nachdem sie Le Goff hinausbegleitet hatte, lief sie auf dem Flur Valeri in die Arme, der gerade einen älteren Herrn zur Tür brachte.

»Ach, Coco«, rief er. »Darf ich Ihnen Alexandre Denaux vorstellen? Er leitet das Zirkusfestival. Er hat wegen der überklebten Zirkusplakate Anzeige erstattet.« Coco schüttelte Denaux die Hand.

»Ich habe gerade den Leiter der Tierschutzorganisation dazu befragt. Er streitet ab, etwas damit zu tun zu haben. Haben die Aufnahmen von der Videoüberwachung irgendetwas ergeben?«

»Leider nein!«, seufzte Valeri. »Man sieht zwar eine Gruppe von fünf Leuten darauf, aber die tragen alle dunkle Kleidung und Sturmhauben. Sie kamen wohlweislich zu Fuß über den Hafen von Cap-d'Ail, so dass wir auch kein Autokennzeichen haben, mit dem wir sie drankriegen könnten.«

»Das machen die nicht zum ersten Mal«, sagte Denaux verärgert. »In diesem Jahr ist es wirklich extrem, und jetzt noch dieser tragische Unfall!«

»Ja«, sagte Coco. »Die Sache mit der Artistin tut mir wahnsinnig leid. Schrecklich, was da passiert ist!« Nachdem sie sich von Alexandre Denaux verabschiedet hatten, brachten sich Coco und Valeri kurz gegenseitig auf den neuesten Stand, was die Ermittlungen anging.

»Zwei Unfälle in zwei Tagen. Schön ist das nicht«, sagte Valeri.

»Wenn es denn Unfälle waren«, entgegnete Coco trocken. »Wir müssen endlich mit Niki über die Obduktionsergebnisse reden, sonst kommen wir nicht weiter.« Sie marschierten gerade in Richtung Fahrstuhl, als ihnen der Chef der Sûreté, Kylian Levèvre, entgegenkam.

»In mein Büro! Tout de suite!«, blaffte er sie an. Valeri warf Coco einen entnervten Blick zu. Levèvre war groß, schlank, achtete penibel auf sein Aussehen und trug ausschließlich Hemden mit Manschettenknöpfen. Er hatte die Leitung der Sûreté publique relativ unerwartet übernommen. Nach einer klassischen Polizeiausbildung und einigen Jahren beim französischen Inlandsnachrichtendienst, wo er Terroristen observiert und gegen sie ermittelt hatte, war er schließlich in Marseille als Leiter der Abteilung für Drogenkriminalität gelandet. Seine Schwerpunkte: Waffenhandel, Drogen und Spionage, nicht gerade das, was in Monaco auf der Tagesordnung stand. Aber mit seinem neuen Sicherheitskonzept und dem Einsatz von verstärkter Kameraüberwachung hatte er die Verantwortlichen im Fürstentum offenbar überzeugt. Coco war sich immer noch nicht sicher, was sie von ihm halten sollte.

Nachdem sie Levèvres Büro betreten hatten, knallte der Chef eine Tageszeitung auf den Tisch.

»Der Todesfelsen!«, zitierte er höhnisch. »Schon wieder eine Tote in Monaco! Was sagen Sie dazu?« Valeri nahm die Zeitung zur Hand und überflog den Leitartikel.

»Sie wollte nur die berühmten Skulpturen von Damien

Hirst betrachten, doch die Terrasse des Ozeanographischen Museums wurde der jungen Frau zum Verhängnis. Kopfüber stürzte die Schöne in den Tod. Knapp einhundert Meter freier Fall, dann endete das Luxusleben der Society-Lady in den tiefen Wassern der Côte d'Azur. Manche Frauen leben offenbar gefährlich im Fürstentum: Nach dem gewaltsamen Tod der Gattin eines Formel-1-Fahrers hat es jetzt die nächste schöne Frau erwischt. Steht das Fürstentum unter einem Todesstern? Monaco, der sicherste Staat der Welt – nur ein Mythos?«, las Valeri vor. »Das ist doch …«

»Völlig daneben ist das!«, unterbrach ihn Levèvre. »Hier wird unsere Kompetenz angezweifelt. Wissen Sie, was das bedeutet?« Levèvre wischte sich mit einem Stofftaschentuch den Schweiß von der Stirn.

»Nun, ich habe den Artikel schließlich nicht geschrieben«, entgegnete Valeri trocken.

»Ich bin nicht zum Scherzen aufgelegt. Die Frage ist doch, mit wem Sie geredet haben. Irgendwoher müssen diese Zeitungsleute ihre Informationen ja haben!«

»Ganz sicher nicht von uns! Ich rede bekanntlich nicht mit Journalisten, wie Sie ja wissen«, entgegnete Valeri. Auch Coco schüttelte den Kopf, um zu bekunden, dass sie ebenfalls nicht mit der Presse gesprochen hatte.

»Haben Sie nicht eine Tochter, die Journalistin ist?«, sagte Levèvre giftig.

»Ich wüsste nicht, was das mit unseren Ermittlungen zu tun hätte«, erwiderte Valeri verärgert. »Meine Tochter ist in Paris und … ach, was rechtfertige ich mich eigentlich? Sind Sie fertig?«

»Nein, bin ich nicht. Wieso tun diese Aasgeier eigentlich so, als wäre das Ozeanographische Museum ein gefährlicher Ort oder als würde es sich in diesem Fall sogar um ein Verbrechen handeln? Ich dachte, das war ein Selbstmord?« Provozierend sah er Valeri und Coco an.

»Das wissen wir noch nicht. Wir sind gerade auf dem Weg in die Rechtsmedizin, um die Ergebnisse der Obduktion zu erfahren.«

»Ich will, dass wir so schnell wie möglich eine Pressemitteilung herausgeben, mit dem Inhalt, dass zu keinem Zeitpunkt eine Gefahr für die Besucher des Museums bestanden hat oder besteht. Und bei dem Vorfall im Zirkus waren die Tiere die Schuldigen. Sind wir da einer Meinung? Formel 1, Yachtshow, Filmfest: Die großen Events stehen alle kurz bevor, und ich habe keine Lust zu erleben, dass durch diese unschönen Ereignisse der Ruf des Fürstentums in Gefahr gerät. Haben Sie mich verstanden?« Levèvre fuhr sich mit beiden Händen durch die Haare, wobei die Ärmel seines Sakkos nach oben rutschten, so dass Coco einen Blick auf die Manschettenknöpfe ihres Chefs erhaschen konnte: BUY LOW, SELL HIGH stand auf den viereckigen, goldglänzenden Knöpfen, die mit eingravierten Kurven des Aktien-Index verziert waren. Coco grinste. Der Chef ist sich auch für nichts zu blöd, dachte sie.

»Wir halten Sie selbstverständlich auf dem Laufenden, wir müssen jetzt in die Rechtsmedizin. Wenn Sie uns entschuldigen würden«, sagte Valeri und wandte sich zum Gehen. »Haben Sie seine Manschettenknöpfe gesehen?«, fragte er auf dem Weg zum Aufzug und verdrehte die Augen.

»Allerdings. Die ganze Börse hängt davon ab, ob es mehr Aktien als Idioten gibt oder umgekehrt«, antwortete Coco. »Hat, glaube ich, André Kostolany gesagt.«

14

Alexandre Denaux stand auf dem kleinen Balkon im ersten Stock seines Hauses und blickte hinüber auf das kleine Bergdörfchen Peillon, das direkt gegenüber auf einem Felsvorsprung lag und von einer tiefen Schlucht umgeben war. Vor Jahren hatte er noch selbst in einem der schmalen Häuser in den verwinkelten Gassen gewohnt, die zum Teil nur durch ein paar steile, enge Treppen miteinander verbunden waren. Doch mit zunehmendem Alter war ihm der Aufstieg auf 720 Höhenmeter zu anstrengend geworden. Außerdem hatte es in seinem alten Häuschen dort einfach viel zu wenig Platz für seine riesige Sammlung von Zirkusrequisiten gegeben, die er mit großer Leidenschaft und Akribie aus aller Welt zusammengetragen hatte. Daher war er in ein zweistöckiges Haus an der Ortseinfahrt gezogen, das sehr viel leichter zu erreichen war, von dem aus er aber dennoch in wenigen Minuten den Parkplatz am Fuße des alten Dorfkerns erreichen konnte. Manchmal nahm er sich die Zeit und stieg die vielen Stufen hinauf, um auf der Bank vor der kleinen Kirche Platz zu nehmen. Von dort oben konnte er auf sein jetziges Haus blicken und die Ruhe genießen. Das Dorf lag etwa 30 Kilometer von Monaco entfernt abgelegen in den Bergen, so dass es von den Touristenströmen, die die Côte d'Azur im Sommer überschwemmten, bislang zum Glück verschont geblieben war. Die Fahrt mit dem Auto auf der schmalen und engen Serpentinenstraße war beschwerlich und dauerte verhältnismäßig lange, so dass nur wenige Besucher den Weg in das mittelalterliche Örtchen fanden. Ab und zu pausierten ein paar Wanderer in Peillon, die auf der Via Alpina, dem grenzüberschreitenden Wanderweg von Triest nach Monaco, unterwegs waren, um sich an dem stets sprudelnden Brunnen aus dem Jahr 1800 zu erfrischen. So war es, wenn man am Nachmittag in Richtung Kirche nach oben stieg, in aller Regel absolut still. Man konnte dann fast den Eindruck bekommen, das Dorf sei völlig verlassen.

Denaux warf vom Balkon aus noch einen letzten Blick auf den kleinen Parkplatz, auf dem auch sein eigener Wagen geparkt war, bemerkte aber nicht, dass dort unter anderem auch ein ortsfremdes Fahrzeug in einer der Parkbuchten stand, in dem jemand saß und ihn schon seit einer ganzen Weile beobachtete. Nichtsahnend kehrte er ins Haus zurück und schloss die Läden hinter sich. Das ungute Gefühl, das ihn tagelang in Monaco begleitet hatte, war verflogen. Hier in seinem Zuhause fühlte er sich sicher, und er verschwendete keinen Gedanken an die Sorgen, die er sich zuvor noch gemacht hatte. Er nahm seinen kleinen Koffer, den er für die kommenden Tage gepackt hatte, und trug ihn die Treppe hinunter in den Flur. Während des Zirkusfestivals würde er ein Zimmer im Hotel Columbus beziehen, da ihm die knapp einstündige Fahrt vom Fürstentum nach Peillon zu lang war, um sie jeden Tag zurückzulegen. Erst recht nach den Abendvorstellungen, die mehr als vier Stunden dauerten und damit weit in die Nacht hineinreichten. Da war es ihm lieber, gegen ein Uhr früh nur die paar Schritte durch den Rosengarten zum Hotel hinüberzulaufen und im Idealfall noch mit dem einen oder anderen Artisten ein Getränk an der Bar einzunehmen und über Gott und die Welt zu parlieren. Alexandre Denaux sah auf die Uhr: Es war noch früh, gerade acht Uhr durch, er hatte noch genügend Zeit, bis die nächste Pressekonferenz im Hotel Columbus stattfinden würde. Mit halbem Ohr vernahm er das Brummen eines Autos, das an seinem Haus vorbeifuhr, Sekunden später verstummte es, danach war es wieder beinahe totenstill. Er sah sich noch einmal im Wohnzimmer um, kontrollierte, ob er auch nichts vergessen hatte, dann griff er nach dem Lederkoffer und trug ihn zur Haustür. Er trat zwei Schritte bis unter das Vordach hinaus, das von zwei hellgelben steinernen Säulen getragen wurde, als er plötzlich von der Seite gepackt und ihm etwas über den Kopf gezogen wurde. Zu überrumpelt, um aufzuschreien oder sich zu wehren, ließ er den Angriff über sich ergehen, und schon Sekunden später, als er begriff, dass er gerade überfallen worden war, hatte ihm jemand die Hände hinter dem Rücken zusammengebunden und ihn in ein Auto gestoßen. Auf Wellblech liegend konnte er sich denken, dass er in einem Kastenwagen transportiert wurde. Die rasante Fahrt durch die engen Haarnadelkurven, die er kannte wie seine Westentasche, warf ihn gnadenlos hin und her.

»He! Was haben Sie mit mir vor?«, brüllte er durch den groben Stoff des Sackes hindurch, den man ihm über den Kopf gestülpt hatte, doch er bekam keine Antwort.

Es gibt viele Fotos in dem alten Album, etliche davon zeigen den Vater. Seine Gedanken kreisen jeden Morgen nur um die eine Frage: Wie viele Zuschauer werden heute kommen? Denn wenn es keine Zuschauer gibt, gibt es auch kein Geld. An schlechten Tagen kommen nur zwei Handvoll Menschen, dann wird die Vorstellung abgesagt. Gerade an neuen Spielorten ist die Stimmung angespannt. Die Erwachsenen starren auf das Telefon des Kartenvorverkaufs und warten darauf, dass es klingelt. Klingelt es nur selten, wird es aller Voraussicht nach ein schlechter Nachmittag. Auf ihnen allen lastet ein großer Druck, auch auf den Kindern. Sie müssen mit anpacken, mithelfen, so gut es nur irgendwie geht.

Das nächste Foto zeigt die Kinder im Imbisswagen: Einer der

Brüder hat die Mundwinkel nach unten gezogen, er wirkt nicht besonders glücklich. Wahrscheinlich hätte er lieber, wie andere in seinem Alter, am Nachmittag Musik gehört, im Schwimmbad gefaulenzt oder ein Eis gegessen. Doch dafür bleibt keine Zeit, die Show muss ja weitergehen. Einer der Jungs hat sich bei einem Auftritt den Fuß gebrochen. Trotzdem muss er hinter dem Tresen sitzen und Popcorn verkaufen, den Schmerzen zum Trotz. Die anderen Kinder treten auf, gemeinsam mit dem Vater. Der Blick auf dieses Bild weckt Erinnerungen: Wie groß ihre Träume damals waren, die Träume davon, als Artisten einmal richtig berühmt zu werden! Doch davor kommt das Training, über Stunden, Tage, Wochen, Monate, manchmal sogar Jahre. Sie alle wollen dem Vater gefallen, jeder will der Beste sein. Ob als Hochseilartist, Jongleur, Trapezkünstler oder Dompteur, schon damals ist der Konkurrenzdruck spürbar, sogar in der eigenen Familie.

15

Valeri und Coco bestiegen einen der kleinen Dienstwagen und machten sich auf den Weg zum Friedhof von Monaco, auf dessen Gelände sich das Athanée, die Leichenhalle, befand, in der Niki, der Rechtsmediziner, derzeit tätig war. Das Fürstentum von Monaco verfügte nicht über eine eigene Abteilung für Rechtsmedizin, so dass in dringenden Fällen ein Kollege aus Nizza angefordert werden musste. Allzu oft war das nicht der Fall, da man die unnatürlichen Todesfälle in Monaco sozusagen an den Fingern einer Hand abzählen konnte. Valeri war heilfroh, dass es diese Möglichkeit gab und sie die Toten nicht bis nach Nizza bringen mussten. Von der Sûreté publique war es nur ein knapper Kilometer bis zum Athanée, und Valeri lenkte den kleinen Wagen flott über den Boulevard Rainier III und den Boulevard de Belgique am Jardin exotique de Monaco vorbei. Er warf einen kurzen Blick auf den exotischen Garten, und eine plötzliche Erinnerung versetzte ihm einen Stich: Seine Frau Inés und er hatten ein Faible für besondere Gärten, hatten sich einst sogar im Jardin Albert 1er zwischen der Promenade de Anglais und der Place Masséna in Nizza kennengelernt. Das war während ihrer Studienzeit in der Universitätsstadt gewesen. Valeri hatte, während er durch den Park geschlendert war, in seinen Unterlagen geblättert und war über eine Baumwurzel gestolpert. Inés, die ihm entgegengekommen war, hatte sich kaputtgelacht und dann zu ihm gesagt: »Wenn du deine Augen nicht gebrauchst, um zu sehen, wirst du sie brauchen, um zu weinen!« So waren sie ins Gespräch gekommen und hatten später an der Fontaine de Tritones, dem Tritonenbrunnen, gesessen und sich mit der griechischen Mythologie beschäftigt. Schon damals war Inés fest davon überzeugt gewesen, irgendwann eine erfolgreiche Schriftstellerin zu werden. Und Valeri hatte sich sofort in sie verliebt. Er seufzte und warf einen letzten Blick auf den Jardin exotique, dann trat er aufs Gaspedal und schoss durch den Tunnel unter dem Krankenhaus auf die Avenue Pasteur und parkte den Wagen oberhalb des Friedhofs von Monaco direkt neben den Leichenwagen vor dem Athanée.

Es war ein herrlicher Tag, die Sonne strahlte vom Himmel, und die Sicht war so klar, dass Valeri an der Brüstung oberhalb der Gräber einen Moment lang stehen blieb und in die Ferne blickte. Er dachte an seinen Zwillingsbruder, den er durch einen tragischen Autounfall verloren hatte und der dort unten begraben war. Ein Verlust, den er bis heute nicht verwunden hatte. Auch wenn dieses furchtbare Ereignis schon Jahrzehnte her war, fühlte es sich doch immer noch so an, als ob ein Teil von ihm selbst nicht mehr da wäre. Coco stellte sich neben ihren Kollegen und lehnte sich ebenfalls auf die Brüstung.

»Kommen Sie oft hierher?«, fragte sie dann leise.

»Nein. Eigentlich nicht. Ich habe nicht das Gefühl, dass es mir hilft.« Valeri strich sich mit der Hand durch die grauen Haare. »Verstehen Sie mich nicht falsch, ich liebe diesen Friedhof und bin wegen der Stille gerne hier, zum Nachdenken oder um zur Ruhe zu kommen. Ich mag die Friedhöfe bei uns im Süden sehr, sie sind mit so viel Liebe gestaltet und geschmückt.« Dabei wies er in Richtung der Gräber, die sich in Reih und Glied unter ihnen befanden: ein Kreuz neben dem anderen, schön geschwungene Inschriften auf den Grabplatten, darauf Fotos der Verstorbenen, bunte Blumensträuße und dekorative Figuren. Zwischen den Gräbern standen schlanke Kakteen oder Zypressen, die in den blauen Himmel ragten und über deren Spitzen hinweg man das knallblaue Meer sehen konnte. Die letzte Ruhe mit Meerblick. Dieser Friedhof hatte durch seine morbide Schönheit eine ganz eigene Atmosphäre, und von ihm ging, trotz der traurigen Geschichten, die hinter jedem der Todesfälle steckten, eine große Ruhe aus. »Ich komme gerne her, aber dass der Besuch mich meinem verstorbenen Bruder näherbringt, das Gefühl habe ich nicht.«

»Ich weiß, was Sie meinen«, antwortete Coco und spürte seit langer Zeit wieder einen Moment der Nähe zwischen ihnen beiden. Sie hatte den Eindruck, dass sie eigentlich gar nicht so verschieden waren, aber Valeri hatte sich, seit er von seiner Frau getrennt lebte, wieder in sein Schneckenhaus zurückgezogen, ganz so wie zu Beginn ihrer gemeinsamen Arbeit.

»Und Sie? Gehen Sie oft auf den Friedhof?«, fragte Valeri. Coco dachte an ihre tot geborene Tochter und den Schmerz, den vermutlich kein Mensch, der nicht Ähnliches erlebt hatte, würde nachvollziehen können. Ihr Exmann André und sie hatten entschieden, ihr verlorenes Kind auf dem Friedhof von Toulouse zu begraben. Wenn Coco ehrlich war, war es allerdings eher ihr Wunsch gewesen als der von André. Auch wenn er es nie ausgesprochen hatte, hatte er ihr doch das Gefühl gegeben, dass er es etwas übertrieben fand, ein Kind zu beerdigen, das nie gelebt hatte. Doch für Coco war es eine Möglichkeit gewesen, Abschied zu nehmen, sie hatte so einen Ort, an dem sie trauern konnte.

Coco dachte an ihren gemeinsam gelösten letzten Fall zurück: Auch damals war ein Kind gestorben oder vielmehr brutal getötet und zu Grabe getragen worden. Nach der Beerdigung, an der sie beide teilgenommen hatten, war Coco fast in Tränen ausgebrochen, und sie hatte Valeri von ihrer Geschichte, ihrer Vergangenheit erzählt. Und auch Valeri hatte sich daraufhin geöffnet und einen Teil seiner tragischen Familiengeschichte preisgegeben. Und obwohl sie beide nie mehr darauf zu sprechen gekommen waren, gab es seitdem doch so eine Art unsichtbares Band zwischen ihnen, auch wenn beide sich im Alltag oft so aufführten, als hätten sie nichts Besseres zu tun, als ihr Verständnis und ihre Sympathie für den jeweils anderen möglichst zu verbergen.

»Ich war früher häufig am Grab meiner Tochter«, sagte Coco. »Aber das liegt ja in Toulouse. Das ist weit weg. Ich gehe an ihrem Todestag dorthin. Aber sonst nicht. Es ist ja auch nicht so, dass sie noch dort wäre. Es sind ja nur unsere sterblichen Überreste, unsere Hüllen, die unter der Erde liegen. Die Seelen der Verstorbenen sind doch längst ganz woanders. Ich habe meine Kleine im Kopf und im Herzen.« Valeri nickte, dann drehte er sich um.

»Wollen wir?« Coco folgte ihm in den Eingangsbereich des Athanées, wo ihnen Niki, der Rechtsmediziner, schon aus einem der beiden Flure entgegenkam. Er winkte ihnen zu und bedeutete ihnen, ihm in den Obduktionssaal zu folgen, wo die tote Dompteuse auf einem der Metalltische lag. Coco warf nur einen kurzen Blick auf die Frau. Auch nach all den Jahren bei der Polizei konnte sie den Anblick von Toten schlecht ertragen. Es hatte doch etwas Entwürdigendes, dort so ganz nackt und ungeschützt auf dem kalten Stahl zu liegen, angestrahlt von unbarmherzig grellem Licht, mit aufgesägter Schädeldecke und geöffnetem Thorax. Zwei junge Kolleginnen von Niki, vermutlich Studentinnen, waren noch mit dem Leichnam beschäftigt. Die eine wrang einen blutgetränkten Schwamm über dem Waschbecken aus, die andere schloss, nachdem sie alle entnommenen Organe mit einem beherzten Griff in die Bauchhöhle verfrachtet hatte, die Thoraxnaht des pathologischen Schnittes mit groben Stichen. Dann griff sie nach einem Schlauch und spülte den gesamten Körper ab. Hellrotes Wasser lief nun unter der Leiche hervor und ergoss sich in den Abfluss im Fußboden. Danach packten beide Frauen gemeinsam die Tote jeweils an Schultern und Beinen und hievten sie vom Obduktionstisch auf eine Rollbahre. Der Kopf der Toten landete dabei mit einem dumpfen Laut auf dem Stahl. Als die junge Frau Cocos entsetzten Blick bemerkte, zuckte sie entschuldigend die Schultern.

»Sie spürt es ja nicht mehr«, sagte sie achselzuckend. »Und, was macht Serge?«, fragte sie sodann ihre Kollegin, als wäre es das Normalste der Welt, ein bisschen zu plaudern, während man einen toten Menschen vor sich hatte.

»Seid ihr jetzt fertig?«, fragte Valeri nun Niki, der in seinen Unterlagen geblättert hatte, jetzt aber an die tote Frau herantrat.

»Yep. War gut in Form, keine Krankheiten, schlank, im besten Alter. Hat ihr aber auch nichts genützt. Der Doktor im Zirkus hat die Situation richtig eingeschätzt: Die Frau wurde per Fangbiss getötet. So machen Raubkatzen das. Die Fixierspuren hier«, Niki zeigte auf die Abschürfungen am Hals, »die sind nicht tödlich gewesen. Mit den Pranken packen die Katzen ihre Beute nur. Tödlich war ein einziger Biss in den Nacken, der die großen Halsgefäße durchtrennt hat.«

»Hast du so etwas schon häufiger gesehen?«, fragte Coco.

»Kommt immer mal wieder vor. Das letzte Mal hatte ich eine Tierpflegerin aus dem Zoo auf dem Tisch. Das Problem ist meistens der Mensch. Routine macht blind, und so kommt es zu Unfällen. Das war damals auch so, da hat ein Löwe angegriffen. Die Gehegetür war offenbar nicht richtig geschlossen worden, und die Tierpflegerin hat nicht gemerkt, dass das Tier in der Nähe war – und das war es dann. Im Zirkus passiert das seltener, da sind immer Menschen in der Nähe, die im Notfall eingreifen. Aber in diesem Fall ging es einfach zu schnell. Die Wildkatze hat sie von hinten angegriffen, als sie auf dem Boden lag.«

»Die Frau ist gestürzt«, unterbrach ihn Valeri.

»Ja, und wenn du am Boden liegst, wirst du automatisch zur Beute für das Raubtier.«

»Also ein tragischer Unfall?«

»Denke schon.« Niki hielt inne. »Ich habe jedenfalls bislang nichts Gegenteiliges entdecken können.«

»Gut.« Valeri nickte. »Was hast du bei der Toten aus dem Hafenbecken herausgefunden?«

»Ihr habt die Leiche ja gesehen. Von außen war nicht viel zu erkennen, nur ein paar Abschürfungen. Aber innen war alles kaputt: Sie hatte etliche Knochenbrüche, einen Organabriss, kaputte Gefäße, Knochenmark in der Blutbahn und so weiter und so fort. Das bedeutet: Sie muss tatsächlich vom Museum aus abgestürzt sein und ist auf dem Felsen unten aufgeschlagen. Das habe ich anhand der Proben, die die Kollegen von der Spurensicherung genommen haben, zweifelsfrei feststellen können. Unten am Felsen gab es Blutspuren durch die Quetsch-Riss-Wunden und Abschürfungen.«

»Hat sie noch gelebt, oder könnte sie auch schon tot gewesen sein, als sie da runtergestürzt ist?«

»Könnte schon. War sie aber nicht. Ich habe noch Vitalitätszeichen gefunden, Bluteinatmungsherde in der Lunge. Will sagen: Obwohl sie nach dem Aufprall praktisch mausetot war, hat sie trotzdem noch ein bis zwei Atemzüge getan, obwohl das Gehirn bereits zerschmettert war. Das System sendet nämlich rein reflektorisch noch den Befehl an die Lunge, weiterzuatmen. Und wenn die Lunge zum Beispiel durch die Rippen perforiert worden ist, atmet man Blut ein. Und das habe ich gefunden. Also, sie hat ganz sicher noch gelebt, kurz bevor sie auf den Felsen aufgeschlagen ist.«

»Aber sie ist nicht ertrunken?«

»Nein. Dafür gäbe es andere Anzeichen. Ich will euch nicht mit Einzelheiten langweilen, nur so viel: kein Schaumpilz vor dem Mund, keine Paltauf'schen Flecken und auch keine Kieselalgen im Körper. Die würde man nämlich finden, wenn jemand Wasser verschluckt oder eingeatmet hat. Todesursache hier ganz klar: Polytrauma durch den harten Aufprall. Den Rest habe ich ja schon am Fundort der Leiche ganz richtig gefolgert: Sie war noch nicht lange tot, der Tod muss so kurz nach Mitternacht eingetreten sein, wie gesagt, der Körper hatte sich der Wassertemperatur noch nicht angepasst, und die Tabelle nach Reh sagt mir daher, dass sie nicht lange im Wasser gelegen hat.«

»Kannst du uns sagen, ob sie gesprungen ist?«, fragte Coco.

»Tja, das ist die große Frage. Ich sag's mal so: Bisher sieht alles danach aus. Zumindest scheint es keinen Kampf gegeben zu haben oder besser gesagt: Ich habe keinen Grund, das anzunehmen. Denn wenn jemand eine andere Person hart anpackt beziehungsweise richtig festhält, gibt es streifige Einblutungen, zum Beispiel an den Fußgelenken. Stellen wir uns das mal bildlich vor: Sie steht da, an die Mauer gelehnt, dann packst du sie an den Füßen und hievst sie über die Brüstung. Wäre zumindest eine Möglichkeit. Aber dafür brauchst du Kraft und musst richtig zupacken. Das gibt Fixierspuren. Die habe ich aber nicht gefunden. Und bei einem Suizid passiert meist Folgendes: Die Leutchen springen in der Regel nicht kopfüber, das machen nur Psychotiker oder Menschen, die glauben, sie könnten fliegen. Stattdessen machen unsere Selbstmordkandidaten einen großen Schritt ins Leere und schlagen dann mit dem Rücken oder Gesäß voran auf und sind entsprechend schwer verletzt, wenn sie gefunden werden. Das würde ja hier ins Bild passen. Auf der anderen Seite sind das ja um die siebzig Meter freier Fall, da kann sich ein Körper natürlich auch drehen, tja, und dann sind wir so schlau wie vorher.« Valeri nickte und ging ein paar Schritte auf und ab.

»DNA?«

»Von einer anderen Person, meinst du? Nein. Aber die Tote lag ja einige Stunden im Wasser, da wird alles abgewaschen, das kannst du vergessen.«

»Bon. Dann gehen wir erst mal von einem Selbstmord aus. Das wird dem Chef gefallen«, sagte Valeri und schüttelte den Kopf. »Der hat mal wieder nur unsere Außenwirkung im Kopf. Will auf keinen Fall, dass es schlechte Presse gibt. Weder eine unsichere Dachterrasse, noch ein Mord würden ihm da in den Kram passen.«

»Kann ich verstehen. Allerdings gibt es da noch eine Tatsache, die gegen einen Selbstmord spricht … oder dafür. Wie man es nimmt.« Niki machte eine bedeutungsvolle Pause.

»Und das wäre?«

»Die Frau war schwanger.«

16

Zurück in der Dienststelle wurden Valeri und Coco schon von ihrer Assistentin Noelle erwartet, die gerade eine kleine, hilflos in der Luft zappelnde Nacktmaus am Schwanz in die Höhe hielt. Coco verzog das Gesicht.

»Raubtierfütterung?« Noelle nickte. Die Assistentin, die studierte Biologin war, hatte immer noch ein Faible für die Flora und Fauna und hielt in einem großen Terrarium im Büro eine Vogelspinne, die auf den klangvollen Namen Rudolphe hörte. Valeri, der Menschen mochte, die etwas eigen waren, hatte ihr dieses kleine Hobby gestattet, obwohl er die haarigen Achtbeiner verabscheute.

»Hätten Sie dem kleinen Monster nicht einfach ein paar Insekten geben können? Warum muss es denn so eine arme, niedliche Maus sein?«, fragte er grummelig.

»Mäuse haben den höchsten Nährwert. Ich weiß aber im Moment gar nicht, ob sich Rudolphe dazu herablassen wird, das Futter anzurühren.«

»Ach so?«, grinste Valeri. »Der gute Rudolphe ist also auch noch wählerisch. Ein Feinschmecker aus der Familie der Theraphosidae.«

»Respekt! Sie kennen sich aus.« Noelle nickte beeindruckt.

»Latein als Fremdsprache. Mal abgesehen von ihrem lateinischen Namen weiß ich allerdings so gut wie nichts über diese zauberhaften Tierchen.«

»Richtig. Sonst wüssten Sie nämlich, dass Rudolphe keineswegs wählerisch ist. Vogelspinnen schlafen normalerweise tagsüber, aber mein Kumpel hat mir das Mäuschen gerade erst vorbeigebracht, und nun bekommt Rudolphe es eben jetzt. Und immerhin: Vogelspinnen lieben es, wenn die Beute noch lebt.«

»Haben Sie denn gar kein Mitleid mit der Maus?«, wunderte sich Coco.

»Ach was! Das ist doch der Kreislauf des Lebens: fressen und gefressen werden. So ist das nun mal. Das wäre draußen in der Natur ja auch nicht anders. Und mal abgesehen davon: Warum machen Sie denn einen Unterschied zwischen Mäusen und Insekten? Hummeln und Schmetterlinge sind doch auch ganz putzig. Aber ich bringe nächstes Mal gerne ein Schälchen Schaben mit. Davon kann, wer möchte, gerne ein bisschen naschen. Die haben einen ziemlich hohen Eiweißgehalt.« Noelle lachte und ließ die Maus in das Terrarium fallen. Das Tier krabbelte einen Moment lang ahnungslos im Revier der Spinne herum, schnupperte sogar kurz an den Füßen des achtbeinigen Ungeheuers. Dann plötzlich schoss die Spinne vorwärts und fiel über die Maus her. Das Nagetier zappelte noch ein paar Sekunden lang, bevor das betäubende Gift der Spinne zu wirken begann. Coco wandte sich angewidert ab und schüttelte sich.

»Mir tut die Maus trotzdem leid«, sagte sie zu Noelle.

»Ist ja schön, dass Sie sich so für Tiere einsetzen. Apropos Tierschutz …« Noelle winkte Coco und Valeri zu sich auf die andere Seite des Schreibtisches und zeigte auf den Bildschirm ihres PCs. »Die Organisation von Le Goff hat den Unfall im Zirkus ziemlich ausgeschlachtet. Sehen Sie mal hier.« Auf dem Bildschirm erschien ein Online-Artikel der Tierschutzorganisation: *Wildtiere raus aus dem Zirkus – die Raubkatzen in der Manege sind alle verhaltensgestört!*, lautete die Headline. *Die nicht artgerechte Haltung in viel zu kleinen Gehegen führt dazu, dass die Tiere außergewöhnlich aggressive Verhaltensweisen an den Tag legen. Tödliche Un-*

fälle sind daher vorprogrammiert. Die Großkatzen leiden extrem unter der Gefangenschaft und müssen raus aus der Manege. Wir fordern deshalb ein sofortiges Verbot der Haltung und Dressur von Wildtieren im Zirkus. Noelle scrollte noch ein Stück hinunter. »Hier können die Leser sich in eine Liste von Unterstützern eintragen. Außerdem fordern die Tierschützer dazu auf, gegen das Festival zu protestieren. Ich schätze, wir werden noch eine ganze Weile lang mit den Aktivisten zu tun haben.«

»Zut! Als ob wir sonst keine Sorgen hätten«, echauffierte sich Valeri. »Was die Tote im Hafen angeht, gibt es auch noch nichts Neues. Haben Sie schon herausgefunden, wer alles zur Eröffnung der Ausstellung eingeladen war?«

»Jein.« Noelle griff nach einem Papierstapel, der auf ihrem Schreibtisch lag. »Hier. Das sind die Leute, die eine Einladung bekommen und zugesagt haben. Allerdings können wir nicht mit Sicherheit sagen, wer tatsächlich hingegangen ist. Vor dem Museum gibt es natürlich Kameras, da müssten Sie mal mit Alain sprechen, er hat die Aufnahmen für Sie bereits herausgefiltert.«

»Damit wissen wir noch lange nicht, wer von denen oben auf der Terrasse war beziehungsweise wer genau sich in der Nähe von Freya Olsson aufgehalten hat. Zumal der Bereich, von dem aus sie abgestürzt ist, in einem toten Winkel liegt.«

»Ja, das ist richtig. Es gibt eine Kamera im Hafen von Fontvieille, die in die Richtung zeigt, aber die hat keinen Zoom auf das Museum, da sieht man nicht viel.«

»Vielleicht war es ja doch ein Suizid«, sagte Valeri grübelnd.

»Aber bringt man sich um, wenn man schwanger ist?«, fragte Noelle.

»Vielleicht gerade deshalb. Offenbar hatte Freya Olsson keinen festen Partner, war nicht besonders glücklich, hatte Probleme, sich hier in Monaco zurechtzufinden. Außerdem hatte sie ein Alkoholproblem«, sagte Coco.

»Was Sie nicht sagen«, bemerkte Valeri sarkastisch. »Und woher wissen Sie das alles?«

»Na ja, ich hab mich halt ein bisschen umgehört«, erwiderte Coco. »Gehört ja schließlich zu meinem Job.«

Noch bevor er weiter nachhaken konnte, sagte Noelle: »Ach übrigens, Monsieur le Commissaire, in Ihrem Büro wartet ein Freund der Toten. Er wollte unbedingt mit Ihnen reden. Vielleicht kann der ja etwas zur Aufklärung des Falls beitragen. Und: Der Chef gibt später eine Presseerklärung ab.« Valeri runzelte die Stirn. Das hatte ihm gerade noch gefehlt. Hoffentlich hatte Levèvre nicht vor, ihn dazu antanzen zu lassen.

»Danke, Noelle.« Er steckte sich die Gästeliste, die Noelle ihm gereicht hatte, in die Innentasche seines Jacketts und ging mit Coco in sein Büro, in dem der Freund der toten Freya Olsson wartete.

»Na endlich!« Der Mann sprang von seinem Stuhl auf und streckte Valeri zur Begrüßung seine Rechte entgegen. »Svend-Age Pettersson. Wie weit sind Sie mit Ihren Ermittlungen in dem Mordfall?«, kam er direkt auf den Punkt.

»Setzen sie sich doch wieder«, entgegnete Valeri und wies auf den Stuhl, auf dem der Mann eben noch gesessen hatte. Dann nahm er ebenfalls Platz, und auch Coco zog sich einen Stuhl heran.

»Mordfall? Wie kommen Sie darauf, dass es sich bei dem Unglück um einen Mord handeln könnte?«, fragte Coco und schaute sich den Mann genauer an. Er trug ein rosafarbenes Hemd mit einem kleinen Muster und einem weißen Stehkragen, dazu eine helle Leinenhose, und seine nackten Füße steckten in knallblauen Lederslippern. Seine Ray-Ban-Pilotenbrille hatte er sich auf den Kopf geschoben. Pettersson knackte nervös mit den Fingern.

»Natürlich war es Mord, was sonst? Jemand muss sie hinuntergestoßen haben.«

»Aha«, sagte Valeri knapp. »Woher kennen Sie Freya Olsson denn?«

»Ich bin ihr bester Freund. Schon seit vielen Jahren. Lieber Himmel!« Er hielt inne und fuhr sich mit einer Hand über das Gesicht. »Wir hätten gemeinsam zu der Ausstellungseröffnung gehen sollen. Wenn ich dabei gewesen wäre, dann wäre ihr das nicht passiert.«

»Und warum waren Sie nicht dabei?«, fragte Coco.

»Ich hatte einen Termin. Geschäftlich.«

»In welcher Branche sind Sie denn tätig?«, fragte Valeri.

»Was, zum Teufel, hat das mit dem Mord an Freya zu tun? Ich will wissen, was Sie rausgefunden haben! Wofür haben wir denn die Polizei in Monaco! Sie haben doch hier sonst so gut wie nichts zu tun, da werden Sie doch wohl schnellstmöglich klären können, wer Freya getötet hat!« Valeri runzelte die Stirn.

»Ich verstehe ja Ihre Aufregung, aber bitte beantworten Sie einfach meine Frage.«

»Ich kaufe Firmen, saniere sie und verkaufe sie wieder.« »Aha.« Eine Heuschrecke, dachte Valeri und nickte – er fühlte sich in seiner Antipathie für diesen Kerl bestätigt. Schon die Art, wie Pettersson seine Sonnenbrille auf dem Kopf trug und wie er sich auf dem Stuhl herumfläzte. Der ganze Mann war für ihn ein rotes Tuch.

»Sie waren also mit Freya Olsson befreundet?« Coco versuchte, das Gespräch zu einem schnellen Ende zu bringen, da sie nicht den Eindruck hatte, dass der Mann ihnen weiterhelfen konnte.

»Ja, wir kennen uns schon aus Schweden und verbrachten hier viel Zeit miteinander. Essen, Ausstellungen, Beachclub, was man hier eben so macht.«

»Naturellement«, seufzte Valeri. Was man eben so

machte, wenn man zu viel Zeit und zu viel Geld hatte, dachte er. Und nun stahl ihm dieser Parvenü auch noch seine wertvolle Zeit.

»Hatte Frau Olsson einen Partner, einen Lebensgefährten?«

»Nein!«, platzte Pettersson heraus. »Wie kommen Sie darauf? Hatte sie nicht.«

»Wieso sind Sie da so sicher?«

»Weil ich fast jede freie Minute mit ihr verbracht habe. Wenn es da jemanden gegeben hätte, wüsste ich das.«

»Glauben Sie, dass sie glücklich war?«, schaltete sich Coco wieder in das Gespräch ein.

»Natürlich! Warum sollte sie nicht? Sie führte doch ein wunderbares Leben hier. Hatte tolle Freunde, ein schönes Zuhause, es gibt doch nichts Besseres, als hier im Fürstentum seine Zeit zu verbringen. Gutes Wetter, exklusive Restaurants, rauschende Feste, spannende Bekanntschaften ...«

Oberflächlich betrachtet schon, dachte Valeri, verkniff sich aber einen Kommentar.

»Gut«, sagte er und stand auf. Er zückte eine seiner Visitenkarten und drückte sie Pettersson in die Hand: »Falls Ihnen noch etwas einfällt, melden Sie sich.«

»Aber Sie haben mich noch nicht über Ihre Ermittlungsergebnisse informiert«, entrüstete sich Pettersson.

»Tut uns leid«, bügelte Coco den Mann ab. »Sie sind kein Familienangehöriger. Da bitten wir um Verständnis, dass wir Ihnen keine Auskunft geben dürfen.«

»Ach so? Dann knöpfen Sie sich doch mal die sogenannten Familienangehörigen vor.«

Valeri blickte ihn fragend an. »Wen meinen Sie denn da?«

»Na, ihren Exmann zum Beispiel. Der hatte schon einen Grund, sie loswerden zu wollen. Ein Kotzbrocken! Wie kann man eine so wunderbare Frau wie Freya verlassen?

Noch dazu für so eine billige Russenschlampe? Das geht mir einfach nicht in den Kopf!«

»Er hat seine Frau verlassen, aber wieso hätte er sie auch noch umbringen sollen?«, fragte Valeri.

»Na, wegen der teuren Scheidung! Ich weiß zufällig, um wie viel Kohle es da geht. Es haben schon Menschen für weniger Geld gemordet. Wenn die beiden vor Gericht gelandet wären, hätte er einen Großteil seines Vermögens verloren. So sieht das nämlich aus. Der Olsson ist ein richtiges Arschloch, und …« Bevor Pettersson fortfahren konnte, öffnete sich die Bürotür, und Noelle steckte den Kopf herein.

»Fahren Sie einen silbernen Hummer?«, wandte sie sich an Pettersson.

»Ja, natürlich! Wieso?«

»Weil Ihr Prachtexemplar auf dem Parkplatz unserer Einsatzfahrzeuge steht.«

»Sorry, war in Eile. Und für das Parkhaus um die Ecke ist mein Wagen zu groß.« Pettersson erhob sich. »Und sagen Sie mir Bescheid, wenn Sie wissen, wer Freya umgebracht hat.« Dann rauschte er zur Tür hinaus. Coco und Valeri blickten ihm kopfschüttelnd nach.

»Was für ein aufgeblasener Typ«, stellte Coco fest, während Valeri in Gedanken schon ganz woanders war. Er warf einen Blick auf seine Uhr, zog die Gästeliste aus der Tasche und fing an, sie durchzusehen. »Sehen Sie mal«, sagte er. »Dieser Olsson war ebenfalls zu der Vernissage geladen. Den sollten wir uns tatsächlich mal vornehmen.«

»Sicher. Obwohl mir seine Motive etwas zu offensichtlich erscheinen.« Valeri warf erneut einen Blick auf seine Uhr. »Ich bin gleich mit Alexandre Denaux auf dem Zirkusgelände verabredet. Könnten Sie diesen Olsson übernehmen?« Coco nickte. »Finden Sie heraus, ob er der Einladung gefolgt ist.«

17

Als Valeri das Chapiteau erreichte, hatte die Nachmittagsvorstellung gerade begonnen. Er ging vor dem Eingang auf und ab. Valeri war vor einer guten Viertelstunde mit Alexandre Denaux verabredet gewesen, doch bisher war der Zirkusdirektor nicht aufgetaucht. Der Kommissar warf erneut einen Blick auf das Zifferblatt seiner Armbanduhr, sah sich noch einmal um, dann beschloss er, im Pressewagen an der Straße nachzufragen. Er klopfte kurz, dann steckte er, ohne eine Antwort abzuwarten, den Kopf durch die Tür.

»Entschuldigung, können Sie mir sagen, wo Alexandre Denaux ist?«

»Das würde ich auch gerne wissen«, antwortete ein schlanker Mann mit grauem Haar, der hinter einem provisorischen Schreibtisch saß. Valeri trat ein und stellte sich vor.

»Sûreté!? Das trifft sich gut! Ich weiß nicht, ob es voreilig gewesen wäre, aber ich wollte Sie eigentlich schon heute Morgen anrufen«, erklärte der Mann, der sich ihm als Patrice-Noel Morel vorgestellt hatte und der als Pressesprecher und Übersetzer beim Festival tätig war.

»Alexandre ist heute Morgen nicht bei der Pressekonferenz gewesen. Das ist noch nie vorgekommen. Niemals! Ich habe ihn angerufen, aber sein Mobiltelefon ist ausgeschaltet, und sein Festnetztelefon nimmt er auch nicht ab. Das ist wirklich sehr ungewöhnlich.«

»Ich habe ihn gestern noch getroffen«, sagte Valeri. »Er war sehr aufgebracht wegen der Aktivisten.«

»Einfach nicht zu erscheinen, das ist wirklich nicht seine Art, er ist normalerweise die Zuverlässigkeit in Person. Sind Sie heute auch mit ihm verabredet?«

»Ja. Ich ermittle im Fall der getöteten Dompteuse.« Aus dem Chapiteau wehten Musikfetzen zu ihnen herüber. »Das Festival findet also trotzdem statt?«

»Ja.« Patrice-Noel schwieg einen Moment. »Wir sind alle sehr betroffen wegen dieses schlimmen Unfalls. Auch der Prinzessin ging der Tod der Dompteuse sehr nahe. Aber wir haben uns dennoch gegen einen Abbruch des Festivals entschieden. Die Wahrheit ist: Der Tod ist in der zweiten Reihe immer dabei, das haben wir nun auch auf bittere Weise erleben müssen. Viele Artisten riskieren Tag für Tag Gesundheit und Leben, ohne Netz und doppelten Boden. Ein gewisses Risiko gehört zur Arbeit beim Zirkus dazu, so hart das auch klingen mag. Und das wollen die Zuschauer sehen, das macht den Reiz aus. Natürlich wissen die Artisten, was sie tun, und für die Sicherheit ist in den vergangenen Jahren viel getan worden, aber es bleibt immer noch ein Restrisiko. Wem würde es nützen, wenn wir das Festival absagen würden?« Valeri nickte.

»Gehen Sie denn von einem Unfall aus?«

»Natürlich! Was denn sonst? Ein tragischer Unfall. Mit Tieren zu arbeiten, ist und bleibt gefährlich.« Valeri bedankte sich für die Informationen, dann schlenderte er zurück zum Zelt, zeigte an einem der Seiteneingänge seinen Dienstausweis und schlich sich leise in die Vorstellung. Sein Bruder und er waren als Kinder für ihr Leben gerne in den Zirkus gegangen, und er ertappte sich dabei, wie sein Herz vor lauter Vorfreude schneller schlug. Rasch setzte er sich auf einen freien Platz in einer der Reihen am Gang und verfolgte fasziniert, was in der Manege passierte: Der Jongleur, mit dem er am Vortag gesprochen hatte, war mitten in seiner Vorführung. Er hatte in jeder Hand eine Zigarrenschachtel und klemmte mit den beiden Schachteln eine dritte fest, die er zwischendurch im Takt der Musik wahlweise drehte oder hoch in die Luft warf und mit den anderen beiden Kisten wieder auffing. Aber nicht nur das: Er steigerte sich noch, indem er die drei Schachteln, die er waagerecht in der Luft hielt, losließ, und so schnell eine Pirouette drehte, dass er alle drei wieder greifen konnte, bevor sie herunterfielen. Am Ende seines Auftritts schaffte er es sogar, eine doppelte Pirouette zu drehen und die Kisten wieder aufzufangen. Dagegen schien einfaches Jonglieren ein Kinderspiel zu sein. Das Publikum applaudierte frenetisch, Valeri schloss sich an und wartete gespannt auf den nächsten Künstler. Zu romantischer, märchenhafter Musik erschien ein Dresseur mit einem Pferd in der Manege: Das Tier lief frei und ohne Zaumzeug. Mit leichten Handzeichen, die dem Pferd lediglich eine Richtung vorgaben, brachte der Mann den Schimmel spielerisch dazu, verschiedene Kunststücke vorzuführen: Das Pferd stieg auf die Hinterbeine, drehte sich und legte sich im Anschluss sogar auf den Boden der Manege. Von seiner Tochter Catherine, die lange Zeit Mitglied in einem Reitverein in der Nähe von Nizza gewesen war, wusste Valeri, dass ein Niederlegen vor Publikum bei einem Fluchttier wie einem Pferd einen großen Vertrauensbeweis darstellte. Es war beeindruckend und anrührend, wie Pferd und Dresseur in der Manege miteinander kommunizierten und zusammenarbeiteten. Die Zuschauer waren wie verzaubert. Nach einigen Minuten galoppierte ein zweites Pferd, ein Rappe, in die Manege, ebenfalls ohne Zaumzeug. Auch dieses Tier ließ sich ohne Zwang und nur mit Hilfe von fast unsichtbaren Gesten und ein paar Leckerlis dazu bringen, genau das zu tun, was der Mann von ihm erwartete. Am Ende der Nummer verbeugten sich beide Pferde vor dem großen Publikum, das wieder begeistert applaudierte. Valeri schielte zur Fürstenloge hinüber, und als er sah, dass die Prinzessin sich zu Standing Ovations erhoben hatte, stand er ebenfalls auf. Nachdem er sich wieder hingesetzt und einen Blick auf die nächste Künstlerin geworfen hatte, stockte ihm fast der Atem: Fanni Favelli, die Artistin, die ihn so sehr an Inés erinnerte, hatte die Manege betreten. Sie trug eine schwarze Herrenhose, eine weiße Bluse und darüber eine dunkle Weste. Die lockigen Haare fielen ihr offen über die Schultern, wurden aber von einem glitzernden Stirnband zurückgehalten. Valeri lächelte, denn auch Inés versuchte immer, ihre Haare, die ein Eigenleben zu führen schienen, auf diese Art und Weise zu bändigen. Sekunden später kam ein Mann in die Manege, der ähnlich wie Fanni gekleidet war. Ein attraktiver, gut gebauter Bursche mit vollem, schwarzem Haar, das er sich mit viel Pomade nach hinten gestrichen hatte. Valeri verspürte einen klitzekleinen Anflug von Eifersucht, als der Schönling Fanni umfasste und mit ihr durch die Manege tanzte. Was war das denn? Was war los mit ihm? Er wunderte sich über sich selbst, und darüber, dass er überhaupt Interesse an einer anderen Frau entwickeln konnte.

Was die beiden Artisten dann in der Manege zeigten, war in der Tat beeindruckend: Das Paar beherrschte die Rola-Rola-Kunst, eine der ältesten Zirkusnummern. Soeben legte der Mann ein schmales Brett auf den Fußboden, darauf quer eine Rolle und obenauf wieder ein Brett, auf das er nun mit einem kühnen Satz sprang und somit auf der sich hin und her bewegenden Rolle auf dem oberen Brett stehend balancierte. Nun kam die schöne Fanni dazu, ließ sich auf seine Schultern heben und vollführte aus dem Schwung heraus einen Handstand – eine Darbietung von besonderer Dynamik und viel Charme, die ein hohes Maß an Disziplin und Vertrauen erforderte. Um den Schwierigkeitsgrad zu erhöhen, platzierten die beiden das Rola-Rola-Brett nun auf einem schmalen Tisch und stapelten auf dem

Brett, das sich auf der Rolle hin und her bewegte, weitere Holzkonstruktionen übereinander. Auf das oberste Brett sprangen dann beide gleichzeitig auf. Valeri starrte gebannt in den Lichtkegel, in dem die beiden Körper miteinander zu verschmelzen schienen, und war fast ein wenig traurig, als sich diese unglaubliche Darbietung dem Ende zuneigte, wenig später das Licht anging und der Conférencier eine Pause ankündigte. Langsam stand Valeri auf, verließ das Zelt und gönnte sich eine große Tüte mit Churros, eine Art länglicher Krapfen mit sternförmigem Querschnitt, die in Schmalz gebacken und dann mit viel Zucker bestreut wurden. Genüsslich kaute er das süße Gebäck und hatte ganz vergessen, dass er sich eigentlich vorgenommen hatte, auf seine Ernährung zu achten, da er, seit Inés das Haus verlassen hatte, immer häufiger zum Essen ausging anstatt selbst zu kochen.

»Darf ich?«, hörte er plötzlich eine liebliche Stimme, und die dazugehörige Hand griff, ohne seine Antwort abzuwarten, in seine Churros-Tüte und nahm eines der köstlichen Gebäckstücke heraus. Fanni, die Rola-Rola-Artistin, stand vor ihm und lächelte.

»Herr Kommissar, wie schön, Sie zu sehen«, sagte sie mit vollem Mund und zwinkerte ihm zu. Valeri war etwas verunsichert, musste aber zugeben, dass er sich über die überraschende Begegnung ungemein freute.

»Ganz meinerseits«, entgegnete er etwas unbeholfen und hielt ihr noch mal die Tüte hin, doch sie schüttelte den Kopf.

»Eines reicht. Wenn Sie jeden Tag in einem engen Kostüm stecken würden, wüssten Sie, warum.« Bewundernd blickte Valeri sie an und nickte.

»Und, wie läuft es so?«

»Nach dem schrecklichen Unfall, meinen Sie? Die Stimmung ist natürlich sehr getrübt. Karolinas Bruder steht völlig neben sich. Wir versuchen alle, ihm so gut es geht zu helfen, aber es ist natürlich schwer. Einen Menschen zu verlieren, der einem so nahesteht, ist furchtbar. Und im Grunde nicht zu verwinden.«

»Ich weiß.« Valeri nickte, und sie schwiegen beide einen Moment. Aber es war kein unangenehmes Schweigen.

»Wie war sie denn so?«

»Karolina?« Fanni dachte einen Moment nach. »Sie war sehr ehrgeizig. Kam aus einfachen Verhältnissen, ihr Vater war Werftarbeiter in Danzig. Karolina wollte immer da raus, wollte es nach oben schaffen. Sie hat lange von einer Karriere als Sportlerin geträumt.«

»Wieso das denn?«

»Sie gehörte zu den Spitzenathletinnen bei der rhythmischen Sportgymnastik. Aber mehrere Verletzungen haben ihre Karriere beendet. Das hat sie sehr getroffen. Aber das Geld, das sie mit dem Sport verdient hatte, hat sie eisern gespart, und danach ist sie auf eine Artistenschule gegangen, sie hat als Jongleuse angefangen.«

»Ach, wie der Mann mit den Zigarrenschachteln?«

»Ja.« Fanni lächelte. »Er ist Spitze, oder? Mittlerweile schon an die sechzig, aber er hat es geschafft, dass seine Nummer immer modern geblieben ist. Sie müssen ihn mal nach seinen Zylindern fragen.« Sie schüttelte den Kopf und lachte. »Er ist wie ein wandelndes Zylinderlexikon – ein echter Freak. Er weiß alles über diese Kopfbedeckung.«

»Warum ist Karolina denn nicht bei der Jonglage geblieben?«

»Ich glaube, das war Zufall. Soweit ich mich erinnere, ist sie zusammen mit einem Tigerdompteur aufgetreten, hat zu seiner Dressurnummer getanzt – und später dann hat sie die Tiere übernommen.«

»Sie scheinen sie ja gut gekannt zu haben?«

»Ja, schon. Wissen Sie, wenn man beim Zirkus ist, läuft

man sich immer wieder über den Weg. Wir sind alle wie eine große Familie.«

»Aber man geht doch auch immer wieder auseinander und sieht sich dann lange nicht. Bleibt da die Freundschaft nicht etwas oberflächlich?«

»Nein. Gute Freundschaften bleiben auch über längere Trennungen hinweg bestehen.« Sie sah ihm direkt in die Augen. »Es würde mich freuen, wenn die Pausen zwischen unseren Treffen nicht allzu lang wären.«

»War das eben Ihr Mann, da in der Manege?«, räusperte sich Valeri, ohne auf den Flirtversuch einzugehen. Fanni Favelli nickte, zückte aber dennoch einen Stift und schrieb ihre Telefonnummer auf eine der Servietten, die auf dem Stehtisch vor ihnen lagen.

»Ich würde mich freuen. Vielleicht können wir mal …«

»Da bist du ja«, unterbrach sie die Artistin, die schon am Abend zuvor mit Fanni im Zelt gewesen war. »Die anderen wollen sich nach dem zweiten Teil der Vorstellung im Zelt treffen, wenn die Zuschauer gegangen sind. Sie wollen Karolina zu Ehren Kerzen anzünden.«

»Das klingt so, als wolltest du nicht daran teilnehmen?«, fragte Fanni.

»Wozu soll das gut sein? Das bringt uns Karolina auch nicht zurück. Warum musste sie sterben? Das ist so ungerecht. Und es macht mich wütend. Was ist das für ein Gott, der uns so ein Leid antut?«

»Eine berechtigte Frage«, warf Valeri ein.

»Das darfst du nicht so sehen«, antwortete Fanni. »Natürlich müssen wir alle sterben. Aber Jesus Christus hat doch mit seinem Leiden und Sterben am Kreuz den Tod besiegt und uns durch seine Auferstehung das ewige Leben ermöglicht. Das Sterben ist nur der Übergang in ein anderes Dasein.«

»Glaubst du das wirklich?«

»Natürlich. Und es ist wichtig, dass wir alle für Karolina beten, wir müssen mit unserem Gebet und Gesang unseren Glauben an die Auferstehung bekräftigen, uns gegenseitig trösten und stärken.«

»Ich glaube, das ist Unsinn.«

»Wie destruktiv du bist. Nun komm schon! Bitte entschuldigen Sie uns, Herr Kommissar.« Fanni Favelli nickte Valeri noch einmal zu, dann verschwanden die beiden Frauen in der Menge der Besucher. Nachdenklich blickte er den beiden nach und steckte dabei die Serviette mit der Telefonnummer in seine Jacketttasche. Ein Leben nach dem Tod? Er selbst glaubte nicht daran. Nach dem tödlichen Unfall seines Zwillingsbruders hatte er lange darüber nachgedacht, wie Gott es zulassen konnte, dass guten Menschen so viel Böses widerfuhr. Nein, er hatte mit Gott gebrochen, der ihm den Menschen genommen hatte, der ihm so nahgestanden hatte wie niemand sonst.

18

»Na, wen beobachtet ihr gerade?«, rief Coco zur Begrüßung, als sie die Räume der PCTO, der Kamera-Zentrale der Sûreté publique, betrat, die den ellenlangen Namen *Poste de Commandement et des Transmissions Opérationnelles* trug. Monaco war gespickt mit Kameras, alle Fäden liefen hier in der Kommandozentrale im Hauptgebäude der Sûreté publique im Geschäftsviertel La Condamine, ganz in der Nähe des Hafens, zusammen. Auf Computermonitoren und einer großen Wand konnten Tag und Nacht Kamerabilder angeschaut und ausgewertet werden. Per Joystick ließen sich über 600 elektronische Augen hin und her schwenken, jedes beliebige Motiv konnte herangezoomt werden, und das fast überall: Auf der Straße, im Tunnel, in Hotels, Geschäften, Spielsalons, sogar in Fahrstühlen. Außerdem gab es eine Software, die automatisch Autokennzeichen abglich und einen Alarm auslöste, wenn ein gesuchtes Fahrzeug über die Grenzen kam. Bei einem eventuellen Notfall waren die Beamten in der Lage, das Fürstentum innerhalb von anderthalb Minuten komplett abzuriegeln. Monaco bot der empfindlichen Klientel ein Rundum-sorglos-Paket: Sicherheit, Steuerfreiheit und jede Menge garantierte Sonnenstunden.

Die beiden Beamten, die vor den Computerbildschirmen saßen und beobachteten, welche gigantischen Sonnenbrillen die Besucher an diesem Tag wieder zur Schau trugen, drehten sich um und lachten.

»Coco! Schön dich zu sehen«, sagte Alain, der vorn im Raum saß, und winkte sie zu sich heran. »Guck es dir selber an, das Elend. Es passiert einfach gar nichts. Total langweilig.« Auf den Bildschirmen waren Aufnahmen der unterschiedlichsten Schauplätze in Monaco zu sehen, unter anderem das Hôtel de Paris, der Helikopter-Landeplatz, der Bereich vor dem exotischen Garten und eine Einkaufsstraße im Viertel La Condamine. »Aber es kann einem eben nicht jeden Tag ein Pink Panther ins Netz gehen.«

»Sag bloß, du hast hier gesessen, als einer von denen geschnappt wurde?«, fragte Coco ungläubig.

»Und ob!«, entgegnete der Kollege stolz. Die Pink Panther waren eine berüchtigte, weltweit operierende Gang von Juwelenräubern, die angeblich Schmuck im Wert von rund zweihundert Millionen Euro erbeutet hatten. Sie rühmten sich damit, ein beliebiges Juweliergeschäft in weniger als einer Minute ausrauben zu können. Ihren Namen verdankten sie dem Tatbestand, dass sie Anfang der neunziger Jahre die erbeuteten Diamanten in einem Cremetiegel versteckt hatten, eine Vorgehensweise, die in den sechziger Jahren bereits in einem Pink-Panther-Film zu sehen gewesen war. »Ich habe genau hier gesessen, als damals einer unserer Juweliere von diesen Ganoven überfallen wurde. Ich habe alles ganz genau beobachtet, wie sie da rauskamen, sich auf ihre Motorräder schwangen und geflüchtet sind und sich sogar noch eine Schießerei mit unseren Kollegen geliefert haben. Man konnte den Rauch aufsteigen sehen. Nur die anschließende Festnahme, die hatten wir leider nicht live, dazu kam es nämlich erst in Roquebrune-Cap-Martin in Frankreich. Mit Hilfe unserer französischen Kollegen. Aber nichtsdestotrotz: Alle drei Gauner sitzen jetzt schön ihre Strafe ab. Da nützen ihnen die funkelnden Diamanten auch nichts mehr.«

»But Diamonds are a girl's best friend«, trällerte Coco ausgelassen und wies mit der Hand auf die Bildschirme. »Es ist schon beeindruckend, wie gestochen scharf die Bilder mittlerweile sind. Beobachtet ihr von hier aus eigentlich auch eure eigenen Frauen? In Monaco kann man ja keinen Schritt ungesehen tun, wenn man einen Mann hat, der an diesem Platz hier arbeitet«, scherzte sie.

»Da hast du vollkommen recht. Im Ernst, ich habe wirklich mal die Frau eines Kollegen mit einem anderen Mann gesehen, reiner Zufall, aber wenn man es drauf anlegt, kann man jemanden natürlich den ganzen Tag überwachen. Vielleicht sollte ich nebenberuflich als Privatdetektiv anheuern. Bei den ganzen Frauengeschichten, die manche Männer hier in Monaco so laufen haben, könnte ich da sicher eine ganze Menge Geld nebenbei verdienen.« Er lachte. »Und mittlerweile sind es ja nicht nur Bilder, die wir hier aufzeichnen. Es gibt gewisse Ecken in Monaco, also, wenn da jemand nicht möchte, dass seine Worte gehört werden, sollte er tunlichst seine Klappe halten.«

»Ich weiß«, entgegnete Coco. »Die meisten Leute haben aber keine Ahnung.«

»Aus gutem Grund. Das neue System ist übrigens aus deiner alten Heimat, Coco, es ist ein deutscher Hersteller. Wenn die Deutschen eins können, dann akkurat arbeiten.«

»Ach wirklich? Wusste ich gar nicht. Na, dann schauen wir doch mal, ob mir meine Landsmänner in unserem aktuellen Fall helfen können. Habt ihr die Bilder vom Ozeanographischen Museum?«

»Ja, aber da gibt es ein Problem. Wir haben nur die Kamera im Hafen von Fontvieille, die theoretisch in der Lage wäre, das Museum einzufangen – hier, siehst du?« Er ließ die Bilder auf dem Bildschirm erscheinen, bewegte mit dem Joystick das Objektiv der Kamera und zoomte das Museum heran. »So hätten wir mit Sicherheit gesehen, wenn da jemand vom Dach gesprungen wäre. Aber die Kamera war natürlich anders ausgerichtet, weil sie in erster Linie den Hafen überwachen soll und nicht das Museum. Deshalb haben wir da leider keine Bilder.«

»Gibt es denn keine Kameras auf dem Dach des Museums?«

»Doch. Das sind aber nicht unsere, das Museum hat eine eigene kleine Abteilung für Kameraüberwachung. Allerdings wird dort gerade renoviert, und auch die Kameras werden umgebaut. Es gibt nur eine einzige Kamera, die Bilder in der fraglichen Nacht aufgezeichnet hat, allerdings von einem anderen Bereich der Dachterrasse. Dort, wo sich der kleine Kinderspielplatz befindet, und in der Ecke, wo die Schildkröten in ihrem kleinen Gehege untergebracht sind. Der Teil der Dachterrasse, von dem aus die Frau abgestürzt ist, liegt in einem toten Winkel, genauso wie Valeri es schon vermutet hatte. Das bringt euch also leider nicht viel weiter. Es gibt nur die Aufnahmen vom Eingang des Museums, da könnt Ihr natürlich sehen, wer dort ein- und ausgegangen ist, mehr aber auch nicht.«

Coco dachte einen Moment lang nach.

»Okay, danke. Levèvre geht sowieso von einem Selbstmord aus. Ich werde jetzt noch dem Exmann der toten Frau einen Besuch abstatten, und dann können wir den Fall hoffentlich zu den Akten legen.«

19

Das Erste, was Alexande Denaux spürte, als er zu sich kam, war Hunger. Er hatte riesigen Hunger. Irritiert schlug er die Augen auf und blinzelte. Wo war er? Und was war mit ihm passiert? Langsam setzte er sich auf und blickte sich um. Er befand sich in einem schäbigen Kellerraum, der nicht besonders groß war. Der Fußboden hatte einige Löcher, die hellgraue Oberfläche war voller Risse. Hier müsste mal neuer Estrich rein, dachte er und wunderte sich, dass er trotz seiner misslichen Lage einen so rationalen und belanglosen Gedanken fassen konnte. Unter dem winzigen Fenster befand sich ein alter Heizkörper, an einer der Wände lehnte ein klappriges Regal. Denaux selbst saß auf einer abgewetzten Schaumstoffmatte, deren ursprünglich gelbe Farbe fleckig und dunkel verfärbt war. Neben der Matte lagen ein eingeschweißtes Sandwich und eine Flasche Wasser. Gierig griff er danach und schlang das belegte Brot in wenigen Minuten hinunter. Dann sammelte er sich und dachte erneut darüber nach, was mit ihm passiert war. Jetzt erinnerte er sich wieder: Er war direkt vor seinem Haus überfallen und in ein Auto verfrachtet worden. Sie waren eine ganze Weile unterwegs gewesen, und auf seine Fragen hatte der Fahrer nicht geantwortet. Irgendwann hatte der Wagen angehalten. Er hatte gehört, wie jemand die Tür öffnete, spürte, wie ihn dieser Jemand an den Beinen zu sich heranzog. Dann wurde ihm durch den Stoff des Sackes, den er immer noch über dem Kopf hatte, ein nasses Tuch auf Mund und Nase gedrückt. Chloroform. Er war betäubt worden. So viel war nun klar. Denaux verspürte einen stechenden Kopfschmerz und rieb sich die Stirn. Dann rappelte er sich mühsam auf und ging zu der Tür hinüber, die natürlich verschlossen war. Er rüttelte an der Türklinke und schlug gegen das Holz, doch nichts rührte sich.

»Wer ist da draußen? Hören Sie mich?! Lassen Sie mich raus!« Er schlug erneut gegen die Tür. »Hilfe!!«, brüllte er, doch er bekam keine Antwort.

20

Edvin Olsson bewohnte ein Penthouse, das einen atemberaubenden Blick über den Hafen Port Hercule und über das Meer bot. Das ist sicher eine der exklusivsten Lagen von Monaco, dachte Coco und fragte sich, wie viele Millionen diese Immobilie wohl wert war. Sie schüttelte Olsson, der sie in sein Wohnzimmer bat, die Hand. Mit dem vielen Geld hat man nicht automatisch guten Geschmack dazubekommen, ging es ihr durch den Kopf, als sie sich in dem pompösen Wohnraum umsah. Die Ecken des Raumes wurden durch antike Säulen markiert, die Stuckleisten an den Wänden umrahmten goldene Wandleuchter und goldgerahmte Gemälde, auf dem Marmorfußboden stand eine hell gepolsterte, dicke Sitzgruppe, dazu gesellten sich diverse goldbefußte Tischchen und Anrichten, darauf goldbemalte Vasen, an Urnen erinnernde Gefäße und weiße Porzellanfiguren, die nackte Frauen darstellten.

»Herr Olsson«, begann Coco, nachdem sie beide Platz genommen hatten. »Es tut mir sehr leid, was mit Ihrer Frau passiert ist.«

»Exfrau«, korrigierte Olsson sofort.

»Ich dachte, Sie sind noch verheiratet?«, fragte Coco nach.

»Nur auf dem Papier. Wir leben schon länger getrennt.«

»Darf ich fragen, warum?«

»Es hat einfach nicht mehr gepasst«, antwortete Olsson.

»Hm. Sie ziehen nach Monaco, bauen sich hier ein gemeinsames Leben auf, und dann hat es einfach nicht mehr gepasst?«

»Gemeinsames Leben? Freya hat sich doch nur von mir aushalten lassen.«

»Ach, und das konnten Sie vorher nicht ahnen?«

»Ich war blauäugig«, war Olssons knappe Antwort.

»Aha.« Coco hatte im Vorfeld einiges über Olsson in Erfahrung gebracht, unter anderem, dass der Privatbankier im Zusammenhang mit dem Milliarden-Konkurs seines Bankhauses wegen Betruges und Veruntreuung von Geldern zu einer zweijährigen Haftstrafe verurteilt worden war. Der Mann hatte Kredite in betrügerischer Absicht verlängert, obwohl er natürlich von der Zahlungsunfähigkeit seines Hauses gewusst hatte, außerdem waren Gewinnüberschüsse an seine eigene Vermögensverwaltung überwiesen worden, obwohl keine Gewinne zu erwarten gewesen waren. Die Haftstrafe war zunächst zur Bewährung ausgesetzt worden, doch weil Olsson die fällige Kaution nicht hatte aufbringen können oder wollen, wurden der Bewährungsbeschluss und die Strafaussetzung aufgehoben. Daraufhin war der Mann für zwei Jahre ins Gefängnis gewandert.

»Wenn ich richtig informiert bin, saßen Sie während Ihrer Ehe fast zwei Jahre im Gefängnis. Da hat Ihnen Ihre Frau doch die Stange gehalten.«

»Meine Stange hat die Lady schon länger nicht mehr gehalten.« Coco überhörte den platten Witz geflissentlich.

»Sie haben sich wegen einer anderen Frau von Freya getrennt?«

»Ist das ein Verbrechen?«

»Nein. Eine Frage.«

»Ja, gut, stimmt. Ich hatte die Nase voll von Freyas ewigem Genörgel, dem ständigen Streit, den Vorwürfen. Was hat sie denn schon geleistet in ihrem Leben? Sie hat nichts gelernt, nicht gearbeitet und hatte trotzdem ein nettes Leben an meiner Seite. Aber das hat ja nicht gereicht. Ich habe sie ja angeblich nur unglücklich gemacht.«

»Weil Sie Frauengeschichten hatten?«

»Und wenn schon. Davon geht die Welt nicht unter. Und überhaupt, was tut das hier zur Sache?«

»Für wann war denn die Scheidung anberaumt?«

»Wir hatten noch keinen Termin.«

»Die Scheidung wäre Sie doch sicherlich teuer zu stehen gekommen.«

»Was wollen Sie mir unterstellen? Dass ich etwas mit ihrem Tod zu tun habe?« Olsson sprang von seinem Stuhl auf. »Ich möchte, dass Sie jetzt gehen.«

»Ich bin noch nicht fertig«, erwiderte Coco, die sich nicht aus der Ruhe bringen ließ. »Hatten Sie denn noch Kontakt zu Ihrer Exfrau?«

»Nein. Hab sie schon ewig lang nicht mehr gesehen! Ich war froh, wenn sie mir nicht über den Weg gelaufen ist. Denn meistens war sie stockbesoffen und hat meine neue Freundin beschimpft. Schrill und laut. Das muss ich nicht jeden Tag haben.«

»Glauben Sie, dass Freya unglücklich war?«

»Was weiß denn ich? Hat mich auch nicht mehr interessiert. Oder noch deutlicher: war mir scheißegal. Ich werde sie jedenfalls nicht vermissen.« Olssons Gesicht war rot angelaufen. Dann zügelte er sich und relativierte: »Ich meine natürlich nicht, dass ich mich darüber freue, dass sie tot ist. Das sollten Sie nicht denken.«

»Natürlich nicht«, entgegnete Coco trocken. »Wussten Sie, dass Freya schwanger war?«

»Was war sie?«

»Sie war schwanger.«

»Und von wem?«

»Das würden wir auch gerne wissen.«

»Ich kann Ihnen da jedenfalls nicht weiterhelfen. Sieht so aus, als hätte Freya den nächsten Goldesel gefunden.«

21

Nach dem Besuch im Zirkus wollte Valeri nur noch nach Hause. Er hatte nicht den Eindruck, dass Coco und er, was die Ermittlungen anging, an diesem Tag auch nur einen winzigen Schritt weitergekommen waren. Er lenkte sein Motorrad von Fontvieille aus in Richtung Cap-d'Ail, dem französischen Ort direkt an der Grenze zu Monaco, wo sein kleines Häuschen mit Meerblick stand. Die Monegassen hatten ein Anrecht auf subventionierten Wohnraum im Fürstentum, da die Quadratmeterpreise durch den Zuzug der vielen Superreichen in den vergangenen Jahrzehnten zwangsläufig in die Höhe geschossen waren und viele der Staatsbürger Monacos diese Preise nicht zahlen konnten. So machten die Monegassen nur einen geringen Teil der Bevölkerung Monacos aus, nur rund zwanzig Prozent. Viele Franzosen lebten hier, Italiener, Engländer, Deutsche. Doch es war schwierig, die monegassische Staatsbürgerschaft zu bekommen. In manchen Jahren konnte man die Menschen, denen die Staatsbürgerschaft verliehen wurde, an zwei Händen abzählen. Auch wenn Valeri ein Anrecht auf eine subventionierte Wohnung in Monaco hatte, war er lieber in das kleine französische Örtchen daneben gezogen. Zum einen hatte er hier deutlich mehr Platz, zum anderen hatte Cap-d'Ail seinen ganz besonderen Charme. Der Ort lag am Fuße des steil aufragenden Berges Tête de Chien bei La Turbie und war erst gegen Ende des 19. Jahrhunderts entstanden. Etliche Villen im Stil der Belle Époque mit großen, mediterranen Gärten zogen sich, wie Perlen auf einer Schnur, an der Küste entlang. Hier konnte man ganz hervorragend spazieren gehen: Von der Plage Mala aus, die man vom Ortskern zu Fuß in einer Viertelstunde erreichen konnte, verlief ein schmaler Weg direkt an der Küste entlang bis nach Monaco, und manchmal, wenn Valeri früh wach war und Lust hatte, sich zu bewegen, ging er einfach zu Fuß zur Arbeit – eine gute Möglichkeit, den Kopf frei zu bekommen. Erneut dachte Valeri über die beiden Todesfälle nach, über die Artistin und die Frau, die vom Dach des Museums gestürzt war. Er konnte nicht daran glauben, dass es sich beide Male um Unglücksfälle handeln sollte. Sein Bauch sagte ihm, dass hier wesentlich mehr dahintersteckte, als es auf den ersten Blick den Anschein hatte.

Obwohl er nach dem Genuss des fettigen Schmalzgebäcks beim Zirkus eigentlich keinen Hunger verspürte, hatte er dennoch Lust, sich einen kleinen Imbiss zuzubereiten. Er stoppte kurz an dem großen Parkplatz mitten im Ort und kaufte in dem kleinen, gegenüberliegenden Supermarkt ein paar frische Artischocken, eine Handvoll Rucola, ein Stück Parmesan und Zitronen, um sich einen mediterranen Artischockensalat zu zaubern. Außerdem besorgte er eine gute Flasche Rotwein. Mit einer vollen Tüte schwang er sich wieder auf seinen fahrbaren Untersatz und fuhr die wenigen Kilometer nach Hause. Es versetzte ihm immer wieder einen Stich, das Häuschen jetzt dunkel und verlassen vorzufinden, wenn er nach Hause kam, nachdem er viele Ehejahre lang meistens von Inés erwartet worden war, die entweder noch mit ihrem Laptop auf der Terrasse saß und an einem ihrer Romane schrieb oder schon in der Küche beschäftigt war, um etwas Feines zum Essen vorzubereiten. Sie teilten die Leidenschaft für eine gute, ehrliche Küche, und zwischen ihnen hatte sich zuletzt fast ein kleiner Wettbewerb entwickelt, wer mit den besten Rezepten nach Hause kam und diese dann auch noch auf eigene Art und Weise interpretierte und verfeinerte. Valeri notierte sich in jedem Restaurant, in dem er gut gegessen hatte, die Zutaten in kleine Notizbücher, von denen er mittlerweile an die dreißig Stück im Küchenregal stehen hatte. Er hätte gut und gerne eine ganze Reihe von Kochbüchern herausgeben können, genauso wie Inés, die ebenso gut kochte wie er. Hin und wieder dachte er darüber nach, seinen Traum wahrzumachen und irgendwann mal ein kleines Restaurant aufzumachen. Inés und er hatten eigentlich gemeinsam ein Kochbuch herausgeben wollen, doch durch die plötzliche Trennung war es nicht mehr dazu gekommen. Es fiel Valeri schwer, zu akzeptieren, dass auch an diesem Abend niemand auf ihn wartete, aber er war einfach nicht in der Lage, einen Schritt auf seine Frau zuzugehen, wie ihm sein Freund Stéphane geraten hatte. Ihr Fehltritt hatte ihn zu sehr verletzt. Zwar hatte es durchaus auch in seinem Leben Verlockungen und Versuchungen gegeben, doch er war immer standhaft geblieben! Er wusste, was er an seiner Inés hatte, dass er sie schlicht und ergreifend von ganzem Herzen liebte. Und obwohl er wusste, dass ein einziger Seitensprung im Grunde nichts bedeutete, konnte er ihr dennoch nicht verzeihen. Noch nicht! Er brauchte noch Zeit, um zu verarbeiten, was geschehen war, Zeit für sich, auch um herauszufinden, was er selbst dazu beigetragen hatte, dass sie beide sich so voneinander entfernten.

Valeri ging über die schmale Treppe, die vom Eingang an der Hauptstraße nach unten auf die Terrasse führte, und stellte die Tüte auf dem großen Holztisch ab, der dort stand. Sein Zuhause bestand aus zwei separaten Haushälften, die nebeneinander in den Berg hineingebaut worden und durch die Terrasse miteinander verbunden waren. Zur Linken befand sich die offene Küche, die in ein großes Wohnzimmer sowie in ein kleines Arbeitszimmer überging, auf der rechten Seite war das Schafzimmer mit angrenzendem Bad und einer Treppe, die nach oben in den ersten Stock führte, in dem sich die jetzt verwaisten Zimmer seiner Kinder und ein weiteres Bad befanden. Einer der Räume fungierte jetzt als Gästezimmer, der andere war bis vor kurzem Inés' kleine Schreibwerkstatt gewesen.

Valeri öffnete die Tür zur Küche, legte die Einkäufe auf der Arbeitsplatte ab und goss sich dann ein großes Glas Rotwein ein. Anschließend nahm er die Artischocken zur Hand, befreite sie von den äußeren Blättern und den Strünken, schnitt die Spitzen ab und warf sie ins Wasser, um sie vorzukochen, bevor er sie in einem guten Olivenöl in der Pfanne braten würde. Er wusch den Rucola, drapierte ihn in eine Glasschale, presste eine Zitrone aus, mischte den Saft mit Olivenöl, würzte mit Salz und Pfeffer und nahm den Parmesan zur Hand, um Späne davon über den Salat zu hobeln. Plötzlich vernahm er ein Geräusch. Die Haustür wurde geöffnet. Irritiert drehte er sich um.

»Ach, du bist zu Hause«, sagte Inés zur Begrüßung, kam auf ihn zu und gab ihm einen Kuss auf die Wange.

»Ich wohne hier«, antwortete Valeri etwas steif. »Und was willst du hier?«, fragte er dann knapp.

»Ich brauche ein paar Sachen aus meinem Arbeitszimmer. Der neue Roman ist fast fertig, aber ich feile gerade an den Feinheiten und brauche ein paar von meinen Büchern«, erklärte Inés und verschwand wieder nach draußen, um ihr Schreibzimmer aufzusuchen. Valeri blickte ihr kopfschüttelnd nach. Es ärgerte ihn, dass Inés hier ohne Ankündigung einfach auftauchte und dann auch noch so tat, als sei das ganz normal.

»Du kannst hier nicht einfach so aufkreuzen«, sagte er unfreundlich, als Inés wieder in die Küche kam.

»Das ist auch mein Zuhause«, entgegnete Inés aufgebracht.

»Das war dein Zuhause«, schnauzte Valeri. »Dein Zuhause hast du aufgegeben, als du dich mit deinem jungen Lover vergnügt hast.«

»Henri! Bitte! Ich …«

»Was?«, unterbrach er sie.

»Es tut mir leid. Aber ich brauche meine Bücher. Dringend.«

»Und da kannst du nicht vorher anrufen und fragen, ob es mir recht ist, dass du hier auftauchst?«

»Das klingt ja fast so, als gäbe es nichts Schlimmeres für dich, als deiner Frau über den Weg zu laufen.« Inés sah ihn entgeistert an. Valeri antwortete nicht. Plötzlich hatte sie Tränen in den Augen.

»Verdammt, Henri! Ich weiß, dass ich schuld bin an der Misere. Und ich weiß, dass es falsch war, mich mit Maxime einzulassen, und glaub mir, ich würde das ungeschehen machen, wenn ich könnte. Aber das kann ich nun mal nicht«, schluchzte Inés, während ihr die Tränen über die Wangen liefen. Valeri hätte sie in diesem Moment am liebsten in den Arm genommen, stattdessen blieb er wie angewurzelt und stocksteif vor ihr stehen.

»Das hättest du dir vorher überlegen sollen«, sagte er schließlich und ärgerte sich im selben Moment über diesen platten Satz. Inés wischte sich die Tränen aus dem Gesicht.

»Mach doch, was du willst! Du kannst mich mal! Dann wirf eben alles weg, unsere Ehe, unsere Familie, all das, was wir uns zusammen aufgebaut haben! Du bist negativ! Destruktiv! Denk doch auch mal an die guten Zeiten, die wir hatten!« Inés war jetzt so richtig in Rage, und ihre grünen Katzenaugen begannen gefährlich zu funkeln. Valeri schwieg. Daraufhin nahm Inés den Stapel Bücher, den sie aus ihrem Arbeitszimmer geholt hatte, drehte sich wortlos um, und schon fiel die Tür hinter ihr krachend ins Schloss. Valeri schüttelte den Kopf. Verärgert ging er zum Herd hinüber und nahm den Topf mit den Artischocken vom Feuer. Mechanisch goss er das Wasser ab, zerteilte das grüne Gemüse in kleine Stücke und briet sie in Olivenöl an. Dann gab er sie zu dem schon vorbereiteten Salat, trug die Schale, Besteck und sein Glas Rotwein hinaus auf die Terrasse und nahm an dem Holztisch Platz. Er nahm einen großen Schluck Wein und starrte eine Weile lang in die Ferne. Dann stand er auf, trug den Salat in die Küche zurück, stellte ihn in den Kühlschrank und ging in sein Arbeitszimmer, wo seine Gitarren standen. Er bevorzugte E-Gitarren, daher hatte er sogar einen kleinen Verstärker in der Ecke stehen. Jetzt griff er zu seiner in Deutschland gebauten Duesenberg-Gitarre aus der Alliance-Serie, die er sich erst kürzlich gekauft hatte. Das Modell »Black Hole Sun« war in Zusammenarbeit mit der Band Soundgarden entstanden, und es gab nur einhundert Exemplare davon. Valeri war mächtig stolz darauf, dass er es geschafft hatte, eines dieser Instrumente zu ergattern. Er setzte sich wieder auf die Terrasse und begann, leise zu spielen: Johnny Cash. The man who couldn't cry. Als er fertig war, griff er in seine Jackentasche und zog die Serviette mit der Telefonnummer der Artistin Fanni Favelli hervor. Nachdenklich betrachtete er die Zahlen, bevor er zu seinem Telefon griff.

22

Nach diesem ziemlich langen Tag kam Coco endlich erschöpft in ihrer Wohnung an. Als Erstes öffnete sie die großen Fenster der zum Wohnzimmer offenen Küche. Von dort aus sah sie zu den vielen Yachten hinunter, die im Hafen in Reih und Glied nebeneinander lagen und von denen jede einzelne ein kleines Vermögen gekostet hatte. Und vermutlich hatten die Besitzer auf ihren Booten mehr Platz als in ihren kleinen Wohnungen im Fürstentum. Nirgendwo sonst auf der Welt ließen sich steinreiche Menschen auf engstem Raum in hässliche Hochhäuser zwängen, nur um in ihren Heimatländern Steuern zu sparen. Ob Popstars, Formel-1-Fahrer oder russische Oligarchen: Jeder dritte der rund achtunddreißigtausend Bewohner Monacos war Millionär. Wer allerdings seinen Lebensmittelpunkt in dieses sonnige Fleckchen Erde verlegen wollte, musste ziemlich tief in die Tasche greifen. Der Preis für einen Quadratmeter Wohnfläche betrug mittlerweile rund sechsundvierzigtausend Euro. Aber in jeder neugebauten Immobilie musste etwa ein Drittel der Fläche für Monegassen freigehalten werden – zu weitaus niedrigeren Preisen. Für die Reichen gab es sogar eigene Eingänge mit Portier und einer luxuriöseren Ausstattung. Und Coco wusste es sehr zu schätzen, dass sie nun in dem fünfzig Quadratmeter großen Appartement wohnen konnte, das ihre Eltern vor langer, langer Zeit gekauft hatten.

Sie war müde, hatte sich aber dennoch vorgenommen, noch ein wenig mehr über die tote Freya Olsson und das Zirkusfestival herauszufinden. Sie setzte Wasser auf für einen Matcha-Tee, einen gemahlenen Grüntee, der in Japan für die dort übliche Teezeremonie verwendet wurde. Das im Tee enthaltene Koffein sorgte für einen sanften Energiekick und einen klaren, wachen Geist, und beides konnte Coco jetzt gut gebrauchen. Sie goss das heiße Wasser zu dem Teepulver in eine Schale und nahm den kleinen Bambusbesen zur Hand, mit dem der Tee aufgeschäumt wurde, als ihr Telefon klingelte: André, ihr Exmann. Coco hatte wenig Lust, jetzt mit ihm zu reden.

»Dupont«, meldete sie sich daher kurz angebunden, klemmte sich das Telefon unter das Kinn und begann, mit dem Besen den Tee aufzuschlagen.

»Endlich erreiche ich dich mal«, klang es vorwurfsvoll aus dem Hörer.

»Sorry, viel zu tun. Wir haben zwei Tote.«

»Coco, du hast immer irgendwas! Ich hatte dich bereits vergangene Woche gebeten, mich dringend zurückzurufen.«

»Was ist denn so wichtig?«, antwortete Coco genervt. André und sie hatten sich während des gemeinsamen Jurastudiums kennengelernt, doch die berufliche Laufbahn, die sie beide danach eingeschlagen hatten, hätte unterschiedlicher nicht sein können. André war einer der ehrgeizigen, coolen Karrieremenschen geworden und schließlich, beinahe zwangsläufig, in der freien Wirtschaft gelandet. Derzeit arbeitete er als hochbezahlter Manager für einen Luft- und Raumfahrtkonzern in Toulouse. Coco dagegen war schon immer eher auf der Seite der kleinen Leute gewesen, mit einem stark ausgeprägten Sinn für Gerechtigkeit, und hatte sich daher für die Polizeiarbeit entschieden. Nun war sie Hauptkommissarin bei der Sûreté publique. Sie liebte es, direkt an der Basis zu arbeiten. Ein gemeinsames Kind war der Versuch gewesen, die auseinanderdriftende Beziehung zu kitten, eine Idee, die von Anfang an zum Scheitern verurteilt gewesen war. Doch als sie das Kind durch den Unfall bei dem Polizeieinsatz verloren hatte, war das ohnehin schon dünne Band zwischen ihnen beiden endgültig gerissen. Cocos Schmerz über den Verlust des Kindes, Andrés Vorwürfe – die Beziehung war nicht zu retten gewesen. Doch obwohl Coco wusste, dass die Trennung der richtige Schritt gewesen war, tat der Abschied immer noch weh. Zurückgeblieben war das Gefühl, gescheitert zu sein.

»Coco, ich möchte, dass du mir endlich die Unterlagen für unsere Scheidung unterschrieben zukommen lässt. Wie du weißt, brauche ich das Scheidungsformular, die Heiratsurkunde und den Ehevertrag.«

»Das mache ich demnächst«, antwortete Coco ausweichend.

»Das sagst du seit Monaten. Was kann denn daran so schwer sein?«

»Warum bist du denn so erpicht darauf, dich so schnell scheiden zu lassen?«, antwortete sie mit einer Gegenfrage.

»Ich möchte es einfach zu Ende bringen. Punkt.« André schwieg einen Moment. »Wenn ich dich daran erinnern darf: Du hast hier schließlich alles hingeschmissen und den Job in Monaco angenommen. Du hast mich verlassen und bist davongelaufen.«

»Du hättest ja mitkommen können. Ich brauchte einfach eine neue Umgebung.«

»Ach? Das war also alles meine Schuld? Hast du schon mal darüber nachgedacht, was ich brauche? Was hätte ich denn in Monaco machen sollen? Mich auf eine Yacht legen und darauf warten, dass ich Hautkrebs kriege?«, höhnte er.

»Was soll daran so falsch sein? Du warst mit meinem Vater früher immer gerne im Yachtclub«, antwortete Coco patzig.

»Coco! Lenk nicht ab. Ich will die Scheidung. Und zwar sofort.«

»Ich hab hier momentan Wichtigeres zu tun!«

»Coco. Lass uns doch wie erwachsene Menschen miteinander reden.«

»Warum liegt dir bloß so viel daran, so schnell von mir geschieden zu werden?« Coco schnaufte, dann strich sie sich die blonden Haare aus dem Gesicht. Sie wusste ja selbst nicht, warum sie sich mit diesem Thema so schwertat. Sie wollte André ganz sicher nicht zurück. Trotzdem hätte sie den endgültigen Schlussstrich gerne noch hinausgezögert. Am anderen Ende der Leitung hörte sie, wie André tief ein- und ausatmete.

»Ich habe eine Freundin«, sagte er dann knapp.

»Was?!« Coco glaubte, sich verhört zu haben. »Du hast was?«

»Ja, ich habe eine neue Partnerin. Ja, nun ist es raus. Ist das Grund genug?«

»André, du hast dich, nur ein knappes halbes Jahr nach der Trennung von deiner Frau, mit der du immerhin fast zwanzig Jahre zusammen warst …«

»Sechzehn«, unterbrach André sie.

»Siebzehn«, korrigierte Coco wütend. »Schön für dich, dass du so schnell wieder jemanden gefunden hast. Glückwunsch! Aber du warst ja schon immer …« Aus dem Hörer kam ein dezentes Tuten. André hatte einfach aufgelegt. »Das gibt's doch nicht!« Ärgerlich nahm Coco ihre Teetasse und schüttete den Inhalt in den Ausguss. Die Lust auf Tee war ihr vergangen. Stattdessen entkorkte sie eine Flasche Rotwein und trank ein halbes Glas davon in einem Zug. Sie füllte gerade ihr Glas nach, als es an der Tür klopfte. Überrascht öffnete sie: Nikolai stand breit grinsend auf ihrer Schwelle. In der einen Hand hielt er eine Tüte.

»Hunger?«

»Was willst du denn hier?«, erkundigte sich Coco.

»Ist war gerade unten im Sushi-Laden, da sah ich dich

vorbeigehen. Ich dachte, du hast vielleicht auch Appetit.«

»Und du warst dir natürlich sicher, dass Madame Dupont den Abend alleine in ihrer Wohnung verbringt.«

»Ist doch auch so, oder? Lässt du mich nun endlich rein?« Coco nickte und wies mit der Hand, in der sie immer noch das Rotweinglas hielt, den Weg ins Wohnzimmer. Sie musste zugeben, dass sie mittlerweile einen Bärenhunger hatte, und die Aussicht auf Sushi verbesserte ihre Stimmung erheblich.

»Auch ein Glas Wein?«, fragte sie, doch Nikolai schüttelte den Kopf.

»Hab mir einen frischgepressten O-Saft mitgebracht.«

»War 'ne rhetorische Frage.« Coco nippte an ihrem Glas. »Männer, die nur Orangensaft trinken, sind mir suspekt.«

»Weißt du, was mir suspekt ist? Heutzutage wundern sich die Leute mehr darüber, dass jemand keinen Alkohol trinkt, als wenn jemand säuft wie ein Loch. Ich kann das nicht mehr hören. Ich mag einfach keinen Alkohol. Punkt.«

»Ist ja gut!«

»Ernsthaft: Alkohol benebelt, trübt die Sinne, macht unglücklich, depressiv, Alkoholgenuss fördert schlechte Entscheidungen. Ich habe einfach keine Lust mehr, mit einem Riesenkater aufzuwachen. Ich brauche das nicht mehr.«

»Ein Glas Wein kann man ja aber auch genießen.«

»Du siehst gerade nicht so aus, als würdest du etwas genießen, wenn ich das so sagen darf. Möchtest du darüber reden?«

»Nein! Lass uns lieber was essen«, sagte Coco und machte sich über das Sushi her. Es war einfach köstlich!

»Ich war gestern Abend nach dem filmreifen Auftritt der Tierschützer im Cipriani anschließend noch im Sass«, begann Nikolai und schnappte sich mit seinen Stäbchen ein großes Reisröllchen. »Da habe ich mich ein bisschen über diese tote Frau, Freya Olsson, schlaugemacht. Und Samy hat mir unter dem Siegel der Verschwiegenheit eine sehr unschöne Geschichte erzählt.«

»Rück raus«, sagte Coco und trank noch einen Schluck Wein.

»Pass auf: Es war mal wieder einer dieser Abende, an dem diese Freya Olsson sturzbetrunken gewesen ist. Sie war mit einer Freundin da, und diese Freundin hat sich am nächsten Tag bei Samy gemeldet. Ihr wäre im Sass der Mantel gestohlen worden. Zwar weiß im Grunde jeder, dass der Laden kameraüberwacht ist, von daher ist es also reichlich dämlich, dort jemanden zu beklauen. War aber so. Jedenfalls hat sich Samy die Videobilder angeschaut, und jetzt halt dich fest: Deine Tote hat ihre eigene Freundin beklaut.«

»Kann ja wohl nicht sein!«

»Doch! Und das war noch nicht alles. Sie hat auch noch eine Pelzjacke mitgehen lassen. Die Dame hatte doch nicht alle Saiten auf der Zither! Samy hat gemutmaßt, dass sie das Zeug verkaufen wollte, um an Bargeld zu kommen. War wohl etwas knapp bei Kasse. Da ihr Mann sie verlassen hatte, musste sie ja für sich selber aufkommen.«

»Das ist ja eine furchtbare Geschichte. Hat die Freundin sie angezeigt?«

»Wohl nicht. Samy hat die Olsson angerufen und ihr gesagt, dass er weiß, dass sie die Jacke und den Mantel hat mitgehen lassen, und dass sie die teuren Klamotten zurückbringen soll. Am nächsten Tag stand ihr bester Freund mit den Sachen im Laden und entschuldigte den Vorfall mit Alkoholmissbrauch. Von daher Vorsicht.« Nikolai grinste und wies mit der Hand auf Cocos Glas.

»Schon klar«, sagte sie, als Nikolai plötzlich aufstand.

»Sorry, aber ich muss wieder los, hab viel zu tun morgen!« Er nahm sie noch kurz in den Arm, dann war er auch schon verschwunden. Coco wusste nicht recht, ob sie beleidigt sein sollte. Er hatte nicht mal versucht, mit ihr zu flirten. Sie hatte aber keine Lust, weiter darüber nachzudenken. Also füllte sie ihr Glas wieder, setzte sich neben das Sofa auf den Fußboden und dachte über das nach, was Nikolai ihr eben über die Tote erzählt hatte. Was für eine traurige Geschichte! Freya Olsson war zu einem ständig betrunkenen Partygirl verkommen, blamierte sich bei jeder Gelegenheit bis auf die Knochen und enttäuschte am Ende sogar ihre besten Freunde. Monaco hatte ihr bei der Jagd nach Ruhm und Reichtum kein Glück gebracht, und das, was ihr wirklich fehlte, Liebe und Aufmerksamkeit, hatte sie erst recht nicht bekommen. Freya hatte versucht, ihr Unglück in Alkohol zu ertränken. Coco schaute auf ihr schon wieder geleertes Glas und stellte fest, dass auch sie schon ziemlich angetrunken war. Würde sie selbst womöglich auch irgendwann so enden? Allein und betrunken, während ihr Exmann sie schon längst abgehakt, vergessen und sich einer neuen Liebe zugewandt hatte? Coco stellte das Glas neben sich ab, stand auf und nahm einen Pappkarton aus dem Bücherregal. Sie öffnete den Deckel, griff hinein und zog einen kleinen roten Strampelanzug hervor, der auf der Vorderseite den Schriftzug »I am happy« trug. Coco strich mit der Hand über den weichen Stoff und fing bitterlich an zu weinen.

Der Junge auf dem Foto ist sechs Jahre alt. Mit einem breiten Grinsen, das eine riesige Zahnlücke entblößt, strahlt er in die Kamera. Im Arm hält er eine Schultüte. Natürlich müssen auch Zirkuskinder in die Schule gehen. Sobald ihre Eltern wissen, wo sie gastieren, melden sie die ganze Schar in der Gemeinde an. Es ist ein Wandern von Ort zu Ort, immer neue Kinder, immer neue Lehrer, manchmal alle zwei Wochen. Und immer wieder die gleichen Fragen: Wie ist es, im Zirkus zu leben? Wie lernt man Jonglieren? Kannst du uns das zeigen? Aber nicht überall werden sie mit Begeisterung empfangen. Diese Kränkungen sitzen tief, die Vorurteile, die ihnen entgegenschlagen: Zirkuskinder würden sich nicht waschen, hätten keine Bildung, würden klauen und andere Kinder negativ beeinflussen. Die Lehrer nehmen sie nicht ernst, setzen sie immer in die letzte Reihe, lassen sie nur Bilder malen, anstatt ihnen etwas beizubringen. Diese Erlebnisse machen sie traurig, schweißen sie als Geschwister aber auch noch mehr zusammen. Blut ist eben dicker als Wasser. Ein anderes vergilbtes Bild zeigt die Geschwister zusammen mit anderen Kindern. Eines von den Kindern zeigt auf die Raubkatzen im Käfig. Sie haben öfter mal Besuch von den Mitschülern, zeigen ihnen voller Stolz den Zirkus. In diesen Momenten ahnen sie, wie es sich anfühlt, richtige Freunde zu haben. Doch die Zeit, um Freundschaften zu schließen, ist knapp. Im Durchschnitt bleibt der Wanderzirkus nur vier oder fünf Tage an einem Ort. Wie kann man da Freunde finden? So sind sie gezwungen, sich mit dem zu begnügen, was sie haben: Brüder und Schwestern, Nichten und Neffen. Doch das Zirkusleben hat auch gute Seiten. Sie kommen weit herum, sehen viele unterschiedliche Orte und Länder, es ist eine Kindheit zwischen Hochseil und Raubtieren, zwischen Manege und Wohnwagen. Sie teilen sich den knappen Platz im Caravan, streiten sich höchstens um die wenigen Quadratmeter Wandfläche, an der sie Poster des Lieblingsfußballclubs oder von Popstars aufhängen. Das nächste Bild zeigt zwei der Jungs in ihren Kostümen. Sie lachen sich strahlend an, ein Moment, in dem sie wirklich glücklich sind.

23

»Wir müssen ihn suchen«, wiederholte Valeri nun schon zum dritten Mal, doch Levèvre war der Meinung, sie hätten derzeit weiß Gott Besseres zu tun.

»Finden Sie nicht, dass das etwas voreilig ist? Der Mann ist schließlich erwachsen und noch nicht mal vierundzwanzig Stunden verschwunden. Da können Sie doch nicht verlangen, dass wir jetzt schon eine großangelegte Suchaktion starten. Vielleicht hatte der alte Denaux einfach die Nase gestrichen voll von all dem Ärger um das Festival und ist abgetaucht, sitzt irgendwo in den Bergen und genießt ein Glas Rosé.«

»Das glauben Sie doch wohl selbst nicht«, erwiderte Valeri. »Gestern Abend ist er nicht zur Pressekonferenz erschienen und hat auch nicht, wie sonst immer, im Hotel Columbus eingecheckt, um näher am Festivalgelände zu sein. Das ist in all den vielen Jahren noch nie vorgekommen.« Doch Levèvre blieb stur, so dass Valeri sich genötigt sah, einen letzten Trumpf aus dem Ärmel zu ziehen. »Selbst die Prinzessin macht sich die allergrößten Sorgen …«

Das hatte funktioniert, und so war er nun mit Coco Dupont im Dienstwagen unterwegs in die Berge. Coco, die am Steuer saß, warf einen Blick auf ihr Handy, das ihr mit Hilfe einer Navigations-App den Weg anzeigen sollte.

»Peillon, wer zum Teufel zieht denn da hoch in die Berge? Das ist ja the arse end of nowhere!«

»Das können Sie laut sagen. Wir werden eine knappe Stunde dahin brauchen, zumal sich die Serpentinenstraße dorthin in die Länge zieht wie Kaugummi.« Coco fluchte. Sie war an einem Kreisel eine Ausfahrt zu früh abgebogen und fuhr nun auf der falschen Straße in die Berge.

»Dieses Navi macht mich wahnsinnig! Kann die blöde Tussi einem nicht einmal den richtigen Weg ansagen?«, nölte sie genervt.

»Warum fragen Sie nicht einfach mich anstelle dieser blöden Tussi?«, sagte Valeri mit einem süffisanten Unterton. »So ungefähr kenne ich den Weg dahin.«

»Ach, und das sagen Sie jetzt!«, empörte sich Coco. »Außerdem geht es ums Prinzip. Wozu bezahlt man diese vielen Apps, wenn sie dann doch nicht funktionieren? Das regt mich einfach auf.«

»Cool bleiben, so groß ist der Umweg gar nicht. Jetzt machen wir einen kleinen Abstecher nach La Turbie, ein hübsches Örtchen, wo es ein fantastisches Bistro gibt, das ich nur empfehlen kann.«

»Dass wir Zeit haben, dort etwas zu essen, bezweifle ich«, murmelte Coco angespannt.

»Jetzt genießen Sie doch mal die herrliche Aussicht!«, rief Valeri. Er lehnte entspannt in seinem Sitz und schien tatsächlich das Panorama zu genießen, während Coco sich mit äußerster Konzentration durch die immer enger werdenden Haarnadelkurven kämpfte. Und dann, hinter der letzten Kehre, tauchte plötzlich das Örtchen Peillon auf. Verwitterte graue Steinhäuschen, die zum Teil aus dem 18. Jahrhundert stammten, thronten wie eine mittelalterliche Festung inmitten der Felslandschaft.

»Dort also wohnt der alte Denaux?«, fragte Coco beeindruckt. »Das sieht ja aus wie die Filmlandschaft im *Herr der Ringe*!«

»Ja, echt unglaublich! Früher hat er dort ganz oben gewohnt, jetzt hat er ein Haus vorne an der Ortseinfahrt. Da ist es auch schon. Und der geschätzte Kollege ist auch schon da«, rief er und wies auf eine weinrote Corvette, die mit eingeschaltetem Warnblinklicht vor der Tür stand.

»Fahren die Kollegen aus Frankreich neuerdings Sportwagen?«, wunderte sich Coco.

»Kleiner Mann, großes Ego.«

»Das hat ja schon Jane Birkin gesagt: Nimm dich in Acht vor kleinen Männern!«

»Ja, die wissen eben, dass sie oft das Nachsehen haben. Kleines Beispiel aus den USA: Wussten Sie, dass in achtzig Prozent der Fälle der größere Kandidat bei der Präsidentschaftswahl gewonnen hat? Wer nicht über ein Gardemaß verfügt, versucht eben, auf andere Weise aufzufallen. Da hat der Kollege sicher lange drauf hingespart.«

»Was macht der überhaupt hier? Haben Sie Amtshilfe beantragt?«, fragte Coco. Das Fürstentum konnte bei Bedarf durchaus Polizeikräfte aus Frankreich anfordern. Außerdem war schon in einem Freundschaftsvertrag eine enge polizeiliche Zusammenarbeit der beiden Staaten besiegelt worden.

»Amtshilfe? Nein, wie kommen Sie darauf? Aber da wir auf französischem Boden ermitteln, musste ich die Kollegen natürlich informieren. Und Deneuve hat es sich offenbar nicht nehmen lassen, sich gleich selbst in die Ermittlungen einzuschalten.« Der französische Kollege Vince Deneuve wartete bereits vor der Tür des Hauses von Denaux und zog an seiner filterlosen Zigarette. Er hatte sich, quasi als Kontrapunkt zu seiner Glatze, einen Drei-Tage-Bart stehen lassen, trug eine Lederjacke, Jeans mit einem metallbeschlagenen Gürtel und dazu Cowboystiefel mit extra hohen Absätzen. Vince Deneuve wäre liebend gern zur Sûreté publique gegangen, hatte aber wegen seiner geringen Körpergröße dort keine Chance gehabt. Wer bei der monegassischen Polizei arbeiten wollte, musste mindestens einen Meter achtzig groß sein, und daran gab es nichts zu rütteln.

»Deneuve«, begrüßte ihn Valeri mit Handschlag. »Haben Sie Denaux schon gefunden?«

»Leider nicht!«

»Also ist der Vogel ausgeflogen?«

»Das würde ich so nicht sagen«, entgegnete Deneuve knapp und schnippte seine Zigarettenkippe auf den Boden. »*Your mind is your temple, keep it beautiful and free, don't let an egg get laid in it by something you can't see*«, zitierte er aus einem Song von Bob Dylan. Valeri, der keine Lust auf einen Schlagabtausch mit diesem arroganten laufenden Meter hatte, konnte es sich dennoch nicht verkneifen, mit einem anderen Dylan-Zitat zu antworten:

»*You'll never be greater than yourself.*« Das wirkte, Deneuve wurde augenblicklich professionell.

»Ich schätze, Alexandre Denaux hat sein Haus nicht freiwillig verlassen. Die Haustür stand sperrangelweit offen, und sein Koffer liegt im Flur. Genauso wie sein Handy. Es hat einen Sprung im Display.«

»Merde!«, war das einzige, das Valeri dazu einfiel. »Das gibt es doch nicht! Eine Selbstmörderin, eine tote Dompteuse und jetzt auch noch ein verschwundener Zirkusdirektor?«

»Vergessen Sie die durchgeknallten Tierschützer nicht«, ergänzte Coco.

»Haben Sie das ganze Haus schon durchsucht?« Deneuve schüttelte den Kopf.

»Im Keller war ich noch nicht.«

»Dann lassen Sie uns da mal zusammen runtergehen.« Die Wand neben der Kellertür zierte ein großes Zirkusplakat, auf dem ein streng blickender Weißclown zu sehen war, jener Part eines Clown-Duos, der sich eher seriös und intelligent präsentierte, zu dem aber immer auch ein »dummer August« als Partner gehörte. Valeri blieb kurz vor dem Plakat stehen und musterte das Foto.

»Ist das nicht Yann?« Coco und Deneuve blickten Valeri fragend an. »Yann Rossi – er gehört zu einer altbekannten italienisch-französischen Zirkusdynastie. Ich glaube, deren Stammbaum lässt sich bis ins 18. Jahrhundert zurückverfolgen. Yann hat den Zirkus wirklich im Blut. Ein genialer Künstler. Er ist nicht nur Clown, er spielt außerdem auch zwölf Instrumente«, erklärte Valeri.

»Jetzt sagen Sie nicht, dass Sie regelmäßig in den Zirkus gehen?«, fragte Deneuve leicht überheblich.

»Kommt schon mal vor. Gerade gestern habe ich im Zuge unserer Ermittlungen einen Teil der Vorstellung gesehen. Sind schon bewundernswert, diese Artisten: immer top in Form, immer unterwegs und dabei auf ein Leben auf wenigen Quadratmetern Wohnwagen beschränkt. Davor ziehe ich meinen Hut.« Valeri betätigte den Lichtschalter und stieg langsam die Kellertreppe hinunter. Unten angekommen, bestaunte er zusammen mit Coco die dort sorgfältig arrangierten Exponate: Originalkostüme bekannter Clowns und anderer Artisten, riesige, fast schon historische Zirkusplakate. Valeris Augen begannen zu leuchten. Da gab es alte Programmhefte, Miniaturausgaben von Zirkuswagen und sogar ausgestopfte Tiere. »Schauen Sie mal, dieses Kostüm hier mit den vielen funkelnden Steinen, das ist doch viel zu schwer, um darin auftreten«, murmelte er.

»Könnten wir uns mal aufs Wesentliche konzentrieren?«, drängte Deneuve. »Hier wird schließlich ein Mann vermisst.« Valeri riss sich von den Ausstellungsstücken los, obwohl er gerne noch nach dem silbernen Clown des Jongleurs Levin Liskow gesucht hätte.

»Da haben Sie ausnahmsweise völlig recht«, meinte Valeri, und sie warfen noch einen Blick in einen zweiten Kellerraum, in dem es außer weiteren Exponaten jedoch ebenfalls nichts zu entdecken gab, was ihnen einen Hinweis auf Denaux' Verbleib gegeben hätte.

»Wir gehen also davon aus, dass Alexandre Denaux sein Haus nicht freiwillig verlassen hat. Oder gibt es doch eine andere, harmlose Erklärung?«, fragte Coco mehr sich selbst als die anderen.

»Und die wäre?«, gab Deneuve zurück. »Der Mann geht doch nicht aus dem Haus, ohne die Tür hinter sich abzuschließen.«

»Aber wenn jemand ihn entführt hätte, würde derjenige dann nicht dafür sorgen, möglichst keine Spuren zu hinterlassen?«

»Jedenfalls müssen wir ihn suchen. Womöglich ist er verletzt.« Deneuve griff zu seinem Telefon. »Das ist Sache der französischen Polizei. Ich werde Verstärkung anfordern und das Dorf hier auf den Kopf stellen.«

24

Für Annatina Steiner war es etwas ganz Besonderes, beim Zirkusfestival von Monte Carlo auftreten zu dürfen. Sie war zum ersten Mal in Monaco dabei und hatte ihr Leben lang davon geträumt, es einmal bis ganz nach oben zu schaffen. Sie war in einer Künstlerfamilie aufgewachsen, ihr Vater war Theaterregisseur, ihre Mutter Maskenbildnerin. Annatina hatte schon mit neun Jahren ihren ersten Auftritt als Balletttänzerin gehabt. Mit vierzehn hatte sie die Schule abgebrochen, sehr zum Leidwesen ihrer Eltern, die gehofft hatten, dass sie etwas *Richtiges* lernen und nicht in die kreativen Fußstapfen ihrer Vorfahren treten würde.

Doch nun stand auch sie auf den Brettern beziehungsweise in der Manege und war kurz vor ihrem großen Auftritt beim Festival. Sie sah noch einmal an sich herunter und prüfte, ob ihr Kostüm, ein hautenger, goldfarbener Lycra-Overall, richtig saß. Dann stieg sie in einen großen Glascontainer, in dem sich etwa zwei Dutzend Königsnattern befanden. Einige der rot-schwarz-gelb-geringelten Schlangen wanden sich auf dem Boden, andere hingen an einem dicken Ast, der sich ebenfalls in dem Glaskasten befand. Vorsichtig schob Annatina Steiner einige der exotischen Reptilien mit dem nackten Fuß zur Seite, um für sich selbst Platz zu schaffen. In wenigen Sekunden würde der Glascontainer an einem dicken Seil nach oben gezogen werden, um dann, wenn die Zuschauer nach der Pause wieder Platz genommen hatten, zu dramatischer Musik und in einem Lichtkegel wieder hinab in die Manege gelassen zu werden.

Annatina hatte nach ihrer Ausbildung als staatlich geprüfte Balletttänzerin beschlossen, Kontorsionistin zu werden und war in Peking während ihrer Ausbildung zum Schlangenmenschen durch eine harte Schule gegangen. Und obwohl sie sich nichts mehr gewünscht hatte als diese Ausbildung im Reich der Mitte, hatte sie die Zeit dort gehasst und große Probleme gehabt, sich an den harten Drill in China zu gewöhnen. Doch sie hatte die Quälerei durchgehalten und gemeinsam mit den chinesischen Mädchen in harter Arbeit die Kunst der irrwitzigen Verrenkungen erlernt. Sie wusste, dass das, was sie ihrem Körper zumutete, den meisten Menschen schon beim bloßen Zusehen Schmerzen bereitete: Wenn sie sich zum Beispiel zusammenfaltete wie ein Klappmesser oder einen Fuß scheinbar mühelos hinter den Kopf legte. Doch damit nicht genug, sie hatte entschieden, ihre Show noch spektakulärer zu gestalten und dazu einige lebende Schlangen mit einzubinden. Sie wusste, dass viele Menschen großen Respekt oder gar Angst vor Schlangen hatten, Annatina dagegen war von den vermeintlich gefährlichen Tieren fasziniert. Sie waren so geheimnisvoll und elegant, und es war beeindruckend, welche Kraft in diesen Leibern ohne Arme und Beine steckte. Sie erinnerte sich noch genau an den Tag, als sie das erste Mal eine Schlange aus der Nähe gesehen hatte: Ein Freund ihres Vaters hatte eine Würgeschlange besessen und sie ihr in die Arme gelegt. Da war sie vielleicht zehn Jahre alt gewesen. Damals hatte sie geglaubt, eine Schlange würde sich glitschig und kalt anfühlen, doch das Gegenteil war der Fall. Sie war sofort begeistert von diesen Geschöpfen gewesen, und diese Leidenschaft hatte sie nicht mehr losgelassen.

Sobald sie nun in dem Glaskasten mit den Königsnattern Platz gefunden hatte, zogen die Kollegen sie nach oben, direkt unter das Zeltdach.

»Au«, entfuhr es ihr, als sie einen leichten Schmerz am Fuß verspürte. Eines der Tiere hatte sie offenbar gebissen. Das war schon lange nicht mehr vorgekommen. Normalerweise waren ihre Schlangen eher friedlich und scheu, besonders, wenn sie gerade gefüttert worden waren. Vorsichtig zog sie ihren verletzten Fuß ein Stück zu sich heran, aber hier oben war es zu dunkel, um etwas erkennen zu können. Schon begann das Orchester zu spielen, und sie machte sich keine weiteren Gedanken über den Vorfall. Was sollte schon passieren? Königsnattern waren ungiftig und daher harmlos, trotzdem kam es gelegentlich vor, dass die scheuen Tiere erschraken und zubissen. Sie spürte keinen Schmerz und begann nun, als der Glaskasten sich nur noch etwa drei Meter über dem Manegenboden befand, mit ihrem Programm: Während die Nattern, angeregt durch das helle Scheinwerferlicht, munter hin und her schlängelten, ging Annatina langsam und in fließenden Bewegungen in einen Handstand, wobei sie die Beine waagerecht zu beiden Seiten ausstreckte, dann berührte sie, immer noch im Handstand, mit den Zehen beider Füße ihre Nasenspitze und lächelte, als das Publikum applaudierte.

Als der Glascontainer den Boden erreicht hatte, entstieg sie elegant, es wurde kurz dunkel, und während die ersten Takte des Songs »After Dark« von Tito & Tarantula ertönten und die Musik immer lauter wurde, ließ sich Annatina von einem Helfer eine große Würgeschlange, einen Tigerpython, um den Hals legen. So wie Salma Hayek in dem Film *From Dusk Till Dawn* bewegte nun auch sie sich langsam zur Musik, während sich die Schlange um ihren Körper wand. Aber im Gegensatz zu der schönen Schauspielerin, die nur getanzt hatte, bog und krümmte Annatina ihren Körper rhythmisch, bildete eine Brücke, aus der sie wiederum in einen Handstand ging, und das alles mit dem

Python am Körper, der langsam und elegant um sie herumglitt. Annatina fühlte sich großartig, sie genoss es, wie die Zuschauer ihre Darbietung gebannt verfolgten. Ganz offensichtlich kam ihre Nummer beim Publikum in Monaco gut an, sie hoffte nur, dass die Fachjury das ähnlich sehen würde. Ein Auftritt im Fürstentum war wichtig für alle Artisten. Immerhin schauten viele Kollegen, Zirkusdirektoren und Varietéchefs zu. Außerdem machte sich ein bronzener, silberner oder goldener Clown ausgesprochen gut in der Vita eines jeden Künstlers. Als Annatina Steiner am Ende ihrer Show angelangt war, hatte sie den Schlangenbiss längst vergessen. Sie sonnte sich im Applaus, genoss die Begeisterung des Publikums und verließ stolz die Manege. Erst als sie die Reptilien zurück in die Terrarien gebracht und ihre Requisiten verstaut hatte, spürte sie eine leichte Übelkeit. Sie maß dem aber keine große Bedeutung bei und beschloss, sich in ihrem Zirkuswagen ein wenig auszuruhen.

25

Nach dem erfolglosen Abstecher nach Peillon waren Valeri und Coco nach Monaco zurückgefahren. Und während Valeri sich erneut auf den Weg ins Ozeanographische Museum gemacht hatte, um die Mitarbeiter dort noch einmal zu befragen, saß Coco an ihrem Schreibtisch und versuchte, mehr über die tote Freya Olsson herauszufinden. Sie warf einen Blick auf das Facebook-Profil der Frau und scrollte die Timeline hinunter. Den Fotos nach zu urteilen, schien Freya Olsson keine Sorgen gehabt zu haben: Zwei Tage vor ihrem Tod war sie, gemeinsam mit ihrem besten Freund, Svend-Age Pettersson, im Café de Paris in St. Tropez gewesen. Unter dem Foto fanden sich einige Kommentare von Freunden und Bekannten, die ihr viel Spaß wünschten oder nett gemeinte Grüße schickten. Ein anderes Bild zeigte Freya Olsson mit vier Männern in einem Restaurant. Alle blickten mit erhobenen Gläsern gut gelaunt in die Kamera. Auch in dieser Runde war Pettersson dabei. *Mega Zeit mit Freunden, gute Laune, Spaß und Sonne,* hatte Freya kommentiert. Ein paar Tage davor war sie zum Austernessen in einem anderen Restaurant gewesen. Offenbar in prominenter Begleitung: *Mit Jean-Paul Belmondo* stand dort über einer Karte, auf der das Restaurant eingezeichnet war. Einige Wochen zuvor hatte ein Besuch auf dem Oktoberfest in München auf dem Programm gestanden, kurz danach eine Reise nach Stockholm. Dort war sie mit jenem Mann zu sehen, dessen Gesicht sie schon auf Fotos in Freya Olssons Wohnung gesehen hatten. Mit *my sweet brother – miss my little Baby* hatte Freya das Foto kommentiert. Ein anderes

Bild zeigte einen Säugling, der von Kopf bis Fuß in Gucci-Babyklamotten steckte. Geldsorgen hatte diese Familie offenbar tatsächlich nicht, dachte Coco und betrachtete nachdenklich weitere Fotos. Das Facebook-Profil vermittelte den Eindruck, dass Freya Olsson ein unbeschwertes, schönes Leben gehabt hatte. Einer Beschäftigung war sie offenbar nicht nachgegangen. Warum also sollte sich die Frau umgebracht haben? Was könnte sie dazu bewogen haben, sich vom Dach des Ozeanographischen Museums hinab in den Tod zu stürzen? Coco recherchierte im Internet zum Thema Suizid: Sie erfuhr, dass der Freitod oder auch der bloße Versuch, sich umzubringen, in den meisten Fällen Symptom einer psychischen Störung war, zum Beispiel einer Depression oder Schizophrenie. Innerhalb eines Jahres starben demnach weltweit rund achthunderttausend Menschen durch Suizid, unter den Fünfzehn- bis Neunundzwanzigjährigen war Selbstmord sogar die zweithäufigste Todesursache nach Verkehrsunfällen. Interessanterweise brachten sich in zivilisierten Ländern etwa dreimal mehr Männer um als Frauen. Standen also Männer mehr unter Druck? Immerhin, der Sturz in die Tiefe war, nach dem Erhängen oder Ersticken, die zweithäufigste Methode, sich das Leben zu nehmen. Coco wunderte sich.

»Ich dachte immer, die meisten Menschen würden Tabletten schlucken, wenn sie sich umbringen wollen«, sagte sie zu Noelle, die ihr gegenüber am Schreibtisch saß und sich gerade ihre braunen Haare bürstete.

»Ist zumindest nicht ganz so brutal. Aber?«, fragte Noelle interessiert.

»Die meisten sterben durch Erhängen oder Ersticken, aber an zweiter Stelle steht schon der Sturz in die Tiefe. Verrückt. Ich würde nie den Mut aufbringen, mich irgendwo herunterzustürzen. Stell dir mal vor, auf halber Strecke überlegst du es dir wieder anders.«

»Ich weiß nicht, ob man in dem Moment noch in der Lage wäre, einen klaren Gedanken zu fassen. Hoffentlich nicht. Wäre doch schrecklich, wenn du dann noch darüber nachdenken könntest, wie grässlich der Aufprall gleich sein würde.«

»Oh Gott, ja, gruselig«, sagte Coco nachdenklich. »In Deutschland gibt es übrigens deutlich weniger Selbstmorde als in Frankreich. Hier steht, dass auch der Alkohol schuld sein kann. Alkoholkonsum in Lebenskrisen senkt die Hemmschwelle.«

»Gibt halt viel Wein in unserem Land. Aber als Tochter eines Winzers muss ich da widersprechen: Ein guter Wein hebt doch die Stimmung und entspannt, anstatt einer Depression Vorschub zu leisten. Nein, nein, mach nicht unsere guten französischen Trauben dafür verantwortlich, dass hier Leute in den Tod springen«, sagte Noelle.

»Deine Eltern haben ein Weingut? Das wusste ich gar nicht.«

»Dann wird es aber Zeit, dass wir beide mal einen guten Wein zusammen trinken. Ich bin im Elsass aufgewachsen, bekam den Rosé sozusagen schon mit der Muttermilch.« Noelle lachte. »Das war natürlich ein Scherz. Aber ich bin tatsächlich zwischen Weinreben geboren worden und aufgewachsen.«

»Und was zum Henker hat dich dann hierher verschlagen? Warum hast du nicht einen knackigen Weinbauern geheiratet und sitzt jetzt mit ihm zwischen den Weinreben in der Sonne, genießt dein Leben auf dem Land, anstatt dich hier mit Mord und Totschlag herumzuschlagen?«, witzelte Coco.

»War tatsächlich nicht meine Wunschvorstellung. Aber eine Stelle zu finden, in der ich mich mit Schildkröten befassen kann, war eben nicht ganz so einfach.« Coco blickte Noelle fragend an.

»Schildkröten?«

»Ich habe über das Thema Meeresschildkröten promoviert. Ich liebe diese Tiere einfach, das sind wirklich spannende Exoten. Aber an der Uni gab es keine Arbeit für mich. Ich habe mich überall beworben, war mir dann aber gar nicht mehr sicher, ob ich überhaupt in der Forschung bleiben wollte, und dann hat mir Levèvre diesen Job hier angeboten. Er stammt ebenfalls aus meinem Dorf im Elsass. Meine Eltern und er kannten sich ganz gut. Da habe ich gedacht, eine Stelle bei der Polizei ist besser als gar keine Stelle. Und ehrlich gesagt: Ich habe es noch keinen Tag lang bereut. Ganz im Gegenteil. Zwar fehlen mir meine Tiere und die Forschung manchmal, aber hier habe ich es ja manchmal auch mit interessanten Tierchen zu tun. Jetzt erforsche ich eben Gauner und Gangster – ist doch auch ganz spannend.«

»So kann man das auch sehen«, sagte Coco und vertiefte sich wieder in ihre Recherchen. Sie erfuhr, dass selbst eine Schwangerschaft Depressionen auslösen konnte, und das war gar nicht so selten. Das ist doch absurd, ging es ihr durch den Kopf. Die Tatsache, ein Baby zu erwarten, sollte eine werdende Mutter doch überschäumen lassen vor Glück. Sie dachte an ihre eigene Geschichte und daran, wie froh sie gewesen war, als sie erfahren hatte, dass sie schwanger war. Und wie todtraurig, als sie ihr Kind verloren hatte. Konnte es möglich sein, dass sich eine Frau siebzig Meter in die Tiefe stürzte, weil sie ein Kind erwartete? Die Zeit, in der es eine Schande war, als alleinstehende Frau ein Kind zu bekommen, war ja zum Glück längst vorbei. Auch hatten sie immer noch nicht herausgefunden, wer der Vater des Kindes war und in welcher Beziehung Freya zu dem Mann gestanden hatte. Und hätte dieser Vater nicht längst auftauchen müssen und wissen wollen, wer für den Tod seiner Freundin und des gemeinsamen Kindes verantwortlich war? Sofern er denn von der Schwangerschaft gewusst hatte. Auf den Facebook-Fotos war Freya Olsson fast ausschließlich mit ihrem besten Freund zu sehen. Doch keines der Fotos ließ darauf schließen, dass sie eine Liebesbeziehung geführt hatten. Hatte es da vielleicht noch eine heimliche Liebe gegeben? Eine Affäre? Oder war die Schwangerschaft nur das Resultat eines One-Night-Stands gewesen? Die ganze Geschichte war ihr rätselhaft, und so suchte sie weiter im Internet nach Hinweisen, als Valeri ins Büro stürmte.

»Freya Olsson hatte sehr wohl Streit mit ihrem Exmann. Am Abend der Vernissage. Das hat eine der Museumsangestellten beobachtet. Und zwar oben auf dem Dach.«

»Ach, nein!«, antwortete Coco. »Mir gegenüber hat er behauptet, dass er gar nicht mit ihr gesprochen hat.«

»Von wegen! Der Scheidungstermin stand vor der Tür. Ich wette, es ging darum. Ich habe ihn herzitiert, den Herrn knöpfen wir uns noch mal vor.«

Eine halbe Stunde später saß Edvin Olsson tatsächlich im Vernehmungsraum.

»Sie haben mich angelogen«, warf Coco ihm vor.

Olsson blieb stumm und verzog keine Miene.

»Sie haben behauptet, Sie hätten im Museum nicht mit Ihrer Exfrau gesprochen. Wir wissen aber, dass das nicht stimmt. Und versuchen Sie nicht, das abzustreiten, das Museum wird videoüberwacht, und es gibt eine Zeugin, die Sie gesehen hat.«

Olsson stöhnte und strich sich über sein gegeltes Haar. »Ich wusste, dass mich das verdächtig machen würde.«

»Deshalb haben Sie gelogen?«, hakte Valeri nach.

»Scheiße, ja! Als ich von Freyas Tod erfahren habe, war mir klar, dass Sie mich auf der Abschussliste haben würden. Aber ich habe ihr nichts getan. Beim Wotan und all seinen Verwandten!«

»Worüber haben Sie sich gestritten?«, fragte Valeri.

»Über die Scheidung.«

»Auch da haben Sie gelogen.« Coco fixierte ihn ärgerlich. »Sie haben behauptet, es gäbe noch gar keinen Scheidungstermin. Wir wissen aber, dass der Termin schon feststand. In vier Wochen wäre es soweit gewesen.«

»Ja, ist ja gut. Ich gebe es zu. Sie hat die Scheidung eingereicht. Das geldgeile Luder! Das war doch das Einzige, worum es ihr ging.«

»Und sie wollten die Scheidung verhindern?«

»Ja, nein, aufschieben halt. Ich wollte da vorher noch einige Sachen regeln.«

»Ein bisschen Geld zur Seite schaffen zum Beispiel?«, bemerkte Valeri trocken. Olsson schwieg. »Ist es nicht so?«, drängelte Valeri.

»Und wenn schon. Diese Frau wollte mich ausnehmen wie eine Weihnachtsgans. Sie hat schon immer gerne mein Geld ausgegeben – und das nicht zu knapp. Und dann hat sie mich so dargestellt, als wäre ich ein Monster. Ein Unhold, der sie schamlos betrogen und hintergangen hat. Ich sage Ihnen: Dazu gehören immer zwei.« Valeri schluckte. Er dachte an seine eigene Ehe. An Inés' Untreue. War er selbst schuld, dass seine Frau fremdgegangen war? Hatte er sie womöglich sogar dazu getrieben? Valeri war verwirrt. Er räusperte sich.

»Das mag ja alles sein, nichtsdestotrotz wäre es früher oder später zur Scheidung gekommen.«

»Das ist richtig. Leider. Das hat Freya natürlich genau gewusst. Sie hat mich provoziert, als wir da oben neben dieser blöden Statue standen. *Ich werde dir das Fell über die Ohren ziehen! Du wirst genauso aussehen wie dieses Monster hier, wenn ich mit dir fertig bin,* hat sie gebrüllt und mich mit diesem hässlichen Kunstwerk verglichen.«

»Das hässliche Kunstwerk ist von Damien Hirst«, warf

Coco ein, »derzeit einer der höchstbezahlten Künstler weltweit.«

»Ist mir so was von scheißegal!« Olsson geriet in Rage. »Und wenn es von Picasso wäre. Freya hat mich jedenfalls angepöbelt, lautstark, sämtliche Leute haben sich nach uns umgedreht. Hochnotpeinlich war das. Wahrscheinlich war sie wieder betrunken.«

»Sie war schwanger«, bemerkte Coco.

»Na und? Wer weiß, ob sie das überhaupt gemerkt hat. Die war doch abhängig. Alkoholkrank.«

»Und dann ist der Streit eskaliert, und Sie haben sie hinabgestoßen? Und sich eine teure Scheidung erspart?«, provozierte ihn Valeri.

»Was, was? Sind Sie irre? Ich habe nichts getan! Ich war schon mal im Knast. Keine schöne Erfahrung, das können Sie mir glauben. Und überhaupt: Ich denke, das Museum ist videoüberwacht? Dann müssten Sie ja gesehen haben, dass ich ihr kein Haar gekrümmt habe.«

»An der Stelle gibt es keine Kamera«, gab Coco unumwunden zu.

»Ach so ist das. Wann ist Freya denn überhaupt gestorben?«

»Gegen Mitternacht.«

»Ich habe das Museum schon gegen halb elf verlassen. Eigentlich wollte meine Freundin mich dort treffen, aber Freya hat mir die Laune gehörig verdorben, weshalb ich dann vorzeitig nach Hause gefahren bin.«

»Wo diese Freundin auf Sie gewartet hat?«

»Na, sicher!«

»Wir werden das überprüfen.«

»Tun Sie das.« Olsson stand auf. »Kann ich jetzt gehen?«

Nachdem Olsson die Sûreté verlassen hatte, ließen sich Valeri und Coco die Videoaufnahmen des fraglichen Abends zeigen: Tatsächlich hatte Olsson das Ozeanographische Museum um 22:39 Uhr verlassen und war gegen 22:57 Uhr vor seinem Appartement im Hafen angekommen.

»Verdammt! Dann kann er es tatsächlich nicht gewesen sein«, ärgerte sich Valeri.

»Richtig«, stellte Coco fest. »Aber was ist mit Olssons Freundin? Könnte sie es gewesen sein? Offenbar war sie ja ursprünglich mit Olsson im Museum verabredet. War sie doch noch dort? Wollte sie verhindern, dass Olsson einen Großteil seines Vermögens verliert?«

»Ich kann mir das nicht vorstellen. Eine Frau, die ohne Skrupel eine andere von einem Dach stürzt? Mal abgesehen davon, halte ich es für fast unmöglich, dass eine Frau die Kraft hat, einen erwachsenen Menschen über die Brüstung zu heben. Vor allem dann, wenn derjenige sich wehrt.«

»Aber wer hätte sonst noch ein Motiv? Wer könnte es gewesen sein?«

»Vielleicht doch kein Mord«, sinnierte Valeri. »Ich schätze, die Frau ist schlicht und ergreifend gesprungen. So muss es wohl gewesen sein. Freya Olsson hatte Probleme, das wissen wir. Es gab Geldsorgen, sie war unglücklich. Vielleicht können wir den Fall zu den Akten legen. Ebenso wie den Vorfall im Zirkus. Zwei tragische Unfälle, die rein zufällig fast zeitgleich stattgefunden haben.«

»Möglicherweise haben Sie recht.« Coco nickte und warf einen Blick auf die Uhr. »Ich mache jetzt Feierabend. Wir sehen uns dann morgen.«

»Okay«, antwortete Valeri. »Der nächste Fall kommt bestimmt.« Er lächelte, nicht ahnend, wie recht er damit haben sollte. Er hätte die Ermittlungen in diesen beiden Fällen nur allzu gerne abgeschlossen. Allerdings gab es da noch den verschwundenen Zirkusdirektor. Aber um den würde er sich morgen kümmern. Jetzt hatte er eine Verabredung, auf die er sich schon mächtig freute. Und das war seit Langem nicht mehr der Fall gewesen. Er verspürte ein schwaches Kribbeln im Bauch und verließ beschwingt die Sûreté.

26

Annatina Steiner hatte sich direkt nach ihrem Auftritt ins Bett gelegt. Ihr war übel gewesen, und sie hatte ziemlich starke Kopfschmerzen. Außerdem hatte sie zu schwitzen begonnen. Sie hatte eine Weile geschlafen, nun aber war sie durch die Übelkeit wieder aufgewacht. Was ist nur mit mir los, dachte sie und setzte sich langsam in ihrem schmalen Bett auf. War das eine beginnende Erkältung? Sie strich sich mit der Hand über die Stirn, auf der sich dicke Schweißperlen gebildet hatten. Verdammt, das war doch nicht normal. Sie dachte nach. Der Schlangenbiss!

»Das kann doch gar nicht sein«, flüsterte sie und zog sich die Socken von den Füßen. An ihrem rechten Fuß war das Gewebe um die Bissstelle herum leicht angeschwollen und lila verfärbt. Vorsichtig strich sie mit einem Finger über die dicht nebeneinanderliegenden Einstiche, doch sie spürte nicht viel. Die Haut fühlte sich taub an. Sie versuchte, sich zu konzentrieren und genauer hinzusehen, doch ihr Blickfeld verschob sich. Die Bisswunde schien plötzlich doppelt vorhanden zu sein. »Oh Gott, was, was …«, stammelte sie. Annatina Steiner hatte das Gefühl, ihre Zunge würde immer schwerer und dicker werden, und es fiel ihr schwer, auch nur ein einziges Wort herauszubekommen. Außerdem konnte sie nicht mehr schlucken. Irgendetwas war hier gehörig schiefgelaufen! Denk nach, denk nach! Ihre Schlangen waren harmlose Königsnattern, deren Bisse nicht gefährlich waren. Und doch hatte sie zu viel Erfahrung, um die Anzeichen nicht richtig zu deuten. Sie war von einer Schlange gebissen worden, und offensichtlich war dieser Biss gefährlich, denn sie zeigte alle Symptome einer Vergiftung. Doch wie konnte das sein? Wie war das möglich? Sie wusste, dass nach dem Biss einer Giftschlange jede Minute zählte. Denn je nach Art der Schlange konnte es sich um ein höchst wirksames Nervengift handeln. Sie brauchte ein Gegenserum, und zwar schnell! Mühsam rappelte sie sich auf und versuchte zur Tür zu gelangen, doch sie konnte sich nicht auf den Beinen halten. Die Lähmung setzte schon ein, gleichzeitig hatte sie das Gefühl, nicht mehr genügend Luft zu bekommen. Oh Gott, es ist zu spät! Sie geriet in Panik und versuchte, zur Wohnwagentür zu kriechen. Endlich hatte sie den Ausgang erreicht, aber die Tür ließ sich nicht öffnen. Sie würde hier nicht herauskommen. Verdammt! Nein, nein! War das ein schlechter Scherz? Sie hatte das Gefühl, die Augen nicht mehr aufzubekommen, ihre Beine spürte sie nicht mehr und sie wurde immer schwächer. Reiß dich zusammen! Halt durch! Du musst hier raus! Wieder versuchte sie, sich aufzurichten. Hatte sie jemand eingesperrt? Was konnte sie tun? Sie wusste, wenn sie es nicht schaffte, Hilfe zu holen, würde sie ersticken. Automatisch griff sie sich an den Hals. Sie bekam immer weniger Luft, und der Schwindel nahm zu. Plötzlich begann der Raum sich um sie zu drehen, und gleichzeitig verspürte sie eine Art von Euphorie. War sie jetzt völlig verrückt geworden? Sie konnte die Augen kaum noch offen halten. Die Handtasche! Das Handy! Wo steckte das verdammte Ding? Sie musste an ihr Mobiltelefon herankommen, um Hilfe zu rufen. Sie kicherte. Sterbe ich am Biss einer ungiftigen Schlange? So ist das also, wenn der Tod kommt. Es wird nicht mehr lange dauern … Sie meinte, aus der Ferne leise Musik zu hören.

27

Als Coco den Hafen von Fontvieille erreichte, war die Sonne gerade untergegangen. Das Boot, auf dem sich ihre Freundin Cécile befand, lag direkt vorne am ersten Steg, wenn man am großen Einkaufszentrum vorbei in den Hafen kam. Die *Sunny Cécile* war ein kleines, schickes Segelboot, nur gut 42 Fuß lang, aber mit jeglichem technischen Schnickschnack ausgestattet. Coco ließ ihre Schuhe vor der Gangway stehen und betrat das Deck auf Strümpfen. Als sie oben ankam, lief Cécile schon lachend auf sie zu und nahm sie in den Arm.

»Coco! Schön, dass du es geschafft hast! Wie gefällt dir unser neues Boot?«, fragte sie und strich sich mit der für sie so typischen Handbewegung den etwas zu lang gewordenen blonden Pony aus dem Gesicht.

»Schick, schick!« Coco lachte. »Und wo ist deine bessere Hälfte? Frank ist doch bestimmt noch stolzer drauf als du?« Cécile und Frank waren schon seit Ewigkeiten zusammen, hatten sich in der Werft in Luzern kennengelernt, wo Cécile eine Ausbildung zur Konstruktionsmechanikerin gemacht hatte. Doch Cécile war die Arbeit dort auf Dauer zu langweilig gewesen, sie hatte lieber die Welt umsegelt und dann, zwei Jahre später, ihre Boots- und Segelschule in Monaco eröffnet. Frank, der bis dahin als Ingenieur gearbeitet hatte, war Cécile gefolgt, und seitdem betrieben sie gemeinsam sehr erfolgreich ihre Segelschule im Fürstentum.

»Frank platzt vor Stolz, gleichzeitig macht er sich aber fast in die Hose wegen des Kredits, den wir dafür aufnehmen mussten. Du kennst ihn ja.«

»Ja, er war schon immer der Vernünftigere von euch beiden. Aber die Schule läuft doch, oder?«

»Ja, die letzte Saison war prima, und diese beginnt auch schon vielversprechend. Für die Sommermonate sind wir schon fast komplett ausgebucht. Besonders unsere History-Tour rund um Monaco und die Fürstenfamilie kommt richtig gut an.«

»Dabei hat sich Nikolai noch so darüber lustig gemacht.« Coco grinste. »Der hat doch keine Ahnung.« Sie knöpfte ihre Jacke zu, fröstelte ein wenig.

»Ist dir kalt? Komm, lass uns reingehen.« Coco folgte Cécile die kleine Treppe hinunter in die Kabine, wo es eine kleine Sitzecke und eine Küche gab. Sie nahm auf einem der hellen Polster Platz, die sich um einen niedrigen Holztisch gruppierten. Cécile öffnete die Kühlschranktür und sah Coco fragend an.

»Magst du ein Glas Rosé?«

»Gerne.« Cécile goss ihr ein Glas ein und nahm für sich selbst ein Wasser. »Fastest du immer noch?« Cécile zögerte einen Moment und seufzte dann.

»Ich muss dir was sagen.« Sie hielt einen Moment inne. Plötzlich begriff Coco. »Du bist schwanger«, stellte sie dann fest.

Cécile nickte und sah sie unsicher an. »Es tut mir leid. Ich wollte euch im Cipriani nicht anlügen. Aber ich dachte, das wäre nicht der richtige Zeitpunkt. Im Nachhinein war das ja auch genau richtig. Und ich wusste einfach nicht, wie ich es dir …«

»Du hast dir meinetwegen Sorgen gemacht? Ach Cécile!« Coco sprang auf und nahm ihre Freundin in die Arme. »Ich freue mich für dich! Sehr sogar!« Coco lächelte ihr zu und meinte es auch so. »Ich habe mich irgendwie schlecht gefühlt«, versuchte Cécile zu erklären. »Ich weiß doch, wie sehr dich das alles mitgenommen hat. Es tut mir so leid!«

»Aber da kannst du doch nichts dafür. Du wirst eine wunderbare Mutter sein. Und bei dir wird alles gutgehen, da bin ich mir sicher.« Cécile zögerte. »Ich wusste nicht, ob ich mein Glück mit dir teilen kann oder soll. Bei mir sprudeln die Hormone ja nur so, ich habe Stimmungsschwankungen, bin total happy und gleichzeitig aber auch empfindlich und aufbrausend, ich habe ein riesengroßes Mitteilungsbedürfnis, weiß aber nicht, ob du das alles überhaupt hören kannst und willst. Ich wollte es dir schon vor Wochen erzählen, aber ich habe es immer vor mir hergeschoben. Ich hatte eine Riesenangst.« Cécile traten Tränen in die Augen. Coco nahm sie erneut in den Arm.

»Cécile, ich komme damit klar. Wirklich. Und ich freue mich für euch. Und ja, natürlich erinnert mich das an meine Schwangerschaft, und es wird vielleicht den einen oder anderen Moment geben, wo es mir schwerfallen wird, locker damit umzugehen. Aber das ist dann ganz sicher nicht böse gemeint.«

»Das weiß ich doch. Ich bin so froh, dass es jetzt raus ist.« Cécile lachte nun wieder und Coco hob ihr Glas.

»Lass uns anstoßen. Auf eure kleine Familie.«

»Auf unsere Freundschaft«, ergänzte Cécile, dann schwiegen sie beide für einen Moment. Coco hatte die Nachricht von Céciles Schwangerschaft doch ein wenig überrascht. Ihre Freundin war eine Weltenbummlerin, ein Hippiemädchen, unkonventionell und wild. Sollte sie jetzt tatsächlich sesshaft werden? Ein bürgerliches Familienleben führen wollen? Ein Leben, das Coco nicht vergönnt gewesen war? Ohne etwas dagegen tun zu können, versetzte ihr diese Vorstellung einen kleinen Stich. Coco hatte ihre Worte ernst gemeint, war ganz ehrlich gewesen, als sie gesagt hatte, dass sie sich für ihre Freundin freute. Aber natürlich hatte Cécile recht: Es war gleichzeitig ein Problem für sie, ihre engste Freundin schwanger zu sehen. Sie erinnerte sich sehr gut daran, wie glücklich sie selbst gewesen war, als sie die ersten Ultraschallbilder in den Händen gehalten, die kleinen Bewegungen in ihrem Bauch verspürt hatte. Würde sie diesen Schicksalsschlag je überwinden? War es möglich, noch einmal eine Familie zu gründen, noch einmal ein neues Glück zu finden? Coco trank noch einen Schluck Wein. Dann hörten sie ein Geräusch auf der Treppe, und Sekunden später stand Frank vor ihnen. Coco sprang auf und fiel ihm um den Hals.

»Ich freue mich so für euch«, sagte sie und sah Frank offen an. »Du wirst ein Supervater werden.«

28

Im kleinen Hafen von Fontvieille hatte Valeri in seinem Lieblingsrestaurant Les Perles de Monte Carlo an einem der einfachen, braunen Holztische Platz genommen und wartete auf die Artistin Fanni Favelli, mit der er zum Dinner verabredet war. Zu seinem Glück hatte er kurzfristig noch einen Tisch bekommen, ein schwieriges Unterfangen, denn die wenigen Plätze auf der schmalen Terrasse, die direkt neben den großen Steinen am Ende eines Steges lag, waren heiß begehrt. Doch Valeri war Stammgast, verstand sich gut mit Brice und Frédéric, den beiden Inhabern, so dass er fast immer ein Plätzchen ergattern konnte.

Anfangs hatten viele Monegassen gar nichts von der Existenz des Restaurants gewusst, weil es zunächst nur als Austernfarm und seine »Perles de Monte-Carlo« bekannt geworden war. Doch dann hatte sich der wunderbare Ort ebenso wie das hervorragende Essen schnell herumgesprochen.

Die Betreiber kamen ursprünglich aus der Bretagne. Von dort hatten sie ihr Wissen mitgebracht und züchteten nun hier an der Côte d'Azur außergewöhnlich gute Austern, die nicht nur auf ihrer eigenen Speisekarte standen, sondern auch in anderen guten Restaurants in Monaco zu haben waren. Valeri hatte bereits eine Karaffe mit Rosé bestellt und nippte an seinem Glas, als der Kellner ihm einen Vorspeisenteller mit Hummus, Taboulé und Baba Ghanoush hinstellte, alles Spezialitäten der arabischen Küche, was darauf zurückzuführen war, dass die Inhaber des Restaurants eine Weile lang im Orient gelebt hatten.

»Merci!« Valeri hatte einen Bärenhunger und stippte sein Brot in das Hummus. Gerade als er den ersten Bissen verschlungen hatte, tippte ihm Fanni auf die Schulter.

»Zügeln Sie Ihren Appetit, Monsieur le Commissaire!«

»Entschuldigen Sie, aber die Vorspeisen haben mich ein Minütchen zu lange angelächelt. Das Essen hier ist einfach hervorragend. Setzen Sie sich doch.«

»Wollen Sie mich denn gar nicht anständig begrüßen?«, lachte die Artistin und hauchte ihm links und rechts einen Kuss auf die Wange. Dann nahm sie ihm gegenüber auf einer der hohen Holzbänke Platz. Valeri nahm die Weinkaraffe zur Hand und füllte ihr Glas mit Rosé.

»Schön, dass unser Treffen so schnell geklappt hat«, sagte er dann etwas verlegen.

»Schön, dass Sie angerufen haben.« Sie stießen an, dann wies Valeri auf die roten Holztafeln, die an der Außenwand des kleinen Restaurants hingen und auf denen in weißer geschwungener Schrift geschrieben stand, auf welche Köstlichkeiten man sich im Les Perles de Monte Carlo freuen durfte.

»Was mögen Sie? Haben Sie einen bestimmten Wunsch?«

»Nein, entscheiden Sie. Sie wissen sicher, was gut ist«, sagte Fanni und strich sich durch die Haare. »Denn sonst wären Sie ja nicht mit mir hier«, fuhr sie augenzwinkernd fort und sah ihn mit großen Augen an. Valeri entschied sich für ein Dutzend Austern, ein paar große Garnelen und einen Wolfsbarsch.

»Sagen Sie«, wandte er sich dann wieder Fanni zu. »Wie sind Sie eigentlich dazu gekommen, Artistin zu werden?«

»Das lag mir einfach in den Genen. Ich glaube nicht, dass ich etwas anderes hätte werden können.«

»So strenge Eltern?«

»Nein, gar nicht. Aber einen bürgerlichen Beruf zu ergreifen, war einfach nie ein Thema. Ich komme aus einer riesengroßen Zirkusfamilie, mein Vater war der jüngste Elefantendompteur aller Zeiten. Er hat schon als kleiner Junge angefangen, mit den Dickhäutern zu arbeiten. Und seine fünf Brüder waren ebenfalls alle mit in der Manege. Meine Mutter war Seiltänzerin, und alle meine Brüder arbeiten ebenfalls im Zirkus.«

»Das klingt nach vielen Brüdern. Und die passen alle auf Sie auf?«

»Offenbar nicht gut genug, sonst würde ich hier nicht mit einem mir noch unbekannten Mann sitzen.« Fanni lachte und hob ihr Glas. »Santé!« Sie stießen an, dann wurde auch schon das Essen serviert. Die Meeresfrüchte sahen köstlich aus, die Riesengarnelen waren auf einem Bett von Eis angerichtet, fangfrisch und von markantem Geschmack. Der Wolfsbarsch war saftig und wurde mit violetten Kartoffeln gereicht, die nicht nur schön anzusehen waren, sondern wegen ihrer Antioxidantien auch noch sehr gesund sein sollten. Valeri nahm sich vor, das Rezept in seinem kleinen Notizbuch zu vermerken, um es baldmöglichst nachzukochen.

»Lohnt sich Zirkus heute eigentlich noch?«, fragte er dann kauend.

»Ja, schon. Man muss natürlich mit der Zeit gehen, sich anpassen.«

»Das heißt?«

»Na ja, ein einfacher Clown mit roter Nase reicht nicht mehr, um das Publikum zu begeistern. Wobei Clowns ein schlechtes Beispiel sind, denn gerade Kinder sind immer noch verrückt nach ihnen. Aber das Publikum wird immer anspruchsvoller, will nicht einfach nur dasitzen und gucken. Heute muss ein Clown zum Beispiel die Zuschauer in die Manege holen und mit in die Vorstellung einbeziehen. Das mögen die Leute. Und jeder Zirkus braucht eine echte Attraktion. Eine Todeskugel mit Motorrädern zum Beispiel, das ist modern, das wird heute sehr gerne gesehen. Aber auch altbekannte Disziplinen wie das Hochseil sind immer noch populär. Gehen Sie denn gerne in den Zirkus?«

»Ich habe den Zirkus als Kind geliebt!«

»Und heute?«

»Der Zirkus erinnert mich tatsächlich immer an meine Kindheit. Und das ist ein schönes Gefühl. Also ja, ich mag den Zirkus auch heute noch. Und Sie? Nervt Sie das Zirkusleben nicht manchmal?«

»Eigentlich nicht. Ich mag den Zusammenhalt im Zirkus, die große Gemeinschaft, die Familientraditionen. Das gibt uns Sicherheit, ein Netz, einen doppelten Boden.«

»Aber ist es nicht schwierig, dort Freundschaften zu knüpfen? Sie müssen doch immer wieder weiterziehen.«

»Ganz und gar nicht. Wir sehen uns doch wieder, sind eine eingeschworene Gemeinschaft, ein kleiner Mikrokosmos, ich glaube, da ist es sogar sehr einfach, Freunde zu finden.«

»Und ich dachte immer, das wäre eine romantisierte Vorstellung vom Zirkusleben.« Valeri lachte. »Aber anscheinend habe ich mich geirrt.«

»Was die Freundschaften angeht, vielleicht. Aber natürlich wird das Zirkusleben von den Leuten romantisch verklärt. Sie sehen ja nur das, was in der Manege passiert. Aber dahinter steckt knochenharte Arbeit, wochenlanges Training, bevor es überhaupt losgeht, und auch während der Saison wird täglich trainiert. Und so ein Arbeitstag ist lang und manchmal erst gegen Mitternacht zu Ende. Aber ich liebe dieses Leben, die Arbeit ist abwechslungsreich, und vergessen Sie nicht den Applaus. Dafür leben wir. Aber ich schaue genauso gern mal über den Tellerrand. Also, erzählen Sie mir doch mal von Ihrem Leben als Kommissar.« Valeri lächelte.

»Das ist weniger spannend, als Sie sich das vielleicht vorstellen«, sagte er und gab einige Anekdoten aus den letzten Jahren zum Besten, unter anderem die Geschichte von den Juwelenräubern, von denen sie einige dingfest gemacht hatten. Eine Story, die auch Fanni Favelli faszinierend fand. Valeri war fast verwundert darüber, wie gut sie sich verstanden und mit welcher Leichtigkeit ihr Gespräch dahinplätscherte. Es wurde später und später, mittlerweile war es stockdunkel geworden und etwas kühl, und als Fanni ein wenig fröstelte, legte Valeri ihr galant sein Jackett über die Schultern.

»Es wird kalt, wenn die Sonne weg ist, nicht wahr?«

»Ja, es wird auch langsam Zeit für mich.« Valeri nickte und orderte die Rechnung. Dann spazierten sie langsam nebeneinander über den Steg zurück. An dessen Ende blieben sie stehen und blickten einen Moment lang auf das schwarze Wasser. Und Valeri spürte, wie die Luft zwischen ihnen förmlich anfing zu knistern, als sie sich irgendwann schweigend in die Augen sahen. Er nahm Fanni in den Arm und küsste sie. Es war ein kurzer, intimer Moment, ein paar Sekunden, in denen Valeri die Welt um sich herum komplett vergaß. Doch plötzlich wich Fanni vor ihm zurück.

»Tut mir leid, aber das geht nicht!«, stammelte sie verwirrt. Dann zog sie Valeris Jackett aus und legte es ihm über den Arm. »Tut mir leid, aber ich muss gehen«, sagte sie, strich ihm kurz über die Wange und lief schnellen Schrittes davon. Kopfschüttelnd sah Valeri ihr nach, bis sie in der Dunkelheit verschwunden war.

29

Am nächsten Morgen dachte Valeri noch einmal darüber nach, was sich da gestern zwischen ihm und Fanni Favelli abgespielt hatte. Er musste sich eingestehen, dass er sich von dieser Frau magisch angezogen fühlte. Das Dinner war wunderschön gewesen, sie hatten sich gut verstanden, über Gott und die Welt geplaudert, und es hatte keine unangenehmen Momente gegeben – jedenfalls nicht bis zu diesem einen Kuss. Hatte er einen Fehler gemacht? Oder etwas Falsches gesagt? Der Kuss hatte sich jedenfalls gut angefühlt. Ziemlich gut sogar, immerhin hatte Valeri seit vielen Jahren keine andere Frau als seine eigene geküsst. Es war aufregend gewesen, überraschend, prickelnd und trotzdem fast ein wenig vertraut. Etwas verwirrt betrat er den großen Konferenzraum, in dem Coco schon auf ihn wartete. Kurz nach Valeri traf auch Deneuve, der reizende Kollege von der französischen Polizei ein. Der pfiff vor sich hin, während er gekonnt lässig seine braune Lederjacke über eine Stuhllehne warf und sich dann niederließ, als würde er schon seit Jahrzehnten für die monegassische Polizei arbeiten.

»Schön, mal wieder hier zu sein, im Ferrari unter den Polizeiwachen«, witzelte er zur Begrüßung.

»Der Vergleich hinkt«, entgegnete Coco und rührte in ihrem Matcha-Latte, den sie sich kurz zuvor noch in ihrem Büro aufgebrüht hatte.

»Was trinken Sie denn da? Ist das Froschlaich?«, kommentierte Deneuve Cocos grünes Lieblings-Teegetränk.

»Nein, das sind pürierte Froschschenkel – wollen Sie mal probieren?« Deneuve verzog angewidert das Gesicht.

»Mal im Ernst: Wer trinkt denn so was? Gibt es hier keinen anständigen Kaffee?«

»Doch«, mischte sich Valeri ein und wies auf die Thermoskanne, die auf dem Tisch stand. »Selbstbedienung.«

»Das hier ist grüner Tee, ist sehr gesund, sollten Sie auch mal versuchen. Verbessert den Fettstoffwechsel«, sagte Coco süffisant und warf einen Seitenblick auf Deneuves Bauch, der etwas an Umfang zugenommen hatte.

»Wenn wir dann mal zum Thema kommen könnten«, wiegelte Deneuve ab. »Wir haben schließlich einen Fall zu klären.«

»Ganz genau«, rief Noelle, die soeben hereinkam und ein Dokument schwenkte, das in einer Klarsichthülle steckte. »Es gibt Neuigkeiten. Und keine guten. Das hier ist ein Erpresserbrief.«

»Was?«, riefen Valeri und Deneuve im Chor.

»Kam mit der Post. Natürlich nicht an uns gerichtet, sondern an die Betreiber des Festivals. Hat der Kollege aus der Pressestelle gerade vorbeigebracht. Der oder die Entführer von Alexandre Denaux verlangen, dass das Festival abgesagt wird.« Noelle legte den Brief für alle gut sichtbar auf den Tisch: *Alexandre Denaux ist gekidnapped. Wenn Sie tun, was verlangt wird, kommt er unverletzt wieder frei! Aber das Zirkusfestival muss abgesagt werden! Und zwar sofort! Falls das nicht geschieht, haben Sie die Konsequenzen zu tragen!*, stand auf dem Papier.

»Eine Drohung. Offenbar am Computer ausgedruckt«, stellte Valeri fest. »Fingerabdrücke?«

»Das wissen wir noch nicht, natürlich die des Pressesprechers, er hat den Brief ja aufgemacht, ohne zu wissen, worum es sich handelt. Er hat seine Fingerabdrücke aber schon zum Abgleich hinterlassen. Der Brief war noch nicht in der Spurensicherung, ich wollte Sie erst informieren«, erklärte Noelle. »Aufgegeben wurde er in Nizza. Die

Briefmarke war selbstklebend, also können wir keine DNA durch Speichel erwarten.«

»So blöd wird ja wohl kaum jemand sein«, warf Deneuve ein.

»Wer weiß das schon? Menschen mit überdurchschnittlich hohem Intelligenzquotienten sitzen ja bekanntlich eher irgendwo im Vorstand, als dass sie sich ihren Lebensunterhalt als Erpresser oder Killer verdienen.«

»Der Hinweis auf Nizza bringt uns natürlich keinen Schritt weiter. Ein kleiner Briefkasten irgendwo im Hinterland wäre da schon ein besserer Tipp gewesen.«

»Oder eher ein Ablenkungsmanöver.« Deneuve stand auf und wanderte im Raum hin und her. Valeri folgte ihm mit den Augen.

»Hat denn die Befragung der Nachbarn in Peillon etwas ergeben?«, fragte er ihn.

»Nizza.«

»Wie bitte? Würde es Ihnen etwas ausmachen, in ganzen Sätzen zu reden?«

»Auch eine Spur nach Nizza. Eine Nachbarin will einen hellen Kastenwagen vor Denaux' Tür gesehen haben. Und der sei ihr auch nur aufgefallen, weil er ein Kennzeichen aus Nizza hatte. Ortsfremde PKW scheinen dort nicht so häufig vorzukommen, wird ja nicht gerade überrollt von Touristen, dieses Kaff. Aber die Beschreibung des Kastenwagens war nicht besonders konkret – die Dame konnte nicht sagen, ob es sich dabei um einen Sprinter, einen VW-Bus oder einfach um einen großen Kombi handelte. Noch nicht mal bei der Farbe war sie sich sicher. Hell, aber nicht weiß, gelb aber auch wieder nicht. War nicht einfach, mit der Frau zu reden.«

»Ein Kastenwagen aus Nizza, davon gibt es natürlich Tausende. Merde alors!«, fluchte Valeri. »Und sonst hat niemand etwas bemerkt?«

»Nein. War offenbar noch früh am Tag, die Frau sagte, sie sei gerade aufgestanden, etwa kurz vor sieben Uhr morgens. Da hat das halbe Dorf natürlich noch geschlafen.«

»Was passiert jetzt?«, fragte Coco. »Man kann doch nicht einfach das Festival absagen.«

»Wohl kaum«, meinte Valeri. »Aber wer hätte denn etwas davon, wenn das Festival nicht stattfinden würde?«

»Die Tierschützer?«, vermutete Deneuve.

»Ich weiß nicht«, sagte Coco. »Entführung ist eine handfeste Straftat. Ist das nicht eine Nummer zu groß für diese kleine Organisation? Und Le Goff schien mir eigentlich ganz vernünftig zu sein. Etwas radikal in seinen Ansichten, das ja. Aber gleich einen Menschen kidnappen? Dafür muss man schon ziemlich skrupellos sein. Ich glaube das nicht.«

»Aber wer hätte sonst noch einen Nutzen davon, wenn das Festival abgeblasen wird? Wo ist das Motiv?«

»Rache?«, fragte Valeri.

»Wofür denn?« Coco schüttelte den Kopf.

»Möglicherweise ein Künstler, der von Denaux nicht eingeladen wurde? Wir wissen noch viel zu wenig über dieses Zirkusfestival. Ich habe keine Ahnung, unter welchen Voraussetzungen die Artisten überhaupt ausgewählt werden, geschweige denn, welche Bedeutung dem Festival zukommt. Wir müssen noch mal mit den Verantwortlichen reden.«

»Vielleicht hat die Entführung ja gar nichts mit dem Festival zu tun«, vermutete Deneuve.

»Und worauf wollen Sie hinaus?«

»Also, diese Leutchen in dem Dorf, das ist eine ganz seltsame Mischpoke. Ich bin da auf ein paar Geschichten gestoßen, die mir eine ältere Dame in der kleinen Dorfkneipe über unseren Zirkusdirektor erzählt hat. Wirklich schräg, die Leute auf dem Land …« Er tippte sich an den Kopf.

»Na los, erzählen Sie schon!«, forderte Coco ihn ungeduldig auf.

»Es gibt da wohl einen alten Mann im Dorf, der war mal mit der Tochter von Denaux zusammen. Ist ewig her, über zwanzig Jahre. Das war ein Freund unseres Zirkusdirektors, jedenfalls bis er sich an dessen Tochter rangemacht hat.«

»Moment. Der alte Denaux ist doch schon fünfundsiebzig?«

»Exakt«, fuhr Deneuve fort. »Sein Kumpel ist im gleichen Alter, war damals also etwa fünfzig, Denaux' Tochter natürlich noch recht jung – lockere dreißig Jahre jünger als er, also in den Zwanzigern. Trotzdem haben sich die beiden ineinander verliebt. Denaux ist damals wohl ausgerastet, war natürlich strikt gegen diese Verbindung, hat erst seinem alten Kumpel die Freundschaft gekündigt, dann seine Tochter rausgeworfen, es muss ein riesiges Drama gewesen sein. Trotzdem konnte er nichts gegen die Beziehung und spätere Heirat der beiden tun. Leider war sein Kumpel ein echter Schwerenöter und hat Denaux' Tochter nach Strich und Faden betrogen. Als das rauskam, lief der alte Denaux quasi Amok, hat sich seinen Exkumpel geschnappt, ihn niedergeschlagen, zack bumm, ausgezogen und nackt mit Klebeband an den alten Dorfbrunnen gefesselt. Mitten in der Nacht. Hat ihm angeblich einen Haufen Steine vor die Füße geschichtet, dazu eine aufgeschlagene Bibel, keine Ahnung, warum …« Deneuve schüttelte den Kopf. »Völlig durchgeknallt!«

»Bibelgeschichte: 3. Buch Mose, wer die Ehe bricht und so weiter und so fort«, murmelte Valeri. »Wie auch immer, das sind doch uralte Kamellen. Warum sollte der jetzt auf die Idee kommen, sich dafür zu rächen?«

»Weil Denaux ihm kürzlich das Haus weggeschnappt hat.«

»Was denn für ein Haus? Kommen Sie doch mal auf den Punkt«, drängelte Coco.

»Na, das Haus, in dem er jetzt lebt. Unten am Ortseingang. War natürlich heiß begehrt, weil man da eben nicht über hundert Treppenstufen nach oben kraxeln muss. Dieser ehemalige Freund, der Mann heißt übrigens Arthur Poissonnier, wollte das Haus unbedingt kaufen, aber Denaux hat hinter seinem Rücken mit dem ehemaligen Eigentümer verhandelt und diesen anscheinend bestochen, damit er es ihm, Denaux, verkauft. Wie auch immer, die beiden sind sich jedenfalls auch heute noch spinnefeind.«

»Und wo ist dieser Arthur Poissonnier jetzt?«, fragte Valeri.

»Tja, das ist eben die Frage. Er ist ebenfalls verschwunden. Allerdings auf weit weniger mysteriöse Weise. Soll im Urlaub sein, wo, weiß allerdings anscheinend niemand. Die stecken doch da alle unter einer Decke, wenn Sie mich fragen.«

»Seltsame Geschichte«, meinte Valeri. »Aber bleiben Sie dran. Und versuchen Sie, diesen Arthur aufzutreiben. Und wir müssen uns noch mal im Zirkus umhören. Den Sturz der Frau vom Museumsdach können wir aller Wahrscheinlichkeit nach als Unfall abhaken, ebenso den Vorfall im Zirkus. Niki hat in beiden Fällen keine Anzeichen dafür gefunden, dass es sich um einen herbeigeführten gewaltsamen Tod handeln könnte …« Valeri wollte gerade fortfahren, als er in der Tür den Polizeipsychologen Yanis Martin erblickte. Yanis lehnte am Türrahmen und musterte mit seinen knallblauen Augen die Runde. Er machte ein sorgenvolles Gesicht, seine ausgeprägten Nasolabialfalten schienen noch tiefer zu sein als sonst. Fragend sah Valeri ihn an.

»Ich muss dir leider widersprechen, Henri. Ich zweifle mittlerweile daran, dass es sich bei dem Unglück im Zirkus um einen Unfall gehandelt hat. Es gibt nämlich eine weitere Tote.« Einige Sekunden lang war es still in dem Besprechungsraum, dann redeten alle durcheinander.

»Was sagst du da?«, fragte Valeri entgeistert.

»Ist doch nicht dein Ernst«, schob Coco erschrocken hinterher. Noelle und Deneuve japsten und sahen Yanis fassungslos an.

»Wie, was, noch ein Unfall?«, fragte Deneuve dann verwirrt.

»Kann ich mir beim besten Willen nicht vorstellen. Der Anruf kam eben gerade: Eine Frau wurde tot in ihrem Wohnwagen aufgefunden. Es ist die Schlangentänzerin.«

»Wieder eine Artistin«, stellte Valeri trocken fest.

»Und schon wieder eine Frau, die mit Tieren arbeitet«, ergänzte Coco.

»Ganz genau.« Yanis nickte. »Und das kann ja wohl kein Zufall sein. Wenn wir Pech haben, handelt es sich hier um einen Serienmörder.«

»Meinst du nicht, dass das eine etwas verfrühte Einschätzung ist?«, fragte Coco.

»Ich will mich natürlich noch nicht festlegen, aber an solche Zufälle glaube ich nicht.«

»Ich erst recht nicht«, bekräftige Valeri. »Zut! Das gibt's doch nicht!«

»Das können Sie laut sagen.« Deneuve ließ sich wieder auf einen der Lederstühle fallen. »Irgendjemand hat es hier auf den Zirkus abgesehen.«

»Und wie passt das alles mit der Entführung von Alexandre Denaux zusammen?« Coco wies auf den Erpresserbrief. Yanis nahm das Dokument in die Hand und betrachtete es einen Moment.

»Er oder sie schreibt weder in der Ich-, noch in der Wir-Form, will also nicht preisgeben, ob es sich um eine Einzelperson oder um eine Gruppe handelt. Soviel steht fest.«

»Ist das alles?«, fragte Valeri.

»Vorläufig schon.«

»Bon. Wir fahren zum Zirkus. Und, Noelle: Niki soll sich ebenfalls auf den Weg dorthin machen. Deneuve, Sie kommen mit. Wir können jetzt jeden Mann gebrauchen. Tod und Teufel, wenn wir es hier mit einem Serienkiller zu tun haben, gibt es ein Riesenproblem.«

Schon viele Seiten des alten Fotoalbums sind umgeblättert. Etliche Bilder zeigen schöne Momente, auch viele emotionale. Auf einem Foto, etwa in der Mitte des Albums, ist ein Gottesdienst in der Manege zu sehen: Vorne am Eingang steht der katholische Zirkuspfarrer Ferdi Surer, der im Rahmen einer Messe gerade ein Zirkuskind tauft. Ein kleines Mädchen aus einer Familie aus Italien, mit der sich die Eltern angefreundet haben. Der Vater ist Raubtierdompteur, hat vor der Taufe auch seinen Löwennachwuchs segnen lassen. Die Religion spielt in der Familie eine große Rolle, die Momente, in denen ein Pfarrer sich Zeit für sie nimmt, sind extrem wichtig, schließlich reisen sie von Ort zu Ort, können in keiner Gemeinde einen festen Platz finden. Auch bei ihren Auftritten hilft ihnen der Glaube, schließlich balancieren sie immer Rande des Abgrunds, schweben oft sogar in Lebensgefahr. Und weil sie mit so einem hohen Risiko leben, glauben sie umso mehr an eine höhere Macht. Gott liebt den Zirkus, hat Ferdi Surer immer gesagt. Er muss ihn lieben, denn der Zirkus ist ein Stück Himmel auf Erden. Alle erinnern sie sich gut an den kleinen, unscheinbaren Mann, der wenig genommen, aber viel gegeben hat. Auch jetzt tragen sie noch die kleinen, gesegneten Kreuze um den Hals, wenn sie auftreten. Sie vermissen ihn noch heute, er hat sie getröstet, mit ihnen geweint, mit ihnen gelacht. Doch irgendwann ist er nicht mehr da, denn Trennungen gehören zum Zirkus dazu, aber die Show muss weitergehen.

30

Annatina Steiner hatte ihren Wohnwagen unweit des Elefantenzelts geparkt, das neben dem Heliport aufgeschlagen worden war, direkt auf dem Weg, der zum Hafen von Cap-d'Ail führte. Valeri warf einen Blick auf die drei Elefanten, die vor dem Zelt auf eingezäuntem Gelände in der Sonne dösten. Einer von ihnen zog sich gerade mit dem Rüssel ein Büschel Heu heran, das er dann genüsslich verspeiste. Irgendwie fand Valeri es absurd, die Elefanten dort eingesperrt zu sehen, vor der Kulisse des Meeres und der Palmen, deren Wedel im leichten Wind hin und her schwangen. Valeri, Coco und Deneuve ließen das Zelt rechts liegen, und nur wenige Schritte später erreichten sie die kleine Behausung der toten Artistin. Annatina Steiners Zuhause war ein »Schwalbennest« gewesen, ein Mini-Caravan im Retrolook, der nur knapp zwei Meter sechzig lang und etwa zwei Meter breit war und an einen großen, grauen Skoda-Kombi mit einem Thuner Kennzeichen gekoppelt war.

»Eine Schweizerin. Auch das noch. Wenn wir Pech haben, sitzen uns in ein paar Stunden noch die Beamten der Kantonspolizei im Nacken«, beschwerte sich Deneuve.

»Mir reicht es schon, wenn Sie uns im Nacken sitzen«, grummelte Valeri und warf Coco einen kurzen Blick zu.

»Ich habe heute schon gelacht«, konterte Deneuve etwas vergnatzt und steckte sich eine Zigarette an. Valeri ignorierte den Kollegen und betrachtete den Caravan etwas genauer: Der Wohnwagen, der ursprünglich in den dreißiger Jahren entworfen worden war, hatte mittlerweile ein flottes Design, war funktional und modern, ausgestattet mit einem kleinen Seitenfenster und einem größeren an der Rückseite. Die tote Artistin lag direkt hinter der schmalen Eingangstür. Sie trug noch ihr Manegenkostüm, einen glänzenden, goldfarbenen Anzug, nur ihre Füße waren nackt. Sie lag rücklings auf dem Boden ausgestreckt, ihre azurblauen Augen waren weit aufgerissen, und an den Händen hatte sie markante Abschürfungen.

»Da seid ihr ja!«, begrüßte sie Niki und winkte alle drei heran. Valeri schaute sich um. Der Innenraum des kleinen Wohnwagens bot Platz für eine Sitzecke mit zwei Bänken und einem Tisch. Über die Möbel war, wegen des offensichtlichen Platzmangels, eine passende breite Matratze gelegt worden. Valeri betrachtete den Aufbau skeptisch.

»Eine putzige Wohnkugel, was?«, bemerkte Niki. »Hier kannst du entweder schlafen oder essen. Such dir was aus.«

»Mich würde eher interessieren, wer oder was die Frau in die ewigen Jagdgründe geschickt hat.«

»Kann ich dir noch nicht so genau sagen. Sie hat auf jeden Fall versucht, hier rauszukommen.« Niki wies auf die Hände der Frau. »Abschürfungen und Schwellungen. Ich schätze, sie hat an der Tür gerüttelt und gegen die Tür oder das Fenster geschlagen, um auf sich aufmerksam zu machen. Interessant ist aber, dass die Tür gar nicht verschlossen war.«

»Wie kann das denn sein?«

»Nun, entweder hatte der Mörder einen Schlüssel und hat später wieder aufgesperrt, oder er hat die Tür auf eine andere Art verbarrikadiert und diese Barriere später wieder entfernt.«

»Wer hat die Frau denn gefunden?«, fragte Valeri.

»Ihr Assistent. Der sitzt hinten im Einsatzwagen. Steht wohl unter Schock.«

»Könnte er selbst dahinterstecken?«

»Das zu beurteilen ist nicht meine Aufgabe, mein Lieber. Du bist hier der Kommissar.«

»Woran ist die Frau denn gestorben?«, mischte sich Deneuve ein.

»Kann ich noch nicht genau sagen.« Niki rieb sich mit der Hand über die Stirn. »Es gibt keine auffälligen äußerlichen Verletzungen. Keine Würgemale, keine Wunden. Allerdings: An ihrem rechten Fuß gibt es zwei rote Punkte, kleine Einstiche, die darauf hindeuten, dass die Frau von einer ihrer Schlangen gebissen worden sein könnte.«

»Gestorben durch Schlangengift?«, kombinierte Coco und zog die Augenbraue in die Höhe.

»Könnte sein. Aber warum sollte die Frau mit einer Giftschlange auftreten, der die Giftzähne nicht gezogen wurden? Die war doch wohl nicht lebensmüde. Und wie ich gehört habe, handelt es sich bei ihren Schlangen nur um harmlose Königsnattern. Außerdem hat jeder, der mit Giftschlangen hantiert, in der Regel immer ein Gegengift parat. Es hilft nichts, ich muss die Frau erst auf dem Tisch haben, bevor ich euch Näheres sagen kann!«

»Wir sollten uns hier jetzt mal schleunigst umhören«, sagte Deneuve und trat unruhig von einem Fuß auf den anderen. »Dieses fahrende Volk war mir schon immer suspekt. Ich werde mich jetzt mal unauffällig unter die Leute mischen. Wäre doch gelacht, wenn ich hier aus diesen Zigeunern nichts rausbekäme.«

»Zigeuner? Haben Sie da eben von Zigeunern gesprochen?«, entrüstete sich Coco. »Noch nie was von Sinti und Roma gehört? Wobei diese eher zur Fraktion der Händler und Handwerker gehören und meist Musiker sind, aber in der Regel keine Artisten. Hören Sie bloß damit auf, die Leute alle über einen Kamm zu scheren!«

»Gott, sind Sie aber empfindlich!«, stöhnte Deneuve. »Ihre Political Correctness bringt uns hier auch nicht weiter. Tatsache ist doch wohl, dass diese Zirkusleute ein ziemlich unstetes Leben führen.«

»Jetzt hören Sie mal …«, schnitt ihm Coco das Wort ab.

»Halten Sie mir bloß keine Vorträge, interessiert mich nicht. Ich mach jetzt einfach meinen Job, und damit basta.« Noch bevor Coco etwas darauf sagen konnte, fing Deneuve mit rauer Stimme an zu singen: »You don't need a weatherman to know which way the wind blows …«

»Na, da bin ich aber mal gespannt«, sagte Coco und blickte Deneuve kopfschüttelnd nach, der breitbeinig in Richtung Zirkusgelände stiefelte. »Mit diesem Idioten zu arbeiten, ist auch nicht einfacher geworden.«

»Und dann das Gesinge! Das hat der doch früher nicht gemacht«, meldete sich Niki aus dem Wohnwagen zu Wort.

»Das war Bob Dylans Subterranean homesick blues!«, bemerkte Valeri. »Ich schätze, er versucht, sein Umfeld damit zu beeindrucken.«

»Beängstigend, dass du offenbar den gleichen Musikgeschmack hast wie dieser französische Liliputaner.« Niki grinste.

»Jetzt ist aber mal gut mit den Vorurteilen. Du bist ja fast genauso schlimm wie Deneuve«, feixte Coco.

»Du willst mich doch wohl nicht mit diesem …«

»Schon gut, schon gut!« Coco hob abwehrend die Hände. »Ich sag ja gar nichts mehr.«

»Nimm die Tote mit und lass uns so schnell wie möglich wissen, woran sie gestorben ist«, brummte Valeri.

»Wird nicht so einfach werden. Jedenfalls dann, wenn tatsächlich ein Schlangenbiss die Todesursache sein sollte. Die forensisch-toxikologische Untersuchung von Giften ist kompliziert, wenn ich keinen Anhaltspunkt habe. Schlangengifte sind hochkomplexe Mischungen und Verbindungen verschiedener Peptide und Enzyme. Und deren Wirkung im Körper ist je nach Schlangenart unterschiedlich. Das kann dauern.«

»Tu einfach, was du kannst. Und wir reden jetzt mal mit dem jungen Mann, der die Frau gefunden hat.« Der Assistent der Schlangentänzerin saß ein paar Meter weiter in einem Rettungswagen und wurde von einem Sanitäter betreut. »Können wir mit ihm reden?«, fragte Valeri. Der Sanitäter nickte. »Ja, das müsste gehen. Es geht ihm den Umständen entsprechend ganz gut. Wir haben ihm nur ein leichtes Beruhigungsmittel gegeben.« Valeri und Coco kletterten in den Rettungswagen, in dem der junge Mann, immer noch etwas blass um die Nase, auf der Bahre saß.

»Sie haben Frau Steiner also gefunden?«, begann Valeri die Befragung. Der junge Mann nickte und sah einen Moment lang schweigend zu Boden.

»Wir waren zum Essen verabredet«, sagte er dann. »Ich habe an ihre Tür geklopft. Aber sie hat nicht aufgemacht. Dabei brannte das Licht.«

»Und dann?«

»Dann habe ich noch mal angeklopft und danach die Tür aufgemacht. Und …«, der junge Mann stockte, »und da lag sie dann. Auf dem Boden. Einfach so. Oh Gott, es ist furchtbar! Wie sie so dalag, mit weit aufgerissenen Augen. Diesen Anblick werde ich mein Leben lang nicht vergessen können.«

»Kannten Sie sich denn gut?«

»Nein, na ja, also, ich arbeite ja erst seit ein paar Wochen mit ihr zusammen. Sie hat die kleinen Dreiecksnattern erst für die neue Saison in ihr Programm aufgenommen und mich im November angeheuert. Aber ich arbeite schon lange im Zirkus, daher wusste ich, wer sie war, man kannte sich vom Sehen.«

»Wie war sie denn so?«

»Ehrgeizig, diszipliniert. Und eine tolle Chefin.«

»Und was genau war Ihre Aufgabe hier?«

»Ich bin Tierpfleger. Das habe ich gelernt. Aber ich habe keine Stelle gefunden. Ich wollte ja immer in einem Zoo arbeiten, das war mein großer Traum, aber es wird ja überall gespart. Daher bin ich dann zum Zirkus gegangen, schon vor vielen Jahren. Und ich habe mich sofort wohlgefühlt und bin dann beim Zirkus geblieben. Ich habe Annatina durch Zufall bei einem kleinen Nachwuchsfestival in der Schweiz kennengelernt. Da hat sie mir von ihrer Idee erzählt, Schlangen in ihre Show einzubauen. Und dann hat sie mir den Job hier angeboten. Ich war so froh darüber, weil mein vorheriger Arbeitgeber seine Tiernummer aufgeben wollte. Es gibt ja immer weniger davon. Also war ich glücklich, wieder eine Anstellung zu bekommen. Und nun das!«

»Also, Sie haben sie gefunden. Und was haben Sie dann genau gemacht?«

»Ich habe die Tür wieder zugeknallt und bin losgerannt, um Hilfe zu holen. Aber Annatina konnte ja keiner mehr helfen.«

»Heißt das, die Tür war nicht abgeschlossen, als Sie sie fanden?«

»Nein. Sie hat eigentlich nie abgeschlossen. Sie hatte auch überhaupt keine Angst, wovor denn auch? Mein Gott! Was ist da bloß passiert?«

»Wir finden das heraus«, antwortete Coco. »Erzählen Sie uns doch bitte ein wenig über ihre Arbeit. Was sind das für Schlangen?«

»Nichts Besonderes. Sie hat die Dreiecksnattern und einige Pythons. Die Tiere sind im Grunde nur Dekoration. Haben Sie Annatina schon mal auftreten sehen?« Valeri und Coco schüttelten synchron die Köpfe. »Annatina ist eine Schlangenfrau, sie verbiegt ihren Körper, so etwas haben Sie noch nicht gesehen. Sie ist so … sie war unglaublich beweglich. Ein echtes Ausnahmetalent. Es gibt nicht viele Europäer, die das können.«

»Und was hat sie mit den Schlangen gemacht?«

»Im Grunde war das nur Effekthascherei. Die Nummer mit dem Glascontainer, der gefüllt ist mit zwei Dutzend Schlangen, und sie mittendrin – das sieht einfach spektakulär aus. Aber sie hätte genauso gut ohne die Schlangen auftreten können. Warum fragen Sie danach?«

»Offenbar wurde sie von einer der Schlangen gebissen.«

»Na und? Das kommt immer wieder vor. Zum Beispiel, wenn die Tiere in der Häutung sind, da werden sie manchmal ein bisschen aggressiv. Ist aber nicht weiter schlimm, die haben nur kleine Zähne. Das zwickt nur ein bisschen.«

»Und was ist mit dem Gift?«

»Gift? Die Königsnattern, auch Dreiecksnattern genannt, sind überhaupt nicht giftig. Und wenn sie sich verteidigen wollen, scheiden sie bei Gefahr ein übelriechendes Sekret aus, das ihre Feinde in die Flucht schlagen soll. Oder sie klappern.«

»Sie klappern?« Valeri blickte den Mann fragend an.

»Das Klappern, kennen Sie das nicht von den Klapperschlangen? Königsnattern machen das auch.«

»Aha. Ist ja interessant. Aber sagen Sie, wer hat denn Zugang zu den Tieren?«

»Eigentlich nur wir beide, Annatina und ich. Wobei sich die Schlangen ja nicht hinter verschlossenen Türen befinden. Wir haben mehrere Terrarien, in denen die Tiere leben. Und kurz vor der Vorstellung lege ich sie in den Glascontainer, in dem Annatina auftritt.«

»Und das war auch heute so?«

»Klar. Das ist vor jedem Auftritt so. Fünf Minuten, bevor es losgeht, bette ich die Schlangen um. Sie dürfen nicht zu lange im Container liegen, wegen der Temperaturschwankung, Schlangen müssen ja warm gehalten werden. Deshalb gibt es in den Terrarien Wärmelampen. Den Glaskasten schiebe ich dann auf einem Rollbrett rüber ins Zelt, damit Annatina, kurz bevor es losgeht, in den Container steigen kann. Der wird dann mit Seilen nach oben gezogen und zu Beginn der Vorstellung in die Manege herabgelassen.«

»Und ist ihnen heute irgendetwas aufgefallen? War mit den Schlangen alles in Ordnung?«

»Ja, alles war wie immer.«

»Können wir die Tiere mal sehen?«

»Natürlich. Ich zeige sie Ihnen.« Etwas mühsam rappelte sich der junge Mann auf und ging mit Valeri und Coco im Schlepptau langsam hinüber zum Chapiteau. Dort hatte man von dem tragischen Ereignis noch nichts mitbekommen. Etliche Besucher und Touristen waren auf dem Gelände unterwegs, kauften Süßigkeiten oder Souvenirs, oder sie beobachteten die Tiere, die dort in offenen Gehegen untergebracht waren. Die Terrarien standen ein ganzes Stück entfernt von einer großen Voliere, in der verschiedene bunte Vögel herumhüpften. Der Mann wies auf einen der Glaskästen.

»Das ist unser großer Tigerpython, den habe ich ihr immer um den Hals gelegt, wenn sie aus dem Glascontainer gestiegen ist. Pythons sind Würgeschlangen. Und die kleinen hier, das sind die Königsnattern.«

»Und Sie sind sicher, dass keine von denen Giftzähne hat?«, fragte Coco.

»Natürlich. Wir sind doch nicht lebensmüde. Königsnattern sind absolut harmlos. Aber sie sehen schön aus mit ihren bunten Ringeln und sind daher perfekt geeignet für einen Auftritt im Zirkus.« Coco beobachtete die Tiere einen Moment. Es lagen immer vier oder fünf Tiere zusammen in einem Terrarium, die meisten von ihnen hatten sich auf dem Boden zusammengerollt und bewegten sich kaum. Nur ab und zu hob eines der Reptilien den Kopf oder veränderte die Liegeposition um wenige Zentimeter.

»Hätte jemand eine Giftschlange hineinschmuggeln können?«, hakte sie dann nach.

»Quatsch. Natürlich nicht. Das wäre uns doch aufgefallen. Ich bin Experte, kenne mich gut aus. Schauen Sie sich die Tiere doch an: Das sind alles Königsnattern.« Coco nickte.

»Sind Sie zum ersten Mal hier beim Festival dabei?«, fragte Valeri.

»Ja. Das ist schon etwas ganz Besonderes. Es gibt ja mehrere solcher Veranstaltungen, aber Monte Carlo ist die Krönung. Allein der Ort, die Stimmung, die Prinzessin als Schirmherrin, es ist eine wirklich große Ehre, hier auftreten zu dürfen.«

»Wer entscheidet denn, wer hier teilnehmen darf und wer nicht? Ein Auftritt hier scheint ja sehr begehrt zu sein?«

»Na klar. Jeder Artist möchte das einmal erleben. Und im Idealfall einen silbernen oder gar goldenen Clown gewinnen – das sind die Oscars der Zirkuswelt. Hier wird über Karrieren entschieden.«

»Und wer legt fest, wer kommen darf, und wie wird der Gewinner ermittelt?«

»Das hängt von unterschiedlichen Faktoren ab. Zum Beispiel, was neu ist, die Qualität der Darbietung spielt natürlich eine entscheidende Rolle, es gibt verschiedene Genres, zum Beispiel Nummern mit Tieren, manchmal wird ein Kandidat für sein Lebenswerk geehrt, solche Sachen. Das entscheidet das Team rund um die Prinzessin. Der Direktor, Alexandre Denaux, zum Beispiel. Stimmt es, dass er verschwunden ist?«

»Wir wissen nichts Genaues, sein Aufenthaltsort ist momentan unbekannt. Aber das kann auch ganz harmlose Gründe haben«, antwortete Valeri. »Aber sagen Sie, wer hätte denn einen Grund gehabt, Frau Steiner zu schaden?«

»Niemand«, sagte der junge Mann entschieden. »Annatina war bei allen beliebt. Sie war sehr engagiert, zwar auch ehrgeizig, klar, aber ich hatte den Eindruck, dass alle sie mochten.«

»Lebte sie in einer Beziehung?«

»Nein, soweit ich weiß, nicht. Sie hatte sehr hohe Ansprüche diesbezüglich und war gleichzeitig auch ein wenig sprunghaft.«

»Wie meinen Sie das?«, fragte Coco. »Sprunghaft im Bezug auf Männerbekanntschaften?«

»Na ja, so genau weiß ich das auch wieder nicht. Sie war ja eine Weile mit einem Schweizer Model verheiratet und …«

»Mit einem männlichen Model?«, hakte Valeri nach.

»Ja, was denken Sie denn? Das war irgendwie eine merkwürdige Verbindung. Er war halt immer unterwegs zu Fotoshootings oder Laufstegjobs, sie mit dem Zirkus auf Reisen. Die beiden haben, schon rein räumlich gesehen, völlig aneinander vorbeigelebt. Das war auch der Grund, warum sie sich vor einem guten halben Jahr getrennt haben, und soweit ich weiß, hatte er auch längst eine andere.«

»Und Annatina?«

»Ich habe jedenfalls nicht mitbekommen, dass sie mit irgendjemandem zusammen war.«

»Hatte sie denn Affären? Haben Sie das gemeint, als Sie Frau Steiner sprunghaft nannten?«, wollte Coco wissen.

»Nein, nein. Sie hat bestimmt mal hier und da jemanden kennengelernt, aber sie war andererseits auch sehr auf ihre Karriere fixiert, hatte den Kopf nicht frei für einen Mann. Eigentlich wollte sie auch nicht im Zirkus bleiben, sie träumte von einem festen Engagement bei einer hochdotierten Dinnershow oder sogar von einem Job beim Fernsehen.«

»Gut, vielen Dank.« Valeri und Coco verabschiedeten sich und schlenderten über das Zirkusgelände.

»Wir fischen offensichtlich im Trüben!«, beklagte sich Valeri wenig später.

»Abwarten!«, entgegnete Coco. »Wir kommen der Sache schon noch auf den Grund!«

»Ich glaube jedenfalls nicht an zwei tragische Unfälle. Zwei Artistinnen sterben während des Trainings beziehungsweise nach ihrem Auftritt, beide durch ihre eigenen Tiere? Das kann kein Zufall sein.«

»Ganz sicher nicht. Es muss irgendeine Verbindung zwischen den Frauen geben.« Valeri blieb abrupt stehen und sah sich um. Vor dem kleinen Café, das sich direkt an das Chapiteau anschloss, stand der Pressesprecher des Zirkusfestivals, mit dem er einige Tage zuvor schon gesprochen hatte. Zusammen mit einem weiteren Mann machte er sich über eine große Portion Pommes frites her. Valeri steuerte auf ihn zu und schüttelte ihm die Hand. Patrice-Noel begrüßte auch Coco freundlich, dann stellte er den Herrn vor, der neben ihm an dem kleinen Stehtisch lehnte.

»Das ist Peter, ein deutscher Journalist und anerkannter Zirkusexperte. Er betreut ein Festival in Wiesbaden.«

»Ach, in meiner deutschen Heimat«, rief Coco aus und wechselte ein paar deutsche Worte mit dem Mann. Patrice-Noel lachte amüsiert.

»Vorsicht, ich verstehe jedes Wort.«

»Ach, Sie sprechen auch Deutsch?«, fragte Coco.

»Ja, ich spreche einige Sprachen, Französisch natürlich, Italienisch, Spanisch, Deutsch, Russisch, Chinesisch. Ich fand fremde Sprachen und Kulturen schon immer faszinierend. Aber, sagen Sie: Der Tod Annatina Steiners, das ist ja furchtbar, was ist denn da passiert? Wissen Sie schon Genaueres?«

»Leider nein, wir wissen noch nicht, was mit ihr passiert ist. Wir müssen die Obduktion abwarten«, betonte Valeri.

»Entsetzlich! So langsam wächst uns das alles über den Kopf. Alle sind nervös, haben Angst, die Presse sitzt uns im Nacken, und Alexandre Denaux ist immer noch verschwunden. Was sollen wir bloß tun? Müssen wir das Festival am Ende doch noch abbrechen?«

»Wegen des Erpresserbriefes? Können Sie sich vorstellen, wer oder was dahintersteckt?«

»Nein.« Patrice-Noel schüttelte den Kopf. »Offenbar will jemand das Festival stören und uns schaden.«

»Oder Alexandre Denaux persönlich«, warf der deutsche Journalist ein.

»Hat Alexandre denn Feinde?«, wollte Valeri wissen.

»Eigentlich nicht. Die Zirkusleute lieben ihn. Ich wüsste nicht, wer ihm etwas antun sollte.«

»Halten Sie es denn tatsächlich für denkbar, dass die beiden Artistinnen umgebracht wurden? Annatina Steiner und Karolina Kaczmarek?« Peter sah sie besorgt an.

»Nun, es muss da einen Zusammenhang geben. Die beiden kannten sich doch sicher. Waren sie miteinander befreundet?«

»Ja, ich denke schon. Wobei ich nicht weiß, wie eng befreundet«, antwortete Patrice-Noel.

»Doch, doch, die kannten sich sehr gut«, wandte Peter ein. »Sie sind mal zusammen in einem Zirkus aufgetreten, ich glaube, es war ein deutscher. Oder möglicherweise auch einer aus der Schweiz, ich bin mir nicht ganz sicher. Ist aber Jahre her. Ich hab die beiden mal für eine Serie über weibliche Artisten interviewt. Aber mit den Freundschaften hier ist das natürlich so eine Sache.«

»Standen denn die beiden Frauen in einer Art Konkurrenz zueinander?«, fragte Coco, und Patrice-Noel überlegte einen Moment.

»Na ja, Konkurrenz ist hier natürlich immer ein Thema. Im traditionellen Zirkus gibt es viel Neid und Missgunst. Es geht ja auch ums Geld, und die Frage ist: Wer verdient hier mehr, wer weniger, wer muss häufiger anpacken beim Auf- und Abbau, und so weiter. Und es geht natürlich um die Frage: Wer bekommt den meisten Applaus? Ich habe vor vielen Jahren auf einem Festival mal Folgendes erlebt: Da hat der Vater eines Artisten im Gradin unter der Bestuhlung gesessen und den Applaus nach den verschiedenen Darbietungen auf Band aufgenommen und hinterher mit dem Applaus verglichen, den sein Sohn bekommen hat. Das ist wirklich absurd.«

»Ich kenne ähnliche Storys«, sagte Peter. »Es gab mal ein Artistenpaar, er Clown, sie seine Assistentin in der Manege. Die beiden waren verheiratet. Aber irgendwann haben sie sich getrennt, weil sie sich in einen anderen Künstler verliebt hatte, in einen Klavierspieler. Tja, und eines Tages war das Piano verschwunden, einfach weg. Wie vom Erdboden verschluckt. Wir waren uns sicher: Da steckt der Ehemann dahinter. Wahrscheinlich hatte er das Instrument in einem Fluss versenkt.«

»Klar, solche Beziehungsdramen kommen immer wieder vor«, meinte Patrice-Noel und seufzte. »Was auch immer dahinter steckt: Es ist und bleibt eine Katastrophe. Für das Image des Festivals und auch für die Artisten. Hier geht die Angst um, die Leute beäugen sich zunehmend misstrauisch. Valeri, ihr müsst den oder die Schuldigen möglichst schnell finden.«

31

Vince Deneuve war genervt. Er hatte die Nase voll von den ergebnislosen Gesprächen mit den Artisten und anderen Gestalten aus dem Zirkusmilieu, die ihn keinen Schritt weitergebracht hatten. Mindestens eine Stunde lang war er in der Nähe des Wohnwagens von Annatina Steiner herumgetigert, hatte sich sozusagen auf die Lauer gelegt, Leute beobachtet, mit einigen gesprochen, aber niemand wollte auch nur irgendetwas gesehen haben. Überhaupt waren ihm diese Artisten mehr als suspekt: Was war das denn für ein Leben! In einem schäbigen Wohnwagen zu hausen, in dem noch nicht mal genug Platz für einen ordentlichen Kasten Bier war. Und dann diese Pritschen, die sich Bett nannten. Guter Sex ließ sich dort wohl kaum zelebrieren. Von der Hellhörigkeit der Behausung mal ganz zu schweigen. Das Ganze erinnerte ihn an seine Jugendzeit, als er sich mit seinem Mädchen im Auto vergnügt hatte, weil es sonst keinen Ort gab, wo man hätte hingehen können. Was für ein Alptraum! Diese Artisten schienen sowieso ein komisches Völkchen zu sein: Was sollte daran reizvoll sein, in staubigen Manegen aufzutreten? Er konnte sich wahrhaftig Schöneres vorstellen. Auch wenn er zugeben musste, dass die Artistinnen hier alle ausgesprochen gut gebaut waren. Er pfiff leise durch die Zähne, als eine besonders Hübsche in einem äußerst knappen Kostüm an ihm vorbeilief, doch anstatt mit ihm zu flirten, warf sie ihm nur einen zickigen Blick zu. Ach, humorlos also auch noch, dachte er. Und wo war dieser verdammte Elefantendompteur? Das Zelt der Dickhäuter befand sich schließlich in unmittelbarer Nähe des Wohnwagens von Annatina Steiner. Vielleicht hatte der ja irgendwas gesehen. Doch bislang hatte Deneuve den Mann noch nicht zu fassen bekommen. Er blieb vor dem großen Zelt stehen, vor dessen Eingang die drei Elefanten nebeneinander standen. Er bezweifelte, dass der einfache Zaun diese Dickhäuter wirklich aufhalten würde, wenn die es sich in den Kopf gesetzt hatten, davonzulaufen. Eines der Tiere hatte den Rüssel gemütlich ins Maul des anderen gelegt. Der dritte Elefant stand einfach nur da und genoss offenbar die Sonne. Deneuve drehte sich um und hielt nach dem Dompteur Ausschau, als plötzlich etwas von oben auf ihn herabrieselte. Erschrocken fuhr er herum. Eines der Tiere hatte mit dem Rüssel ein Büschel Heu ergriffen und einen Teil davon über die Absperrung geworfen.

»Hau ab, blöder Fleischklops!«, brummte Deneuve verärgert. »Mistvieh!«

»Na, na, na! Beleidigen Sie mir nicht meine Prachtexemplare«, hörte Deneuve eine Stimme hinter sich.

»Prachtexemplare?! Können Sie die nicht besser erziehen?«

»Sorry, ist doch nur ein bisschen Heu«, entgegnete der Mann lachend und klopfte Deneuves Lederjacke ab.

»Kein Wunder, dass der mit Heu wirft. Ich hätte auch keine Lust, in diesem engen Gehege hier rumzustehen«, mokierte sich Deneuve.

»Sind Sie etwa auch einer von diesen Tierschützern?«

»Tierschützer? Wohl kaum. Ich hab Tiere am liebsten auf dem Teller. Medium-rare, ohne Gemüse.«

»An dem hier hätten Sie lange zu kauen«, entgegnete der Dompteur trocken. Deneuve lachte, immerhin, der Typ hatte Humor.

»Deneuve, französische Kripo. Ich suche Sie schon die ganze Zeit.« Der Mann sah ihn überrascht an und hielt ihm dann die Hand hin.

»Fausto Bianchi mein Name, was kann ich denn für Sie tun?« Deneuve, der bemerkt hatte, dass Bianchi ein wenig humpelte, wies auf dessen Fuß.

»Ist da etwa ein Elefant draufgetreten?«, witzelte er.

»Sie werden lachen: Tatsächlich. War aber meine eigene Schuld. Ich habe einfach nicht aufgepasst. Mein großer Zeh muss demnächst zum zweiten Mal operiert werden. Ich hoffe, er kann gerettet werden.«

»Muss weh tun.«

»Wem sagen Sie das!« Er wies mit der Hand auf einen der drei Elefanten. »Eigentlich sollte mich Fabia wirklich gut genug kennen, ich bin schon fast mein ganzes Leben lang mit ihr zusammen, länger als mit meiner Frau!« Er lachte, und Deneuve stimmte ein, bevor er zur Sache kam.

»Sie wissen vom Tod der Schlangenfrau Annatina Steiner?« Fausto Bianchi nickte.

»Tragisch. Und schon der zweite Todesfall. Langsam machen wir uns alle große Sorgen. Niemand glaubt jetzt mehr daran, dass Karolinas Tod ein Unfall war. Alle haben Angst. Wissen Sie schon, was mit Annatina passiert ist?«

»Nein, bislang noch nicht. Sie selbst wirken aber nicht besonders betroffen?«

»Doch, doch, so etwas ist natürlich immer schlimm. Aber Annatina und ich haben uns nicht besonders gut verstanden. Ich fand sie früher mal richtig heiß, habe sie sogar angebaggert, aber sie wollte nichts von mir wissen.«

»Geknicktes Ego?«, fragte Deneuve und zog sich eine Zigarette aus der Schachtel. »Rauchen Sie?« Bianchi nickte und nahm sich einen der Glimmstängel.

»Ist ja nicht so, dass ich nicht damit klarkäme, mal abzublitzen. Auch wenn das selten vorkommt. Aber Annatina hat danach Lügengeschichten über mich verbreitet, ich hätte sie bedrängt, wäre ihr auf den Wecker gefallen und so weiter. Ehrlich gesagt, war sie eine ziemlich blöde Kuh.

Eine Zicke. Hielt sich für was Besseres. Wollte unbedingt berühmt werden. Sie war dann mit irgendeinem Männermodel zusammen. Ich meine, können Sie sich das vorstellen? Ein männliches Model!«, sagte er verächtlich.

»Äh, na ja ... Aber wer hätte denn wirklich einen Grund gehabt, ihr den Tod zu wünschen?«

»Keine Ahnung, ein abgeblitzter oder abgelegter Lover vielleicht?«

»So einer wie Sie?«

»Auch wenn ich sie manchmal liebend gern erwürgt hätte, aber da muss ich Sie enttäuschen. Und ehrlich gesagt: Ich habe zwar gehört, dass der Knast in Monaco komfortabler ist als anderswo – aber ich möchte da trotzdem nicht einsitzen. Ich liebe meine Freiheit. Was denken Sie, warum ich zum Zirkus gegangen bin?«

»Verstehe. Ist Ihnen denn gestern Abend irgendetwas aufgefallen? Annatina Steiners Wagen steht ja gleich um die Ecke.«

»Nein, leider nicht. Ich habe die Dame seit Tagen nicht gesehen. Ich bin ihr aber auch aus dem Weg gegangen. Der Einzige, der mir hier ständig in die Arme läuft und mir auf den Sack geht, ist dieser dämliche Aktivist, der Tierschützer. Der schleicht hier ständig herum, macht Fotos und versucht, mich in Diskussionen zu verwickeln.«

»Können Sie mir den näher beschreiben?«

»Das ist so ein älterer Typ von einer französischen Tierschutzorganisation. Grauer Vollbart, kräftige Statur, kann sehr ungemütlich werden. Ich hasse diesen Kerl inzwischen. Soll sich doch um seinen eigenen Scheiß kümmern. Die machen unsere Arbeit mies und bringen den Zirkus in Verruf. Das heißt, die ruinieren unsere Lebensgrundlage.«

»Ich muss zugeben, dass ich mich nie damit befasst habe, aber sind Tiere, die im Zirkus auftreten, denn noch gefragt?«

»Die Zuschauer lieben sie. Aber die Zirkuselefanten sind sowieso ein Auslaufmodell. Die werden aussterben. Man kann im Zirkus ja nicht züchten, und die meisten Zirkuselefanten sind ohnehin aus dem zuchtfähigen Alter heraus. Und aus der Wildnis will sie ja nun wirklich keiner holen. Ist ja auch gar nicht erlaubt. Aber Elefanten waren schon immer große Sympathieträger, gerade die Kinder lieben sie sehr. Also sollen diese fanatischen Tierschützer uns doch wenigstens diese letzten paar Jahre noch gewähren lassen, die uns mit ihnen bleiben. Es ist wirklich traurig, kaum ein Zirkus hat noch Elefanten. Selbst die berühmten Ringling Brothers aus den USA haben nun klein beigegeben. Das müssen Sie sich mal vorstellen: Nach 145 Jahren gab es kürzlich die allerletzte Vorstellung. Jahrelang haben die Tierschützer ihnen das Leben zur Hölle gemacht, vor ihren Hallen demonstriert, und dann gab es immer wieder neue Auflagen, um überhaupt in großen Hallen aufzutreten zu können, die haben sie wirklich mürbe gemacht.«

»Und am Ende gewonnen. Die Tierschützer wird es freuen.«

»Verstehen Sie mich nicht falsch: Ich finde es schon richtig, dass die Haltung von Tieren im Zirkus überwacht wird und dass es strenge Auflagen gibt. Aber ich lebe für meine Elefanten. Das Erste, was ich morgens mache, ist, nach ihnen zu schauen. Sie bekommen zuerst ihr Frühstück, erst dann kümmere ich mich um mich selbst. Das Problem ist, dass viele nur in Extremen denken, und dazwischen gibt es nichts. Da heißt es dann: Tiere raus aus dem Zirkus, keine Ausnahmen und keine Rücksicht auf Verluste. Dabei gibt es Beispiele, da haben Tierschützer mehr kaputtgemacht, als zu helfen.«

»Ach so?« Deneuve nahm einen tiefen Zug aus seiner Zigarette.

»Ja! Elefanten sind sehr soziale Tiere, und sie leiden darunter, wenn sie aus ihrer gewohnten Umgebung gerissen werden. Es gab da diese Geschichte in Holland, da ging es um ein generelles Wildtierverbot im Zirkus, deshalb musste eine Zirkusfamilie ihre Elefantendame in Pflege geben. Daraufhin ist das Tier fast gestorben. Es hat komplett die Nahrung und Wasser verweigert. Der Elefant war einfach unglücklich und hatte Heimweh.«

»Und diese Tierschützer sind also auch hier auf dem Festivalgelände aktiv?«

»Und ob. Besonders dieser eine. Schleicht hier dauernd herum und bringt seine Plattitüden unter die Leute. Ein echter Kotzbrocken.«

»Aber wie weit würde so jemand gehen? Glauben Sie, er würde sogar jemanden umbringen?«

»Was weiß ich, wozu der fähig ist.«

32

Auf dem Weg zurück zur Sûreté hatte Coco trotz Valeris Protest kurz an einer Patisserie angehalten, um etwas zu essen zu besorgen. Valeri hasste es, seinen Lunch auf die Hand zu bekommen, er hätte lieber einen kurzen Stopp in einem Restaurant eingelegt, aber Coco hatte ihn zur Eile gedrängt, weil Noelle ihnen den Besuch von Freya Olssons Zwillingsbruder angekündigt hatte.

Nun saßen die beiden in Valeris Büro, und er musste zugeben, dass Cocos Idee gar nicht so verkehrt gewesen war: Auf dem Tisch hatte sie kleine Zwiebelküchlein, Brioche mit Mozzarella und Tomate, Mandelcroissants, Rosinenschnecken und eine Beerentarte platziert, und Valeri lief schon beim bloßen Hinsehen das Wasser im Mund zusammen. Coco, die bereits ein Pain au chocolat in der Hand hatte, saß kauend auf ihrem Stuhl und wies auf den laufenden Fernseher:

»Das ist jetzt schon das dritte Mal, dass ich Brioc le Goff in einem Interview sehe. Zuerst in zwei Boulevardsendungen und jetzt in den Nachrichten.« Sie stellte den Ton lauter:

»Tiere im Zirkus zu halten und auftreten zu lassen, ist grundfalsch. Das zeigen die aktuellen Ereignisse mehr als deutlich. Wildtiere werden von den Menschen nicht nur ausgebeutet und gequält, sie sind durch ihre Traumatisierung auch eine Gefahr für diejenigen, die mit ihnen auftreten. Und die Organisatoren des Festivals in Monaco tragen eine Mitschuld daran, dass hier Menschen gestorben sind. Die Tiere konnten ja nichts dafür. Sie wollen nur frei sein. Gott hat sie einfach nicht dafür gemacht, eingesperrt und dressiert zu werden. Das haben die Artisten nun am eigenen Leibe erfahren müssen.«

»Die Artisten? Woher weiß der schon wieder, dass es zwei Tote gibt?«, fragte Valeri mit vollem Mund.

»Das ist offensichtlich schon durchgesickert. Schlechte Nachrichten verbreiten sich ja immer wie ein Lauffeuer. Und Le Goff schlägt daraus mächtig Kapital.«

»Allerdings!«, kommentiere Noelle, die gerade zur Tür hereinkam und einen Stapel Tageszeitungen auf den Tisch warf. »Le Goff wird hier in fast jeder Zeitung zitiert. Wir müssen uns darauf gefasst machen, dass bei unserem Zirkusfestival nichts mehr so sein wird, wie es einmal war.«

»Da haben Sie leider recht«, bestätigte Valeri.

»Der Bruder der toten Freya Olsson wartet übrigens drüben auf Sie, ich wollte nur kurz Bescheid geben«, sagte Noelle und griff sich im Vorbeigehen ein kleines Croissant. »Hm, merci!« Valeri warf einen bedauernden Blick auf die restlichen Backwaren, beherrschte sich aber und stand auf.

»Kommen Sie!« Beim Verlassen des Zimmers wies er auf den Bildschirm, auf dem immer noch Le Goff zu sehen war. »Noelle, bitte versuchen Sie, alles über diesen Mann herauszufinden.« Als sie in den Vernehmungsraum kamen, ging dort der Bruder von Freya Olsson schon nervös auf und ab.

»Na endlich«, sagte er statt einer Begrüßung, dann stellte er sich vor: »Snorre Gustavsson.«

»Henri Valeri, das ist meine Kollegin Coco Dupont. Gustavsson, war das Freyas Mädchenname?« Der Bruder nickte nur. »Mein Beileid. Es tut uns sehr leid, was Ihrer Schwester zugestoßen ist.« Valeri wies mit der Hand auf einen der Stühle.

»Sie müssen schnell herausfinden, wie das geschehen konnte und was da passiert ist.« Snorre Gustavsson ließ sich auf einen Stuhl fallen und blickte sie erwartungsvoll an.

»Wir gehen von einem Selbstmord aus«, erklärte Coco. »Und …«

»Nein! Nein! Niemals!«, unterbrach sie Gustavsson. »Freya hätte sich nie und nimmer umgebracht.«

»Wie können Sie da so sicher sein?«

»Ich weiß es einfach. Ich kenne Freya schon mein Leben lang. Sie ist schließlich meine Zwillingsschwester. Und Zwillinge haben bekanntlich eine ganz besonders enge Verbindung zueinander, das können Sie sich vielleicht nicht vorstellen, aber es ist tatsächlich so.« Valeri nickte und dachte an seinen eigenen Zwillingsbruder. Er wusste, dass der Mann recht hatte. Als sein Bruder Hector damals tödlich verunglückte, hatte er sofort gewusst, dass etwas Schreckliches geschehen war. Und er hatte auch vor dem Unfall schon immer gespürt, wenn Hector seine Hilfe gebraucht hatte, zumindest hatte er sich das eingebildet. Aber ob dieses spezielle Band zwischen Zwillingen einen Selbstmord hätte verhindern können? Valeri war sich nicht sicher.

»Sie waren sich also sehr ähnlich?«, fragte er nach.

»Optisch nicht so sehr, wir sind ja zweieiige Zwillinge. Vom Wesen her aber schon. Wir sind beide sehr sensibel, einfühlsam, Familienmenschen. Allerdings hat sich unser beider Leben in völlig unterschiedliche Richtungen entwickelt. Sehen Sie: Ich lebe immer noch in unserer Geburtsstadt Göteborg, bin verheiratet, Vater einer kleinen Tochter, und meine Frau und ich bekommen demnächst unser zweites Kind.«

»Eine Familie hatte Freya nicht«, stellte Coco fest.

»Nein, aber das war immer ihr sehnlichster Wunsch. Leider hat sie dann diesen holzdummen Emporkömmling geheiratet.«

»Olsson?«

»Ganz genau. Und wären die beiden nicht aus Schweden weggegangen, wäre es vielleicht gar nicht so weit gekommen. Aber Olsson ist ein Geizhals, will keine Steuern bezahlen und kann den Hals nicht vollkriegen. Der ist ja sogar lieber in den Knast gewandert, anstatt die Kaution hinzulegen. Hat meine Freya alleine zurückgelassen. Und dann das Leben hier in Monaco: Alles mehr Schein als Sein. Das hat meiner Schwester nicht gut getan. Dabei wollte sie doch nur geliebt werden. Deshalb war ich auch so froh, dass sie endlich wieder jemanden gefunden hatte.«

»Ach, Ihre Schwester hatte also einen neuen Partner?«, fragte Coco. »Das wussten wir gar nicht!«

»Das war ja auch alles noch ganz frisch. Aber sie klang wirklich sehr glücklich, als sie mir am Telefon davon erzählte. Allerdings steckte ihr neuer Freund wohl noch in einer anderen Beziehung, aber sie war sich sicher, dass er sich für sie entscheiden würde. Mit anderen Worten: Sie hatte endlich wieder eine Perspektive.«

»Und das haben Sie geglaubt?«, fragte Valeri zweifelnd.

»Natürlich, warum denn nicht?«

»Nun, sie wäre nicht die erste Frau, die sich mit einem bereits gebundenen Mann eingelassen hat. Und in den wenigsten Fällen entscheiden sich die Männer für ihre Affäre«, erklärte Valeri.

»Ach, das sind doch Klischees. Außerdem war das keine Affäre, wie Sie es nennen. Sie war wirklich glücklich, und voller Pläne. Da war vom Zusammenziehen und einer gemeinsamen Zukunft die Rede.«

»Kennen Sie seinen Namen? Oder wissen Sie sonst irgendetwas über diesen mysteriösen Mann?« Gustavsson schüttelte den Kopf.

»Nein, sie wollte nicht darüber reden. Aber warum nennen Sie ihn mysteriös?«

»Nun, Freyas bester Freund, Svend-Age Pettersson, wusste jedenfalls nichts von einer solchen Verbindung«, bemerkte Coco.

»Ach, Svend war doch selbst unsterblich in Freya verliebt, aber sie wollte nichts von ihm wissen. Verstehen Sie mich nicht falsch, sie mochte ihn, liebte ihn auf eine gewisse Art und Weise sogar, aber es war von ihrer Seite aus nur eine gute Freundschaft, mehr nicht. Ich habe sie sogar schon davor gewarnt, seine Verliebtheit nicht allzu sehr auszunützen.«

»Was genau wollen Sie damit denn sagen?«

»Nun, er war für Freya offensichtlich gut genug, um ihre gesamte Freizeit mit ihm zu verbringen, Lunch, Dinner, Urlaub – bezahlen durfte er. Alles. Er war völlig vernarrt in sie, um nicht zu sagen blind vor Liebe. Und sie hat es sich auf seine Kosten gutgehen lassen. Irgendwann musste es da ja mal Probleme geben.«

»Er wurde also eifersüchtig«, kombinierte Coco.

»Natürlich. Haben Sie ihn mal gefragt, wo er war, als Freya gestorben ist? Vielleicht ist er ja ausgerastet. Hat nicht ertragen, dass sie frisch verliebt und glücklich war. Ich glaube nicht, dass er nichts davon gewusst hat. Das hat er doch mit Sicherheit mitbekommen.«

»Wussten Sie, dass Freya schwanger war?«

»Gott, nein! Das ist ja furchtbar!«

»Furchtbar? Was ist daran so furchtbar?«, fragte Valeri irritiert.

»Es war ihr allergrößter Wunsch, Mutter zu werden. Und dann geht der Wunsch in Erfüllung, und sie muss sterben?« Gustavsson schwieg. Tränen standen in seinen Augen. Etwas peinlich berührt drehte er sich zur Wand und rieb sich die Augen. »Entschuldigen Sie. Ich kann es noch gar nicht glauben, dass ich meine Freya nie wiedersehen werde.«

»Und Sie wissen tatsächlich nichts von dem Kindsvater? Wenn Freya schwanger war, er aber nicht frei, könnte auch das ein Grund gewesen sein, sie zu töten.« Gustavsson zuckte mit den Schultern.

»Tut mir leid. Aber sie hat seinen Namen nie erwähnt.«

»Und Sie sind sich wirklich sicher, dass ein Selbstmord auszuschließen ist? Die Obduktion hat keinerlei Hinweise auf ein Fremdverschulden ergeben«, hakte Valeri noch einmal nach.

»Ganz sicher! Ich weiß noch, dass wir kürzlich erst lange über dieses Thema gesprochen haben, als sich der Vater einer Bekannten aus dem Dorf unserer Eltern in seinem Schuppen erhängt hat. Die eigene Tochter hat ihn dort gefunden. Darüber hat sich Freya furchtbar aufgeregt. Sie fand es feige und schäbig, so aus dem Leben zu gehen. Weil ja die Hinterbliebenen schrecklich darunter zu leiden haben. Die Tochter tat ihr vor allem leid, die Vorstellung, einen geliebten Menschen so zu finden, hat Freya fast verrückt gemacht. Sie hätte mir das niemals angetan. Niemals! Und es gab doch wohl auch keinen Abschiedsbrief?«

»Nein.«

»Sehen Sie! Freya hätte sich niemals so aus dieser Welt gestohlen. Und sie ist doch auch Tante geworden. Auch meiner kleinen Tochter hätte sie so etwas niemals angetan. Und abgesehen davon: Freya war auch viel zu ängstlich. Sie hätte niemals den Mut aufgebracht, vom Dach des Museums in den Tod zu springen. Nie. So etwas hätte sie niemals getan. Bitte! Versprechen Sie mir, dass Sie Freyas Mörder finden.« Valeri nickte nur. Dann verabschiedeten sie sich von Gustavsson, den Noelle in Empfang nahm, um ihn zum Ausgang zu begleiten. Valeri sah den beiden nach und seufzte.

»Der Bruder tut mir wirklich leid. Kann durchaus sein, dass er recht hat!«

»Hm. Das, was er über ihr Leben erzählt hat, ist nicht gerade schmeichelhaft. Sind alle Leute in Monaco so? So oberflächlich? Ist es denn nur der schöne Schein, der hier zählt? Geht es nur um die Hülle und nicht um das, was dahinter steckt?«

»Ach was! Das ist doch nur ein kleiner Teil. Natürlich gibt es all diese Reichen und Superreichen, die Steuern sparen wollen und hier so tun, als regierten sie die Welt. Aber das sind und bleiben doch Ausnahmen. Schauen Sie mich an. Ich lebe hier doch auch ein völlig normales Leben. Die meisten von uns tun das. Diese ganzen Geschichten über die Reichen und Schönen sind doch …«

Ehe er fortfahren konnte, klingelte Cocos Handy. Sie nahm das Gespräch an und hörte eine Weile aufmerksam zu. Dann verabschiedete sie sich und sah Valeri ernst an.

»Das war Niki. Die Obduktion ist weitestgehend abgeschlossen. Annatina Steiner ist erstickt: Atemlähmung und Herzstillstand. Aller Wahrscheinlichkeit nach durch Schlangengift.«

»Aller Wahrscheinlichkeit nach? Was heißt das denn?«, fragte Valeri ungeduldig.

»Niki will sich noch nicht festlegen. Er muss noch verschiedene Tests machen. Hat was mit den Antikörperreaktionen zu tun. Er hat versucht, an den Bissstellen Giftreste zu isolieren, die müssen aber durch eine aufwendige proteinchemische Analyse, und das dauert. Danach muss er die Proteinprofile mit einer Liste bekannter Gifte abgleichen …«

»Mon Dieu!«

»Tja, lange Rede, kurzer Sinn: Das Problem ist, dass Annatina Steiner bekanntlich mit ungiftigen Schlangen gearbeitet hat, aber dennoch anscheinend durch Schlangengift gestorben ist. Niki hat noch keine Ahnung, durch welches Gift beziehungsweise durch welche Schlangenart.

Wir müssen herausfinden: Was für eine Schlange war das, und wo ist die Giftschlange jetzt? Bisher tappen wir da völlig im Dunkeln.«

»Also kein Unfall, sondern Mord?«

»Definitiv! Aus Versehen gerät eine giftige Schlange jedenfalls nicht in einen Glascontainer im Zirkus!«

33

Nach diesem langen Tag war Coco froh, endlich nach Hause zu kommen. Ebenso wie Valeri war auch sie ziemlich frustriert, weil sie bislang überhaupt keinen Anhaltspunkt hatten, wer für den Tod der drei Frauen verantwortlich sein konnte, denn der Tod Freya Olssons schien möglicherweise doch kein Selbstmord gewesen zu sein. Coco hatte das Gefühl, dass mit jedem weiteren Zeugen, den sie vernahmen, sich immer weitere Fragen und Verwicklungen ergaben. Der Weg von der Sûreté zu ihrer Wohnung war denkbar kurz. Sie musste nur eine Straße überqueren, den Innenhof ihres Appartement-Komplexes passieren, und schon stand sie in der Lobby. Sie begrüßte den Pförtner freundlich, merkte aber sofort, dass eine etwas angespannte Stimmung in der Luft lag. Er hob die Schultern und wies auf die Sitzecke im Eingangsbereich.

»Der Herr wollte partout hier auf Sie warten!« Coco folgte seinem Blick und erstarrte: Nach einem solchen Tag auch noch das. Da saß ihr Noch-Ehemann, der nun aufsprang und schnell auf sie zukam.

»Coco! Na, endlich! Ich dachte, du kommst überhaupt nicht mehr nach Hause.«

»Was machst du denn hier?«, fragte Coco perplex. »Und warum hast du mir nicht vorher Bescheid gesagt? Leider habe ich überhaupt keine Zeit!«

»Ich will nur kurz mit dir über unsere Scheidung reden. Auf meine Briefe reagierst du ja nicht, und am Telefon wimmelst du mich ab.«

»André, ich …«

»Willst du das hier in der Halle weiterdiskutieren?« André wies mit dem Kinn in Richtung des Portiers. »Kannst ja gleich noch die Presse dazu bitten!«

»Lass uns das auf morgen verschieben. Ich bin todmüde.« Coco wandte sich zum Gehen, doch André hielt sie am Arm fest. Der Portier räusperte sich.

»Madame, brauchen Sie Hilfe?«

»Nein, nein. Danke. Ist schon in Ordnung«, antwortete sie und ging zum Fahrstuhl. »Wir regeln das in meiner Wohnung.«

»In deiner Wohnung? Wenn ich mich richtig erinnere, war das früher unsere Wohnung. Hat deine Mutter die Wohnung nicht uns beiden überschrieben?«

»Jetzt fang nicht damit an. Das hat sie getan, weil sie dachte, dass wir zusammenbleiben würden.«

»Coco, zum hundertsten Mal: Es war deine Entscheidung, unsere Ehe zu beenden!« Coco war froh, als die Fahrstuhltür endlich aufging. Sie trat in die Kabine und lehnte sich an die Wand. Während der Fahrstuhl sich langsam nach oben bewegte, herrschte eisiges Schweigen. Diese Begegnung war wirklich das Letzte, was sie sich für diesen Abend gewünscht hatte. Sie wollte einfach nur ihre Ruhe, etwas Anständiges zu essen und ein großes Glas Rotwein. Oben angekommen, stürmte Coco in ihre Wohnung und blieb abrupt am Küchentresen stehen.

»Was soll denn das? Warum überfällst du mich hier? Musste das sein?«

»Coco, ich will, dass wir uns scheiden lassen. Und ich habe keine Lust mehr, von deinen Launen abhängig zu sein.« Coco schwieg. Dann ging sie zur Spüle hinüber, nahm sich ein Glas und füllte es mit Wasser. Sie leerte es in einem Zug, dann griff sie zu der Rotweinflasche, die noch vom Vorabend auf dem Tresen stand. Sie schenkte sich ein, ohne André ein Glas davon anzubieten.

»Coco! Es ist mein verdammter Ernst. Ich will die Scheidung.«

»Und ich habe dir schon mal gesagt, dass ich noch nicht so weit bin.«

»Coco! Du wolltest doch die Trennung. Was soll denn das jetzt? Ich verstehe dich nicht!«

»Warum zum Henker bist du bloß so scharf darauf, jetzt ratzfatz geschieden zu werden? Musst du deine Neue gleich heiraten?«

»Lass Marie aus dem Spiel. Darum geht es nicht.«

»Worum geht es dann?«

»Coco! Akzeptier doch bitte einfach, dass für mich ein neues Leben begonnen hat.«

»Willst du Marie nun heiraten oder nicht?«

»Das geht dich nichts mehr an. Ich will nur eine anständige, saubere Trennung, weiter nichts. Und ja, es ist mir ernst mit Marie. Willigst du nun endlich in die Scheidung ein?«

»Meine Güte, du bettelst ja förmlich darum. War es so schlimm, mit mir verheiratet zu sein? Verdammt, warum hast du es mit der Scheidung so eilig? Was steckt dahinter? Raus mit der Sprache.«

»Coco, wir sind hier nicht im Verhör. Ich muss mir das nicht anhören.«

»Wirst du wohl müssen, solange du mir keinen passablen Grund nennen kannst, warum du das alles übers Knie brechen willst.«

»Übers Knie brechen? Wir sind seit einem Jahr und zehn Monaten getrennt.«

»Warum?«, wiederholte Coco. »Warum!«

»Verdammt, wenn du das unbedingt wissen willst … Ich hätte dir das gerne erspart.« André war blass geworden. Coco erstarrte. Sie spürte, dass jetzt etwas kam, was ihr den Boden unter den Füßen wegziehen würde.

»Ich werde Vater.« Das war es also! Coco nahm alles um sich herum nur noch verschwommen wahr. Schockiert sah sie André ins Gesicht. Fassungslos, verletzt, zutiefst getroffen. Sie schluckte, dann musste sie husten. Sie drehte sich um, nahm das halbvolle Weinglas und schüttete den Inhalt in einem Zug hinunter. Sie hustete erneut. André griff nach ihrem Arm.

»Coco, hör doch auf. Alkohol macht es auch nicht besser.«

»Fass mich nicht an!«, schrie Coco. Sie fürchtete, sich gleich übergeben zu müssen. Sie wusste, dass ihre Gefühle völlig irrational waren, sie war sich klar darüber, dass sie André nicht zurückhaben wollte und auch kein weiteres Kind mit ihm. Sie wollte überhaupt nie wieder schwanger werden. Niemals wieder wollte sie das Risiko eingehen, diesen Schmerz, diesen Verlust noch einmal zu erleben. Und trotzdem schmerzte sie die Nachricht von Andrés erneuter Vaterschaft, machte viel kaputt, zerriss das letzte Stückchen Band, das noch zwischen ihnen gewesen war.

»Du hast gesagt, du würdest niemals auch nur daran denken, mit einer anderen Frau ein Kind zu bekommen!«, brach es aus Coco heraus. Sie presste sich den Handballen auf die Stirn, in ihrem Kopf hämmerte es, und sie hatte auf einmal rasende Kopfschmerzen.

»Was hätte ich denn sagen sollen? Coco, das Leben muss doch weitergehen. Man muss nach vorne schauen.«

»So, muss man das? So schnell ist unsere Tochter also zu ersetzen?«

»Coco, hör auf! Wir hatten keine Tochter. Sie hat niemals gelebt. Und du warst daran nicht ganz unschuldig.« Coco wurde kreidebleich. Sie schwankte leicht.

»Wie kannst du das sagen? Das ist nicht fair! Sie war unsere gemeinsame Tochter. Warst du überhaupt nur einmal an ihrem Grab?« André schwieg. »Das dachte ich mir.«

Coco fehlte die Luft zum Atmen. Sie hielt es in Andrés Nähe nicht mehr aus.

»Coco, das muss doch nicht so …«

»Geh einfach! Hau ab! Ich will dich nicht mehr sehen!« André sagte kein einziges Wort mehr. Er verschwand so schnell, wie er gekommen war. Coco sackte an der Wand zu Boden und starrte minutenlang ins Leere. Sie fühlte sich noch schlechter als zuvor. Ausgelaugt und ungeliebt. Benommen zog sie ihr Handy hervor und schickte Nikolai eine SMS: *Bist du zu Hause? Komme jetzt vorbei*! Sie brauchte Trost, jemanden, der sie jetzt auffing. Auch wenn sie wusste, dass Nikolai dafür ganz bestimmt nicht der Richtige war, stand sie eine knappe halbe Stunde später vor der Tür seines Appartements, das sich in der Nähe des Casinos in einer der begehrtesten Wohngegenden Monacos befand.

»Ein Glück, dass meine Tochter bei ihrer Mutter ist«, sagte er zur Begrüßung.

»Und du hast Glück, dass ich meine Meinung geändert habe«, erwiderte Coco und zog sich noch im Flur ihr T-Shirt aus. Sie war wie elektrisiert, hatte nur den einen Gedanken: Sie wollte in diesem Moment im Mittelpunkt stehen, das Gefühl haben, begehrt zu sein und geliebt zu werden. Und wenn es auch nur für wenige Stunden war.

34

Es war dunkel. Nur durch das schmale Fenster unterhalb der Decke fiel ein schwacher Lichtschein in das kleine Kellergewölbe. Es war kalt, staubig, unangenehm. Alexandre Denaux hatte das Gefühl, langsam verrückt zu werden. Er fühlte sich schwach, ausgehungert, und er hatte schrecklichen Durst. Seine Lippen waren aufgesprungen und fühlten sich rau an. Er war von seinem Entführer zwar ab und zu mit Wasser und einem Sandwich versorgt worden, doch er war immer noch hungrig. Außerdem hatte er jegliches Zeitgefühl verloren. In seinem ganzen Leben hatte er noch nie eine Uhr getragen. Jetzt bereute er es. Durch den Lichtschein, der tagsüber dafür sorgte, dass es ein klitzekleines bisschen heller in seinem Verlies wurde, konnte er zumindest einschätzen, ob es Tag oder Nacht war. Allerdings schien ihm die Nacht endlos lang zu sein. Er konnte schlecht schlafen, wälzte sich auf der unbequemen, schmuddeligen Matratze hin und her, und sein Rücken machte ihm zu schaffen. Ein Fünfundsiebzigjähriger war einfach nicht dafür gemacht, schlecht versorgt in einem Keller zu versauern. Und er konnte sich beim besten Willen keinen Reim darauf machen, warum er hier eingesperrt worden war. Und von wem. Steckten etwa die Tierschützer dahinter? Wollten sie die Organisatoren des Zirkus erpressen? Aber was wollten sie damit erreichen? Welchen Sinn sollte das Ganze haben? So viel er auch hin und her überlegte, er kam zu keinem Ergebnis. Immer wieder grübelte er darüber nach, wer sonst noch einen Grund haben könnte, ihn zu verschleppen, und der Einzige, der ihm einfiel, war sein ehemaliger Kumpel und Exmann seiner Tochter. Aber auch da hatte er seine Zweifel: Würde sein alter Freund und Feind sich eines Verbrechens schuldig machen, nur um ihm eins auszuwischen? Denaux war ratlos, und es machte ihn krank, dass er es bislang nicht geschafft hatte, auch nur einen kurzen Blick auf seinen Entführer zu erhaschen. Er hatte bisher zweimal eine Literflasche Wasser und ein Sandwich vorgefunden, jedes Mal hatten die Lebensmittel einfach auf dem Fußboden neben seiner Matratze gelegen, als er wieder aufgewacht war. Es schien, als würde ihn der Entführer beobachten, darauf warten, bis er endlich eingeschlafen war, um sich dann in den düsteren Raum zu schleichen und ihn mit dem Nötigsten zu versorgen, damit er nicht in dieser Grotte verreckte. Doch was, wenn sein Peiniger es sich anders überlegte? Wenn er einfach nicht wiederkäme? Ihn hier einfach liegenlassen würde? Ohne Nahrung und Wasser? So lange, bis er seine Augen für immer schließen würde?

35

Mitten in der Nacht wurde Coco schlagartig wach. Im ersten Moment wusste sie nicht, wo sie sich befand. Sie blinzelte und versuchte, in der Dunkelheit irgendetwas zu erkennen. Dann erinnerte sie sich: Sie war bei Nikolai. Doch wo war er? Die andere Seite des großen Doppelbetts, in dem sie lag, war leer. Verwundert setzte sie sich auf. Dann sah sie ihn: Nikolai lag neben dem Bett auf dem Fußboden. Er hatte sich eine schmale Matratze neben das große Bett gelegt, auf der er sich rücklings ausgestreckt hatte. Coco beugte sich hinunter und schüttelte ihn leicht an der Schulter. Erschrocken fuhr er hoch.

»Was … Was ist los?«, murmelte er.

»Was machst du da unten, was soll denn das?«, flüsterte Coco.

»Äh, ja, macht doch keinen Sinn, wenn wir uns gegenseitig die Decke wegziehen«, war seine Antwort, dann drehte er sich um und ihr den Rücken zu. »Schlaf weiter!« Coco war plötzlich glockenwach und saß kerzengerade im Bett. Dann legte auch sie sich wieder hin. Was war das denn jetzt? Sie verstand Nikolai nicht: Da hatte er ein riesiges, bequemes Bett, sie kannten sich seit Ewigkeiten, und dennoch konnte er es offenbar nicht ertragen, neben ihr einzuschlafen beziehungsweise aufzuwachen. Schlief lieber auf einer dünnen Matratze auf dem Boden. Coco grübelte noch eine Weile, dann fiel sie zurück in einen traumlosen Schlaf.

Als sie am nächsten Morgen aufwachte, stand Nikolai bereits fertig angezogen an der Tür.

»Ich gehe zum Yoga«, sagte er, ohne ihr einen guten Morgen zu wünschen. »Entweder du kommst mit, oder ich gehe jetzt alleine los!«

»Ja, spinnst du?«, stammelte Coco. »Ich muss doch zum Dienst. Ist das alles, was du mir zu sagen hast?«

»Was erwartest du denn?«, fragte Nikolai und klimperte mit seinem Schlüsselbund. »Zieh die Tür einfach hinter dir zu.« Dann war er auch schon verschwunden, und fassungslos starrte Coco auf die Tür, die mit einem lauten Krachen ins Schloss gefallen war. Was war nur mit ihrem alten, einst heiß begehrten Freund los? Was war passiert, dass er immer noch davonlief? Anscheinend dauernd auf der Flucht war? Niemanden an sich heranließ? Coco strich sich die Haare aus dem Gesicht und schlurfte seufzend ins Bad. Mon Dieu! Sie sah wirklich zum Davonlaufen aus. Ihre Haare waren fettig und hingen kraftlos herab, und sie hatte tellergroße Schatten unter den Augen. Schlagartig kam ihr Andrés Besuch wieder in den Sinn. Sie sah auf ihre Armbanduhr.

»Merde!«, fluchte sie. In einer halben Stunde war Besprechung in der Sûreté. Zu knapp, um vorher noch in ihre Wohnung zu gehen. Also sprang sie schnell unter die Dusche, nahm sich eines von Nikolais Oberhemden aus dem Schrank und verließ wenig später mit noch nassen Haaren das Haus.

In der Sûreté erntete sie einen interessierten Blick von Valeri.

»O là là, wie sehen Sie denn aus?« Wenige Minuten später kamen auch Deneuve und Noelle dazu, und Valeri begann, zusammenzufassen.

»Wir haben zwei tote Frauen im Zirkus. Beide Artistinnen sind durch ihre eigenen Tiere gestorben. Bei Annatina Steiner können wir davon ausgehen, dass es sich um einen Anschlag handelt. Die Frau arbeitete nicht mit Giftschlangen, ein Unfall ist also auszuschließen. Jemand muss sie vergiftet haben, aber wer und wie? Frau Steiners Assistent ist sicher, dass er den Glascontainer, wie vor jedem Auftritt, kontrolliert hat, und sich wie immer nur die Königsnattern darin befunden haben – harmlose, ungiftige Schlangen. Die Frage ist also: Wie ist das Schlangengift in den Körper der Frau gelangt?«

»Niki hat doch Bissspuren gefunden, oder?«

»Richtig. Es gibt tatsächlich zwei kleine Einstiche an einem Fuß. Wir wissen aber noch nicht, ob die von den Zähnen einer Giftschlange stammen.«

»Wie hätte sie denn sonst vergiftet werden können? Doch wohl kaum durch Zauberhand«, bemerkte Deneuve süffisant.

»Das wissen wir eben noch nicht. Vielleicht durch eine Spritze. Es ist ja durchaus möglich, einer Schlange Gift zu entnehmen. Aber wieso gibt es dann zwei Einstiche? Das macht alles überhaupt keinen Sinn.« Valeri wanderte im Raum auf und ab. »Nächste Frage: War der Tod der Raubtierdompteuse tatsächlich ein tragischer Unfall? Oder hatte auch da jemand anderes seine Finger im Spiel?« Fragend blickte er in die Runde.

»Wie das?«, fragte Noelle. »Ein Fremder kommt doch gar nicht an die Raubkatzen heran, ohne sein Leben zu riskieren!«

»Stimmt. Aber trotzdem: Das sind mir zu viele Zufälle. Ich frage Sie: Wer von Ihnen glaubt denn ernsthaft, dass zuerst die eine Artistin durch einen tragischen Unfall ums Leben kommt und zwei Tage später die nächste Artistin ermordet wird? Ich nicht.« Auch Coco, Deneuve und Noelle schüttelten die Köpfe.

»Was ist mit der Frau, die tot im Hafenbecken gefunden wurde? Gibt es da einen Zusammenhang?«, fragte Noelle.

»Nein. Da bin ich ziemlich sicher. Es gibt überhaupt

keinen Anhaltspunkt dafür, dass diese Fälle zusammenhängen. Freya Olsson war ein Mitglied der hiesigen sogenannten High Society, hatte private Probleme, Geldsorgen und war auf der Suche nach einem reichen Mann. Und sie war schwanger. Hier ist die Frage: Von wem? Also cherchez l'homme! Diesbezüglich gibt es bisher leider keine neuen Erkenntnisse. Ihr Bruder ist übrigens zu hundert Prozent sicher, dass sich Freya Olsson auf keinen Fall umgebracht haben kann, weil sie in der letzten Zeit endlich wieder glücklich und zufrieden war, und zwar mit einem neuen Mann an ihrer Seite. Hatte sie endlich ihren reichen Traumprinzen gefunden, und ist der auch der Kindsvater? Und wo steckt der Mann? Warum hat er sich nicht längst bei uns gemeldet?«

»Freya Olssons Bruder hat ja auch behauptet, dass ihr bester Freund, dieser Svend-Age Pettersson, in Wirklichkeit ernsthaft verliebt in sie gewesen sein soll und eifersüchtig auf andere Männer aus Freyas Umfeld. Die Spur sollten wir ebenfalls verfolgen!«

»Ich hoffe, das ist nicht das Einzige, was Sie heute zu tun haben«, schaltete Kylian Levèvre sich ein, der hinzugekommen war und Cocos letzte Ausführungen gehört hatte. »Und im Übrigen: Ist der Fall Freya Olsson nicht längst abgeschlossen?«

»Nun …«, begann Valeri. »Wir haben inzwischen begründete Zweifel daran, dass Frau Olsson sich umgebracht hat.«

»Aha?« Levèvre baute sich vor Valeri auf und schob die Hände in die Hosentaschen seines Maßanzugs.

»Ihr Zwillingsbruder, der sie sehr genau zu kennen scheint, hält es für schlichtweg unmöglich, dass sich seine Schwester das Leben genommen hat.«

»Ach, und der ist Hellseher, oder was?«, ereiferte sich Levèvre.

»Und es gibt einen eifersüchtigen besten Freund«, ergänzte Coco. »Das sind zwei große Fragezeichen.«

»Wir müssen in dieser Sache weiterkommen. Und zwar schnell. Und was ist mit den beiden toten Frauen aus dem Zirkus?« Niemand sagte etwas darauf. »Und der Rest ist Schweigen?! Wollen Sie mir etwa sagen, dass Sie noch nicht einmal einen Verdacht haben?«

»Leider nein. Im Fall der Raubtierdompteuse sind wir noch nicht einmal sicher, ob es tatsächlich ein Unfall war oder doch ein Mordanschlag.«

»Zwei tote Frauen im Zirkus! Das ist noch nie vorgekommen!«, meckerte Levèvre. »Und Sie sitzen hier gemütlich herum. Bringen Sie mir die Schuldigen. Mir sitzt die Presse im Nacken. Wir haben hier wegen des Festivals Journalisten aus aller Welt. Alle Zeitungen schreiben darüber, und mein Telefon klingelt im Sekundentakt. Was soll ich diesen Leuten sagen? Haben die Damen und Herren dazu vielleicht einen Vorschlag?«

»Nun, ich habe schon eine Vermutung«, räusperte sich Deneuve, der offensichtlich die Zeit für seinen großen Auftritt gekommen sah. »Die in Monaco agierenden Tierschützer haben es auf das Festival abgesehen. Einer von ihnen ist in der Nähe des Wagens der toten Schlangenfrau gesehen worden. Und die Organisation zieht einen klaren Vorteil aus der Presseberichterstattung: Die sind in jeder Sendung, in jeder Zeitung, geben Interviews ohne Ende.«

»Dann setzen Sie die fest!« Levèvre drehte sich um und marschierte zur Tür. Dort angekommen drehte er sich noch einmal um. »Brauchen wir jetzt schon die Franzosen, um unsere Fälle zu lösen?«

»Sind Sie von allen guten Geistern verlassen?«, schnauzte Valeri Deneuve an. »Es gibt keinen einzigen Beweis dafür, dass die Tierschützer hinter den Morden stecken.«

»Wieso? Diese Aktivisten haben ein klares Motiv. Sie waren am Tatort. Und bestimmt stecken sie hinter der Entführung von Alexandre Denaux. Das hängt alles zusammen.«

»Daran glaube ich nicht. Sie vielleicht?«, fragte Valeri in Cocos Richtung. Coco zuckte nur mit den Schultern.

»Ich weiß nicht. Mord, um die Welt auf sich aufmerksam zu machen? Das scheint mir etwas zu gewagt. Die sind vielleicht radikal in ihrer Haltung, aber nicht wahnsinnig.«

»So harmlos sind die nun auch wieder nicht«, sagte Noelle. »Ich habe einiges über diesen Le Goff und seine Organisation herausgefunden. Es gab jede Menge Aktionen: Die haben Jagden mit Trillerpfeifen gestört, ein Gelände, auf dem Labore für Tierversuche gebaut werden sollten, besetzt, und sie sind mit Transparenten in der Hand auf die Dächer von Pelzgeschäften geklettert. Bis hierhin alles harmlos, Ordnungswidrigkeiten, die vor allem öffentlichkeitswirksam waren. Es gibt offenbar aber auch einige im Untergrund operierende Zellen dieser Organisation, eine Art Tierbefreiungs-Guerilla. Die haben schon schwere Sachschäden angerichtet, Hunderte von Nerzen aus Pelzfarmen befreit und ganze Mastanlagen in Brand gesteckt. Bisher sind dabei keine Menschen verletzt worden, aber das hätte jederzeit passieren können. Und: Brioc Le Goff war sogar an einer Walfangblockade in Japan beteiligt. 2010 hat er mit einem Harpunenboot eines der Fangschiffe gerammt. Das Boot ist daraufhin auseinandergebrochen und gekentert. Ein japanisches Gericht hat ihn deswegen und wegen einiger anderer Vergehen zu zwei Jahren auf Bewährung verurteilt«, schloss Noelle.

»Na, da haben wir's doch«, sah sich Deneuve bestätigt.

»Man sprach damals vom schwarzen Block der Meere. Deren Gegner warfen ihnen Ökoterrorismus vor. Die Tierschützer sehen sich als moderne Piraten, die eigenen Angaben zufolge Menschen gegenüber gewaltfrei auftreten,

Verletzte gab es aber dennoch immer wieder. Auf beiden Seiten. Wer weiß, vielleicht haben die sich weiter radikalisiert«, fuhr Noelle fort.

»Kann ich mir nicht vorstellen«, entgegnete Valeri.

»Aber es ist unsere einzige Spur«, murmelte Coco.

»Eben«, bekräftigte Deneuve.

»Also gut. Coco, Deneuve, nehmen Sie sich diesen Le Goff noch mal vor. Besorgen Sie sich einen Durchsuchungsbeschluss. Ich werde mit meinen Freund Stéphane Roux sprechen. Er ist Tierarzt«, fügte Valeri erklärend hinzu. »Vielleicht kann er uns in Bezug auf die Schlangen helfen. Und ich werde mir den sogenannten besten Freund von Freya Olsson nochmal vorknöpfen. Noelle: Beobachten Sie die Presse und halten Sie uns Levèvre vom Hals. Wir brauchen jetzt Ergebnisse und niemanden, der uns unter Druck setzt.«

36

Der Eingang des Zoos lag auf dem gleichen Level wie die Terrasse des Centre Commercial, des großen Einkaufszentrums von Monaco. Valeri zeigte der Dame im Kassenhäuschen seinen Dienstausweis und schlenderte durch die kleine Anlage, die direkt in den großen Felsen gebaut war. Der Jardin Animalier beherbergte zwar nur wenige Tiere, war für Familien mit Kindern aber durchaus einen Besuch wert. Zudem hatte man von dem kleinen Weg aus, der sich in einem Rundgang nach oben schlängelte, einen fantastischen Blick auf die Boote im Hafen von Fontvieille. Nachdem Valeri an den Vogelvolieren mit verschiedenen Papageien und dem Käfig mit den Kattas, einer niedlichen Primatenart mit langem, geringeltem Schwanz aus Madagaskar, vorbeigegangen war, überquerte er die hölzerne Brücke, unter der sich das Wasserareal des Nilpferdes befand, das sein Freund Stéphane gerade behandelt hatte. Valeri warf einen Blick nach unten und sah, dass das Tier schon wieder genüsslich im Wasser dümpelte. Am Rande des Beckens entdeckte er Stéphane, der gerade seine Tasche zusammenpackte.

»Stéphane!«, rief er. Der schaute nach oben und winkte ihn zu sich hinunter. Valeri öffnete das schmale Gatter und ging die Treppe, die für Besucher gesperrt war, nach unten. Dort angekommen, klopfte er seinem Kumpel auf die Schulter. »Na, was hatte unser altes Hippo denn?«

»Du weißt doch, dass mir mein hippokratischer Eid verbietet, dir Einzelheiten über meine Patienten zu verraten«, witzelte Stéphane.

»Haha!«

»Nix Schlimmes. Nur ’ne Zahnreinigung. Muss auch mal sein. Wie läuft es denn bei euch?«

»Katastrophal! Drei tote Frauen, keine hieb- und stichfesten Spuren, und Levèvre springt im Carré.«

»Drei tote Frauen?«

»Die Tote vom Museum, die Tigerdompteuse und jetzt auch noch eine weitere Artistin. Eine Schlangentänzerin.«

»Moment, aber ich dachte, bei der Toten im Hafen handelte es sich um einen Selbstmord? Und die Tigerfrau ist doch von einer ihrer Raubkatzen angefallen worden. Ein tragischer Unfall, oder etwa nicht?«, fragte er überrascht.

»Ich bin mir da nicht mehr so sicher. Zwei Artistinnen, die von ihren Tieren getötet werden: Das ist schon sehr merkwürdig. Bei der Schlangentänzerin war definitiv Schlangengift die Todesursache. Allerdings arbeitete die Dame gar nicht mit Giftschlangen. Wie also soll das Schlangengift in ihren Körper gelangt sein? Und bei der Raubtierdompteuse glaube ich auch nicht mehr an einen Unfall. Kannst du dir vorstellen, dass die Tiere manipuliert gewesen sein könnten?«

»Nun …« Stéphane zögerte. »Das halte ich für schwierig. Natürlich gibt es Drogen, die Tiere aggressiv machen können. Aber wie sollte ein Fremder denn an die Raubkatzen herankommen, um denen das Zeug zu injizieren? Der hätte schlechte Karten. Wahrscheinlicher wäre in dem Fall, dass man die Frau unter Drogen gesetzt hat.«

»Wieso denn das?« Valeri folgte Stéphane, der, seine Tasche unter dem Arm, in Richtung Ausgang schlenderte.

»Bei der Raubtierdressur ist es sehr wichtig, sich immer an die gleichen Abläufe zu halten. Wenn es zu Unfällen kommt, liegt das meistens daran, dass der Mensch einen Fehler macht, also von dem ursprünglichen, dem Tier vertrauten Muster abweicht, er unaufmerksam wird oder sich überschätzt. Offenbar ist die Frau doch gestürzt. Das kann natürlich mal vorkommen, aber als Profi müsste sie eigentlich voll konzentriert und darauf bedacht gewesen sein, dass ihr das eben nicht passiert. Denn sowie ein Mensch am Boden liegt, wird er sofort zur Beute, und das Raubtier geht auf ihn los. Genau so, wie es sich hier auch abgespielt hat. Die Frage ist also: Warum ist die Frau gefallen? Das sind ja schließlich keine besonders hohen Hürden, maximal einen halben Meter hoch, da stolpert man nicht so leicht. Es sei denn, man ist etwas benebelt.«

»Du meinst, jemand hätte der Frau vor ihrem Auftritt irgendein Mittel eingeflößt? Drogen? Aber wie denn? Das hätte sie doch merken müssen?«

»Ich bitte dich! Man hört doch immer wieder diese Geschichten von ahnungslosen, jungen Mädchen in Diskotheken: Die kriegen K. o.-Tropfen in den Drink und merken es nicht.« Valeri nickte und dachte nach.

»Du hast recht! Ein paar Tropfen in irgendein Getränk, könnte sein. Ich werde der Sache nachgehen. Ich muss dich aber noch etwas anderes fragen.« Valeri blieb stehen. Mittlerweile hatten sie den Ausgang des Zoos durchquert und standen nun auf der Terrasse des Einkaufszentrums. »Wie erklärst du dir den Vorfall mit den Schlangen? Die Schlangentänzerin trat nur mit ungiftigen Schlangen auf. Trotzdem starb sie durch Schlangengift.«

»Das kann ich mir beim besten Willen nicht erklären, alter Freund.«

»Bei ihrem Auftritt saß Annatina Steiner in einem Glascontainer, da waren die Schlangen nur Dekoration. Man hätte da natürlich eine Giftschlange dazulegen können, aber das wäre doch aufgefallen. Das ist alles so absurd, was da gerade passiert.«

»Verstehe ich auch nicht. Vielleicht hat man ihr das Gift ja doch mit einer Spritze verabreicht. Man kann Schlangengift ja extrahieren. Wobei da auch die Frage bleibt, warum sie das nicht gemerkt haben sollte. Mann, Alter, du tust mir echt leid! Da kommt noch ein Haufen Arbeit auf dich zu. Aber trotzdem: Hast du Hunger?«

»Ja, lass uns runtergehen zum Hafen!«

»In Gerhards Café? Ich habe Lust auf etwas Handfestes, keine Schicki-Micki-Häppchen.«

»Geht mir genauso«, sagte Valeri und lachte. »Das würde Coco auch gefallen, so ein schöner Kartoffelsalat aus ihrer Heimat!«

»Gerhard ist Österreicher, du Banause!«

»Egal. Österreich, Deutschland, beide deutschsprachig, und die Nürnberger Würstchen, die Gerhard zum Kartoffelsalat serviert, die kommen doch wohl aus Deutschland.« Gerhards Café war das einzige Lokal des Fürstentums, in dem Deutsch gesprochen wurde und gehörte dem Österreicher Gerhard Kilian, der im Hafen von Fontvieille eine Snackbar ganz im Stil seiner alten Heimat eingerichtet hatte.

»Wenn mich nur diese Nattern nicht andauernd verfolgen würden«, schimpfte Valeri. »Dann würde ich mich noch mehr darauf freuen, jetzt entspannt ein paar Würstchen zu verspeisen.«

»Nattern? Was sind denn das für Nattern?«, fragte Stéphane und blieb stehen.

»Och, die sehen eigentlich ganz schön aus, bunt geringelt. Ich glaube, sie heißen Königsnattern.« Stéphane bekam plötzlich seinen speziellen Tunnelblick, wie immer, wenn er über etwas nachgrübelte.

»Rot, schwarz, gelb, richtig?«

»Ja, kann sein. Worauf willst du hinaus?«

»Mannomann, das könnte die Lösung sein! Komm mal mit.«

»Stéphane! Du sprichst in Rätseln! Was ist los?« Stéphane zog ihn am Arm hinter sich her und marschierte zurück zum Zoo. Erneut gingen sie durch den Eingang, bogen dann aber nach links ab und kamen zu einer kleinen Höhle, wo diverse Terrarien in die Wand eingelassen worden waren, in denen sich exotische Reptilien befanden. *Ces animaux sont sensibles aux vibrations. Merci de ne pas taper sur les vitres.* Die Tiere reagieren empfindlich auf Schwingungen, bitte klopfen Sie nicht an die Scheiben, war auf einem Schild an der Wand zu lesen.

»Was ist? Was hast du vor?«, fragte Valeri ungeduldig.

»Guck doch mal!« Stéphane wies auf eine Schlange, die in dem Terrarium direkt neben dem Glaskasten mit einer dicken Vogelspinne lag. »Ist das zufällig die Schlangenart, die du meinst?« Valeri betrachtete das Reptil genauer: Die Schlange war rot-gelb-schwarz geringelt und lag zusammengerollt auf dem mit Holzspänen bedeckten Boden.

»Die Königsnattern da? Ja, richtig! Das sind die Schlangen, mit denen die tote Artistin aufgetreten ist.«

»Eben nicht! Was liest du hier auf dem Schild?«

»Was soll das? Willst du jetzt testen, ob ich lesen kann?« Irritiert schüttelte Valeri den Kopf.

»Lies schon!« Valeri sah seinen Freund leicht verärgert an, dann schaute er auf die Informationstafel, die oberhalb des Terrariums hing: Korallenotter stand da geschrieben.

»Ja, wie? Ist das eine ganz andere Sorte?«, stammelte er verwundert.

»Das hier ist eine Korallenotter. Hoch giftig. Die hat, genau wie die Königsnatter, auch schwarze, rote und gelbe Ringe. Deshalb kann man sie auch verdammt leicht verwechseln. Die Farben der Ringel haben nur eine andere Reihenfolge.«

Valeri war fassungslos.

»Das gibt es ja nicht!«

»Es gibt eine Eselsbrücke, um die beiden Arten zu unterscheiden: »Red touchs yellow: kills a fellow. Red touchs black: friend of Jack. Das gilt allerdings nur in den USA. Oder auch: »Blut an Dotter: Killer-Otter. Blut an Kohle: Dir zum Wohle! Hat man sich ausgedacht, damit es nicht so häufig zu Verwechslungen kommt. Tödlichen Verwechslungen!«

»Zwei Schlangen, die fast gleich aussehen. Das ist doch verrückt!«

»Ist gar nicht so selten. Kraits zum Beispiel sind auch hoch giftig und sehen den harmlosen Wolfszahnnattern zum Verwechseln ähnlich. Die eignen sich allerdings nicht für eine Zirkusnummer.«

»Der Mörder hat also eine giftige Korallenotter in den Glascontainer mit den Königsnattern gemogelt. Das ist ausgesprochen perfide, aber schlau.« Valeri hielt einen Moment inne. »Pardieu! Was, wenn die Giftschlange noch drin ist? Wir müssen den Tierpfleger warnen.« Hastig wählte Valeri die Nummer der Sûreté. Als er Noelle am Telefon hatte, erklärte er ihr den Sachverhalt und bat sie, den Assistenten von Annatina Steiner telefonisch zu warnen. Dann zog er Stéphane hinter sich her. »Los, los, wir müssen zum Zirkus!« Vom Zoo bis zum Chapiteau war es nicht weit. Valeri und Stéphane liefen mit großen Schritten die Treppen hinunter, die vom Einkaufszentrum hinab Richtung Fontvieille führten, hasteten die Avenue des Papalins entlang, passierten den kleinen Kreisel und erreichten über die Avenue des Guelfes endlich das Zirkuszelt.

»Merde alors! Zu spät!«, rief Valeri außer Atem, als er einen Krankenwagen mit rotierendem Blaulicht auf dem Platz stehen sah. Gerade schlugen die Sanitäter die Türen des Fahrzeugs zu und wollten einsteigen, als Valeri auf sich aufmerksam machte, indem er seinen Dienstausweis schwenkte. »Stopp! Was ist passiert?«, rief er ihnen zu.

»Keine Zeit, Monsieur, Notfall, einer der Zirkusleute wurde von einer Schlange gebissen und zeigt Symptome einer Vergiftung. Wir müssen sofort ins Krankenhaus.«

»Moment, Moment, wir ...«, keuchte Valeri.

»Wir wissen, um was für eine Schlange es sich da handelt«, beendete Stéphane den Satz. »Korallenotter. Er braucht das Gegengift.«

»Wieso sind Sie da so sicher?«, fragte der Sanitäter zweifelnd.

»Nicht zu hundert Prozent, aber fast. Vertrauen Sie mir einfach. Ich bin Veterinär und kenne mich gut aus. Sagen Sie das dem behandelnden Arzt.«

»Alles klar!« Die Sanitäter sprangen in ihr Fahrzeug und fuhren mit quietschenden Reifen davon.

»Hoffentlich geht das gut!« Valeri atmete immer noch schwer. »Wir müssen alle Schlangen beschlagnahmen. Und vor allem das Terrain absichern«, fuhr er fort, als sich sein Atem etwas beruhigt hatte. Dann forderte er einige Kollegen zur Verstärkung an. Danach rief er erneut bei Noelle an und bat sie, ihn über den Zustand des Tierpflegers auf dem Laufenden zu halten. Anschließend ging er mit Stéphane zu den Terrarien hinüber, die zum Glück noch verschlossen ein Stück entfernt von den Volieren standen, angestrahlt von Wärmelampen. Stéphane untersuchte jeden Glaskasten ganz genau und wurde schnell fündig.

»Hier! Da ist sie!«, rief er und zeigte auf eine der Schlangen. »Siehst du den Unterschied?« Valeri blieb vor dem Kasten stehen und beäugte die Tiere eine Weile.

»Tatsächlich. Du hast recht. Wenn sie so direkt nebeneinanderliegen, sieht man, dass es nicht die gleiche Art ist. Aber im Halbdunkeln, wenn man nicht damit rechnet – da kommt ja kein Mensch drauf!«

»Zumal sie ja zwischen all den Königsnattern in dem Container lag.«

»Wie kommt man denn an so eine Schlange? Die gibt es doch sicher nicht in jeder beliebigen Zoohandlung zu kaufen, oder?«

»Nein. Natürlich nicht. Ich muss gestehen, dass ich nicht mal genau weiß, ob man die überhaupt einfach so kaufen kann. Erschwerend kommt hinzu, dass es bei den Korallenottern etliche Unterarten gibt, und um welche Spezies es sich hier handelt, da bin auch ich überfragt. Aber in der Regel findet man die extrem giftigen Exemplare nur in den Händen von Experten. Ich würde auch niemandem empfehlen, sich so eine giftige Schlange als Haustier zum Kuscheln auf die Couch zu holen.«

»Wo hat der Täter sie also her?«

»Vielleicht aus einem Tierpark? Möglicherweise grenzt das ja den Kreis der Täter ein, aber solange du keinen Hinweis oder Verdacht hast, wirst du auch da im Dunkeln tappen. Es gibt leider kein Verzeichnis darüber, wo es diese Schlangen gibt und wer sie hält. Eine simple Schusswaffe bekommst du jedenfalls leichter als eine exotische Giftschlange.« Valeri seufzte. Der Fall blieb verzwickt und seinem Schema treu: Mit jeder neuen Erkenntnis kamen neue Fragen auf. Es war zum Verrücktwerden. Valeri griff in seine Hosentasche nach dem vibrierenden Handy. Niki. Das traf sich gut.

»Niki, es gibt Neuigkeiten!«

»Und was für welche«, bestätigte der Rechtsmediziner. »Die Raubtierdompteuse ist umgebracht worden.«

»Genau«, antwortete Valeri. »Und ich weiß jetzt auch, durch welches Gift. … Äh, Moment mal, hast du gerade Raubtierdompteuse gesagt?«

»Ja, sicher. Von welchen Neuigkeiten sprichst du?«

»Ich habe den begründeten Verdacht, dass eine giftige Korallenotter für den Tod von Annatina Steiner verantwortlich ist. Du musst ihren Leichnam daraufhin untersuchen.« Valeri berichtete, was sich am Vormittag zugetragen hatte.

»Bon Dieu de merde!«, fluchte Niki. »Dann mach dich darauf gefasst, dass das vermutlich nicht der letzte Mord gewesen ist. Denn die Raubtierdompteuse wurde ebenfalls umgebracht. Sie hatte GHB im Blut.«

»Sie hatte was im Blut?«

»Gamma-Hydroxybuttersäure. Umgangssprachlich auch als Liquid-Ecstasy bekannt. Stammt aus den sechziger Jahren, wurde damals als Narkosemittel genutzt. Wird aber heute wegen der starken Nebenwirkungen kaum noch medizinisch angewandt. Eher bei Leistungssportlern als Dopingmittel oder eben als Droge. Je nach Dosierung wirkt es leicht beruhigend, sexuell anregend oder euphorisierend. GHB ist aber schwer zu dosieren. Der Unterschied zwischen einer Dosis, die den gewünschten Effekt erzielt, und derjenigen, die zu einem toxischen Koma führt, ist gering. GHB gilt auch als sogenannte Vergewaltigungsdroge, gerade in den USA und auch in unserem reizenden Nachbarland Deutschland hat es etliche Fälle gegeben, wo den Mädchen das Zeug in ihre Drinks geschüttet wurde, um sie gefügig oder sogar bewusstlos zu machen.«

»Und das Teufelszeug hatte unsere Dompteuse im Blut?« Valeri schüttelte sich. »Stéphane hat Ähnliches vermutet.«

»Eben!«

»Wo bekommt man das? Auf dem Schwarzmarkt?«

»Auch. Aber noch einfacher: Die Vorläufersubstanz kommt aus dem Chemikalienhandel, wird zum Beispiel als Felgenreiniger verwendet. Und was das Beste ist: Es wirkt schnell und wird schnell verstoffwechselt. Das bedeutet, es ist schon nach sechs Stunden im Körper nicht mehr nachweisbar. Perfekt.«

»Aber du hast es trotzdem gefunden?«, fragte Valeri beeindruckt.

»Nenn es Intuition. Ich kann dir nicht sagen, warum, aber ich hatte da so eine Ahnung. Eine Dompteuse, die über ihre eigenen Hürden stolpert, kam mir spanisch vor. War aber ein Risiko: Der Test ist extrem teuer und gehört nicht zu den Standarduntersuchungen. Wenn ich mich geirrt hätte, dann wäre mir von der Staatsanwaltschaft der Kopf abgerissen worden wegen der Kosten. Aber ich hatte ja den richtigen Riecher.«

»Madame le Juge wird dich trotzdem zur Schnecke machen.«

»Ach was. Die hat jetzt anderes zu tun: Zum Beispiel dem Fürsten zu erklären, wie es sein kann, dass hier ein Serienmörder sein Unwesen treibt.«

37

Coco saß neben Vince Deneuve in dessen weinroter Corvette und schaute aus dem offenen Fenster, da sie nicht so recht wusste, worüber sie mit dem Kollegen reden sollte. Sie hatte nicht den Eindruck, dass sie besonders viel gemeinsam hatten. Mal abgesehen vielleicht von der Vorliebe für alte Autos. Coco musterte die Innenausstattung des Wagens und schmunzelte über einen Playboy-Bunny-Aufkleber auf dem Armaturenbrett. Gleich daneben war mit Tesafilm ein Foto von zwei Jungs befestigt.

»Sind das Ihre Kinder?«, versuchte Coco ein Gespräch zu beginnen, während sie die Landstraße in Richtung Ventimiglia entlangfuhren, dem kleinen italienischen Ort, in dessen Nähe Brioc Le Goff wohnen sollte. Das Büro seiner Tierschutzorganisation war in Nizza, aber eine seiner Mitarbeiterinnen hatte ihnen am Telefon erklärt, dass Monsieur Le Goff sich diesen Tag freigenommen habe und vermutlich zu Hause anzutreffen sei.

»Ja, zwei Jungs. Ziemlich cool die beiden, oder? Kommen ganz nach ihrem Vater«, brüstete sich Deneuve mit seinem Nachwuchs.

»Ja, ganz der Papa, haben nur mehr Haare«, konterte Coco und lachte. Deneuve brummte nur und strich sich mit der Hand über seine Glatze. Dann schaltete er den CD-Player ein: natürlich Bob Dylan.

Als sie den kleinen italienischen Ort erreichten, stauten sich die Autos in der Ortseinfahrt. Ventimiglia lag kurz hinter der französischen Grenze direkt an der Riviera.

»Typisch, dieses italienische Chaos!«, schimpfte Deneuve und versuchte, schneller durch den dichten Verkehr zu kommen, doch kreuz und quer unter den Brücken und auf den Bürgersteigen geparkte Fahrzeuge machten das nicht einfacher. »Aber was will man schon erwarten von einem Ort, in dem die Bürger keine Steuern zahlen, der unterwandert ist von der Mafia und wo es sowieso keine ordentliche Gendarmerie gibt, die Strafmandate eintreibt.« Deneuve hupte energisch, doch es half alles nichts: Sie kamen nur im Schneckentempo voran. »Haben die eigentlich mittlerweile wieder einen Bürgermeister?«, fragte er genervt.

»Keine Ahnung«, entgegnete Coco amüsiert. »Was war denn mit dem Bürgermeister?«

»Wurde vor ein paar Jahren in seinem Amtszimmer festgenommen, kriminelle Machenschaften, das Übliche: Soll ein mafiöses System aufgebaut haben, inklusive einer privaten Gesellschaft, die dann alle öffentlichen Aufträge abgesahnt hat, Abfallbeseitigung, Bauarbeiten, was weiß ich. Da haben die natürlich richtig Kohle eingestrichen.« Deneuve schüttelte zwar entrüstet den Kopf, Coco wurde aber das Gefühl nicht los, dass ein wenig Bewunderung und vielleicht sogar Neid in Deneuves Stimme mitschwangen.

»Das wusste ich nicht«, sagte Coco und sah wieder aus dem Fenster.

»Was ist hier eigentlich los heute?« Deneuve hupte erneut.

»Hier ist heute Markt. Kennen Sie den nicht? Mal abgesehen von den ganzen gefälschten Designertäschchen und Markenklamotten, die einige der Händler hier verhökern, gibt es wirklich gute Lebensmittel: unzählige Stände mit Pasta, Käse, Kräutern und all den anderen italienischen Leckereien«, schwärmte Coco, als sie am Markteingang vorbeifuhren. »Und dann das eingelegte Gemüse: Artischocken, getrocknete Tomaten, Pilze, Auberginen, das ligurische Basilikum, selbst einen Marmormörser mit Stößel bekommen sie dort, um ein frisches Pesto zuzubereiten. Köstlich! Und überall kann man was probieren. Ich wünschte, wir hätten die Zeit, dort für ein halbes Stündchen halt zu machen.«

»Haben wir aber nicht«, entgegnete Deneuve. »Denn dank meines umwerfenden Charmes dürfen wir uns jetzt einen Gangster zur Brust nehmen«, brummte Deneuve, als er vor dem Haus von Le Goff stoppte und den Wagen lässig mit nur einer Hand rückwärts einparkte. Coco lachte. In der Tat musste sie zugeben, dass Deneuve die zuständige Richterin, Philine Dubois, mit seiner cowboyhaften chauvinistischen Art tatsächlich um den Finger gewickelt hatte. Die recht üppige, vollbusige Langzeitfreundin vom Chef der Sûreté hatte, als Coco ihr Anliegen vortrug, kaum von ihren Unterlagen aufgeblickt. Erst als Deneuve sich eingemischt und auf sich aufmerksam gemacht hatte, war die Richterin neugierig geworden, hatte sich durch die langen, dunklen Haare gestrichen und war Deneuves Ausführungen aufmerksam gefolgt. Ja, sogar richtiggehend geflirtet hatte sie mit dem französischen Kollegen – und das, obwohl sie ja eigentlich in einer festen Beziehung steckte. Und Coco fragte sich, ob zwischen Philine Dubois und Kylian Levèvre etwas nicht mehr stimmte. Sie konnte dieser Vorstellung durchaus etwas abgewinnen, wenn es dadurch zukünftig immer so einfach sein sollte, die eigenen Vorstellungen durchzusetzen. Coco schwenkte, nachdem sie aus dem Wagen ausgestiegen war, den Durchsuchungsbeschluss und grinste.

»Zugegeben, das war nicht schlecht.«

»I was just too stubborn to ever be governed by inforced insanity!«

»Bob Dylan?«

»Up to me!«

»Was?«

»So heißt der Song. Kommen Sie.« Mit weit ausholenden Schritten ging er über den schmalen Weg, der durch den Vorgarten des kleinen Häuschens bis zur Haustür führte, und drückte auf die Klingel. Kurze Zeit später öffnete Brioc Le Goff die Tür.

»Ja?«

»Deneuve. Französische Kripo«, stellte sich Deneuve knapp vor. »Das ist Madame Dupont, meine monegassische Kollegin.«

»Wir kennen uns bereits.« Le Goff wirkte nicht gerade begeistert.

»Wir haben hier einen Durchsuchungsbeschluss«, sagte Coco und hielt ihm das Schreiben hin.

»Diable! Warum das denn? Was glauben Sie, was Sie hier finden?«, polterte Le Goff und machte sich in der Tür breit.

»Das lassen Sie mal unsere Sorge sein.« Deneuve schob ihn zur Seite und betrat das Haus.

»Können Sie mir mal verraten, was Sie hier suchen?«

»Wir suchen einen Mörder.«

»Sind Sie irre? Verschwinden Sie!«

»Beruhigen Sie sich«, sagte Coco beschwichtigend. »Aber mein Kollege hat recht: Wir haben zwei tote Frauen im Zirkus, die beide mit Tieren gearbeitet haben, was Ihnen ja offenbar gehörig gegen den Strich geht.«

»Deshalb bringe ich noch lange nicht jemanden um! Aber bitte. Ich habe nichts zu verbergen. Wollen Sie etwa auch noch was trinken? Kaffee? Wasser?«

»Nein, danke.« Coco schüttelte den Kopf und sah sich um. Vom Flur aus ging es in eine offene Wohnküche, deren Tür zur Terrasse offenstand. Zum Haus gehörte ein kleiner Garten, und auf dem Rasen stand eine Hollywoodschaukel, deren Sitz noch langsam hin und her schwang. Offenbar hatte es sich Le Goff dort vor Kurzem noch gemütlich gemacht.

»Sorry, wollte gerade mal kurz verschwinden«, sagte Le Goff und ging, als Coco nickte, zu der kleinen Tür neben der Küche. Coco betrachtete unterdessen die Bilder an der Wand: Eines zeigte Le Goff bei hohem Wellengang auf einem Boot. Ob das an dem Tag war, als er auf Kollisionskurs mit den Walfängern gegangen war? Sie verließ das Wohnzimmer und öffnete eine weitere Tür, die in ein Büro führte. An den Wänden standen hohe Regale mit Aktenordnern, und auf dem Schreibtisch stapelten sich diverse Unterlagen, Bücher, Plakate und einiges mehr. Plötzlich stutzte Coco: Ihr Blick fiel auf eine große Pinnwand, an der etliche Fotos hingen.

»Deneuve!«, rief sie über die Schulter. »Schauen Sie sich das an!« Als Deneuve den Raum betrat, zeigte sie auf die Fotowand: Sämtliche Aufnahmen zeigten Artisten und Artistinnen, die mit Tieren arbeiteten. Es gab auch Fotos von den beiden Frauen, die nun tot auf Nikis Seziertisch lagen: Annatina Steiner in ihrem Schlangen-Glascontainer und diverse Aufnahmen von Karolina Kaczmarek mit ihren Raubtieren. Außerdem Fotos des Elefantendompteurs mit seinen Dickhäutern, dem Dresseur, der mit den Pferden auftrat, und einer Dame im Frack, die mehrere Vögel auf ihrem Arm balancierte.

»Heilige Scheiße!«, platze Deneuve heraus. »Le Goff!?«, rief er dann, rannte auf den Flur und rüttelte an der Toilettentür. »Le Goff! Aufmachen! Sofort!« Doch hinter der Tür rührte sich nichts.

»Der ist abgehauen!«, rief Coco und lief zur Haustür hinaus. Ein Blick um die Ecke bestätigte ihr: Das Toilettenfenster stand offen, und Le Goff war über alle Berge.

»Das kann doch wohl nicht wahr sein! Wir haben hier unseren Mörder!«, brüllte Deneuve.

»Hatten«, korrigierte Coco trocken.

»Tod und Teufel!«, fluchte Deneuve. »Wir müssen eine Fahndung rausgeben.« Er rannte zu seinem Auto und gab über Funk den Kollegen Bescheid. Dann forderte er die Spurensicherung an.

38

Valeri kam völlig abgehetzt in der Sûreté an. Noelle hatte den Freund von Freya Olsson, Svend-Age Pettersson, noch mal herzitiert, was Valeri zu diesem Zeitpunkt überhaupt nicht ins Konzept passte. Tatsache war: Sie hatten den Tod von drei Frauen zu beklagen, die innerhalb kürzester Zeit gestorben waren. So etwas war im sonst eher ruhigen und friedlichen Fürstentum noch nie vorgekommen und sorgte selbst beim erfahrenen und relativ abgebrühten Kommissar Valeri für die Ausschüttung von Stresshormonen. Seine Gedanken kreisten permanent um die beiden Todesfälle im Zirkus. War das nur der Anfang? Hatten sie es tatsächlich mit einem Serienmörder zu tun? Was würde als Nächstes passieren? Hatte der Täter womöglich schon das nächste Opfer im Visier? Welche Verbindung gab es zwischen den beiden getöteten Artistinnen? Was war das Motiv des Mörders? Ging es um Frauen oder um Tiere oder um das Festival als Institution? Hinzu kam noch die Entführung von Alexandre Denaux. War der Zirkusdirektor möglicherweise auch schon tot? Fragen über Fragen. Leider waren sie durch die bisherigen Ergebnisse ihrer Ermittlungen nicht wirklich schlauer geworden. Freya Olssons Sturz in den Tod schien jedenfalls nicht im Zusammenhang mit den beiden Todesfällen im Zirkus zu stehen. Trotzdem musste Valeri sich jetzt auf die nochmalige Befragung von Svend-Age Pettersson konzentrieren.

»Kommen wir gleich zur Sache«, wandte er sich forsch an den besten Freund der toten Freya Olsson. »Wie war Ihre Beziehung zu Frau Olsson denn tatsächlich?«

»Ja, wie, das habe ich doch alles schon gesagt: Wir waren befreundet!«

»Nun, Freya Olssons Bruder hat ausgesagt, dass Sie fast Ihre ganze Freizeit mit Freya verbracht haben!«

»Ja und? Was soll daran verdächtig sein?« Pettersson strich sich mit der Hand über seine Glatze. Dann betrachtete er den großen Siegelring, der an seinem linken Ringfinger steckte. »Ja, wir hatten viele gemeinsame Interessen, das stimmt. Sie war eben meine engste und beste Freundin.«

»Und Sie wollten niemals mehr von ihr?«

»Nein.«

»Warum nicht? Sie verstehen sich gut, sie sieht toll aus, sie verbringen sowieso jede freie Minute miteinander?«

»Hören Sie! Wenn ich jede Frau heiraten wollte, mit der ich gut auskomme, hätte ich viel zu tun.«

»War es nicht vielmehr so, dass Freya Sie nicht wollte? Sie nicht als Heiratskandidaten gesehen hat?« Pettersson schwieg und atmete hörbar aus.

»Ich hatte mal eine Affäre mit ihrer besten Freundin.«

»Ach?«

»Deswegen wollte sie keine Beziehung mit mir.«

»Und da haben Sie sich, ganz Gentleman, zurückgehalten?«

»Natürlich, ich habe ihre Wünsche vollkommen respektiert.«

Valeri lächelte grimmig. Ihm war dieser Kerl zuwider. Irgendetwas missfiel ihm gewaltig, obwohl er nicht genau sagen konnte, was. »War das nicht eher eine Ausrede, um Sie auf Abstand zu halten? Und trotzdem die Vorzüge zu genießen, die es mit sich brachte, mit Ihnen auszugehen? Schicke Restaurants, hier ein Geschenk, da ein Kurztrip? Hat es Sie nicht gestört, immer die Scheine auf den Tisch zu legen?«

»Davon habe ich weiß Gott genug.«

»Darum geht es doch gar nicht.«

»Doch, schon. Was ist dabei, wenn man sich gerne mit schönen Frauen umgibt? Ich habe das Essen bezahlt, na und? Hier und da vielleicht auch mal ein Schmuckstück oder eine kleine Reise. So what! Mich kratzt es nicht, und ihr habe ich damit eine Freude gemacht. Und ich war in angenehmer Gesellschaft, eine klassische Win-Win-Situation.«

»Ganz der Geschäftsmann, was? Es gibt sicher Menschen, die würden sagen, dass sich Frau Olsson in gewisser Weise prostituiert hat.« Pettersson schoss aus seinem Sessel hoch.

»Sie wagen es, Freya als Nutte zu bezeichnen? Wollen Sie, dass ich Ihnen die Nase breche?«

Valeri hob abwehrend die Hände. »Ganz sicher nicht. Beruhigen Sie sich. Aber könnte es nicht sein, dass Ihnen Freyas bloße Gesellschaft eines Tages nicht mehr genug war? Sie wollten sie doch als Frau. Und als Sie herausgefunden haben, dass Freya Olsson schwanger war, und zwar von einem anderen Mann, da sind Sie ausgerastet und haben Sie auf dem Dach des Museums …«

»Sie sind ja vollkommen verrückt! Ich habe Ihnen doch schon gesagt, dass ich Freya an dem Tag überhaupt nicht gesehen habe! Und noch mal: Ich wusste nicht, dass sie schwanger war.«

»Wo waren Sie an dem betreffenden Abend?«

»Ich war in Nizza, das habe ich Ihnen schon gesagt!«

»Gibt es dafür Zeugen?«

»Nein.«

»Das ist schlecht.«

»Ich muss mich hier nicht rechtfertigen. Ich sitze hier nicht auf der Anklagebank. Das ist doch absurd. Ich sage jetzt gar nichts mehr. Nicht ohne meinen Anwalt.«

Genervt erhob sich Valeri und blieb vor der Tür noch mal stehen.

»Okay, Sie können wieder gehen!« Er verließ den Vernehmungsraum und ging hinüber ins Büro, wo sich Coco gerade mit Noelle und Deneuve besprach.

»Dieser Pettersson geht mir gehörig gegen den Strich«, schimpfte Valeri. »Noelle, schauen Sie doch bitte mal nach, ob sich der Mann am Abend der Vernissage irgendwo in der Nähe des Ozeanographischen Museums herumgetrieben hat, checken Sie sämtliche Videoaufnahmen. Der ist nicht sauber, das spüre ich.« Noelle nickte und machte sich eine Notiz.

»Es gibt schlechte Neuigkeiten«, mischte Coco sich ein.

»Sagen Sie mir jetzt nicht, dass es schon wieder einen Todesfall gibt! In dem Fall können Sie mich im nächsten Sanatorium anmelden.«

»Wäre aber schade. Doch ganz so schlimm ist es nicht: Ein Elefantendompteur ist von einem seiner Tiere angegriffen worden. Aber er hat den Angriff heil überstanden.«

»Schon wieder ein Artist, der mit Tieren arbeitet? Das gibt es doch nicht! Der Zusammenhang ist glasklar, aber was ist der Grund?«

»Gute Frage«, seufzte Coco. »Klar, dass da niemand mehr an einen Zufall glaubt: Tiger und Löwen, Schlangen, Elefanten. Wir müssen noch mal zum Zirkus und mit den Leuten dort reden.«

»Da geht inzwischen die Angst um«, bemerkte Noelle. »Und die Zeitungen stürzen sich förmlich auf das Thema. Es ist eine ganze Meute von Reportern unterwegs. Und das Festival wurde erst mal unterbrochen. Einige der Artisten wollen nicht mehr auftreten, sind in Sorge, dass ihnen etwas passiert.«

»Kann ich gut verstehen«, meinte Coco und stand auf. »Bon Dieu! Wir kommen einfach nicht weiter!«

Deneuve schlug mit der Faust auf den Tisch. »Da steckt dieser Le Goff dahinter, da bin ich mir sicher. Und ausgerechnet der muss uns entwischen! Gibt es schon Neuigkeiten von der Fahndung?«

Noelle schüttelte bedauernd den Kopf.

»Ich glaube nicht, dass er die Frauen getötet hat«, sagte Coco. »Niemand bringt Menschen um, nur um sie davon abzuhalten, mit Tieren aufzutreten. Für die sicherlich gute Sache geht man doch nicht in den Knast.«

»Können Sie diesen Irren neuerdings in den Kopf schauen?«, nölte Deneuve. »Er ist abgehauen! Natürlich hat der Dreck am Stecken! Basta! Und er hat ein Motiv! Sie haben die Bilder der fraglichen Artisten doch auch dort hängen sehen: Er hat sich gewissenhaft vorbereitet, hatte jede Dressurnummer im Visier! Soll das etwa ein Zufall sein!?«

»Sicher hängt Le Goff irgendwie mit drin«, unterbrach ihn Valeri. »Aber auch ich halte es für unwahrscheinlich, dass er für die Morde verantwortlich ist. Wir müssen ihn trotzdem finden und in die Mangel nehmen.«

Deneuve griff nach seiner Lederjacke, die über der Stuhllehne lag. »Ich schnappe mir den Kerl und nehme mir noch mal sein Haus vor.«

»Okay. Und Coco und ich fahren noch mal zum Zirkus.« Dann wandte Valeri sich erneut an Noelle. »Versuchen Sie bitte herauszufinden, ob es früher schon mal Todesfälle im Zirkus gegeben hat. Ich will alles wissen. Vielleicht ist es ja nicht das erste Mal, dass der Täter zugeschlagen hat. Und bevor wir noch länger auf der Stelle treten, sollten wir die Sache vielleicht noch von einem ganz anderen Blickwinkel aus betrachten. Und die Suche nach Alexandre Denaux muss vorangetrieben werden. Da das Festival ohnehin unterbrochen wurde, müssen wir zumindest nicht auf die Forderung des oder der Entführer eingehen. Also, an die Arbeit. Vite, vite, wir haben keine Zeit zu verlieren.«

39

Mit Vollgas raste Deneuve Richtung Ventimiglia. Er hatte die Nase voll von diesen besserwisserischen Weicheiern bei der monegassischen Polizei! Die hielten sich immer für etwas ganz Besonderes und taten so, als hätten sie die Weisheit mit Löffeln gefressen. Aber die würden sich noch wundern. Er glaubte immer noch, dass Le Goff hinter den Morden steckte. Warum sahen Henri Valeri und Coco Dupont das nicht ein? Das lag doch auf der Hand: Le Goff hasste die Zirkusartisten, hatte also einen Grund, ihnen eins auszuwischen. Erneut trat er aufs Gaspedal und kümmerte sich nicht um irgendwelche Tempolimits. Er war schließlich die Polizei und einem Mörder auf der Spur.

Zack! Und schon hatte er die Quittung. Er war geblitzt worden.

»Vas te faire foutre!«, rief er und reckte den ausgestreckten Mittelfinger in die Höhe. Diesmal kam er jedenfalls deutlich schneller vorwärts als mit Coco Dupont im Schlepptau. Offenbar war der Markt in Ventimiglia mitt lerweile vorüber, jedenfalls standen die Autos nicht mehr kreuz und quer auf den Bürgersteigen, und es gab auch keinen Stau mehr. Er brauste durch die engen Gassen und kam mit quietschenden Reifen vor dem Haus von Brioc Le Goff an.

»Habt ihr schon was?«, fragte er einen Kollegen von der Spurensicherung, der gerade mit einem Karton aus dem Haus trat.

»Wir haben die Fotos von den Artisten beschlagnahmt. Es gibt natürlich weltweit noch viel mehr Künstler, die mit Tieren arbeiten. Und die hatte Le Goff wohl alle auf dem

Kieker. Er hat hier massenweise Zeitungsartikel über verschiedene Raubtierdompteure gesammelt, auch von Artisten, die mit Pferden, Hunden oder Schlangen arbeiten. Es ist sogar eine Braunbär-Nummer aus Russland dabei. Ich wusste gar nicht, dass es noch so viele Tiernummern im Zirkus gibt. Vor allem in Osteuropa scheinen die Behörden viel weniger streng zu sein.«

»Deshalb übt sich unser Mann hier auch in Selbstjustiz«, sagte Deneuve.

»Gehen Sie denn davon aus, dass dieser Le Goff etwas mit den Morden zu tun hat?«

»Klar tue ich das. Und es wäre nicht das erste Mal, dass Le Goff mit dem Gesetz in Konflikt gerät. Er ist bereits vorbestraft«, erklärte er. »Aber machen Sie ruhig Ihre Arbeit, ich sehe mich noch mal drinnen um.« Deneuve ging in das Arbeitszimmer, in dem die Spurensicherung ein ziemliches Chaos angerichtet hatte. Überall lagen Ordner, Papierstapel und jede Menge Fotos herum. Deneuve verzog das Gesicht, als er auf den Aufnahmen völlig abgemagerte Tiere sah, die zusammengepfercht mit hängenden Köpfen in den engen Stallungen eines Bauernhofs standen. Einige der Tiere hatten blutige Wunden an den Beinen und waren offensichtlich völlig vernachlässigt worden. Daneben entdeckte er Fotos, die Tiere in einem Versuchslabor zeigten: Ein kleiner, völlig verängstigter Beagle saß zusammengekauert in einem engen Käfig. Der Kopf eines Primaten war mit Dioden bestückt, sein dürrer Körper brutal auf einem Stahltisch fixiert. Ein Dutzend Mäuse hockte in einer kleinen Plastikbox, einem anderen Nager wurde mit einer Kanüle irgendeine Substanz verabreicht. Er war kein Tierschützer, aber so direkt mit diesen Bildern konfrontiert musste er zugeben, dass das nicht ohne Wirkung auf ihn blieb. Es war furchtbar, was er dort sah, und plötzlich konnte er die Beweggründe der Tierschützer sogar verstehen. Aber Menschen für die Liebe zu Tieren zu opfern, das ging einfach zu weit! Im Obergeschoss des Hauses befanden sich ein Badezimmer, ein Schlafzimmer und eine große Abstellkammer, in der sich etliche Kisten mit diversen Fachbüchern, Flyern und Plakaten türmten. Die alle durchzusehen würde Tage dauern. Kopfschüttelnd ging er hinüber ins Schlafzimmer, in dem ein breites Bett mit zerwühlter Bettwäsche stand, daneben auf dem Nachttisch ein halb geleertes Glas Rotwein. An der Wand stand ein Sideboard mit mehreren gerahmten Bildern. Deneuve schaute sich die Fotos genauer an. Bei einer Aufnahme stutzte er: Das Foto zeigte Le Goff zusammen mit einem anderen Mann. Die beiden saßen, jeder ein großes Bier in der Hand, unter einem Vordach auf zwei Campingstühlen vor einem kleinen Bus und grinsten in die Kamera. Trotz des Schattens, den das Vordach warf, konnte Deneuve sehen, dass es sich bei dem Fahrzeug um einen alten VW-Bus handelte. Der Bully sah aus, als wäre er aus Holz, und der Lack wies eine Art Maserung wie bei einem alten Dielenboden auf. Verdammt! Das war der Kastenwagen! Die Nachbarin von Alexandre Denaux hatte doch von einem Kleinbus oder Kastenwagen gesprochen, von heller Farbe, aber nicht gelb! Hellbeige. Das konnte durchaus das gesuchte Fahrzeug sein, mit dem Denaux entführt worden war. Le Goff steckte also hinter der Entführung! Ärgerlicherweise konnte er das Kennzeichen nicht sehen, da die Aufnahme den Wagen nur von der Seite zeigte. Er nahm das Foto aus dem Rahmen und beschloss, damit sofort in das Büro der Tierschutzorganisation zu fahren. Vielleicht konnte er dort erfahren, wem das Fahrzeug gehörte. Auf Le Goff selbst jedenfalls war kein VW-Bus oder Kastenwagen zugelassen, das wusste er.

»Na warte, Freundchen! Jetzt kommst du mir nicht mehr davon! Ich kriege dich!« Zufrieden grinsend verließ er das Haus und fuhr mit aufheulendem Motor davon.

40

Als Coco und Valeri auf dem Zirkusgelände ankamen, herrschte dort helle Aufregung. Die Artisten standen in kleinen Grüppchen zusammen und diskutierten offensichtlich die Vorkommisse der letzten Stunden. Eigentlich war für 17 Uhr eine Vorstellung geplant gewesen. Überall auf dem Zirkusgelände tummelten sich Besucher, die offenbar noch gar nicht wussten, dass das Festival unterbrochen worden war. Doch einige Mitglieder der Crew waren schon dabei, den Gästen zu erklären, was passiert war, und sie nach Hause zu schicken. Coco und Valeri drängten sich durch die Menge und waren froh, als sie endlich das Zelt neben dem Helikopter-Landeplatz erreicht hatten, in dem die Elefanten untergebracht waren. Der eingezäunte Vorplatz war leer, der Eingang geschlossen. Fausto Bianchi, der Elefantendompteur, stapelte gerade Heuballen neben dem Zelt aufeinander.

»Excusez-moi!«, rief Valeri, woraufhin sich der Mann erschrocken umdrehte. »Sûreté publique, wir müssen mit Ihnen reden!« Bianchi kam zum Zaun und streckte Valeri und Coco durch die Gitterstäbe hindurch seine Hand entgegen.

»Fausto Bianchi, freut mich!«

»Stimmt es, dass Sie von Ihren Tieren angegriffen worden sind?«

»Angegriffen ist ein bisschen übertrieben. Eine meiner Elefantendamen war ein bisschen nervöser als sonst, das ist alles. Kann schon mal vorkommen. Und wahrscheinlich war es ein bisschen voreilig von mir, die Sache gleich zu melden. Aber nach den letzten Ereignissen liegen die Nerven bei uns doch ein bisschen blank.«

»Das war schon in Ordnung, dass Sie uns Bescheid gesagt haben. Sagen Sie, was genau ist denn eigentlich passiert?«

»Na ja, Fabia ist eigentlich eine ausgeglichene, ruhige Elefantenkuh. Aber heute Morgen war sie außergewöhnlich nervös und irgendwie aufgebracht. Sie hat mich an die Seite gedrängt und mich mit ihrem Rüssel ein wenig bedroht, wenn Sie so wollen. Ich habe sie tatsächlich noch nie so erlebt. Aber eigentlich war ich zu keinem Zeitpunkt in Lebensgefahr. Das müssen Sie mir glauben.«

»Wie erklären Sie sich denn das Verhalten Ihrer Elefantendame?«, hakte Coco nach.

»Kann ich mir eben nicht erklären. Deshalb habe ich ja auch Bescheid gegeben. Wir sind jetzt natürlich alle übervorsichtig.«

»Was könnte denn der Grund dafür sein, dass sich ein Elefant plötzlich so anders verhält als sonst?«

»Vielleicht hat Fabia etwas Falsches gefressen? Eine Art Vergiftung? Möglicherweise hat ihr jemand etwas gegeben, irgendein Aufputschmittel, ich weiß es nicht!«

»Ich werde Ihnen einen Tierarzt vorbeischicken. Vielleicht kann er herausfinden, was mit dem Tier los ist«, sagte Valeri und sandte Stéphane eine SMS.

»Wer könnte denn einen Grund haben, Ihnen schaden zu wollen?«, fragte Coco.

»Weiß ich nicht. Die Einzige, die hier nicht gut auf mich zu sprechen war, ist Annatina Steiner, aber das habe ich ja alles schon Ihrem Kollegen erzählt. Und Annatina ist jetzt tot, kann also nichts damit zu tun haben.«

»Vielleicht einer der anderen Artisten? Wie ich hörte, stehen Ihre Chancen, einen Goldenen Clown zu bekommen, nicht schlecht«, sagte Valeri gerade, als Levin Liskow, der Jongleur, angelaufen kam, dessen Darbietung Valeri bei seinem Abstecher in eine der Vorstellungen gesehen hatte.

»He, Fausto!«, rief Liskow dem Elefantenmann zu. »Ich habe gehört, deine Elefanten sind auf dich los?«

»Mann, Mann, Mann! Hier wird zu viel geredet. Meine Fabia hat sich ein wenig merkwürdig verhalten, aber mir ist ja nichts passiert. Die Polizei fragt gerade, ob ich mir vorstellen kann, dass mir einer von euch an den Kragen will, um mich als Konkurrenten auszuschalten!«

»Sie meinen, hier treibt ein Mörder sein Unwesen, nur um einen Goldenen Clown zu bekommen?«, fragte Levin Liskow ungläubig. »Einer von uns? Nie und nimmer! Das kann ich mir überhaupt nicht vorstellen!« Levin Liskow schüttelte den Kopf.

»Es gibt also nie Ärger mit den anderen Bewerbern?«, fragte Valeri.

»Doch. Immer wieder sogar. Aber deshalb bringt man doch niemanden um. Natürlich gibt es viel Neid und Missgunst, gerade bei uns Jongleuren, weil wir so viele sind, viel zu viele. Ich selbst jongliere ja nicht mit Keulen oder Bällen, sondern mit Kisten, was nicht unbedingt jeder kann. Aber das Ärgerliche ist, dass diejenigen, die mich kopieren wollen, sich nur die Technik bei mir abgucken müssen. Und das wurmt mich dann schon. Ich habe mehrere Jahre gebraucht, bis ich den Trick raushatte. Die Nummer mit der dreifachen Pirouette zum Beispiel, die habe ich weltweit als Erster gemacht. Hab mir durch das viele Proben und Trainieren fast den Meniskus kaputtgemacht, bis mir einer der Tänzer gesagt hat: Du musst geradeaus gucken. Wenn man die Kiste in die Luft wirft, guckt man ja automatisch hinterher, will man sich in dem Moment drehen, dann fliegt man weg. Man darf erst hingucken, wenn die Kiste wieder runterkommt. Das habe ich monatelang falsch gemacht. Tja – und die Leute, die das nachmachen wollen, die müssen sich nur ein Video von mir angucken, und schon haben sie den Bogen raus. Ist 'ne kleine Sache, aber man muss es wissen, dann spart man eine Menge Zeit. Aber glauben Sie vielleicht, ich käme deswegen gleich auf die Idee, alle meine Nachahmer umzubringen? Schwachsinn!«

»Schon klar«, brummte Valeri.

»Außerdem bin ich bei dem Festival hier sowieso der einzige Jongleur, also völlig außer Konkurrenz!«

»Was uns beschäftigt«, sagte Valeri, »ist die Tatsache, dass in beiden Todesfällen Tiere im Spiel waren.«

Liskow zuckte mit den Schultern. »Zufall!?«

»Ich glaube nicht an Zufälle«, entgegnete Valeri.

»Aber schauen Sie doch mal: Alle, die hier sind, haben doch schon Karriere gemacht und wissen, wo sie stehen. Das ist wie beim Fußball: In der Regionalliga gibt es oft Zoff, in der 1. und 2. Liga dagegen eher weniger. Je höher das Level, desto weniger Streit.«

»Na ja«, mischte sich Fausto Bianchi wieder ein. »Hier beim Zirkus ist auch nicht immer alles Friede, Freude, Eierkuchen. Klar, die große, glückliche Zirkusfamilie, die gibt es natürlich. Meistens kommen wir alle gut miteinander aus. Aber einige Artisten kommen beim Publikum eben besser an als andere. Und da gibt es mitunter schon harte Konkurrenzkämpfe. Und politische Entscheidungen spielen dabei auch noch eine Rolle.«

»Politische Entscheidungen?«, fragte Coco überrascht.

»Das bleibt jetzt aber unter uns«, sagte Bianchi und sah sich vorsichtig um, bevor er weiterredete. »Es ist doch so: Über die Preisvergabe entscheidet das Team rund um die Prinzessin. Das zu beurteilen ist natürlich nicht so einfach, ist ja auch Geschmackssache. Dabei fällt auf, dass Artisten aus bestimmten Ländern immer besonders gute Karten haben. Würde mich nicht wundern, wenn da jemand im Hintergrund die Fäden zieht. Da wird bestimmt auch mal gemauschelt.«

»Die Betroffenen hier sind ja aber aus ganz unterschiedlichen Ländern«, gab der Jongleur zu bedenken. »Annatina kommt aus der Schweiz und Karolina aus Polen. Und unser Fausto hier ist Italiener. Da gibt es kein Muster.«

»Also halten Sie es für unwahrscheinlich, dass hier jemand seine Konkurrenten aus dem Weg räumt?«

»Man hat schon Pferde kotzen sehen, aber ich persönlich glaube nicht daran«, antwortete Bianchi.

»Wie viele Artisten treten denn noch mit Tieren auf?«, fragte Coco.

»Hier bei uns? Jetzt nur noch der Dresseur und die Frau mit den Papageien.« Nachdem sie sich bei den Männern für ihre Auskünfte bedankt hatten, kehrten Valeri und Coco wieder zurück zum Chapiteau.

»Schon nach sechs«, murmelte Valeri nach einem Blick auf seine Uhr und wollte mit Coco das weitere Vorgehen besprechen, als er feststellte, dass diese hinter ihm zurückgeblieben war und gerade jemanden begrüßte. Valeri erkannte in dem Mann den Zeugen, der die tote Freya Olsson im Hafenbecken entdeckt hatte. Da er wusste, dass dies ein Bekannter seiner Kollegin war, hielt er sich im Hintergrund.

»Was machst du denn hier?«, fragte Coco Nikolai überrascht.

»Ich hab mir zusammen mit meiner Tochter und meiner Mutter die Tiere angeschaut. Die beiden sind aber schon wieder auf dem Heimweg, wollen sich Pfannkuchen mit Nutella machen. Das ist ja nicht so mein Ding. Deshalb wollte ich mir gerade noch etwas Vernünftiges zu essen holen.«

»Stimmt! Du stehst ja eher auf junges Gemüse.«

»Haha! Ermittelt ihr immer noch?«

»Ja, wir haben gerade die Zirkusleute befragt und wollten gerade wieder gehen.«

»Wollen wir zusammen etwas essen?«, fragte Nikolai. Coco blickte Valeri etwas unschlüssig an.

»Gehen Sie ruhig! Wir machen Schluss für heute! Wir werden morgen wieder einen langen Tag haben«, sagte Valeri und verabschiedete sich. Coco blickte ihm einen Moment lang nach, dann wandte sie sich Nikolai zu.

»Lass uns einfach zu mir gehen, wir besorgen uns unterwegs was zu essen!«

»Gefällt mir, deine neue, unkomplizierte Art«, grinste Nikolai.

Coco lachte und zog ihn hinter sich her.

41

Nach einer rasanten Fahrt traf Deneuve eine knappe halbe Stunde später in Nizza ein. Nun hielt er vor dem Gebäude, in dem sich die Geschäftsräume der Tierschutzorganisation befanden. Mehr denn je war er davon überzeugt, dass Le Goff zumindest mitschuldig am Tod der beiden Artistinnen war. Das Bürogebäude lag in einer schmalen Gasse nahe der Rue Bonaparte im neuen, angesagten Ausgehviertel zwischen Hafen und Bahnhof. Er ließ seinen Flitzer mit eingeschaltetem Warnblinklicht in der zweiten Reihe stehen und rannte, immer zwei Stufen auf einmal nehmend, die Treppen in den zweiten Stock hinauf, um Le Goff möglichst schnell dingfest zu machen. Doch als er, nach längerem Klingeln und Klopfen, endlich eingelassen wurde, traf er nur auf zwei Frauen, die sich als Mitarbeiterinnen von Le Goff vorstellten.

»Wo ist Monsieur Le Goff?«, herrschte er die beiden an.

»Wir haben Ihren Kollegen doch schon gesagt, dass wir nicht wissen, wo er steckt. Ist ja nicht so, dass er sich immer bei uns abmeldet«, sagte eine der beiden Frauen schnippisch und wies auf Deneuves Lederjacke.

»Echtes Leder? Sie wissen schon, dass dafür Tiere sterben mussten, oder?«

»Gehen Sie mir jetzt nicht mit diesem Quark auf den Sack«, schnauzte Deneuve und holte das gerahmte Foto hervor, das er aus Le Goffs Haus mitgenommen hatte.

»Kennen Sie den Mann hier neben Le Goff?«

»Flüchtig«, prustete die zweite Dame. »Das ist mein Exmann.«

»Elise! Halt die Klappe!«, fuhr ihre Kollegin sie an. »Wir reden nicht mit den Bullen.«

»Den Namen! Aber ein bisschen plötzlich! Oder wollen Sie, dass ich Sie mitnehme?!« Die beiden Frauen schwiegen. »Wenn Sie erst in der Zelle sitzen, werden Sie sich wahrscheinlich einen Pelzmantel wünschen, denn im Knast ist es ganz schön frisch!«, sagte Deneuve und machte einen großen Schritt auf die beiden zu, um sie einzuschüchtern. Die Frau, die Elise hieß, wich auch prompt einen Schritt zurück und sagte dann schnell:

»Alix Monnet, er heißt Alix Monnet!«

»Na bitte! Geht doch«, sagte Deneuve und trat den Rückzug an. Er steckte den kleinen Bilderrahmen wieder zurück in die Innentasche seiner Jacke und ging, leise durch die Zähne pfeifend, die Treppe hinunter. Doch als er vor die Tür trat, traf ihn fast der Schlag: Seine geliebte Corvette stand festgezurrt auf einem Abschleppwagen, der sich gerade in Bewegung setzte.

»Halt! Stopp!«, brüllte Deneuve dem Wagen hinterher, doch der Fahrer schien ihn nicht zu hören. »Merde! Merde! Merde!«

»Quel malheur!«, flöteten die beiden Mitarbeiterinnen von Le Goff schadenfroh aus dem Fenster und grinsten zu ihm hinab. Deneuve schüttelte resigniert den Kopf. Dann sprintete er durch die kleine Gasse in Richtung Hauptstraße, wo er ein Taxi anhielt und den Fahrer anwies, dem Abschleppwagen zu folgen. Danach informierte er telefonisch seine Kollegen und bat sie, den Wohnsitz von Alix Monnet ausfindig zu machen und einen Streifenwagen dorthin zu schicken. An der nächsten roten Ampel ließ Deneuve den Taxifahrer den Abschleppwagen überholen, und als das Taxi sich quergestellt hatte, sprang er heraus und schwenkte seinen Dienstausweis.

»Abladen! Sofort! Ich bin Polizist!«

»Was Sie nicht sagen«, antwortete der Fahrer, als er aus dem Führerhäuschen auf die Straße gesprungen war. »Wir haben auch unsere Anweisungen.«

»Ist mir scheißegal! Runter jetzt mit dem Auto! Zackzack!« Deneuve zahlte die Abschleppgebühr und ein paar Scheine extra, um seinen Wagen wieder zu bekommen und tippte verärgert die Adresse von Le Goffs Freund Alix Monnet in sein Navi ein, die ihm seine Kollegen mittlerweile per SMS mitgeteilt hatten. Eine knappe halbe Stunde später erreichte er dessen Haus in Èze-Bord-de-Mer, einem kleinen Örtchen, das zwischen Monaco und Nizza an der Küstenstraße lag. Gerade als er aus dem Auto stieg, kamen die Beamten heraus, mit Brioc Le Goff und Alix Monnet im Schlepptau.

»Bingo! Gute Arbeit«, lobte er seine Kollegen von der französischen Polizei. Dann wandte er sich an Le Goff.

»Brioc Le Goff, Sie sind verhaftet. Sie stehen im Verdacht, Annatina Steiner und Karolina Kaczmarek getötet zu haben.«

»Damit habe ich nichts zu tun«, schnaubte Le Goff.

»Schnauze!«, knurrte Deneuve und wandte sich an Monnet. »Und Sie kommen auch mit! Sie kriege ich wegen Beihilfe dran!« Zufrieden sah Deneuve zu, wie seine Kollegen die beiden in den Polizeiwagen verfrachteten. »Liefern Sie die Herren bei der Sûreté publique ab! Aber zügig, wenn ich bitten darf!«

42

Es war dunkel und bitterkalt, und Denaux hatte jegliches Zeitgefühl verloren. Wie lange kauerte er jetzt schon hier in seinem Gefängnis? Waren es Stunden, Tage oder gar Wochen? Sosehr er sich anfangs noch über seine Misere geärgert hatte, war nun alle Kraft aus ihm gewichen. Von aller Welt verlassen krümmte er sich auf der abgenutzten, durchgelegenen Matratze. Zu Beginn seines Martyriums war er ab und zu aufgestanden, entweder um etwas zu essen oder um sich in einen alten Plastikeimer zu erleichtern, den ihm seine Entführer hingestellt hatten. Doch nun hatte er schon eine ganze Weile nichts mehr zu essen oder zu trinken bekommen. Wie lange wohl schon? Er wusste es nicht. Und er hatte das Gefühl, dass sein Gehirn nicht mehr richtig funktionierte. Das Denken fiel ihm schwer. Hatten seine Peiniger ihn vergessen? Oder ließen sie ihn hier absichtlich verrecken? Oder warum sonst kamen sie nicht zurück? Er brauchte dringend Wasser. Was, wenn sie aufgehalten worden waren und nicht mehr in der Lage, ihn zu versorgen? Würde ihn in diesem Kellerloch überhaupt jemand finden? Er war inzwischen so geschwächt, dass ihm schon beinahe alles gleichgültig war. Was würde wohl als Nächstes kommen?, fragte er sich lethargisch. Würden seine Organe nach und nach versagen? Schon jetzt hatte er das Gefühl, kaum noch genug Kraft zum Atmen zu haben, und auch seine Augen konnte er kaum mehr aufhalten. Er blinzelte. Stand dort jemand in der Tür? Oder begann er schon zu halluzinieren? Das Bild vor seinen Augen verschwamm, dann wurde es schwarz um ihn.

Wieder ein Foto, diesmal eines aus späteren Jahren. Marco, der Älteste, sitzt vor seinem Wohnwagen, mittlerweile ist er alt genug, um einen eigenen zu haben. Er ist in diesem Sommer mit der Schule fertig, will aber weiterhin für den Vater arbeiten. Nun bekommt er mehr Geld, mehr als ein Taschengeld. Er trägt eine zu weite Jeans, ein ausgeleiertes T-Shirt, schmutzige Turnschuhe. Er will den Zirkus später übernehmen, sagt er. Doch auf dem Foto ist er noch sehr jung, noch nicht einmal im Stimmbruch, seine Oberlippe ziert ein schwacher Flaum.

Die Geschwister schwören sich, für immer zusammenzubleiben, der Zirkus darf nicht sterben. Doch mit einem kleinen Wanderzirkus Geld zu verdienen wird immer schwieriger. Sie wissen noch nicht, dass der Vater den Zirkus verkaufen wird. Eines der letzten Fotos vor der Trennung zeigt die ganze Familie versammelt vor dem Zelt. Alle weisen mit großer Geste auf den Eingang, einer der Jungs steht bei seinen Brüdern auf den Schultern, das Mädchen kniet davor, an der Seite sitzt, Männchen machend, der Hund. Ein letzter Rest von Familienidylle, denn es wird Streit geben unter den Brüdern. Die Schwester versucht zu vermitteln, scheitert jedoch. Und plötzlich sind die Geschwister getrennt, ausgeschwärmt in alle Himmelsrichtungen. Jeder von ihnen muss nun für sich selbst sorgen. Manchmal sehen sie sich wieder, oft aber sind sie sehr, sehr weit voneinander entfernt. Und das sorgt dafür, dass sich das Drama langsam, aber sicher entwickeln kann.

43

Nachdem Coco mit ihrem alten Freund verschwunden war, machte sich auch Valeri auf den Heimweg. Er überquerte das Zirkusgelände und ging gerade an einem Souvenirshop vorbei, als er Fanni Favelli entdeckte, die über den Platz gelaufen kam. Er hatte sie immer noch nicht auf ihren überstürzten Abgang an jenem Abend ansprechen können, als sie sich beim Steg am Hafen geküsst hatten. Fanni winkte ihm zu und kam dann mit schnellen Schritten zu ihm herüber.

»Schön, dich wiederzusehen«, begrüßte er sie und war nicht sicher, ob er sie nun in den Arm nehmen, ihr zwei Wangenküsse geben oder sie besser gar nicht berühren sollte.

»Ich freue mich auch«, antwortete sie, und dann standen sie sich unschlüssig gegenüber.

»Ist alles in Ordnung mit dir?«, fragte Valeri schließlich.

»Ja. Schon. Aber ich habe Angst. Und wir alle wissen nicht, was wir tun sollen. Das Festival ist unterbrochen, aber niemand will jetzt schon abreisen. Ist es überhaupt sinnvoll, darauf zu warten, dass es hier weitergeht?« Fanni rollte eine Träne über die Wange, die Valeri ihr behutsam aus dem Gesicht strich. »Ich weiß einfach nicht weiter.«

»Komm, wir essen erst mal was Gutes«, sagte Valeri und hakte Fanni unter. Fanni nickte, dankbar für die Ablenkung. Valeri steuerte auch diesmal wieder das Les Perles de Monte Carlo an. »Hier hat es dir doch gefallen, oder?« Fanni nickte, dann setzte sie zögernd zu einer Erklärung an.

»Hör mal. Ich weiß auch nicht, was neulich mit mir los

war … es ist nur … ich weiß auch nicht, ich will einfach nicht, dass …«

»Du bist mir keine Erklärung schuldig«, beruhigte Valeri sie. »Lass uns einfach nur den heutigen Abend genießen.« Fanni lächelte ihn dankbar an, und Valeri beschloss, das Thema zu wechseln. »Fanni, glaubst du, dass es unter euch Artisten große Konkurrenz gibt? Oder gegeben hat?«

»Was heißt schon groß?«

»Ich sage es mal deutlicher: so groß, dass jemand womöglich bereit wäre, einen Konkurrenten aus dem Weg zu schaffen?«

Fanni sah ihn erschrocken an. »Du meinst, ob einer von uns aus Neid oder Eifersucht bereit wäre, einen anderen zu töten? Niemals! Gott, das wäre ja furchtbar.« Fanni schüttelte schockiert den Kopf. »Mon Dieu! Glaubst du das wirklich?«

»Glauben? Ich weiß nur, dass zwei Frauen gestorben sind, die beide mit Tieren aufgetreten sind. Und dass ein dritter Artist von einem seiner Elefanten angegriffen wurde. Möglicherweise hatte auch dort jemand seine Finger im Spiel.« Valeri dachte einen Moment lang nach. »Könnte es denn sein, dass auch *zwei* Tiernummern eine Auszeichnung, also einen Clown, bekommen?«

»Theoretisch schon«, sagte Fanni, nachdem sie kurz überlegt hatte. »Praktisch ist das, glaube ich, allerdings noch nie vorgekommen. Man versucht immer, Artisten aus verschiedenen Bereichen auszuzeichnen.«

»Also kann nur einer der fünf einen Clown bekommen? Zwei sind ja schon aus dem Rennen. Und der Elefantenmann hatte Glück. Kennst du die anderen beiden?«

»Ich kenne den Dresseur flüchtig: Mathis. Mathis Mathieu. Ein komischer Vogel.«

»Wie meinst du das?«

»Ach, keine Ahnung. Ich kenne ihn ja nicht besonders

gut. Ich habe nur für eine halbe Saison mit ihm zusammengearbeitet, in einem kleineren Zirkus, wo ich vor ein paar Jahren mal ein Engagement hatte. Er kam erst im Laufe der Saison, eigentlich erst kurz vor Schluss dazu, weil ein anderer Artist aus gesundheitlichen Gründen ausgefallen war.«

»Und was war nun das Komische an ihm?«

»Er war schwul. Versteh mich nicht falsch, ich habe nichts gegen schwule Männer, überhaupt nicht. Aber er war dermaßen exaltiert. Eine echte Nervensäge. Und er hatte einen Trüffelspleen.«

»Was hatte er?«

»Na, er aß immer diese weißen Champagnertrüffel. Schaufelte die kiloweise in sich rein. Ohne die konnte er anscheinend nicht auftreten. Und er hat immer einen Schal getragen. Er hatte Dutzende davon. Man hatte fast den Eindruck, dass er nur einen Anzug hatte, dafür aber etliche Schals und Tücher. Eine richtige Tussi eben. Und wir sind uns einmal so richtig in die Haare geraten.«

»Und weshalb?«

»Es ging um Religion. Genauer gesagt, um den Papst, den er wohl verachtete. Er war aus der Kirche ausgetreten und hat eine Diskussion darüber angefangen, warum die Kirche keine Homosexuellen akzeptiere, und dann hat er jeden angepöbelt, der sich trotzdem zum Christentum bekannte. Jetzt mal ernsthaft: Wie kann sich jemand gegen den Papst wenden? Das ist Gotteslästerung, Beschmutzung der heiligen Kirche, es war furchtbar!« Valeri sagte nichts dazu. Er selbst konnte sehr gut verstehen, dass jemand aus verschiedenen Gründen oder nach schlechten Erfahrungen mit der Institution Kirche haderte, aber er wollte das hier und jetzt nicht diskutieren.

»Denkst du denn, der Mann wäre fähig zu einem Mord?«

»Ich weiß es nicht. Ich weiß nur, dass …« Fanni zögerte.

»Was weißt du?« Valeri sah sie eindringlich an. Fanni

verschwieg ihm offensichtlich etwas. »Du kannst mir wirklich vertrauen!«

»Ich will keine Gerüchte streuen …« Fanni stockte erneut. »Aber … ich habe gehört, also … na ja, er hatte wohl finanzielle Probleme.«

»Hm. Bringt es denn tatsächlich so viel ein, einen Goldenen Clown zu bekommen?«

»Aber ja. Ein Clown ist die höchste Auszeichnung für uns. Jeder will einen haben.« Valeri nickte und beschloss, sich diesen Mathis Mathieu am nächsten Tag einmal anzusehen. Als der Kellner kam und ihnen das Essen brachte, war er froh, sich nun endlich den angenehmeren Dingen des Lebens zuwenden zu können. Es war ein selten schöner Winterabend, der sich schon beinahe frühlingshaft anfühlte. Es war windstill und die Sonne warf ihre letzten Strahlen genau auf den Tisch, an dem er mit Fanni saß. Valeri lächelte sie versonnen an und strich ihr eine Haarsträhne aus dem Gesicht, die ihr vor die Augen gefallen war. Da aber stockte ihm der Atem: Inés, seine Frau, stand plötzlich direkt hinter Fanni, eine Pappschachtel mit Austern in der Hand und eine Freundin im Schlepptau. Offenbar hatten sich die beiden Frauen Austern zum Abendessen besorgt. Valeri schluckte. Das hatten Inés und er früher auch häufiger gemacht. Die Austern hier waren großartig, preisgünstig und ideal als Vorspeise, wenn man zu Hause nur eine schnelle Pasta kochen wollte. Noch immer stand seine Frau schweigend da und sah ihn entgeistert an.

»Guten Abend, Henri«, sagte sie schließlich. Überrascht drehte sich nun Fanni um und sah zuerst Inés, dann ihn fragend an. Valeri, vollkommen überfordert von der brenzligen Situation, schwieg.

»Willst du uns nicht bekannt machen?«, sagte Inés spitz.

»Sicher.« Valeri zögerte und schob Salz- und Pfefferstreuer auf dem karierten Tischtuch herum. Bube. Zwei

Damen. Schachmatt. »Das ist Fanni Favelli. Eine Artistin aus dem Zirkus.«

»Wie schön! Das freut mich!« Inés sah ihn mit ihren grünen Katzenaugen an, die im Licht der untergehenden Sonne funkelten wie Smaragde. Ihr rotes, lockiges Haar umrahmte ihr Gesicht wie ein Feuerschein. Ihre Freundin zog sie vorsichtig am Ärmel und versuchte, sie zum Gehen zu bewegen. Doch Inés machte sich los.

»Also, das ist Inés, meine …«

»Ich bin Henris Frau!« Inés hielt Fanni ihre Hand hin, die diese überrumpelt und verblüfft schüttelte.

»Ach, Sie sind seine …?«

»Hat er gar nicht erzählt, dass er verheiratet ist? Muss er wohl vergessen haben.« Inés ließ sich nun doch von ihrer Freundin ein Stück weiter ziehen. »Na, dann noch einen schönen Abend!«, rief sie, bevor sie mit erhobenem Medusenhaupt und kerzengerade das Lokal verließ.

»Wow!« Valeri seufzte schwer. So hatte er sich den Abend nicht vorgestellt.

»Du bist also verheiratet??« Fanni war aufgestanden.

»Ja, aber wir …«

»Aber, aber! Das ist doch wohl das Letzte!«

»Moment mal!« Valeri hatte langsam die Nase voll. »Was soll die Aufregung? Wenn ich mich recht erinnere, dann bist du doch auch verheiratet.«

»Na und? Das ist was ganz anderes. Außerdem habe ich nicht versucht, dich zu küssen«, entrüstete sich Fanni.

»Verabredet hast du dich trotzdem mit mir.«

»Ich wollte nur mit dir essen gehen. Ich habe Angst. Bei uns im Zirkus geht ein Mörder um. Das ist alles. Aber du? Bist du auch so einer? So ein Windhund, der seine Frau betrügt? Sie hintergeht, ihr weh tut, alles kaputtmacht?«

»Aber wir sind doch gar nicht mehr … So ist das nicht. Es war ganz anders, im Gegenteil«, verfranste sich Valeri.

Fanni hatte schon ihre Jacke gepackt, förderte aus ihrer Tasche einen Zwanzig-Euro-Schein zutage und warf ihn auf den Tisch.

»Ich will dich nicht mehr sehen«, erklärte sie und lief zum zweiten Mal davon. Kopfschüttelnd blickte Valeri ihr nach. Dann sah er sich peinlich berührt um. Zum Glück waren nicht mehr viele Tische besetzt. Er wurde einfach nicht schlau aus den Frauen. Und was hatte er verbrochen, dass er immer derjenige war, der Ärger mit ihnen bekam? Er beschloss, den unberührten Fisch auf seinem Teller liegenzulassen. Das Essen war ohnehin schon kalt geworden. Stattdessen stand er auf und bestellte sich ein Dutzend Austern zum Mitnehmen.

44

Coco saß perplex auf dem Bett in ihrem Schlafzimmer. Der Abend mit Nikolai war schneller zu Ende gegangen, als sie gedacht hatte. Und auch die Beziehung mit ihm war zu Ende, noch bevor sie richtig angefangen hatte.

Nachdem sie das Zirkusgelände verlassen hatten, waren sie beim Italiener vorbeigegangen und hatten sich Pasta und Pizza einpacken lassen, um diese Köstlichkeiten mit einem Glas Wein in Cocos Wohnzimmer zu verspeisen. Eigentlich war es ein nettes Dinner gewesen, was dazu geführt hatte, dass sie beinahe wieder im Bett gelandet wären. Aber eben nur beinahe. Denn Nikolai hatte keine Kondome dabeigehabt und konnte nicht verstehen, dass Coco auf keinen Fall ohne Verhütung mit ihm schlafen wollte. Nach einer kurzen, aber heftigen Debatte darüber war Nikolai frustriert verschwunden und hatte die Tür lautstark hinter sich zugeschlagen. Coco ging ins Badezimmer und musterte sich kritisch im Spiegel. Eines wusste sie genau: Sie wollte nie wieder schwanger werden. Schon gar nicht jetzt und aus Versehen. Wieder grübelte sie über ihre erste Schwangerschaft nach, das Baby, das sie verloren hatte. Der Tod ihres ungeborenen Kindes, ihre gescheiterte Ehe mit André – das alles hatte Coco noch längst nicht überwunden. Auch jetzt, über zwei Jahre später, war der Schmerz noch groß. Würde sie jemals darüber hinwegkommen? Coco war klargeworden, dass sie noch nicht so weit war, sich wieder auf einen anderen Menschen einzulassen. Sie drehte den Wasserhahn auf und spritzte sich Wasser ins Gesicht. Es war eiskalt und tat gut, sorgte für einen klaren Kopf. Sie putzte sich noch die Zähne, ging zurück ins Schlafzimmer und nahm ihr Telefon zur Hand.

Tut mir leid, aber ich kann das alles noch nicht. Bin zu sehr mit mir selbst beschäftigt und brauche Zeit, um mir darüber klarzuwerden, was ich überhaupt will. Bitte sei nicht böse und lass uns einfach Freunde sein, ok?, tippte sie. Sie zögerte einen Moment, dann löschte sie den letzten Satz wieder. Sie hatte es immer gehasst, wenn jemand die Freunde-bleiben-Floskel benutzt hatte. Dann schickte sie die Nachricht ab. Ob er sie verstehen würde? Sie hoffte es. Zufrieden schaltete sie ihr Mobiltelefon aus, ging zurück ins Bett und fiel in einen tiefen, traumlosen Schlaf.

45

Am nächsten Morgen betrat Vince Deneuve die Räume der Sûreté publique, wie gewöhnlich in Lederjacke, Jeans und Cowboystiefeln. Er war blendender Laune: Während Henri Valeri und Coco Dupont falschen Spuren nachjagten, hatte er, Deneuve, einen Mörder dingfest gemacht. Jetzt musste dieser Le Goff nur noch ein Geständnis ablegen, dann war die Sache geritzt. Als er zum Vernehmungsraum ging, warteten die Kollegen von der Sûreté bereits im Vorraum.

Deneuve grinste breit. »Da sind Sie platt, was? Da hat Ihnen der alte Deneuve ganz lässig und nebenbei den Mörder geliefert.«

»Abwarten, Deneuve! Noch hat Le Goff kein Geständnis abgelegt«, knurrte Valeri und fügte, auf Coco und sich selbst deutend, hinzu: »Aber wir beide werden ihn jetzt verhören.«

»Sie beide?«, fragte Deneuve ungläubig.

»Ja, das ist Sache der monegassischen Polizei. Sie können die Befragung aber gerne von hier aus mitverfolgen.« Damit ließ er den einigermaßen verblüfften Deneuve einfach stehen und betrat mit Coco den Vernehmungsraum, in dem Le Goff bereits unruhig auf und ab tigerte.

»Setzen Sie sich!«, wies Valeri ihn an.

»Ich habe nichts mit den toten Frauen zu tun. Ich bin doch kein Mörder!«, rief Le Goff stattdessen und blieb stehen. »Sie halten mich völlig grundlos hier fest.«

»Monsieur Le Goff: Sie sind aus Ihrem Haus geflohen und untergetaucht. Das sieht nicht so aus, als ob Sie unschuldig wären«, stellte Coco sachlich fest.

»Ich wusste doch, dass Sie mir die Morde in die Schuhe schieben würden. Ich hatte Angst, das ist alles.«

»Sie bestreiten, die Artistinnen getötet zu haben?«

»Na, sicher. Damit habe ich nichts zu tun.«

»Aber der Tod der Frauen war doch Wasser auf Ihre Mühle?!« Coco hielt ihm eine Tageszeitung vor die Nase. »Die Presse steht kopf. Und jetzt tun Sie nicht so, als hätten Sie das nicht ausgenutzt. Es kam Ihnen ganz gelegen, dass diese Frauen gestorben sind.«

»Quatsch! Es ist immer schlimm, wenn ein Lebewesen sterben muss, egal ob Mensch oder Tier.«

»Sie sind schon durch mehrere radikale Aktionen aufgefallen. Unter anderem, so steht es in Ihrer Akte, haben Sie in japanischen Gewässern ein Walfangboot gerammt, ohne Rücksicht auf mögliche Verluste.«

»Und wer, bitte, nimmt Rücksicht auf die Verluste unter den Walen? Was die Japaner und andere Nationen mit den Tieren anstellen, können Sie sich doch überhaupt nicht vorstellen! Sonst würden Sie nicht so daherreden. Das ist so bestialisch, dass man gar nicht anders kann, als mit allen Mitteln dagegen vorzugehen. Und wissen Sie was?« Le Goff trat einen Schritt auf Coco und Valeri zu. »Die Zirkusse, die mit Wildtieren arbeiten, sind da keinen Deut besser! Auch wenn dort weniger Blut fließt, ist es immer noch Tierquälerei, was dort betrieben wird. Und diese ewigen Beteuerungen der Dompteure, wie sehr sie ihre Tiere doch lieben, lächerlich! Glauben Sie denn im Ernst, die Tiere würden all diese Kunststücke freiwillig machen? Kein einziger Elefant macht gerne Kopfstand oder Männchen! Das ist gegen die Natur und bereitet den Tieren große Schmerzen! Und dann das Märchen vom Vertrauen der Tiere zu den Menschen: Dass ich nicht lache! Die haben schlicht und ergreifend Angst! Denn die Tiere wissen ganz genau, was ihnen blüht, wenn sie nicht spuren!«

»Also lehnen Sie die Haltung von Tieren im Zirkus grundsätzlich ab? Ohne zu differenzieren?«, fiel ihm Coco ins Wort.

»Nein! Was wir grundsätzlich ablehnen, ist die Ausbeutung von Tieren und die gezielte Tierquälerei. Und beides findet nun mal in Zirkussen statt. Und übrigens nicht nur dort. Auch Hunde und Katzen in kleinen Wohnungen zu halten, ist Tierquälerei.«

»Ich finde das etwas übertrieben«, wandte Valeri ein. »Der Mensch lebt doch seit Jahrhunderten mit Tieren zusammen. Und auch zum Zirkus gehören sie dazu. Das hat eine lange Tradition.«

»Ach ja? Tradition? Was heißt das denn? Die Sklavenhaltung war auch jahrhundertelang eine Tradition. Auch Jahrmärkte, auf denen kleinwüchsige Menschen vorgeführt wurden, waren eine Tradition. Wollen Sie diese schönen Traditionen auch alle zurück?«

»Sie sind ziemlich radikal in Ihren Ansichten«, bemerkte Valeri. »Und um Ihre Ziele ein für alle Mal durchzusetzen, haben Sie zu einem ebenso radikalen Mittel gegriffen. Zwei Frauen, die im Zirkus dem Anschein nach von ihren eigenen Tieren getötet werden: Ein besseres Argument gegen die Haltung von Wildtieren im Zirkus gibt es nicht!«

Le Goff, der sich hingesetzt hatte, sprang nun wieder von seinem Stuhl auf. »Nein, zum Teufel! Ich bin vielleicht radikal, aber ich bin kein Mörder! Für unsere Ziele würde ich alles tun, selbst in den Knast gehen, wenn es sein muss. Wäre ja nicht das erste Mal. Aber ich habe noch nie im Leben irgendeinem anderen Menschen Schaden zugefügt!« Erschöpft setzte sich Le Goff wieder hin.

Deneuve, der das Verhör durch den Einwegspiegel beobachtete, konnte das Geschwätz dieses Aktivisten nicht mehr hören. Er hatte die Faxen endgültig dicke und stürmte in den Verhörraum.

»Genug gejammert!«, rief er und baute sich vor Le Goff auf. »Sie sind schuld am Tode zweier Frauen! Und Sie haben den Zirkusdirektor Alexandre Denaux verschleppt! Ich weiß genau, dass Sie das waren! Eine Zeugin hat den Wagen Ihres Freundes vor Denaux' Haus gesehen!« Deneuve packte Le Goff am Revers und schüttelte ihn. Der ließ sich das nicht gefallen und versetzte Deneuve einen Stoß vor die Brust.

»Fassen Sie mich nicht an, oder ...«

»Oder was?« Deneuve machte wieder einen Schritt auf Le Goff zu. Dieser wich, nun doch etwas verunsichert, zurück.

»Sie haben Alexandre Denaux gekidnapped! Was haben Sie mit dem alten Mann gemacht? Reden Sie endlich, Mann!« Deneuve war in Rage, so dass Valeri ihn sicherheitshalber am Kragen seiner Lederjacke packte.

»Das reicht jetzt, Deneuve. Sie gehen besser wieder raus!«

Coco, die bemerkt hatte, dass in Le Goff gerade irgendetwas vorging, legte Valeri eine Hand auf den Arm und wandte sich dem Aktivisten zu.

»Monsieur Le Goff, ich habe Ihnen schon beim letzten Mal gesagt, dass ich Ihre Motive durchaus nachvollziehen kann. Aber Sie stehen unter dem dringenden Verdacht, für die Morde an den beiden Artistinnen verantwortlich zu sein. Sie haben ein handfestes Motiv, aber kein Alibi. Da kommen Sie so leicht nicht heraus. Wir werden Sie hierbehalten, bis Sie beweisen können, dass Sie unschuldig sind. Wenn Sie also Alexandre Denaux irgendwo gefangen halten, kann ihm dort niemand mehr helfen. Und wenn Sie nicht wollen, dass er stirbt, dann sagen Sie uns jetzt, wo Alexandre Denaux ist. Machen Sie endlich den Mund auf!« Doch Le Goff blieb stumm.

»Le Goff, jetzt nehmen Sie endlich Vernunft an«, mischte sich Valeri wieder ein. »Der Mann geht auf die achtzig zu! Wollen Sie wirklich dafür verantwortlich sein, dass der alte Mann elend sterben muss? Wie lange haben Sie sich schon nicht mehr um ihn gekümmert? Hat er Wasser? Hat er noch etwas zu essen? Le Goff, wo haben Sie Alexandre Denaux versteckt?«

»Geben Sie endlich auf«, sagte Deneuve in einem versöhnlichen Tonfall. »Sie werden mildernde Umstände bekommen, wenn Sie jetzt mit uns kooperieren.« In Le Goffs Kopf schienen sich die Gedanken zu jagen. Er fuhr sich durch die ungekämmten Haare und stöhnte. Coco legte ihm eine Hand auf die Schulter und sah ihm in die Augen. »Sagten Sie mir nicht gerade noch, es sei immer schlimm, wenn ein Lebewesen sterben muss, ganz gleich, ob Mensch oder Tier?«

Le Goff gab endlich auf und nannte ihnen den Ort, die Straße und die Hausnummer, wo sie Denaux finden würden.

Valeri nickte und ging mit schnellen Schritten hinaus, um die Kollegen zu beauftragen, Alexandre Denaux zu befreien. Coco und Deneuve blieben bei Le Goff, der versuchte, sich für seine Tat zu rechtfertigen.

»Ich wollte doch nicht, dass dem Alten was passiert! Ich wollte nur das Festival stoppen! Diesen Leuten einen Denkzettel verpassen!«

»Sie haben ein Menschenleben leichtfertig aufs Spiel gesetzt. Sie können froh sein, wenn Alexandre Denaux noch lebt. Was ist bloß los mit Ihnen? Da quälen Sie einen Menschen, um den Tieren zu helfen?!«, entrüstete sich Coco. »Merken Sie eigentlich nicht, wie irre das ist?«

Le Goff schwieg eine Weile. Dann blickte er auf.

»Sie haben ja recht«, gab er zu. »Aber wissen Sie, wie frustrierend es ist, wenn sie ständig erleben müssen, wie schizophren die Menschen sind? Sie machen einen Unterschied zwischen dem kuscheligen Haustier auf dem Sofa und dem, was da vor ihnen auf dem Teller liegt. Aber auch das Herz des geschlachteten Tieres hat einmal geschlagen. Es ist nicht einfach nur ein x-beliebiges Produkt. Die Agrarindustrie hat es geschafft, dass Fleisch an jeder Ecke spottbillig zu kaufen ist, durch die Züchtung von Turborassen. Wissen Sie, wie lange ein Broiler lebt, bis er auf dem Grillspieß landet? Fünfunddreißig Tage! Das müssen Sie sich mal vorstellen: Fünfunddreißig Tage mickriges Leben, um dann gefressen zu werden! Und niemand empfindet so etwas wie Mitleid. Ich möchte mir die Leute schnappen, sie schütteln und sagen: Stellt euch vor, das Hühnchen da, das hatte mal Augen, die traurig geguckt haben, das war lebendig, hatte Gefühle, Angst, wollte gefüttert werden und umsorgt! Stattdessen musste es fünfunddreißig Tage in einem dunklen, engen Verschlag vegetieren, zusammengepfercht mit seinen ängstlichen Artgenossen, die um ihr Leben geschrien haben. Glauben Sie, die Tiere merken nicht, was die Menschen mit ihnen vorhaben? Das sind die Zustände, gegen die wir ankämpfen, Tag für Tag! Aber die meisten Leute sind einfach nur ignorant und ohne jeden Funken Empathie! Und ich wollte uns doch nur endlich mal Gehör verschaffen. Das ist alles, was ich wollte.« Le Goff sackte auf seinem Stuhl zusammen, und nun liefen ihm dicke Tränen über die Wangen. Der Mann tat Coco leid. Er war jemand, der für eine gute Sache kämpfte und aus Frust Grenzen überschritten hatte, ohne zu merken, dass er damit einer von den Ungerechten geworden war, genauso ignorant und empathielos. Und das war wirklich tragisch. Coco und Deneuve ließen den Mann in der Obhut eines Polizeibeamten und gingen hinüber ins Büro, wo Noelle gerade dabei war, Valeri zu informieren.

»Wir wissen jetzt, dass der beste Freund von Freya Olsson, dieser Pettersson, eben doch auf der Vernissage war. Das belegen die Überwachungsvideos.«

»Er hat also gelogen. Dann müssen wir ihn noch mal in die Mangel nehmen«, konstatierte Valeri und wandte sich Noelle zu. »Haben Sie eigentlich etwas über zurückliegende Todesfälle im Zirkusmilieu herausgefunden?«

»Hab ich!« Noelle schwenkte eine Ermittlungsakte. »Wir haben immer wieder Unfälle im Zirkus, aber die wenigsten enden tödlich. Es gibt da einen Fall, der liegt schon ein paar Jahre zurück: Es geht da um einen Zirkus in der Schweiz. Dort ist damals eine Artistin tödlich verunglückt. Sie hat mit Strapaten gearbeitet, die von der Kuppel des Chapiteaus herabhingen – ohne Netz und doppelten Boden. Eines Tages ist sie abgestürzt. Die Sache wurde aber als Unfall abgehakt, da es keinerlei Hinweise auf Fremdverschulden gab. Interessant ist aber: Ein Künstler, der hier beim Festival auftritt, ist damals ebenfalls bei dem Schweizer Zirkus gewesen. Es ist der Pferdedresseur!«

46

Auf dem Weg zum Zirkus erreichte Valeri ein Anruf von Noelle: Alexandre Denaux war gefunden und ins Krankenhaus gebracht worden. Er war schwach und unterkühlt, aber er lebte. Was für ein Glück! Valeri beschloss, ihn am nächsten Tag auf jeden Fall zu besuchen.

»Meine Güte, da hat unser Asphaltcowboy Deneuve wirklich mal gute Arbeit geleistet. Das muss man ihm lassen«, kommentierte Coco Valeris Bericht von Denaux' Befreiung. Valeri nickte.

»Aber das wird unserem Boss nicht gefallen. Da haben wir endlich einen Fahndungserfolg, und dann heimst die französische Polizei die Lorbeeren ein. Wir müssen jetzt dringend den Mörder dingfest machen.« Valeri trat auf das Gaspedal, und der kleine Dienstwagen schoss durch die schmalen Straßen von Monaco. Es dauerte nicht lange, dann hatten sie das Zirkusgelände erreicht. Gerade als Valeri aussteigen wollte, klingelte erneut sein Telefon. »Stéphane, mon ami, ich habe überhaupt keine Zeit!«, rief er.

»Wie üblich. Also mache ich es kurz: Ich gehe davon aus, dass der Elefant mit Amphetaminen aggressiv gemacht worden ist.«

»Das ist allerdings ein dickes Ding. Heißt das, wir haben es mit einem weiteren Mordversuch zu tun?«

»Das weiß ich nicht. Das Zeug wird ja normalerweise benutzt, um Tiere im Wettbewerb zu dopen. Aber du kannst einen Elefanten nicht dazu bringen, jemanden gezielt anzugreifen oder gar zu töten. Das Mittel macht zwar aggressiv, aber ein Tier reagiert immer instinktiv.«

»Der Elefant passt also nicht so recht ins Schema?«

»Die Sache ist die: Bei den Raubkatzen kannst du ganz klar vorhersagen, was passiert, wenn der Mensch einen Fehler macht: Er wird, etwa wenn er stolpert, automatisch zur Beute, die Katze greift an. Und ebenso bei der Giftschlange: Wird sie gereizt, beißt sie reflexartig zu, das Gift gelangt in den Blutkreislauf, und ohne Gegengift stirbt der Mensch. Das trifft auf einen Elefanten nicht zu, der ist ja kein Raubtier, sondern ein von Haus aus friedlicher Pflanzenfresser.«

»Okay. Danke trotzdem für die Info!« Valeri verabschiedete sich und berichtete Coco, was er von Stéphane erfahren hatte.

»Und dennoch: Es muss da einen Zusammenhang geben. Drei Unfälle im Zirkus – und alle drei hängen mit Tieren zusammen. Halten Sie es für denkbar, dass der Verursacher die Artisten gar nicht töten wollte?«

»Sie meinen, der Täter wollte seine Konkurrenten nur außer Gefecht setzen?«

»Wäre schon möglich. Eine Raubtiernummer, bei der die Dompteuse ihre Tiere nicht im Griff hat, hätte ja wenig Chancen auf einen Goldenen Clown. Bei der Schlangennummer sieht das ein wenig anders aus. Aber nehmen wir an, die Frau wäre rechtzeitig gefunden und gerettet worden: Auftreten hätte sie sicher nicht mehr können.«

»Aber würde so jemand einfach weitermachen, wenn ein Mensch dabei stirbt? Ich glaube nicht daran! Ich bin mir sicher, der Schuldige wollte töten!«

»Die Frage ist immer noch: Warum? Vielleicht werden wir schlauer, wenn wir jetzt mit dem Dresseur reden.« Coco nickte, während sie beide quer über das Zirkusgelände liefen, bis sie die Pferdeboxen erreichten. In einer Box war der Artist Mathis Mathieu gerade damit beschäftigt, das Stroh zu erneuern und die Pferdeäpfel auf eine Schubkarre zu schaufeln. Valeri und Coco hielten dem Mann ihre Dienstausweise hin.

»Bonjour, Monsieur Mathieu. Sie sind einer der fünf Artisten, die hier im Zirkus mit Tieren arbeiten«, stellte Valeri fest. »Das heißt, dass nur noch drei Tiernummern im Rennen um einen Goldenen Clown sind«, kam er gleich zur Sache. Mathis Mathieu klappte förmlich der Unterkiefer herunter.

»Ich höre wohl nicht recht! Was wollen Sie denn damit sagen??«

»Nun, Ihre Karriere verlief bisher eher schleppend, wie man so hört. Und Sie haben Geldsorgen. Ein Goldener Clown würde da sicher helfen.«

»Verdächtigen Sie etwa mich?!« Mathis fiel aus allen Wolken. »Das kann ja wohl nicht wahr sein! Wie kommen Sie dazu? Ich … also niemand versteht, was hier passiert. Und wir alle stehen unter Schock. Aber … aber ich habe doch nicht … was wollen Sie von mir?«, stammelte er.

»Monsieur Mathis«, übernahm nun Coco. »Wir müssen in alle Richtungen ermitteln. Fakt ist: Die Vorfälle hier im Zirkus betreffen nur Artisten, die mit Tieren arbeiten. Wir fragen uns natürlich, warum. Und wir wissen, dass in der Regel nur eine Tiernummer mit dem Goldenen Clown ausgezeichnet wird. Sie hätten also durchaus ein Motiv, ihre Konkurrenten ausschalten zu wollen.«

»Das ist doch irre! Wie kommen Sie bloß darauf? Ich habe damit nichts zu tun! Das sind doch meine Freunde! Mal abgesehen davon wurde das Festival inzwischen abgebrochen. Es sieht nicht so aus, als würde hier überhaupt noch jemand einen Clown bekommen.« Während Mathis noch weitere Argumente ins Feld führte, um sich aus der Schusslinie zu bringen, fiel Valeris Blick auf einen offenen Schrank, der in der Box nebenan stand und von Mathieu offenbar als Stauraum benutzt wurde.

»Sie erlauben?« Valeri betrat die Box, ohne eine Antwort abzuwarten. In dem Schrank befanden sich diverse Utensilien, die man zur Pferdepflege benötigte. Er erinnerte sich sehr gut an die Zeit, als seine Tochter ein Pferd besessen hatte. Catherines Schrank hatte ähnlich ausgesehen. Valeri war nicht begeistert gewesen, dass er an den Wochenenden sein Töchterlein zu Reit-Turnieren hatte fahren müssen: Aufstehen in aller Herrgottsfrühe, das Pferd verladen, Sachen einpacken und anschließend auf irgendeinem Acker wieder alles ausladen, nur weil sich dort die Pferdenarren trafen, um gegeneinander anzutreten. Und dann das stundenlange Herausputzen des Pferdes, das Einflechten der Mähne, das Striegeln des Fells, das Bürsten des Schweifs. Mit leichtem Gruseln erinnerte er sich an den Hufteer, dessen Geruch ihn an billige Barbecue-Sauce erinnerte. Er schüttelte sich. Mathis Mathieu hatte, ebenso wie Valeris Tochter damals, einen ausklappbaren Werkzeugkasten, in dem sich die nötigen Utensilien befanden, um ein Pferd im Notfall verarzten zu können: Desinfektionsmittel, Mullbinden, Watte, Kühlgel und vieles mehr. Valeri öffnete den Kasten und wühlte unter dem erstaunten Blick des Reiters darin herum.

»Was machen Sie denn da?«, fragte Mathis Mathieu irritiert.

»Was haben wir denn hier? Was ist das?« Valeri zog eine Packung mit Injektionsnadeln und Kanülen und eine Flasche hervor. »Das hier sind doch Amphetamine!«

»Das, das ist nicht, das, was …«, stotterte Mathieu und wurde blass.

»Wozu brauchen Sie das?«, fragte Valeri scharf. Mathieu stöhnte.

»Mein Vater hat lange mit dem Zeug gearbeitet. Er betreibt einen Turnierstall. Ich habe bei ihm gelernt. Wissen Sie, wie Springpferde heutzutage trainiert werden? Alles muss immer schneller gehen, die Pferde sollen höher springen, noch mehr Leistung bringen. Und die Trainingsmethoden sind brutal. Sie haben ja sicher schon mal vom Barren gehört. Außerdem dröhnen einige Pferdebesitzer ihre Tiere mit Drogen zu.«

»Barren?«, fragte Coco.

»So nennt man das, wenn man die obere Stange an einem Hindernis noch weiter anhebt, während das Pferd drüber springt, und dem Tier die Stange vor die Beine knallt. Damit das Pferd beim nächsten Mal noch höher springt, aus Angst vor dem Schmerz.«

»Und Sie kennen sich mit Amphetaminen aus?«, fragte Valeri und hielt die Flasche hoch.

»Ja, damit habe ich früher auch gearbeitet. Aber ich habe mit meinem Vater genau deswegen gebrochen. Ich konnte seine Trainingsmethoden nicht mehr akzeptieren. Ich habe damals nur zwei Pferde mitgenommen und sie so trainiert, dass sie mir ganz ohne Zwang und nur durch Vertrauen folgen. Ich würde ihnen nie irgendwelche Drogen geben. Niemals. Das ist doch Teufelszeug!«

»Und warum haben Sie dann dieses Teufelszeug im Schrank?«

»Ich weiß nicht, wie das da reingekommen ist. Das schwöre ich Ihnen!«

»Der Klassiker. Ich glaube Ihnen kein Wort. Ich habe vielmehr den Verdacht, dass Sie die Elefantenkuh manipuliert und den Dompteur vorsätzlich in Lebensgefahr gebracht haben.« Valeri fasste den Mann am Arm. »Coco, ich werde Monsieur Mathieu aufs Revier bringen, würden Sie bitte Svend-Age Pettersson übernehmen?«

47

Coco fand Svend-Age Pettersson auf der Terrasse des Fairmont Hotels. Sie musste zugeben, dass dies ein fantastischer Platz war: Auch jetzt, im Januar, war es in der Sonne warm genug, um draußen sitzen zu können. Von hier oben hatte man einen weiten Blick über das Meer, das an diesem Tag besonders ruhig dalag. Svend-Age Pettersson war in den *Monaco-Matin* vertieft, als Coco ihn ansprach.

»Darf ich?«, fragte sie und setzte sich, ohne seine Antwort abzuwarten.

»Gibt es etwas Neues?«, fragte Pettersson.

»Im Bezug auf Ihre Person sind noch einige Fragen offen. Sie haben uns nicht die ganz Wahrheit gesagt.«

»Was wollen Sie damit andeuten?«

Coco wollte gerade fortfahren, als der Kellner ihr kommentarlos ein Glas Champagner servierte.

»Ich habe keinen Champagner bestellt.«

»Oh, pardon Madame, ich dachte …«

»Schon gut. Lassen Sie das Glas stehen«, sagte Coco lächelnd. »Wir haben hier noch einiges zu besprechen.«

»Führen Sie Ihre Verhöre immer mit Champagner?«

»Im Moment handelt es sich noch um eine Befragung. Aber wenn Sie wollen, können wir gerne aufs Revier fahren«, sagte Coco forsch.

»Was wollen Sie von mir? Stehe ich etwa unter Verdacht?«

»Sie haben uns angelogen.« Svend-Age Pettersson senkte den Kopf. »Es dürfte nicht neu für Sie sein, dass das Museum von Kameras überwacht wird. Wir wissen also, dass

Sie am Abend von Freyas Tod dort gewesen sind. Es war ziemlich dumm, das abzustreiten.«

»Deshalb habe ich meiner besten Freundin noch lange nichts angetan.«

»Sie geben also zu, dort gewesen zu sein?«

»Ja.«

»Na also. Und Sie hatten einen Grund, wütend auf Freya zu sein.« Coco nippte an ihrem Champagner.

»Was? Warum das denn? Blödsinn!«

»Sie waren verliebt in Freya. Aber Freya wollte nichts von Ihnen wissen.«

»Aha, ach so! Und nur weil ich sie nicht haben konnte, durfte sie auch kein anderer haben? Aus welcher Schmierenkomödie haben Sie das denn?«

»Herr Pettersson …«

»Ich war bei der Vernissage, ja. Aber ich war nicht auf dem Dach. Ich bin dann auch ohne Freya gegangen.«

»Und warum haben Sie uns nichts davon gesagt?«

»Weil ich nichts damit zu tun habe. Ich wollte keinen Ärger.«

»Unsinn!«

»Ja, glauben Sie, ich hätte mir keine Vorwürfe gemacht? Sie ist gestorben, während ich …« Svend-Age Pettersson stockte. »Ja, ich bin da gewesen, mit ihr zusammen. Und wir haben gestritten. Ja. Wir hatten zuerst einen so schönen Abend, und ich habe ihr wieder einmal gesagt, dass ich mehr für sie empfinde. Und dass ich es nicht verstehen kann, warum sie mir keine Chance gibt. Sie hat, wie üblich, abgelenkt. Sie wolle unsere Freundschaft nicht zerstören und so weiter und so fort. Eine dumme Ausrede. Sie wollte mich eben nicht, und ich habe nicht verstanden, warum. Habe sie gelöchert. Ich wollte es wissen. Und dann ist sie irgendwann damit rausgerückt. Ja, sie hätte jemanden kennengelernt. Und als sie dann gesagt hat, dass es wieder ein Mann ist, der verheiratet ist, da bin ich wirklich wütend geworden. Das war bei ihr nämlich Programm. Sie hatte schon mal über längere Zeit eine Affäre mit einem älteren, verheirateten Mann, ist ihm über ein Jahr lang hinterhergelaufen, hat sich von ihm ausnutzen und schlecht behandeln lassen. Und ich? Ich habe alles für sie getan, ihr die Welt zu Füßen gelegt, aber das war ja nicht genug. Das reichte ja nur für eine Freundschaft. Ich durfte mit ihr zusammen sein, wenn sie Zeit hatte, sie zum Essen einladen, mit ihr auf Reisen gehen, ihr Schmuck kaufen, aber mehr lief natürlich nicht.« Svend-Age Pettersson war rot angelaufen und schwitzte stark. Plötzlich sprang er von seinem Stuhl auf, lief zur Brüstung hinüber, blieb dort stehen und starrte aufs Meer. Coco stand ebenfalls auf und folgte ihm. Als sie neben ihn trat, fuhr er fort: »Und nun ist sie tot! Ist ins Meer gestürzt und dort unten gestorben!« Er schluchzte mit bebenden Schultern.

»Der Streit ist also eskaliert. Haben sie Freya aus Wut ...«

»Nein! Um Himmels willen! Wir haben gestritten, und dann hat sie mich stehen lassen. Wie einen alten Regenschirm. Und ich? Ich habe das gemacht, was ich immer mache, wenn ich frustriert bin.« Coco sah ihn fragend an.

»Sex!«

»Wie bitte?«

»Ich habe mir ein Fünf-Sterne-Mädchen gegönnt.«

»Eine Prostituierte?«

»Ja, eine Nutte, wenn Sie so wollen.«

»Wo haben Sie die Dame denn aufgegabelt?«

»Ach, der ganze Laden war doch voll davon! Wie bei allen Veranstaltungen hier, wo die Reichen und Schönen sich tummeln. Ob Sie nun in einem der einschlägigen Restaurants sind, in einem Nachtclub oder bei einer Vernissage: Da stehen die rum mit ihren kurzen Kleidern, ihren

Chanel-Taschen und hohen Louboutin-Schuhen und warten nur darauf, dass sie einen zahlungskräftigen Kandidaten an Land ziehen können. Tja, die Wahrheit ist: Svend-Age Pettersson, erfolgreicher Geschäftsmann, stinkreich, hat es nötig, sich Sex zu kaufen, weil er keine anständige Frau abbekommt«, sagte Pettersson verbittert. »Ich bin nicht gerade stolz darauf. Während ich mittelmäßigen Sex hatte, ist meine große Liebe gestorben. Mutterseelenallein in die Tiefe gestürzt. Und ich konnte ihr nicht helfen.«

»Ich nehme an, sie können uns den Namen und die Adresse von ihrer Begleitung nennen?«

»Natürlich.« Svend-Age Pettersson ging zurück zum Tisch, griff nach dem Champagner und trank in großen Schlucken direkt aus der Flasche. Dann sah er Coco mit schon leicht glasigen Augen an. »Falls Ihr Kollege mal etwas Zerstreuung braucht: Ich habe ein ganzes Adressbuch voll mit den Mädchen!« Er lächelte gequält. »Diese hier war aber nicht mal besonders gut.« Coco notierte einen Namen und eine Telefonnummer. »Das war's? Dann würde ich jetzt gerne wieder diesen wunderschönen Tag und den verdammten Champagner genießen. Ihr Glas geht natürlich auf mich.«

An der Bar bezahlte Coco ihr Glas Champagner und fuhr zurück zur Sûreté. Wieder eine Sackgasse. Es war zum Verrücktwerden!

48

Kommissar Valeri blätterte in der alten Akte über den zurückliegenden Todesfall im Zirkus: Die getötete Frau hatte nicht wie bei dem aktuellen Fall mit Tieren gearbeitet, sondern als Luftakrobatin mit sogenannten Strapaten, langen Bändern, die von der Decke des Chapiteaus herabhingen und deren Enden der Akrobat sich um Hand- oder Fußgelenke wickelte, um dann verschiedene Figuren zu zeigen. Drei Jahre zuvor war die neunundzwanzigjährige Artistin während einer Generalprobe verunglückt. Ohne Longe, die sie im Falle eines Fehlgriffes in der Luft gehalten hätte, war sie aus etwa fünfzehn Metern Höhe abgestürzt und hatte sich beim Aufprall das Genick gebrochen. Ein tragischer Unfall, der zeigte, wie gefährlich die Arbeit der Luftakrobaten war. Die Polizei hatte damals ermittelt, aber nichts Verdächtiges feststellen können. Auch die Obduktion war unauffällig gewesen. Valeri las die dazugehörigen Vernehmungsprotokolle und blätterte durch verschiedene andere Unterlagen. Interessant schien ihm eine auffallend hohe Überweisung kurz vor dem Tod der jungen Frau zu sein: Einundzwanzigtausend Euro waren an einen gewissen Vinicio Favelli gegangen. Valeri stutzte. Eine Namensgleichheit? Oder ging es hier womöglich um den Ehemann seines Flirts aus dem Zirkus, Fanni Favelli? Auf der anderen Seite war Favelli ein Name, der in Italien häufig vorkam, das konnte also auch Zufall sein. Valeri blätterte noch ein wenig weiter, fand aber keine weiteren erhellenden Informationen. Daher beschloss er, Fanni Favelli später noch einmal im Zirkus aufzusuchen und sie über ihren

Ehemann zu befragen. Er klappte die Akte zu und machte sich wenig später mit Coco zusammen auf den Weg ins Krankenhaus, um den Zirkusdirektor Alexandre Denaux zu besuchen. Der alte Mann war im Centre Hospitalier Princesse Grace noch unter Beobachtung, obwohl er zum Glück keinen physischen Schaden davongetragen hatte. Als Coco und Valeri das Krankenzimmer betraten, saß Denaux aufrecht im Bett und schien ohne Unterbrechung zu telefonieren.

Er hob entschuldigend die Hände, als er die beiden Kommissare bemerkte.

»Excusez-moi! Das ist sonst nicht meine Art, aber das abgesagte Festival ist eine Katastrophe. So etwas hat es hier noch nie gegeben. Und die Todesfälle! Ein Desaster! Ich hoffe, ihr schnappt den oder die Täter bald.«

»Nun komm erst mal runter, alter Freund!«, sagte Valeri zu ihm. »Wir sind froh, dass dir nichts Schlimmeres zugestoßen ist.«

»Ach, macht euch um mich mal keine Sorgen, ich bin ja ein zäher, alter Knochen. Dieser Bastard! Hat mich eingesperrt! In einem lausigen Kellerloch! Und dann da schmoren lassen! Der wird die Grenzen zum Fürstentum nie wieder überschreiten, das schwöre ich euch!«

»Nur die Ruhe, dafür sorgen wir schon, mein Lieber. Le Goff sitzt in Untersuchungshaft – und Kidnapping ist eine schwere Straftat. Dem blüht so einiges, schließlich ist der Mann schon vorbestraft.«

»Was gibt es für Neuigkeiten aus dem Zirkus? Gibt es Hinweise, wer hinter diesen heimtückischen Morden stecken könnte?«, wollte Denaux wissen.

»Wir sind da leider noch nicht weitergekommen. Die einzige Verbindung zwischen den Opfern ist, dass beide mit Tieren aufgetreten sind. Brioc Le Goff hat jedenfalls nichts damit zu tun. Er hat für die Tatzeit doch ein Alibi!

Die Spur zu den Tierschützern führt also ins Leere. Wir haben den Dresseur im Verdacht, er hätte zumindest ein Motiv: die Jagd nach dem Erfolg und der Trophäe, aber er war zum Todeszeitpunkt der Schlangentänzerin ebenfalls in Begleitung, kann also allenfalls für die Betäubung der Tigerdompteuse verantwortlich sein, wobei wir da den Zeitpunkt sowieso nur grob bestimmen können. Aber er besitzt Amphetamine, und Amphetamine wurden auch im Blut der Elefantenkuh nachgewiesen. Der Fall ist einfach vertrackt! Fällt dir denn noch etwas ein, warum jemand einen Grund gehabt haben könnte, die beiden Frauen auszuschalten?«

»Eigentlich nicht. Wenn du beim Zirkus Erfolg haben willst, musst du schlicht und ergreifend hart trainieren, du musst eben gut sein, so einfach ist das. Wenn du alle deine Konkurrenten aus dem Weg räumen wolltest, da hättest du viel zu tun. Dafür mordet doch keiner. Das ergibt alles überhaupt keinen Sinn. Es muss einen anderen Grund geben!«

»Und den werden wir jetzt herausfinden, während du dich ordentlich auskurierst«, sagte Valeri und stand auf.

»Und damit Ihnen nicht langweilig wird, haben wir Ihnen Lektüre mitgebracht«, sagte Coco und zog eine Ausgabe des *Monaco-Matin* aus der Tasche, außerdem ein paar Pralinen aus der Chocolaterie de Monaco. Coco hatte auch für Valeri eine kleine Tüte mitgebracht, weil sie wusste, dass er diese Süßigkeiten über alles liebte. Denaux lächelte verschmitzt.

»Danke! Sie wissen, das wäre nicht nötig gewesen. Aber ein bisschen Lesestoff kann in der Tat nicht schaden, schließlich habe ich in meinem Kellerverlies nicht mitbekommen, was sich auf der Welt so zugetragen hat. Und ich bin mir sicher, die Erde hat sich weitergedreht!« Als sein Blick auf die Titelseite des *Monaco-Matin* fiel, stutzte er.

»Ach! Ist das diese Schwedin? Die Tote vom Museum?«,

fragte er und tippte mit dem Finger auf ein Foto, das Freya Olsson zusammen mit Svend-Age Pettersson zeigte.

»Ganz genau, Freya Olsson. Kennst du sie etwa?«

»Ja, ich habe sie ein paar Mal gesehen. Ich hatte ja schon von dem tragischen Unglück gehört, aber ich wusste nicht, um wen es sich bei der toten Frau handelt.«

»Woher kennst du Freya Olsson denn?«, fragte Valeri.

»Na, aus dem Zirkus, vom Festival.« Valeri wurde heiß und kalt. Konnte es sein, dass Alexandre Denaux soeben ein entscheidendes Puzzleteil geliefert hatte?

»Was? Wieso? Bitte etwas genauer!«

»Ehrlich gesagt, normalerweise wäre mir die Frau gar nicht aufgefallen, sie sieht ja aus wie viele andere Damen, die hier so herumstöckeln. Aber sie fuhr einen knallroten Maserati, den sie im vergangenen Jahr gerne mal quer in unserer Einfahrt abgestellt hat, wenn sie das Festival besuchte. Und, ehrlich gesagt: Frauen ohne Kinder sieht man dort nicht so oft. Meistens kommen ja eher ganze Familien zu uns. Diese Frau war mit einem unserer Artisten unterwegs. Mit dem Rola-Rola-Künstler.« Valeri und Coco sahen ihn fragend an.

»Rola-Rola?«

»Na, ein Balancegerät, ein Brett, das auf einem zylinderförmigen Rohr balanciert wird. Vinicio tritt zusammen mit seiner Frau auf.« Valeri blieb der Mund offen stehen. Das konnte doch nicht wahr sein!

»Du sprichst doch nicht etwa von Vinicio Favelli? Dem Mann von Fanni Favelli?« In Valeris Zwerchfell kribbelte es. Es gab tatsächlich eine Verbindung zwischen Freya Olsson und dem Zirkus!

»Natürlich, den meine ich! Ein Windhund! Hat immer wieder Frauengeschichten, und offenbar hatte er auch was mit dieser Schwedin. Ich habe die beiden jedenfalls ein paar Mal zusammen gesehen.«

»Moment! Nur, dass ich das richtig verstehe …«, fragte nun Coco nach. »Unsere Tote vom Museum hatte etwas mit dem Zirkus zu tun? Soll das heißen, dass es doch eine Verbindung zwischen Freya und den anderen beiden toten Frauen gibt?«

»Sieht ganz danach aus. Alexandre, das war ein wichtiger Hinweis. Wir sind bislang davon ausgegangen, dass die Tote vom Museum und die toten Artistinnen nichts miteinander zu tun haben. Aber jetzt sieht die Sache ganz anders aus. Und noch etwas: Ich habe gerade über einen früheren Todesfall gelesen, ist etwa drei Jahre her, da gab es schon mal einen Unfall, und ratet mal, welcher Name mir in der Akte aufgefallen ist?«

»Vinicio Favelli?«, echoten Denaux und Coco.

»Ganz genau. Wir müssen alles über ihn wissen. Alexandre, was ist dieser Favelli für ein Typ?«

»Habt ihr die Nummer von Fanni und Vinicio schon mal gesehen?« Valeri nickte, Coco schüttelte den Kopf. »Er ist so ein typischer Südländer, sehr gut gebaut, ausgesprochen attraktiv, ein Testosteron-Bomber auf zwei Beinen, ein Casanova. Hat ein wenig Ähnlichkeit mit Eros Ramazotti. Favelli ist im Zirkus aufgewachsen, weil schon sein Vater als Rola-Rola-Künstler aufgetreten ist. Hatte keine einfache Kindheit, seine Mutter ist früh gestorben und der Vater war ein Tyrann. Ich habe den Alten mal kennengelernt, der hat den Jungen richtiggehend getriezt und ihn zu immer spektakuläreren Balanceakten gezwungen. Irgendwann hatte Vinicio dann einen schweren Unfall. Ich glaube, er ist bei einem Doppelsalto gestürzt und hat dann eine ganze Weile gebraucht, um sich wieder zu erholen. Mit seinem Vater hat er danach nicht mehr zusammengearbeitet. Er hat dann Fanni kennengelernt, und die zwei haben ziemlich schnell geheiratet.«

»Und was für eine Ehe führen die beiden?«

»Schwer zu sagen. Ich kenne sie nicht gut genug, ich weiß nur, dass er diverse Frauengeschichten nebenher laufen hat. Aber er ist abhängig von ihr. Ohne Fanni wäre Vinicio vollkommen aufgeschmissen.«

»Was heißt das genau?«

»Na ja, um ehrlich zu sein, nach seinem Unfall ist er nie wieder zu seiner alten Form zurückgekehrt. Er hatte Angst – und Angst ist ein schlechter Ratgeber, wenn du ein großes Publikum begeistern willst.«

»Aber die Nummer funktioniert doch gut, ich habe den Auftritt der beiden ja gesehen«, wunderte sich Valeri.

»Schon, aber das liegt vor allem an ihr. Vinicio ist nur der starke Untermann. Er trägt sie, hält sie fest, ist der eher passive Teil. Die wirklich schwierigen Sachen macht allein Fanni, klar, mit seiner Hilfe, aber sie könnte problemlos alleine auftreten oder mit einem anderen Partner. Er dagegen nicht. Außerdem sagt man ihm nach, er sei faul, ruhe sich einfach auf seinem guten Aussehen und seinem Charme aus. Du müsstest mal Fannis Brüder fragen. Die Favellis lassen kein gutes Haar an Vinicio.«

»Ach, dann hat Vinicio bei der Heirat Fannis Namen angenommen?«

»Das musste er. Die Favellis stammen aus einer alten Zirkusdynastie. Wer da rein will, der muss sich anpassen.«

»Vinicio ist also ein Nichtsnutz, der von Fannis Familie durchgeschleppt wird. Er würde auf der Straße stehen, wenn die Familie ihn fallenlässt, richtig?«

»Klar, er hat ja auch nichts gelernt, hat die Schule abgebrochen, was sollte er also tun, um sich zu finanzieren? Könnte höchstens als Callboy arbeiten, der Dummkopf!«

»Er hat einen Haufen Geld von der Luftakrobatin bekommen, die vor drei Jahren im Zirkus bei einem Unfall gestorben ist.«

»Das sieht ihm ähnlich. Er nutzt alle Menschen nur aus, besonders die Frauen. Ein richtiger Drecksack.«

»Was, wenn Favelli der Vater von Freya Olssons Kind wäre? Was, wenn Freya Olsson aber nicht mit ihm zusammen sein, das Kind aber behalten wollte?«

»Natürlich wollte die nicht mit dem zusammen sein! Da bin ich mir sicher. Das war doch eine Frau aus gutem Haus. Was sollte die denn mit so einem ungebildeten, einfach gestrickten Westentaschen-Casanova?« Denaux grinste breit. »Keine Ahnung, was die miteinander hatten, aber ich tippe mal auf eine eher erotische Verbindung. Gut aussehen tut er ja.«

»Und dann ist Freya schwanger geworden.« Coco stand auf. »Vermutlich ungeplant. Favelli geriet in Panik, er wusste, wenn das rauskommt, wirft ihn seine Frau hinaus. Und ihre Brüder hätten ihn vielleicht sogar vermöbelt. Er säße auf der Straße, ohne Familie, ohne Job, ohne Geld. Und dann auch noch das Kind«, fuhr Coco fort. »Er wollte sicher, dass Freya Olsson die Schwangerschaft abbricht, doch die hatte sich, das wissen wir von ihrem Bruder, immer schon ein Kind gewünscht. Die beiden treffen im Ozeanographischen Museum aufeinander, es kommt zum Streit, Freya will nicht nachgeben, da nutzt Favelli die Gelegenheit und stößt sie über die Brüstung.«

»So könnte es gewesen sein. Und auch Freya Olsson hat einen ganzen Batzen Bargeld abgehoben, aber wir wissen noch nicht, wo das Geld geblieben ist. Hat sie es Vinicio Favelli gegeben? Oder hat er es ihr weggenommen?!«

»Aber was ist mit den anderen beiden Frauen, den Artistinnen?«

»Vielleicht hatte er auch etwas mit denen? Favelli gilt, wie gesagt, als Weiberheld«, sagte Alexandre Denaux. »Aber mit wem er seine Amouren hatte, das kann ich euch auch nicht genau sagen.«

»Du hast uns sehr geholfen, mon ami! Möglicherweise haben wir unseren Mörder. Wir müssen sofort zurück zum Zirkus. Alexandre, wohnen die Favellis auch in einem Wohnwagen?«

»Nein, das machen die wenigsten. Die meisten sind im Hotel Columbus untergebracht. Ich schätze, da wirst du auch Vinicio und Fanni finden.«

Auf dem Weg zum Hotel Columbus beauftragte Coco Noelle damit, alles über Vinicio Favelli herauszufinden und außerdem noch einmal die Videoaufnahmen des Ozeanographischen Museums zu sichten und zu prüfen, ob Favelli am Abend der Vernissage dort aufgetaucht war.

Sie steht ganz allein in der Manege, ihre Darbietung wird gleich beginnen. Doch wenn man genau hinsieht, kann man auf dem Foto sehen, wie er am Rand der Manege kniet und sie beobachtet. Er hat alles genau geplant: Sie sind seit sieben Jahren ein Paar, nun soll ihre Liebe mit einem Heiratsantrag in der Manege gekrönt werden.

Der Zeremonienmeister ist eingeweiht, genau wie einige andere aus der großen Zirkusfamilie. Doch sie selbst ist vollkommen ahnungslos.

Sie steht ganz ruhig da, im Scheinwerferlicht, konzentriert auf ihren Auftritt. Da plötzlich wandert der Lichtkegel zu ihm hinüber. Er trägt einen Frack und hält einen großen Strauß Blumen in der Hand. Er sei furchtbar nervös, sagt er ins Mikrofon, das weiß sie noch, als sei es gestern gewesen. Dann fällt er vor ihr auf die Knie, vor aller Augen. Willst du mich heiraten? Sie antwortet unter Tränen und dem Jubel der Zuschauer mit Ja.

Sie haben sich mitten in der Manege die ewige Treue geschworen, beschlossen, für immer zusammenzubleiben. Doch auch die Liebe ist ein Spiel ohne Netz und doppelten Boden.

49

Das Columbus-Hotel lag direkt am Fuße des Fürstenfelsens neben dem blühendsten Anziehungspunkt in Monaco: dem Rosengarten von Prinzessin Grace, der 1984 zu Ehren der verstorbenen Fürstin angelegt worden war, weil Gracia Patricia Rosen besonders geliebt hatte. Valeri war rasant durch den kleinen Kreisel auf die Avenue des Papalins gefahren und hatte den Wagen mit eingeschaltetem Warnblinklicht direkt vor dem Eingang des Hotels stehenlassen, der durch den riesigen Torbogen, die abgedunkelten Fenster und das helle Mauerwerk kaum zu übersehen war. Mit großen Schritten eilten Valeri und Coco die Treppe nach oben und hatten ihre Dienstausweise schon gezückt, noch bevor sie die Rezeption erreichten.

»Wir müssen Vinicio Favelli sprechen!«, sagte Valeri. »Es ist dringend.«

»Okay, ich …«, zögerte der Portier.

»Sie brauchen uns nicht anzumelden.«

»Gut.« Nachdem sie die Zimmernummer erfahren hatten, liefen Valeri und Coco zum Fahrstuhl und fuhren in den dritten Stock, wo sich Fanni und Vinicio Favelli einquartiert hatten. Vor der Zimmertür angekommen, klopfte Valeri energisch. Wenige Sekunden später öffnete sich die Tür, und sie schauten in Vinicio Favellis erstauntes Gesicht.

»Ja?«

»Sûreté publique. Valeri mein Name, und das ist meine Kollegin Dupont. Wir müssen mit Ihnen reden, und zwar über Freya Olsson, Karolina Kaczmarek und Annatina Steiner.«

»Aha? Aber wieso mit mir? Was habe ich mit den drei Frauen zu tun?« Favelli sah sich nervös um. Aus dem Bad war das Plätschern der Dusche zu hören. »Können wir bitte woanders miteinander reden?«, sagte er, trat auf den Flur hinaus und schloss die Zimmertür hinter sich. »Bitte!«

»Von mir aus«, sagte Valeri und zuckte mit den Schultern. »Kommen Sie!« Durch den Flur gingen sie zu einer Sitzecke und nahmen dort Platz.

»Sie kennen Freya Olsson?«, begann Coco.

»Der Name sagt mir nichts«, entgegnete Favelli kühl.

»Sie lügen. Wir wissen von Alexandre Denaux, dass Sie während des Festivals im vergangenen Jahr mehrfach mit Freya Olsson gesehen wurden.« Favelli zögerte.

»Ach, warten Sie, meinen Sie diese Schwedin? Das könnte sein. Ich habe sie nach einer Vorstellung kennengelernt, sie war am Zirkus interessiert, da habe ich sie ein wenig herumgeführt.« Coco war genervt. Der Mann versuchte, sie für dumm zu verkaufen.

»Herr Favelli! Sie hatten eine Affäre mit Frau Olsson!«

»Wie kommen Sie denn darauf!? Ich bin verheiratet. Das ist doch Unsinn.«

»Unsinn ist, was Sie uns hier weismachen wollen!«, meldete sich Valeri zu Wort. »Und ich habe keine Zeit für Spielchen. Freya Olsson war schwanger. Von Ihnen? Und wir haben den Verdacht, dass Sie etwas mit ihrem Tod zu tun haben. Wir werden eine DNA-Probe von Ihnen nehmen. Der richterliche Beschluss dürfte in kurzer Zeit vorliegen.«

»Schwanger? Freya war schwanger?«, rief Favelli überrascht. »Das … das wusste ich nicht … ich …«, stammelte er. »Oh mein Gott!«

»Sie geben also zu, eine intime Beziehung zu Frau Olsson gehabt zu haben?«, hakte Coco nach. Vinicio Favelli schlug die Hände vors Gesicht.

»Ja, das stimmt«, sagte er leise. »Aber davon darf meine Frau auf keinen Fall etwas erfahren.«

»Das können wir nicht versprechen. Sie müssen auf jeden Fall in die Sûreté kommen und eine Speichelprobe abgeben.«

Favelli nickte und stöhnte.

»Es ist also möglich, dass Sie der Erzeuger von Freya Olssons ungeborenem Kind sind?«, fragte Coco.

»Aber sie hat gesagt, dass sie verhütet.«

»Wie lange dauerte Ihre Beziehung?«

»Beziehung? Wir hatten bloß ein paar Mal Sex. Wir haben uns im vergangenen Jahr kennengelernt. Freya war zu Gast bei der Zirkus-Gala, da sind wir ins Gespräch gekommen. Sie war eine schöne und interessante Frau. Jemand, mit dem man viel Spaß haben konnte.«

»Warum haben Sie Ihre Frau betrogen? Das war ja nicht das erste und einzige Mal.«

»Wie kommen Sie denn darauf? Wer sagt das denn?!«

»Sie hatten schon häufiger Affären mit anderen Frauen, das wissen wir.«

»Das ist nicht wahr! Ist doch klar, dass da viel geredet wird. Aber das sind alles nur Gerüchte. Ich bin ein guter Ehemann. Das mit Freya war eine absolute Ausnahme.«

»Und wie kam es zu der absoluten Ausnahme?«

Vinicio Favelli schwieg. Dann stöhnte er wieder. »Wie es eben so in einer Ehe läuft. Wir sind ja schon lange zusammen, da hat man auch mal Probleme. Die Arbeit im Zirkus, der ganze Stress. Fannis Familie, die manchmal nicht einfach ist. Ich wollte wahrscheinlich bloß mal auf andere Gedanken kommen!«

»Und als Sie vom Tod Freya Olssons erfahren haben? Was haben Sie da gedacht?«

»Nichts!« Coco hob die Augenbrauen. »Es war doch nur Sex. Ich war natürlich schockiert, das ist doch normal, wenn jemand stirbt, den man gekannt hat. Aber ich habe nichts damit zu tun. Außerdem dachte ich, es wäre Selbstmord gewesen. Stand das nicht sogar in der Zeitung?«

»Es stimmt nicht alles, was in der Zeitung steht.«

»Es hätte mich aber nicht überrascht. Freya war schon sehr sprunghaft und launisch. Manchmal unglaublich fröhlich, fast schon überdreht, dann wieder zu Tode betrübt. Eine schwierige Person. Ich könnte mir schon vorstellen, dass sie ihrem Leben selbst ein Ende gesetzt hat.«

»Und das wäre Ihnen nicht ungelegen gekommen? So hätte auch niemand von der Schwangerschaft erfahren.«

»Ich wusste gar nichts von der Schwangerschaft. Das schwöre ich Ihnen. Ich habe nichts mit Freyas Tod zu tun.«

»Sie bestreiten also, am fraglichen Abend im Museum gewesen zu sein?«

»Natürlich. Ich war noch nie dort. Ich habe das Museum noch nie von innen gesehen.«

»Das Museum wird von Kameras überwacht«, sagte Coco.

»Umso besser! Dann wissen Sie doch, dass ich nicht dort war.«

»Das werden wir prüfen«, sagte Coco.

»Es gibt da eine Artistin, die vor drei Jahren in einem Zirkus in Cannes verunglückt ist, als Sie dort ebenfalls engagiert waren. Ich habe das aus einer alten Akte erfahren. Auch eine Affäre von Ihnen?«, wechselte Valeri das Thema.

»Was? Nein!« Favelli wirkte überrumpelt. »Ich … weiß nicht …«

»Kommen Sie uns jetzt nicht wieder damit, dass Sie nicht wissen, wen ich meine. Die Frau hat schließlich Geld an Sie überwiesen, und zwar einen größeren Betrag.«

»Sie meinen Giulia?«, fragte Favelli kleinlaut. Valeri nickte.

»Was ist damals passiert?«

»Giulia ist abgestürzt. Es war ein tragischer Unfall.«

»In welcher Beziehung standen Sie zu ihr?«

»Sie war eine Kollegin, wir kannten uns seit Ewigkeiten. So ist das Zirkusleben. Heute hier, morgen dort. Sie lernen Leute kennen, die Sie später bei einem anderen Engagement wiedertreffen. Ein Vagabundenleben. Das ist ganz normal.«

»Nur eine Kollegin? Warum hat sie Ihnen so viel Geld gegeben?«

»Wir waren doch befreundet. Und ich war zu der Zeit ein wenig klamm. Sie hat mir das Geld geliehen. Ist das jetzt neuerdings verboten?«

»Nein«, stellte Valeri fest. »Haben Sie ihr den Betrag jemals zurückzahlt?«

»Wie denn? Sie ist doch tot.« Favelli schüttelte den Kopf und sah nervös auf seine Armbanduhr.

»Wie praktisch«, bemerkte Valeri trocken. »Wie war Ihre Beziehung zu den beiden anderen getöteten Artistinnen hier im Zirkus, Karolina Kaczmarek und Annatina Steiner?«

»Kolleginnen.«

»Ach, auch nur Kolleginnen? Sie haben die beiden nicht näher gekannt?«

»Nein.« Favellis Hände begannen leicht zu zittern, und es bildeten sich Schweißperlen auf seiner bleichen Stirn. Der Mann sah mit einem Mal ziemlich schlecht aus.

»Herr Favelli, ist Ihnen nicht gut?«, fragte Coco.

»Nein. Wie denn auch? Sie werfen mir vor, eine oder gar mehrere Frauen getötet zu haben. Aber ich war das nicht. Das versichere ich Ihnen. Ich habe nichts damit zu tun.«

»Wo waren Sie denn zu dem Zeitpunkt, als Annatina Steiner ums Leben kam?«

»Weiß ich nicht genau. Wahrscheinlich hier im Hotel.«

»Allein?«

»Ja, ich glaube schon.«

»Sie haben also kein Alibi?« Favelli hatte sich wieder etwas gefangen und stand auf.

»Ich bin unschuldig. Ich habe nichts getan. Beweisen Sie mir das Gegenteil. Außerdem muss ich jetzt gehen. Ich habe zu tun.«

»Wir erwarten Sie in der Sûreté für eine Speichelprobe. Aber heute noch«, ermahnte ihn Coco, die zusammen mit Valeri aufgestanden war. Favelli kniff die Augen zusammen und starrte sie an. Dann riss er sich mit einer raschen Bewegung ein kleines Haarbüschel aus und hielt es Coco vor die Nase.

»Hier. Das dürfte doch reichen.«

»Moment.« Verblüfft griff Coco in die Innentasche ihrer Jacke, um einen Asservatenbeutel herauszuziehen. Sie faltete ihn auf und hielt ihn Favelli hin, der das Haarbüschel hineinfallen ließ. Dann drehte er sich um und ging mit schnellen Schritten davon. Coco und Valeri blickten ihm nach und schwiegen. Valeri räusperte sich.

»Es ist spät geworden. Lassen Sie uns noch die Haare in der Rechtsmedizin abgeben, und morgen sichten wir die Videoaufnahmen aus dem Museum. Vielleicht ist er dort gewesen. Dann kriegen wir ihn dran!«

50

Coco kam körperlich erschöpft, aber geistig hellwach in ihrem kleinen Appartement an. Sie war angespannt, spürte ein Kribbeln, wie immer, wenn sie das Gefühl hatte, dass ein Fall kurz vor der Auflösung stand. Sie waren ganz nah dran, da war sie sich sicher. Sie öffnete das große Fenster, von dem aus sie über den Hafen von Monaco blicken konnte, und lehnte sich nachdenklich auf die Fensterbank. Es war noch zu früh, um schlafen zu gehen. Um sich abzulenken, griff sie zu ihrem Telefon, um zu sehen, ob Nikolai sich gemeldet hatte. Seit seinem überstürzten Abgang hatte sie nichts mehr von ihm gehört. Auch auf ihre SMS hatte er nicht geantwortet. Coco fand das schade, war aber sicher, die richtige Entscheidung getroffen zu haben. Sie musste in ihrem Privatleben aufräumen. Vor allem die Nachricht verdauen, dass ihr Exmann wieder Vater wurde. Überrascht stellte sie fest, dass der Gedanke daran nicht mehr ganz so wehtat, wie dies im ersten Moment der Fall gewesen war. Sie strich sich durch die Haare und blieb noch einen Moment am Fenster stehen. Dann drehte sie sich um, und ihr Blick fiel auf den Pappkarton mit den Babysachen, der immer noch neben der Couch auf dem Fußboden stand. Coco ging hinüber, hob den Karton auf und stellte ihn auf den Esstisch. Es war Zeit, Abschied zu nehmen und loszulassen. Sie nahm den winzigen roten Strampler heraus, den sie zur Erinnerung an ihre Tochter behalten würde, die sie niemals im Arm gehalten hatte. Die restlichen Sachen, Babykleidung, Spielzeug und Kuscheltiere, würde sie am nächsten Tag ihrer schwangeren Freundin Cécile bringen.

51

So oft sie die Videoaufnahmen vom Abend der Vernissage auch ansahen: Von Favelli keine Spur!

»Wieder nichts! Ich war mir so sicher, dass wir unseren Täter haben!«, schimpfte Valeri. »Hatte der eine Tarnkappe auf?«

»Wir erwischen ja nicht jeden Fleck mit der Kamera«, bemerkte Alain, der für die Videoüberwachung zuständig war. »Sehen Sie, zum Beispiel hier …« Er wies auf die Aufnahme, die gerade über den Bildschirm flimmerte. »Hier haben wir eine ganze Menschentraube. Sehen Sie, die Leute dort hinten kann man gar nicht richtig erkennen. Und dadurch, dass die Kameras auf dem Dach gerade umgerüstet werden, können wir sowieso nicht belegen, wer oben auf der Dachterrasse gewesen ist.«

»Heute läuft's aber auch gar nicht rund! Kein guter Tag!«, schimpfte Valeri erneut. Dann zückte er sein Telefon. Drei Anrufe in Abwesenheit: Noelle.

»Noelle hat versucht, mich zu erreichen. Lassen Sie uns gleich rübergehen.«

Coco nickte. »Bei mir hat sie es ebenfalls versucht. Muss etwas Wichtiges sein.«

Mit schnellen Schritten eilten Valeri und Coco über den langen Flur.

»Na endlich!« Noelle strich sich den dunklen, etwas zu langen Pony aus dem Gesicht. »Ich habe schon mehrfach versucht, Sie zu erreichen. Ich habe Neuigkeiten.«

Sie stand von ihrem Stuhl auf, lief um den Schreibtisch herum und setzte sich dann vorne auf die Tischkante.

»Jetzt rede schon«, drängte Coco.

»Ich habe mich mal mit diesem Favelli beschäftigt. Dabei bin ich auf einen Zeitungsartikel über seine Hochzeit mit Fanni Favelli gestoßen. Vinicio hat den Namen seiner Frau angenommen. Die kommt ja aus einer alteingesessenen Zirkusfamilie, und …«

»Da wissen wir alles schon«, unterbrach Valeri sie.

»Ja, aber Vinicios Bruder Jacopo …«

»Jacopo?«

»Jacopo. Jacopo jedenfalls ist der Betreiber eines Tierparks in Lyon. Das ist gute vier Autostunden von hier entfernt.«

»Ach was! Und gibt es in diesem Tierpark etwa auch Schlangen?«, fragte Valeri. »Vielleicht sogar Giftschlangen?«

»Exakt. Dort könnte sich Vinicio eine giftige Korallenotter besorgt haben. Und jetzt halten Sie sich fest: In eben diesem Tierpark wurde das Schloss an einem der Terrarien aufgebrochen. Eine der Giftschlangen ist weg. Und jetzt wissen wir auch, wo die gelandet ist.«

»Favelli! Dieser Bastard! Hat uns eiskalt angelogen!«, explodierte Valeri.

»Unfassbar, das alles!«

»Allez! Wir müssen sofort zurück ins Columbus-Hotel! Schnappen wir uns diesen Favelli!« Valeri und Coco rannten zu ihrem kleinen Dienstwagen und fuhren mit quietschenden Reifen davon. Eine knappe Viertelstunde später stoppten sie vor dem Hotel, sprangen aus dem Auto und liefen, ohne sich an der Rezeption aufzuhalten, die Treppen hinauf bis zum Hotelzimmer der Favellis. Valeri hämmerte mit der Faust gegen die Tür.

»Aufmachen! Polizei!« Doch hinter der Tür rührte sich nichts. Coco rannte die Treppe wieder hinunter und kehrte wenige Minuten später mit dem Portier zurück. Valeri zog seine Dienstwaffe und hielt sich bereit, als der Portier die Zimmertür öffnete. Mit einem Tritt ließ Valeri die Tür aufschwingen, dann gingen Coco und er hinein. Dort saß Vinicio Favelli mit Klebeband gefesselt und mit einem Knebel im Mund auf einem Stuhl.

»Was zum Teufel ist hier los!?« Valeri sah sich erstaunt um. Im Zimmer der Favellis hatte jemand ein riesiges Chaos angerichtet: Überall lagen Kleidungsstücke herum, mehrere Gläser waren zu Bruch gegangen, und inmitten dieses Stilllebens thronte der wimmernde Favelli. Er hatte eine blutende Wunde am Kopf. Mit einem Ruck zog Valeri ihm den Knebel aus dem Mund.

»Endlich!«, schnaufte Favelli. »Wurde auch Zeit, dass Sie kommen. Fanni … meine Frau … sie ist …«, ächzte er und schnappte nach Luft. »Sie ist … sie hat mich … sie ist weg!«, brachte er dann heraus.

»Was ist hier vorgefallen?«, fragte Coco irritiert und warf Valeri einen fragenden Blick zu. Der aber zuckte nur hilflos mit den Schultern. »Fanni. Oh Gott, es war Fanni!«, stöhnte Favelli. Valeri runzelte die Stirn.

»Es war Ihre Frau, die Sie gefesselt und geknebelt hat?«

»Ja, das auch! Aber sie war es! Fanni war es! Sie hat die Frauen umgebracht!«

»Wie?! Was?!«, rief Valeri bestürzt.

»Ja, Fanni war's! Ich hatte doch keine Ahnung! Oh Gott, oh Gott! Ich wusste doch nicht, dass sie wusste, dass ich mit den anderen Frauen …«

»Augenblick! Jetzt mal langsam«, unterbrach ihn Coco. »Sie hatten also doch eine Affäre mit allen drei Frauen?«

»Ja. Ich gebe es ja zu. Das mit Karolina, das ist schon über zwei Jahre her. Wir haben bloß ein paar Mal miteinander geschlafen. Sie war ja seit Ewigkeiten Single, hatte auch gar kein Interesse an einer Beziehung. Für Karolina war nur ihre Karriere wichtig, und die Männer waren für sie nur ein Zeitvertreib. Und Annatina hatte ein kurzes Gastspiel bei dem Zirkus, bei dem Fanni und ich zuletzt unter Vertrag waren. Das zwischen Anna und mir hatte nichts zu bedeuten, für uns beide nicht. Sie war doch auch mit diesem Model zusammen, aber die Beziehung funktionierte wohl nicht mehr so gut. Und ich? Ich wollte mich einfach ein bisschen ablenken, Spaß haben. Da waren keine großen Gefühle im Spiel.«

»Und bei Freya Olsson?«

»Doch, ja.« Vinicio Favelli schwieg.

»Mit ihr war es etwas Ernsteres?«

»Ja, ich wollte schon mit ihr zusammen sein. Mit Freya war es anders, wir waren verwandte Seelen. Obwohl wir aus völlig unterschiedlichen Welten kommen. Wir waren wie zwei Teile eines Ganzen. Ich wollte mit ihr weggehen, den Zirkus hinter mir lassen.«

»Und Freya sollte ihr gemeinsames Leben finanzieren?«, vermutete Valeri.

»Nein, um Geld ging es mir nicht. Nicht in erster Linie. Natürlich muss ich sehen, wo ich bleibe. Ich kann doch nichts, außer im Zirkus zu arbeiten. Aber Freya hat mir das Gefühl gegeben, etwas Besonderes zu sein. Sie wollte mich, obwohl ich nicht den Ansprüchen ihrer reichen Freunde genügt habe. Wenn wir zusammen waren, dann brauchten wir nichts anderes. Wir waren uns selbst genug. Wir beide gegen den Rest der Welt. Das war …«

Valeri, dem diese druckreifen Ausführungen nun doch zu bunt wurden, fiel ihm ins Wort. »Und dann hat Ihre Frau von der Romanze erfahren?«

»Nein! Sie wusste nichts davon. Jedenfalls wusste ich nicht, dass sie etwas davon wusste. Und als Freya tot war, da ist natürlich mein ganzer Traum geplatzt wie eine Seifenblase. Da habe ich mich natürlich gehütet, irgendjemandem etwas davon zu erzählen.«

»Sie sind finanziell von Fanni abhängig, richtig?«

»Das ist richtig. Ich kann das alles gar nicht glauben, doch als Sie gestern hier waren und mich über die Morde befragt haben, da habe ich eins und eins zusammengezählt. Ich glaube, dass nur Fanni einen Grund hatte, die Frauen zu töten. Natürlich war mir von Anfang an klar, dass die Toten alles Frauen waren, mit denen ich Fanni betrogen hatte. Aber dass der Elefantendompteur angegriffen wurde, passte nicht ins Bild. Und ich wollte das alles auch gar nicht wahrhaben. Das ist zu schrecklich und einfach unfassbar. Ich habe den Wald vor lauter Bäumen nicht gesehen. Aber als ich zurück ins Zimmer kam, da stand meine Frau da und hat nur gefragt: War das die Polizei?« Favelli stöhnte. »Würden Sie mich jetzt endlich losbinden?«

»Reden Sie weiter«, sagte Valeri und machte sich gleichzeitig an dem Klebeband zu schaffen.

»Du steckst hinter den Morden, habe ich ihr auf den Kopf zugesagt. Und sie, sie hat behauptet, dass sie das alles nur aus Liebe getan hätte. Aus Liebe zu mir. Dass sie mich nicht verlieren wollte. Und dass wir jetzt zusammen abhauen sollten.« Favelli schüttelte den Kopf. »Seelenruhig hat sie ihre Koffer gepackt, als wäre nichts gewesen. Ich habe sie angebrüllt, dass sie sich der Polizei stellen muss. Aber sie hat gar nicht reagiert. Sie war wie in Trance. Hat immer nur wiederholt: Amore, es wird alles gut. Nichts wird gut, hab ich gerufen und sie geschüttelt. Hab gesagt, dass ich jetzt die Polizei benachrichtigen werde. Amore, hat sie geflüstert und mir über die Wange gestrichen. Dann wurde mir schwarz vor Augen. Sie muss mir irgendetwas über die Rübe gehauen haben. Und als ich wieder zu mir kam, da habe ich mich auf diesem Stuhl wiedergefunden, gefesselt und geknebelt.« Favelli schwieg einen Moment lang erschöpft. »Eine Sache habe ich Ihnen allerdings noch nicht gesagt«, fuhr er dann fort. »Es gibt da noch eine Dame, mit der ich intim war. Wenn Fanni auch davon weiß, dann …«

»Wer ist die Frau? Und wo finden wir sie? Schnell, wir müssen sie finden, bevor Fanni das tut«, rief Coco.

»Sie ist ein weiblicher Clown im Zirkus Antonio, zur Zeit in Imperia, in Italien.«

»Hoffentlich kommen wir nicht zu spät!«

52

Valeri und Coco hatten Favelli in der Obhut ihrer Kollegen zurückgelassen und waren nun mit Höchstgeschwindigkeit unterwegs nach Imperia, der italienischen Hafenstadt, wo der Zirkus Antonio zu dieser Zeit gastierte. Telefonisch hatten sie dort allerdings niemanden erreichen können. Chloé Martin, die sechsunddreißigjährige Clownin, war Teil eines Duos und hatte Favelli bei einem französischen Zirkus kennen- und lieben gelernt. Die beiden hatten für eine Saison eine heftige Liaison gehabt, dann waren beide wieder getrennte Wege gegangen. Favelli war mit seiner Frau bei dem kleinen Zirkus geblieben, Chloé hatte ein anderes Engagement angenommen. Sie hatten laut Vinicio Favellis Aussage später nie wieder etwas voneinander gehört, doch trotzdem hatte Fanni Favelli offenbar auch von dieser Affäre gewusst. Vinicio hatte sich anscheinend die ganze Zeit in Sicherheit gewiegt und keine blasse Ahnung davon gehabt, dass seine Frau ihn genau beobachtet und kontrolliert hatte und daher über seine Seitensprünge bestens informiert war. Valeri machte sich die größten Vorwürfe. Wie hatte er nur so blind sein können? Warum war ihm nicht aufgefallen, dass Fanni Favelli einen furchtbaren Plan verfolgte? Sie hatte ihn, Valeri, ausgenutzt, sich vermutlich nur mit ihm getroffen, um etwas über den Stand der Ermittlungen zu erfahren, um ihn auszuhorchen! Und er hatte das nicht gemerkt, war förmlich blind gewesen, fasziniert von dieser Frau, die ihn so sehr an Inés erinnerte. Er hatte sich blenden lassen vom Charme der attraktiven Artistin! Schmach und Schande über ihn!

»Coco, fahren Sie doch schneller!«, rief er, während er immer wieder versuchte, beim Zirkus jemanden an die Strippe zu bekommen. Coco trat das Gaspedal durch, sie jagten über die Autobahn, bis sie endlich an der Ausfahrt Imperia abbogen und wenige Minuten später den Platz erreichten, auf dem der Zirkus seine Zelte aufgeschlagen hatte. Die Vorstellung hatte bereits begonnen. Coco und Valeri sprangen aus dem Auto und hetzten durch den Haupteingang ins Zelt. Soeben kam das Clown-Duo in die Manege. Der kleinere der beiden Clowns musste Chloé Martin sein. Angespannt sah Valeri sich um.

»Was hat Fanni bloß vor?«, raunte er Coco zu. »Ob sie hier unter den Zuschauern ist?« Coco zuckte mit den Schultern.

»Wer weiß, vielleicht hat sie sich auch einfach aus dem Staub gemacht.«

»Das glaube ich nicht. Diese Frau ist völlig wahnsinnig. Und sie hat doch sowieso schon alles verloren. Ihr musste klar sein, dass wir ihren Mann früher oder später finden würden. Und sie weiß, dass sie vermutlich für den Rest ihres Lebens in den Knast wandern wird. Sie will ihr Werk vollenden, und ich bin sicher, dass sie hier irgendwo ist.« Valeri suchte mit den Augen die Stuhlreihen ab, doch es war zu dunkel, und er konnte Fanni nirgends entdecken. Coco beobachtete die Clowns, die in der Manege agierten. Der Weißclown platzierte soeben einen Apfel auf dem Kopf der Frau, die den dummen August spielte. Er wies sie an, ruhig stehen zu bleiben. Als er sich umgedreht hatte, nahm Chloé den Apfel und biss ein großes Stück davon ab, dann legte sie ihn wieder zurück auf ihren Kopf. Der Weißclown war entrüstet und das Publikum lachte. Da ging der große Clown erneut auf Chloé zu, rückte mit kritischem Blick den Apfel zurecht und drehte sich wieder um. Und abermals griff Chloé zu dem Apfel und biss unter dem lauten Gelächter des Publikums ein weiteres großes Stück davon ab. Die clowneske Wilhelm-Tell-Nummer ging weiter, bis von dem Apfel nur noch das Gehäuse übrig war. Entrüstet stemmte der Weißclown seine Hände in die Hüften. Dann griff er in seine Hosentasche und förderte eine Pistole zutage. Coco stockte der Atem. Schlagartig erkannte sie, was Fanni Favelli vorhatte.

»Scheiße! Scheiße!« In diesem Moment setzte der Clown zum Schuss an. »Der Revolver!« Coco vermutete, dass Fanni Favelli die Pistolen-Attrappe gegen eine echte Waffe getauscht hatte. Fanni wollte ganz offensichtlich, dass der Weißclown Chloé Martin vor den Augen des Publikums mitten in der Manege erschoss. »Halt! Stopp!«, brüllte Coco. »Polizei! Der Revolver ist geladen!« Sie rannte in die Manege, stürmte auf den Weißclown zu und riss seinen Arm nach oben. Genau in diesem Moment löste sich ein Schuss. Es knallte gewaltig, und die Menschen schrien auf, doch zum Glück ging der Schuss direkt nach oben, und die Kugel durchschlug lediglich das Zeltdach. Coco nahm dem Clown, der völlig erstarrt war, die Pistole aus der Hand. Valeri, der im Mittelgang stehengeblieben war und das Geschehen von dort aus beobachtet hatte, sah, dass sich in einer der oberen Reihen eine Frau erhob und versuchte, durch einen Seiteneingang das Zelt zu verlassen. Fanni! Das musste Fanni sein! Sie hatte doch tatsächlich geplant, sich den Mord vom Zuschauerraum aus anzusehen. Valeri rannte quer durch das Zelt und folgte Fanni hinaus in die Nacht. Vor dem Eingang war es ziemlich dunkel, und Valeri brauchte einen Moment, um seine Augen an das schwache Licht zu gewöhnen. Dann hörte er, wie auf dem Parkplatz vor dem Zirkusgelände ein Motor aufheulte. Valeri rannte zu seinem Wagen. »Fanni, ich kriege dich!«, rief er, während er in das Auto sprang und ihr mit quietschenden Reifen folgte.

53

Fanni Favelli war eine ausgezeichnete Autofahrerin. Mit wahnwitziger Geschwindigkeit raste sie die Hauptstraße entlang, trat erst kurz vor jeder Kurve auf die Bremse, kam leicht ins Schleudern, um dann sofort wieder Vollgas zu geben. Valeri hatte große Mühe, ihr auf den Fersen zu bleiben. Per Funk versuchte er, Verstärkung anzufordern, doch da er nicht wusste, wohin Fanni unterwegs war, konnte er nur eine grobe Richtung angeben. So preschte er Fanni weiter hinterher, doch als sie schließlich den kleinen Hafenort Diano Maria erreichten, hatte sich der Abstand zwischen den beiden Autos bereits erheblich vergrößert. Valeri sah von Weitem, wie Fannis Mercedes nach rechts in eine Einfahrt abbog. Als er die Einfahrt erreichte, sah er, dass sie ihr Auto auf dem Hof geparkt hatte, der zu einem freistehenden Haus gehörte. Valeri hielt neben dem Mercedes an und stieg vorsichtig aus. Er entsicherte seine Dienstwaffe und schlich leise zum Eingang des Hauses hinüber. Doch er konnte nicht viel erkennen, da der Hof nicht beleuchtet und stockduster war. Unschlüssig blieb er stehen, als er plötzlich den Lauf einer Pistole im Rücken spürte.

»Nimm die Waffe runter oder ich schieße!«, hörte er Fanni sagen, die nun dicht hinter ihm stand.

»Fanni. Ganz ruhig. Das hat doch alles keinen Sinn mehr.« Valeri sah seine einzige Chance darin, Zeit zu gewinnen.

»Die Waffe runter!«, zischte Fanni. Valeri wusste, dass sie nichts mehr zu verlieren hatte, und in Anbetracht der Tatsache, dass sie schon drei Menschen auf dem Gewissen hatte, legte er folgsam seine Pistole auf den Boden. »Brav!«, flüsterte Fanni und dirigierte Valeri in das Haus hinein. Dort schubste sie ihn ins Wohnzimmer, schaltete das Licht an und nötigte ihn, sich auf einen der Stühle zu setzen. »Rühr dich nicht vom Fleck, sonst wirst du es bereuen«, sagte sie.

»Lebt ihr hier?«, fragte Valeri schließlich.

»Was soll die Fragerei!?«

»Fanni, bitte, ich will einfach nur mit dir reden«, sagte Valeri und sah ihr in die Augen. »Gib mir doch wenigstens eine Chance, zu verstehen, warum du das alles getan hast. Ich bitte dich! Ich will eine Erklärung. Das bist du mir schuldig.« Fanni Favelli ging schweigend ein paar Schritte auf und ab. Dann sah sie Valeri mit festem Blick an.

»Diese Schlampen haben versucht, mir meinen Mann zu stehlen. Dabei habe nur ich ihn wirklich geliebt. Er gehört mir. Er hat mir die ewige Treue geschworen, vor Gott und den Menschen. Er hat mir versprochen, für immer bei mir zu bleiben. Aber er hat gelogen.«

»Was meinst du damit? Wollte er dich verlassen?«

»Ich habe immer gewusst, dass Vinicio mir nicht treu war. Er ist ein so schwacher Mann, aber er braucht eine starke Frau an seiner Seite, die ihm den richtigen Weg weist. Ich habe immer wieder weggeschaut, wenn er gesündigt hat, und solange er nur zu mir zurückgekommen ist, konnte ich das ertragen. Er musste doch bei mir bleiben! Wir hatten uns doch ein schönes, gemeinsames Leben aufgebaut. Aber er war ja immer unzufrieden, wollte aus der Familie ausbrechen. Dabei hat meine Familie so viel für ihn getan. Und dann kam diese Freya, die rothaarige Hexe! Die hat ihn verrückt gemacht, wollte ihn an sich ketten. Und dann war sie auch noch schwanger. Und damit hatte ich ihn verloren. Alles war umsonst. Weißt du, ich wollte immer Kinder von Vinicio, habe mir eine ganze Schar gewünscht. Doch ich kann keine Kinder bekommen, bin unfruchtbar. Ich bin nicht in der Lage, zusammen mit meinem Mann eine eigene Familie mit Kindern zu gründen. Und ich habe geahnt: Wenn Vinicio erfahren würde, dass er Vater wird, dann würde er gehen. Mich einfach zurücklassen und sich dieser furchtbaren Frau zuwenden.«

»Und dann hast du Freya Olsson aus dem Weg geschafft? Was hast du getan?«

»Ich habe sie bei dieser Vernissage getroffen. Da wusste ich noch gar nicht, dass sie ein Kind erwartete. Ich wollte zuerst nur mit ihr reden. Sie davon abbringen, meine Ehe zu zerstören. Die Verrückte saß tatsächlich da oben auf dem Rand der Brüstung. Sie hat auf mich herabgesehen, hat mich ausgelacht, hat behauptet, Vinicio hätte mich nie geliebt. Und dann hat sie die Bombe platzen lassen: Sie trage sein Kind unter ihrem Herzen, hat sie gesagt, und sich triumphierend über den Bauch gestrichen. Sie war so überheblich, so arrogant. Da habe ich es nicht mehr ausgehalten. Es war ganz einfach: Ich habe ihr einen Stoß gegeben, und sie ist in die Tiefe gestürzt. Ohne einen Mucks. Einfach so. Da hat ihr ihre Schönheit und das viele Geld nichts mehr genützt. Und ich habe Vinicio von dieser Sünderin befreit. Ich musste das tun. Für uns. Und für Gott.«

»Für Gott?«, fragte Valeri und schüttelte den Kopf. »In der Bibel steht doch, du sollst nicht töten!«

»Ich bin streng katholisch erzogen worden. Glaube mir, ich kenne meine Bibel. Du sollst nicht töten, ja, das ist richtig. Aber es gibt Ausnahmen. Wenn dein eigenes Leben bedroht ist, gibt Gott dir die Erlaubnis, dich selbst zu verteidigen und dafür auch zu töten.«

»Dein Leben war nicht bedroht.«

»Doch, denn ich wusste, dass ich sterben würde, wenn ich meinen Mann verlieren würde. Ich kann doch ohne Vinicio nicht sein. Ich brauche ihn wie die Luft zum Atmen.

Ich habe das alles nur getan, um mein eigenes Leben zu retten.«

Glaubte diese Frau tatsächlich, was sie da erzählte? Hatte sie wirklich das Gefühl, das Richtige getan zu haben?

»Du hättest doch immer noch deine Familie gehabt, deine Eltern und deine Brüder«, sagte Valeri.

»Das ist nicht dasselbe. Und das weißt du ganz genau. Erst als ich Vinicio getroffen habe, wusste ich, dass ich mein Glück gefunden hatte. Er hat mir das gegeben, was mir mein ganzes Leben lang gefehlt hat. Wir gehören zusammen und dürfen nicht getrennt werden.«

»Für diese Idee haben drei Frauen mit dem Leben bezahlt. Karolina wurde von einem ihrer Tiger zerfleischt.«

»Ja, die gute Karolina trank ja immer diese Billigsäfte aus ihrer polnischen Heimat. Ich habe mit einer Spritze K. o.-Tropfen in einige der Tetrapaks injiziert, daraufhin ist sie ja auch prompt gestolpert. Das war einfach.«

»Was ist mit der Frau, die vor drei Jahren in einem Zirkus in der Schweiz abgestürzt ist? Hattest du da auch die Finger im Spiel?«

»Nein!« Fannis Blick flackerte. »Aber der Vorfall hat mich inspiriert. Ich wusste, wenn man es geschickt genug anstellt, kann man im Zirkus jeden Mord wie einen Unfall aussehen lassen.« Sie hielt den Revolver immer noch auf Valeri gerichtet.

»Fanni, es ist zu spät. Was nützt es dir, mich auch noch zu töten? Gib endlich auf.«

»Nein. Ich gebe nicht auf. Versuch lieber nicht, mich aufzuhalten. Glaub mir, wenn es nötig ist, werde ich dich erschießen. Schade wäre es ohnehin nicht um dich, auch du wolltest deine Frau betrügen, mit mir. Du hättest den Tod also auch verdient.«

»Henri ist ein guter Mann!«

Valeri meinte die Stimme eines Engels zu vernehmen.

Doch es war Coco, die plötzlich in der Tür stand. »Signora Favelli, legen Sie die Waffe weg. Sie haben keine Chance, das Haus ist umstellt.« Fanni fuhr herum, und Valeri nutzte den Überraschungsmoment, sprang auf, nahm sie in den Schwitzkasten und riss ihr die Pistole aus der Hand. Im gleichen Moment war Coco schon neben ihm, und es dauerte nur wenige Sekunden, dann hatten sie Fanni Favelli Handschellen angelegt.

»Im Gefängnis wirst du ganz ohne Männer auskommen müssen«, sagte Valeri und ließ Fanni in der Obhut der inzwischen eingetroffenen Kollegen zurück. Vor der Haustür blieb er stehen und blickte in den schwarzen Nachthimmel hinauf. Nach ein paar Minuten trat Coco hinzu.

»Danke«, sagte Valeri leise und legte ihr eine Hand auf die Schulter. Coco nickte nur und lächelte.

54

Valeri kam völlig erschöpft vor seinem kleinen Häuschen an. Nachdem sie Fanni Favelli festgesetzt hatten, war er mit Coco zusammen zurück zur Sûreté gefahren und hatte dort sein Motorrad bestiegen, um nach Hause zu fahren. Auf dem Weg dorthin war ihm einiges durch den Kopf gegangen: Er hatte Angst gehabt, als Fanni Favelli ihn mit der Pistole bedroht hatte. Selten hatte er sich so in einem Menschen getäuscht. Er dachte an Inés und daran, wie sehr er sie doch vermisste. Er liebte sie immer noch sehr, und sie war der einzige Mensch, mit dem er sein restliches Leben teilen wollte. Er hatte sich das nur lange nicht eingestehen wollen. Stattdessen hatte er sich in eine Frau verguckt, die Inés rein äußerlich sehr ähnlich war. Und er dachte an die vielen guten Jahre, die Inés und er zusammen verbracht hatten, dachte an ihre beiden wunderbaren Kinder. Wie hieß es doch so schön: Wer liebt, muss auch verzeihen.

Er ließ sein Motorrad vor dem Haus stehen, schloss die Tür auf und stutzte. Ein Päckchen lag auf dem Fußboden hinter der Tür: Es war Inés' neuer Roman. Er schlug die erste Seite auf und las:

Für einen einzigartigen Menschen, meinen wunderbaren Mann Henri. In Liebe.

Valeri schluckte. Plötzlich lächelte er. Dann strich er mit der Hand über das Cover, schaltete das Licht im Wohnzimmer an. Und da sah er sie. Inés, seine Frau, lag schlafend auf der Couch, eingerollt in eine Decke. Endlich fühlte sich sein Leben wieder richtig an.

Danksagung

Mein besonderer Dank gilt meinen Eltern, insbesondere meiner Mutter, die sich unermüdlich als erste Lektorin verdient gemacht hat. Ebenfalls danke ich meinen Freundinnen, die mir auch in stressigen Zeiten immer hilfreich zur Seite standen. Ihr seid die Besten, ohne euch wäre ich aufgeschmissen!

Danken möchte ich auch Peter Kremer, ohne dessen Kontakte und Beratung es gar nicht möglich gewesen wäre, diesen Roman realitätsnah zu schreiben, Dank auch an Johnny Klinke, der uns miteinander bekanntgemacht hat.

Ich danke natürlich der Fürstenfamilie, die mir die Gelegenheit gibt, meine Krimis in meiner Lieblingsregion spielen zu lassen, und die mir das nötige Vertrauen schenkt, um auch hinter den Kulissen recherchieren zu dürfen. Besonderer Dank gilt Nicolas Saussier, Jean-Pierre Doria, Robert Calgagno vom Ozeanografischen Museum und Thierry Zenati und Alain Launois von der monegassischen Polizei. Ich danke den vielen Artisten, mit denen ich rund um das Zirkusfestival von Monte Carlo sprechen durfte und die mich für die Biografien meiner Figuren inspiriert haben. Vielen Dank auch Thomas Kamphausen vom Institut für Rechtsmedizin in Köln, der in stoischer Gelassenheit all meine Fragen rund um forensische Medizin beantwortet hat, Christian Melaun vom Senckenbergmuseum für die Informationen über Giftschlangen, Nicki Schirm für die Beratung rund um Großtiere und PETA für die Informationen zum Thema Tierschutz. Herzlichen Dank natürlich auch dem Aufbau Verlag, insbesondere Reinhard

Rohn, meinem Agenten Harry Olechnowitz, meiner PR-Beraterin Brita Segger und meinem Manager Michael Laschet. Zudem gebührt n-tv, insbesondere Hans Demmel, Dank dafür, dass ich neben meinem Beruf als Journalistin und Moderatorin auch immer wieder für die Recherche zu meinen Romanen eine Weile abtauchen darf.